Im Jahre 1978 jährte sich der Geburtstag Tolstojs zum hundertfünfzigstenmal. Aus diesem Anlaß bringt der Insel Verlag eine Auswahl seiner bekanntesten Erzählungen. *Zur Jahrhundertfeier seiner Geburt* schrieb Thomas Mann: »Er hatte das Format des 19. Jahrhunderts, dieser Riese, der epische Lasten trug, unter denen das so viel schmächtigere und kürzer atmende Geschlecht von heute zerknikken würde. Wie groß war diese Epoche in all ihrer Düsterkeit, Stoffligkeit, szientifischen Barschheit und Askese, wie groß die Schöpfergeneration, der Tolstoi angehörte und deren Taten die fünf Dezennien vor 1900 beherrschten.

Sollte wirklich, was unser Weltbild voraus hat oder voraus zu haben beginnt vor dem jener versinkenden Zeit: dies bißchen Erhellung und Durchgeistigung, dieser noch zage Ausblick auf Möglichkeiten eines neuen heiteren und stolzeren Menschheitsgefühls – sollte es uns wirklich befugen, so abschätzig über sie zu urteilen, wie es gang und gäbe ist, da doch die Behauptung schwerlich anzufechten wäre, daß wir im Moralischen weit hinter sie zurückgefallen sind? ... «

insel taschenbuch 367

Tolstoj

Der Überfall

LEO N. TOLSTOJ
DER ÜBERFALL

und andere Erzählungen
Textrevision nach den Übersetzungen
der Insel-Ausgabe von 1924
von Gisela Drohla
Illustrationen von Theodor Eberle
Insel Verlag

insel taschenbuch 367
1. Auflage 1979

Vertrieb durch den Suhrkamp Taschenbuch Verlag
Umschlag nach Entwürfen von Willy Fleckhaus
Druck: Ebner, Ulm
Printed in Germany

INHALT

DER ÜBERFALL

Am 12. Juli trat der Hauptmann Chlopow mit Epauletten und Säbel, einer Ausrüstung, in der ich ihn seit meiner Ankunft im Kaukasus noch nie gesehen hatte, in die niedrige Tür meiner Erdhütte.

»Ich komme geradewegs vom Obersten«, sagte er als Antwort auf den fragenden Blick, mit dem ich ihn empfing. »Morgen rückt unser Bataillon aus.«

»Wohin?« fragte ich.

»Nach NN. Da sollen sich die Truppen sammeln.«

»Und von dort aus setzen sie sich wohl irgendwohin in Marsch?«

»Wahrscheinlich.«

»Wohin denn? Was meinen Sie?«

»Was ist da zu meinen? Ich will Ihnen sagen, was ich weiß. Gestern nacht ist ein Tatar vom General herübergekommen und hat den Befehl überbracht, das Bataillon solle ausrücken und für zwei Tage Zwieback mitnehmen; aber wohin, warum und auf wie lange, danach fragt man nicht, Verehrtester: Marschbefehl, und damit basta.«

»Aber wenn nur für zwei Tage Zwieback mitgenommen wird, dann werden auch die Truppen nicht länger fortbleiben.«

»Na, das folgt daraus noch nicht...«

»Aber wieso denn?« fragte ich erstaunt.

»Möglich ist das alles! Als wir nach Darghi marschierten, nahmen wir für eine Woche Zwieback mit und blieben fast einen Monat fort.«

»Könnte ich vielleicht mitkommen?« fragte ich nach einer Weile.
»Das könnten Sie schon, aber ich rate Ihnen: kommen Sie lieber nicht mit. Wozu wollen Sie sich in Gefahr begeben?«
»Gestatten Sie mir, Ihrem Rat nicht zu folgen: ich habe hier einen ganzen Monat lediglich deshalb zugebracht, um ein Gefecht mitzuerleben – und Sie wollen, daß ich mir diese Gelegenheit entgehen lassen soll.«
»Meinetwegen kommen Sie mit; aber wirklich, wäre es nicht besser, wenn Sie hierblieben? Sie könnten hier inzwischen auf die Jagd gehen und uns in Gottes Namen marschieren lassen. Das wäre prächtig!« sagte er in so eindringlichem Tone, daß es mir im ersten Augenblick wirklich schien, daß das prächtig sei; dann aber erwiderte ich mit aller Entschiedenheit, ich würde um keinen Preis zurückbleiben.
»Was würden Sie schon zu sehen bekommen?« fuhr der Hauptmann fort, mich zu überreden. »Möchten Sie wissen, wie es bei einem Gefecht zugeht? Lesen Sie die ›Schilderung des Krieges 1813‹ von Michailowskij-Danilewskij[1], ein ausgezeichnetes Buch; da ist alles genau geschildert: wo dieses und wo jenes Korps gestanden hat und wie die Schlachten verlaufen sind.«
»Nein, das interessiert mich nicht«, antwortete ich.
»Na, was interessiert Sie denn? Sie möchten wohl einfach mit ansehen, wie Menschen getötet werden? – Im Jahre 32 war auch so ein Zivilist hier, ein Spanier, glaube ich. Er hat zwei Feldzüge mitgemacht, in einem komischen blauen Mantel... und schließlich wurde dem armen Burschen das Lebenslicht ausgeblasen. Hier können Sie niemandem imponieren, lieber Freund!«
So sehr ich mich auch darüber ärgerte, daß der Hauptmann meine Absicht so übel auslegte – ich machte keinen Versuch, ihn zu einer anderen Anschauung zu bekehren.

1. Russischer Militärschriftsteller.

»War er denn tapfer?« fragte ich ihn.

»Weiß Gott: er ritt immer voraus, und wo es ein Geplänkel gab, war er dabei.«

»Also war er doch tapfer«, sagte ich.

»Nein, das ist keine Tapferkeit, wenn einer sich überall herumtreibt, wo man ihn nicht verlangt...«

»Was nennen Sie denn Tapferkeit?«

»Tapferkeit? Tapferkeit?« wiederholte der Hauptmann und machte dabei ein Gesicht, als würde ihm diese Frage zum ersten Mal vorgelegt. »Tapfer ist der, der sich so benimmt, wie es sich gehört«, sagte er, nachdem er ein Weilchen überlegt hatte.

Ich erinnerte mich, daß Plato die Tapferkeit definiert als ›die Kenntnis dessen, was zu fürchten und was nicht zu fürchten ist‹, und obwohl der Hauptmann sich bei seiner Definition recht allgemein und unklar ausgedrückt hatte, war ich der Meinung, daß der Grundgedanke beider nicht so verschieden sei, wie es zunächst scheinen könnte, und daß die Definition des Hauptmanns sogar richtiger sei als die des griechischen Philosophen; denn hätte er die Fähigkeit besessen, sich wie ein Plato auszudrücken, so hätte er wohl gesagt, tapfer sei der, der nur das fürchtet, was man fürchten soll, aber nicht das, was man nicht zu fürchten braucht.

Ich wollte dem Hauptmann meinen Gedanken klarmachen. »Ja«, sagte ich, »mir scheint, daß jede Gefahr eine Wahl darstellt, und eine Wahl, die unter dem Einfluß des Pflichtgefühls getroffen wird, ist die Tapferkeit; eine Wahl hingegen, die man unter dem Einfluß eines niedrigen Gefühls trifft, ist die Feigheit; deshalb kann man einen Menschen, der aus Ruhmsucht oder Neugier oder aus Habsucht sein Leben aufs Spiel setzt, nicht tapfer nennen, und einen Menschen, der unter dem Einfluß eines ehrlichen Gefühls familiärer Verpflichtungen oder einfach aus Überzeugung die Gefahr meidet, nicht als Feigling bezeichnen.«

Der Hauptmann sah mich, während ich sprach, mit einem sonderbaren Gesichtsausdruck an.
»Nun, das kann ich Ihnen nicht beweisen«, sagte er, seine Pfeife stopfend. »Aber wir haben hier einen Junker, dem machts Vergnügen, ein bißchen zu philosophieren. Reden Sie mal mit dem. Er schreibt auch Verse.«
Ich war mit dem Hauptmann erst im Kaukasus bekannt geworden, hatte aber schon in Rußland von ihm gehört. Seine Mutter, Marja Iwanowna Chlopowa, besitzt zwei Werst von meinem Gute entfernt ein kleines Gütchen, auf dem sie wohnt. Vor meiner Abreise nach dem Kaukasus besuchte ich sie. Die alte Frau freute sich sehr, daß ich ihren Paschenka (wie sie den alten, grauhaarigen Hauptmann nannte) sehen, ihm als lebendiger Brief von ihrem Ergehen erzählen und ihm ein Päckchen überbringen würde. Nachdem Marja Iwanowna mich mit einer vorzüglichen Pastete und mit ebenso vorzüglicher Spickgans bewirtet hatte, ging sie in ihr Schlafzimmer und kam mit einem schwarzen, ziemlich großen Amulett zurück, an das ein ebensolches Seidenbändchen angenäht war.
»Das ist unsere Mutter und Beschützerin vom unverbrennbaren Busche«, sagte sie, indem sie sich bekreuzigte, das Bild der Muttergottes küßte und es mir reichte. »Haben Sie die Güte, Väterchen, es ihm zu bringen. Sehen Sie, als er nach dem Kaukasus ging, da ließ ich eine Messe lesen und tat ein Gelübde, wenn er am Leben und unversehrt bliebe, würde ich dieses Bild der Muttergottes anfertigen lassen. Nun sind es schon achtzehn Jahre, daß die Fürsprecherin und die lieben Heiligen ihn beschützen: kein einziges Mal ist er verwundet worden, und in was für schrecklichen Schlachten ist er schon gewesen! Als Michailo, der mit ihm zusammen war, mir davon erzählte, standen mir die Haare zu Berge, das können Sie mir glauben. Was ich über ihn weiß, das weiß ich ja nur von Fremden; mein lieber Sohn selbst schreibt nichts von seinen Feldzügen; er möchte mich nicht ängstigen.«

(Erst im Kaukasus erfuhr ich, und zwar nicht von dem Hauptmann selbst, daß er viermal schwer verwundet gewesen war; aber natürlich hatte er seiner Mutter weder von den Verwundungen noch von den Feldzügen etwas geschrieben.)

»Dieses heilige Bild soll er an sich tragen«, fuhr sie fort; »ich segne ihn damit. Die allerheiligste Fürsprecherin wird ihn beschützen. Besonders in Gefechten soll er es immer bei sich tragen. Sagen Sie ihm, Väterchen: ›Deine Mutter läßt dir sagen, du möchtest es so machen.‹«

Ich versprach, ihren Auftrag genau auszuführen.

»Ich weiß, Sie werden ihn liebgewinnen, meinen Paschenka«, fuhr die alte Frau fort; »er ist ein prächtiger Mensch. Denken Sie nur, es vergeht kein Jahr, ohne daß er mir Geld schickt, und auch meine Tochter Annuschka unterstützt er sehr; und das alles nur von seinem Gehalt! Mein Leben lang werde ich Gott dafür danken«, schloß sie mit Tränen in den Augen, »daß Er mir ein solches Kind gegeben hat.«

»Schreibt er Ihnen oft?« fragte ich.

»Nur selten, Väterchen; etwa einmal im Jahre, wenn er Geld schickt; dann schreibt er auch ein Wörtchen, aber sonst nicht. ›Wenn ich Ihnen nicht schreibe, Mamachen‹, sagt er, ›so bedeutet das, daß ich am Leben und gesund bin; sollte mir aber, was Gott verhüte, etwas zustoßen, so wird man es Ihnen auch ohne mich schreiben.‹«

Als ich dem Hauptmann das Geschenk seiner Mutter übergab (es war in meinem Quartier), bat er mich um etwas Umschlagpapier, wickelte das Bild sorgfältig ein und steckte es in die Tasche. Ich erzählte ihm viele Einzelheiten von dem Leben seiner Mutter; der Hauptmann schwieg. Als ich geendet hatte, ging er in eine Ecke und stopfte sehr lange seine Pfeife.

»Ja, sie ist eine prächtige alte Frau!« sagte er von dort aus mit ein wenig dumpf klingender Stimme. »Ob Gott es wohl so fügt, daß wir uns noch einmal wiedersehen?«

In diesen einfachen Worten kam sehr viel Liebe und Traurigkeit zum Ausdruck.
»Warum dienen Sie hier?« fragte ich.
»Ich muß eben dienen«, antwortete er mit aller Bestimmtheit. »Und das doppelte Gehalt, das man im Kaukasus bekommt, fällt für einen armen Teufel wie mich stark ins Gewicht.«
Der Hauptmann lebte sparsam: er spielte nicht Karten, trank nur selten und rauchte einen sehr gewöhnlichen Tabak, den er, ich weiß nicht warum, nicht Bauerntabak, sondern sambrotalischen nannte. Der Hauptmann hatte mir schon früher gefallen: er hatte eines jener schlichten, ruhigen russischen Gesichter, denen man gern, und ohne daß es einem schwer fällt, in die Augen schaut; aber nach dieser Unterhaltung empfand ich eine aufrichtige Achtung vor ihm.

2

Am anderen Tage kam der Hauptmann um vier Uhr morgens, um mich abzuholen. Er trug einen alten, abgenutzten Rock ohne Schulterstücke, weite lesghische Hosen, eine ursprünglich weiße, aber gelblich und schäbig gewordene Lammfellmütze und über der Schulter einen asiatischen Säbel von geringem Wert. Der kleine, aber kräftige Schimmel, den er ritt, ging mit gesenktem Kopf einen ruhigen Paß und schlug unaufhörlich mit dem dünnen Schweif. Die Gestalt des guten Hauptmanns war zwar wenig kriegerisch und auch wenig schön, drückte aber so viel Gleichgültigkeit gegen die gesamte Umgebung aus, daß sie einem unwillkürlich Achtung einflößte.
Ich ließ ihn nicht eine Minute warten, setzte mich sogleich aufs Pferd, und wir ritten zusammen zum Festungstor hinaus. Das Bataillon war uns schon ungefähr sechshundert Schritte voraus und sah aus wie eine schwarze, geschlossene, hin und her schwankende Masse. Daß es Infanterie war, konnte man auch daran erkennen, daß die Bajonette wie zahl-

reiche lange Nadeln aufblitzten; mitunter drangen die Töne eines Soldatenliedes, Trommelschlag und die prächtige Tenorstimme eines Sängers aus der sechsten Kompanie an mein Ohr; diese Stimme hatte mich schon in der Festung mehr als einmal entzückt. Der Weg führte durch eine breite, tiefe Schlucht, an einem kleinen Fluß entlang, der in dieser Jahreszeit ›spielte‹, das heißt über die Ufer getreten war. An dem Fluß flatterten ganze Schwärme von wilden Tauben: bald setzten sie sich auf das steinige Ufer, bald schossen sie durch die Luft, beschrieben schnelle Kreise und verschwanden aus der Sicht. Die Sonne war noch nicht zu sehen, aber an der rechten Seite war der obere Rand der Schlucht schon von ihrem Schein beleuchtet. Die grauen und weißlichen Steine, das gelbgrüne Moos, das taubedeckte Gestrüpp aus Kreuzdorn, Kornelkirschen und Korkulmen trat außerordentlich deutlich und plastisch in dem klaren, goldenen Licht der aufgehenden Sonne hervor; die andere Seite hingegen und das Tal selbst, in dem dichte, rauchfarbene Nebelschwaden wogten, waren feucht und düster, in einer eigentümlichen Mischung von Blaßlila, fast Schwarz, Dunkelgrün und Weiß. Gerade vor uns, am dunkelblauen Horizont, tauchten mit überraschender Klarheit die grellweißen, glanzlosen Massen der Schneeberge mit ihren bizarren, aber bis in die kleinsten Einzelheiten schönen Schatten und Umrissen auf. Grillen, Libellen und tausend andere Insekten erwachten in dem hohen Grase und erfüllten die Luft mit ihrem hellen, ununterbrochenen Getön: es klang, als ob eine unzählbare Menge winziger Glöckchen in unseren Ohren läutete. Die Luft roch nach Wasser, Gras und Nebel – mit einem Wort, es roch nach einem herrlichen Sommermorgen. Der Hauptmann schlug Feuer und zündete seine kurze Pfeife an; der Geruch des ›sambrotalischen Tabaks‹ und des Feuerschwamms kam mir außerordentlich angenehm vor.

Wir ritten neben dem Wege, um die Infanterie schneller einzuholen. Der Hauptmann schien nachdenklicher als gewöhnlich zu sein, ließ sein daghestanisches Pfeifchen nicht aus dem Munde und stieß seinem Pferdchen bei jedem Schritt die Fersen in die Weichen; es schaukelte von einer Seite zur anderen und hinterließ in dem feuchten, hohen Gras eine kaum bemerkbare dunkelgrüne Spur. Dicht vor seinen Hufen flog mit lautem ›Kock-kock‹ und mit jenem Geräusch schlagender Flügel, das den Jäger unwillkürlich zusammenfahren läßt, ein Fasan auf und stieg langsam in die Höhe. Der Hauptmann schenkte ihm nicht die geringste Beachtung.

Wir hatten das Bataillon schon beinahe eingeholt, als hinter uns der Hufschlag eines galoppierenden Pferdes erklang und in demselben Augenblick ein sehr hübscher junger Mann in einem Offiziersrock und mit einer hohen weißen Lammfellmütze vorübersprengte. Als er an uns vorüberkam, lächelte er, nickte dem Hauptmann zu und schwenkte seine Peitsche. Ich konnte in der Eile nur bemerken, daß er besonders elegant im Sattel saß und die Zügel hielt und daß er schöne schwarze Augen, eine feine Nase und ein kaum hervorsprossendes Schnurrbärtchen hatte. Was mir an ihm besonders gefiel, war, daß er ein Lächeln nicht unterdrücken konnte, als er bemerkte, daß wir ihn mit Wohlgefallen ansahen. Allein schon aus diesem Lächeln konnte man schließen, daß er noch sehr jung war.

»Und wohin jagt er so eilig?« brummte der Hauptmann mit unzufriedener Miene, ohne die Pfeife aus dem Munde zu nehmen.

»Wer ist es denn?« fragte ich ihn.

»Der Fähnrich Alanin, ein Subalternoffizier von meiner Kompanie... Er ist erst im vorigen Monat aus dem Kadettenkorps zu uns gekommen.«

»Er geht gewiß zum ersten Mal ins Gefecht?« sagte ich.

»Deshalb ist er auch so vergnügt!« antwortete der Hauptmann und wiegte gedankenvoll den Kopf hin und her. »Ja, ja, die Jugend!«

»Aber warum soll er sich denn nicht freuen? Ich begreife, daß das für einen jungen Offizier sehr interessant sein muß.«
Der Hauptmann schwieg ein paar Minuten.
»Ich sage nur: die Jugend, die Jugend!« fuhr er mit tiefer Stimme fort. »Wie kann man sich über etwas freuen, wovon man noch nichts gesehen hat? Wenn einer schon öfter mit draußen war, dann freut er sich nicht mehr. Jetzt rücken ungefähr zwanzig Offiziere aus; daß irgendeiner fällt oder verwundet wird, ist sicher. Heute trifft es mich, morgen dich und übermorgen einen dritten: worüber soll man sich da freuen?«

3

Kaum daß die helle Sonne hinter den Bergen hervorgekommen war und in das Tal schien, zerstreuten sich die wogenden Nebelschwaden, und es wurde heiß. Die Soldaten mit ihren Gewehren und den Tornistern auf den Schultern marschierten langsam auf dem staubigen Wege dahin; in den Reihen hörte man ab und zu Gespräche in kleinrussischem Dialekt und Gelächter. Mehrere alte Soldaten in weißen Kitteln, größtenteils Unteroffiziere, gingen mit ihren Pfeifen neben dem Wege und unterhielten sich in gesetzter Art miteinander. Die dreispännigen, hochbeladenen Bagagewagen bewegten sich Schritt vor Schritt vorwärts und wirbelten dichte Staubwolken auf, die unbeweglich in der Luft hingen. Die Offiziere ritten voraus; einige von ihnen dschigitierten, wie man im Kaukasus sagt[1], das heißt, sie zwangen ihre Pferde durch Schläge mit der Reitpeitsche, etwa vier Galoppsprünge zu machen, und parierten sie dann kurz, indem sie ihnen den Kopf zurückrissen; andere wandten ihre Aufmerksamkeit den Sängern zu, die trotz der Hitze und Schwüle unermüdlich ein Lied nach dem andern anstimmten.

1. Dschigit bedeutet im Kumykischen einen tapferen Helden; daher ist dschigitieren soviel wie ›seine Tapferkeit herauskehren‹.

Etwa dreihundert Schritte vor dem Fußvolk ritt auf einem großen Schimmel bei den berittenen Tataren ein hochgewachsener, hübscher Offizier, der im Regiment als tollkühner Draufgänger und als ein Mensch bekannt war, der niemand gegenüber ein Blatt vor den Mund nahm. Er trug asiatische Kleidung: einen schwarzen Beschmet[1] mit Tressen, ebensolche Gamaschen, neue, den Fuß eng umschließende Schuhe aus weichem Leder, gleichfalls mit Tressen, einen gelben Tscherkessenrock und eine hohe, in den Nakken zurückgeschobene Lammfellmütze. Über Brust und Rücken lief eine silberne Schärpe, an welcher auf dem Rükken ein Pulverhorn und eine Pistole befestigt waren; eine andere Pistole und ein Dolch in einer silbernen Scheide hingen am Gürtel. Außerdem hatte er einen Säbel in einer Scheide aus rotem Saffianleder mit Silberbeschlägen umgegürtet und ein Gewehr in schwarzem Futteral um die Schulter hängen. An seiner Kleidung, seiner Art, zu Pferde zu sitzen, und überhaupt an allen seinen Bewegungen konnte man merken, daß er sich bemühte, einem Tataren ähnlich zu sein. Er sagte sogar etwas in einer mir unbekannten Sprache zu den Tataren, die mit ihm ritten; aber nach den bedenklichen, spöttischen Blicken zu urteilen, die sie einander zuwarfen, schien es mir, daß sie ihn nicht verstanden. Er war einer unserer jungen Offiziere, dieser kühnen Dschigiten, die sich an Lermontow und Marlinskij gebildet haben. Diese Leute sehen den Kaukasus nur durch die Brille des ›Helden unserer Zeit‹, ›Mullah-Nurs‹[2] und so weiter und lassen sich in allen ihren Handlungen nicht von ihren eigenen Neigungen, sondern von dem Beispiel dieser Vorbilder leiten.

Der Leutnant zum Beispiel bewegte sich vielleicht gern in der Gesellschaft anständiger Frauen und angesehener Männer, als da sind: Generale, Obersten, Adjutanten; ich bin

1. Kurzer, ärmelloser Rock.
2. Held einer gleichnamigen Erzählung von Marlinskij.

sogar davon überzeugt, daß er einen solchen Umgang sehr liebte, weil er im höchsten Grade eitel war; aber er hielt es für seine unabweisbare Pflicht, allen angesehenen Männern gegenüber seine rauhe Seite herauszukehren, obgleich er in seiner Derbheit gegen sie sehr sorgsam Maß hielt; und wenn irgendeine Dame in der Festung erschien, hielt er es für seine Pflicht, ohne Rock im roten Hemd und mit weichen Schuhen an den bloßen Füßen mit seinen Kunaks[1] an ihren Fenstern vorbeizugehen und möglichst laut zu schreien und zu schimpfen – jedoch keineswegs in der Absicht, die Dame zu beleidigen, sondern nur, um seine schönen weißen Füße sehen zu lassen und zu zeigen, daß er jede Frau in sich verliebt machen könnte, wenn er nur wollte. Oder er zog des öfteren mit zwei, drei russenfreundlichen Tataren nachts in die Berge, um vorüberkommenden feindlichen Tataren aus dem Hinterhalt aufzulauern und sie zu töten; wohl hatte ihm sein eigenes Herz schon mehr als einmal gesagt, daß das keine Heldentat sei, aber er hielt sich dennoch für verpflichtet, diesen Menschen, von denen er sich irgendwie hintergangen fühlte und die er angeblich haßte und verachtete, Leid zuzufügen. Zwei Gegenstände legte er nie ab: ein gewaltig großes Heiligenbild, das er am Halse hängen hatte, und einen Dolch, den er über dem Hemd trug und mit dem er sich sogar schlafen legte. Er glaubte aufrichtig, daß er Feinde habe. Sich einzureden, daß er sich an jemand rächen und eine Beleidigung mit Blut abwaschen müsse, war für ihn der höchste Genuß. Er war davon überzeugt, daß Haß, Rachsucht und Verachtung dem ganzen Menschengeschlecht gegenüber die erhabensten, poetischsten Gefühle seien, die es überhaupt gebe. Aber seine Geliebte, selbstverständlich eine Tscherkessin, mit der ich später zufällig zusammenkam, sagte mir, er sei der gutherzigste, sanfteste Mensch, den man sich denken könne; jeden Abend schreibe er an seinem Tagebuch, das

1. Kunak = Freund.

einen sehr düsteren Charakter trage, führe auf liniiertem Papier Rechnung und bete auf den Knien zu Gott. Und was hatte er nicht alles ausgestanden, um vor sich selber als der zu erscheinen, der er sein wollte! Denn seine Kameraden und die Soldaten konnten ihn doch nicht in der Weise verstehen, wie er es wünschte. Einmal traf es sich, daß er bei einer seiner nächtlichen Expeditionen mit seinen Kunaks einen feindlichen Tschetschenzen mit einer Kugel am Bein verwundete und gefangennahm. Dieser Tschetschenze wohnte dann sieben Wochen lang bei dem Leutnant, und der Leutnant ließ ihn kurieren, pflegte ihn wie seinen besten Freund und entließ ihn nach seiner Genesung mit Geschenken. Bei einer späteren Expedition, als sich der Leutnant im Abwehrfeuer mit der Vorpostenkette zurückzog, hörte er plötzlich, wie auf der Feindesseite sein Name gerufen wurde, und sein ehemals verwundeter Kunak kam vorgeritten und forderte den Leutnant durch Zeichen auf, dasselbe zu tun. Der Leutnant ritt zu seinem Kunak und drückte ihm die Hand. Die Bergbewohner waren in einiger Entfernung stehengeblieben und schossen nicht; aber sobald der Leutnant sein Pferd wendete, schossen einige auf ihn, und eine Kugel streifte ihn unterhalb des Rückens. Ein anderes Mal war ich dabei, als es nachts in der Festung brannte und zwei Kompanien das Feuer löschten. Mitten in der vom Purpurschein der Flammen beleuchteten Menge erschien plötzlich eine hohe Gestalt auf einem Rappen. Die Gestalt bahnte sich einen Weg durch die Menge und ritt geradewegs auf das Feuer zu; es war der Leutnant. Als er ganz nahe herangekommen war, sprang er vom Pferde und lief in das an der einen Seite brennende Haus hinein. Nach fünf Minuten kam er mit versengten Haaren und angesengten Ellbogen wieder heraus und trug an der Brust zwei Tauben, die er aus dem Feuer gerettet hatte.

Sein Name war Rosenkrantz; aber er redete oft von seiner

Abstammung, leitete sein Geschlecht irgendwie von den Warägern her und bewies klar, daß er und seine Vorfahren echte Russen seien.

4

Die Sonne hatte die Hälfte ihres Weges zurückgelegt und sandte durch die glühende Luft ihre heißen Strahlen auf die trockene Erde. Der dunkelblaue Himmel war völlig klar; nur der Fuß der Schneeberge begann sich in hellila Wolken zu hüllen. Die regungslose Luft schien von einem durchsichtigen Staube erfüllt; die Hitze war unerträglich. An einem kleinen Bach, der ungefähr die Mitte der zurückzulegenden Wegstrecke bildete, machte die Abteilung Rast. Die Soldaten stellten ihre Gewehre zusammen und rannten zu dem Bach; der Bataillonskommandeur setzte sich mit einer Miene, die die ganze Würde seines Ranges zum Ausdruck brachte, im Schatten auf eine Trommel, um mit einigen Offizieren einen Imbiß einzunehmen; der Hauptmann legte sich unter dem Kompaniewagen auf das Gras; der tapfere Leutnant Rosenkrantz und noch ein paar junge Offiziere hatten sich auf ihre ausgebreiteten Filzmäntel gelagert und wollten anscheinend ein Trinkgelage veranstalten, was man an den rings um sie aufgestellten Flaschen und an dem besonderen Eifer der Sänger erkennen konnte, die im Halbkreis vor ihnen standen und nach einer lesghischen Melodie ein kaukasisches Tanzlied sangen, wozu einige die Begleitung pfiffen:

»Schamil wollte sich empören
Einst in frühren Jahren...
Trai-rai, ra-ta-tai...
Einst in frühren Jahren.«

Unter diesen Offizieren war auch der junge Fähnrich, der uns am Vormittag überholt hatte. Er war sehr drollig: seine Augen leuchteten, die Zunge wollte ihm nicht ganz gehorchen; er hatte das Bedürfnis, alle Anwesenden zu küssen und ihnen eine Liebeserklärung zu machen... Der arme Junge! Er wußte noch nicht, daß man in diesem Zustande lächerlich wirken kann, daß seine Offenherzigkeit und die Zärtlichkeiten, die er allen aufdrängte, bei anderen nicht die Liebe, nach der es ihn so verlangte, sondern Spott erweckten – er wußte auch nicht, wie hübsch er aussah, als er sich schließlich erhitzt auf seine Burka warf, sich auf den Ellbogen stützte und sein dichtes schwarzes Haar in den Nacken warf.

Zwei Offiziere saßen unter einem Wagen und spielten auf einem Reisenecessaire Schafskopf.

Mit lebhaftem Interesse horchte ich auf die Gespräche der Soldaten und der Offiziere und betrachtete aufmerksam den Ausdruck ihrer Gesichter; aber ich konnte bei niemandem auch nur eine Spur jener Unruhe wahrnehmen, die ich selbst empfand: Scherze, Gelächter, Erzählungen ließen die allgemeine Sorglosigkeit und Gleichgültigkeit der bevorstehenden Gefahr gegenüber erkennen. Als wäre es vollkommen ausgeschlossen, daß es einigen nicht beschieden sei, auf diesem Wege zurückzukehren!

5

Gegen sieben Uhr abends zogen wir staubbedeckt und müde in das weite, befestigte Tor der Festung NN. ein. Die untergehende Sonne warf ihre schrägen rosigen Strahlen auf die malerischen Batterien, auf die um die Festung gelegenen Gärten mit ihren hohen Pyramidenpappeln, auf die gelblichen Getreidefelder und auf die weißen Wolken, die sich um die Schneeberge drängten und, als ob sie es ihnen nachtun wollten, eine nicht minder wundersame, schöne Kette bildeten. Der schmale Halbmond stand wie ein durchscheinendes Wölkchen am Himmel. In dem Aul[1], der vor dem Tore lag, rief ein Tatar auf dem Dach einer

1. Kaukasisches Bergdorf.

Hütte die Gläubigen zum Gebet. Die Sänger setzten mit neuer Kraft und Energie ein.

Nachdem ich mich ein wenig erholt und zurechtgemacht hatte, begab ich mich zu einem mir bekannten Adjutanten, um ihn zu bitten, er möchte dem General von meiner Absicht Meldung machen. Auf dem Wege von der Vorstadt, wo ich einquartiert war, hatte ich Gelegenheit, in der Festung NN. einzelnes wahrzunehmen, was ich in keiner Weise erwartet hatte. Eine hübsche zweisitzige Kutsche, in der ein modischer Damenhut sichtbar wurde und aus der ich französisch sprechen hörte, überholte mich. Aus einem offenen Fenster des Kommandanturgebäudes drangen die Töne einer Lisanka- oder Katenkapolka, die auf einem schlechten, verstimmten Klavier gespielt wurde. In einer Schenke, an der ich vorbeikam, saßen einige Schreiber, Zigaretten rauchend und Wein trinkend, und ich hörte, wie einer zu einem andern sagte: »Erlauben Sie... Marja Grigorewna versteht mehr von Politik als alle unsere anderen Damen.« Ein buckliger Jude in einem abgetragenen Rock und mit kränklichem Gesicht schleppte einen quiekenden, zerbrochenen Leierkasten durch die Gassen, und das Finale aus der ›Lucia di Lammermoor‹ hallte durch die ganze Vorstadt. Zwei Frauen in raschelnden Kleidern, mit seidenen Kopftüchern und mit grellfarbigen Sonnenschirmen in den Händen, kamen mit leichtem Schritt auf dem hölzernen Fußsteig an mir vorüber. Zwei Mädchen, die eine in einem rosa, die andere in einem hellblauen Kleid, standen mit bloßem Kopfe vor einem niedrigen Häuschen an der Rasenbank und brachen oft in ein gekünsteltes helles Lachen aus mit der unverkennbaren Absicht, die Aufmerksamkeit der vorübergehenden Offiziere auf sich zu lenken. Offiziere in neuen Röcken, mit weißen Handschuhen und glänzenden Epauletten stolzierten auf den Straßen und auf dem Boulevard umher.

Ich fand meinen Bekannten in dem unteren Stockwerk des

Hauses, das der General bewohnte. Kaum hatte ich ihm meinen Wunsch vorgetragen und er mir gesagt, daß diese Bitte leicht erfüllt werden könnte, als vor dem Fenster, an dem wir saßen, jene hübsche Kutsche vorbeifuhr, die mir unterwegs schon aufgefallen war, und an der Haustür hielt. Aus der Kutsche stieg ein hochgewachsener, schlanker Mann in Infanterieuniform mit Majorsepauletten und ging zum General hinein.

»Ach, bitte, entschuldigen Sie mich«, sagte der Adjutant zu mir, indem er sich von seinem Platze erhob; »ich muß dem General sofort Meldung machen.«

»Wer ist denn da gekommen?« fragte ich.

»Die Gräfin«, antwortete er, knöpfte sich die Uniform zu und lief nach oben.

Ein paar Minuten darauf trat ein mittelgroßer, sehr hübscher Mann in einem Rock ohne Epauletten, ein weißes Kreuz im Knopfloch, vor die Haustür. Ihm folgten der Major, der Adjutant und noch zwei Offiziere. In seinem Gang, in seiner Stimme, in allen seinen Bewegungen gab sich der General als einen Menschen zu erkennen, der sich seines eigenen hohen Wertes vollauf bewußt war.

»Bon soir, madame la comtesse«, sagte er und streckte seine Hand in das Wagenfenster.

Ein Händchen im Glacéhandschuh drückte ihm die Hand, und ein hübsches, lächelndes Gesicht unter einem gelben Hut zeigte sich im Fenster der Kutsche.

Von dem ganzen Gespräch, das mehrere Minuten dauerte, hörte ich im Vorübergehen nur, wie der General lächelnd sagte: »Vous savez, que j'ai fait voeu de combattre les infidèles; prenez donc garde de le devenir.«

In der Kutsche wurde gelacht.

»Adieu donc, cher général.«

»Non, au revoir«, sagte der General, während er die Stufen vor der Haustür hinaufging; »n'oubliez pas, que je m'invite pour la soirée de demain.«

Die Kutsche rasselte weiter.
›Ein sonderbarer Mensch‹, dachte ich auf dem Heimweg, ›er hat alles, was ein Russe nur erreichen kann: Rang, Reichtum, Ansehen... und da scherzt er vor einem Kampf, dessen Ausgang Gott allein kennt, mit einer hübschen Dame und verspricht, bei ihr am nächsten Tag Tee zu trinken, gerade als wäre er ihr auf einem Ball begegnet.‹
Bei dem Adjutanten hatte ich einen Menschen getroffen, der mich in noch größeres Erstaunen versetzt hatte: es war ein Leutnant vom Regiment K., ein junger Mann von fast weiblicher Sanftmut und Schüchternheit. Er war zu dem Adjutanten gekommen, um seinem Ärger und Unwillen über gewisse Leute Luft zu machen, die angeblich gegen ihn intrigierten, damit er nicht zu der bevorstehenden Aktion kommandiert werde. Er sagte, es sei eine Gemeinheit, so zu handeln; das sei nicht kameradschaftlich; er werde ihnen das nicht vergessen, und so weiter. So aufmerksam ich auch seinen Gesichtsausdruck studierte und auf den Ton seiner Stimme horchte – ich gewann die Überzeugung, daß er sich keineswegs verstellte, sondern tief gekränkt und erbittert war, weil man ihm nicht erlaubte mitzugehen, auf die Tscherkessen zu schießen und sich ihren Kugeln auszusetzen; er war so erbittert wie ein Kind, das soeben ungerechterweise gezüchtigt worden ist. Ich hatte nicht das geringste Verständnis dafür.

6

Um zehn Uhr abends sollten die Truppen ausrücken. Um halb neun stieg ich aufs Pferd und ritt zum General; in der Annahme, daß er und sein Adjutant beschäftigt seien, hielt ich auf der Straße an, band mein Pferd an einen Zaun und setzte mich auf eine Hausbank, um dem General nachzujagen, sobald er sich auf den Weg machte.
Die grelle Sonnenglut war schon der Kühle der Nacht und

dem matten Schimmer des jungen Mondes gewichen, der auf dem dunklen Blau des gestirnten Himmels einen blassen, leuchtenden Halbkreis um sich bildete und langsam unterging. In den Fenstern der Häuser und durch die Ritzen der Läden an den Erdhütten schimmerte Licht. Die schlanken Pappeln in den Gärten hinter den weißen, vom Mond beleuchteten Erdhütten mit den Schilfrohrdächern hoben sich scharf vom Horizont ab und erschienen noch höher und dunkler.

Die langen Schatten der Häuser, Bäume und Zäune legten sich schön über den hellen, staubigen Weg... Vom Fluß tönten unaufhörlich die Stimmen der Frösche herüber[1]; auf den Straßen hörte man bald eilige Schritte und Sprechen, bald den Hufschlag eines galoppierenden Pferdes; von der Vorstadt tönten ab und zu die Klänge eines Leierkastens herüber, bald ›Die Winde wehen‹, bald der ›Aurora-Walzer‹.

Ich will nicht erzählen, was mich so nachdenklich stimmte: erstens, weil es mir peinlich wäre, die düsteren Gedanken zu bekennen, die sich mir einer nach dem andern aufdrängten, während ich rings um mich nur Heiterkeit und Freude sah, und zweitens, weil das nicht zu meiner Erzählung gehört. Ich war so in Gedanken versunken, daß ich nicht einmal merkte, wie die Uhr elf schlug und der General mit seiner Suite an mir vorbeiritt.

Die Nachhut befand sich noch im Festungstor. Nur mit Mühe arbeitete ich mich auf der Brücke zwischen den sich drängenden Geschützen, Munitionswagen, Kompaniefuhrwerken und den geräuschvoll kommandierenden Offizieren hindurch. Nachdem ich das Tor passiert hatte, ritt ich im Trab an den Truppen vorbei, die sich beinahe eine Werst lang hinzogen und sich schweigend in der Dunkelheit vorwärts bewegten, und holte den General ein. Beim Vorbeireiten an der Artillerie, die in Marschkolonne fuhr, und an

1. Die Frösche im Kaukasus bringen einen Ton hervor, der mit dem Quaken der russischen Frösche nichts gemein hat.

den Offizieren, die zwischen den Geschützen ritten, empfand ich es wie eine verletzende Dissonanz inmitten der ruhigen, feierlichen Harmonie, als eine Stimme mit deutschem Akzent rief: »Achtilrist, gib mal die Zü-ündrute!« und die Stimme eines Soldaten, der eilfertig schrie: »Schewtschenko! Der Leutnant möchte Feuer haben.«

Ein großer Teil des Himmels hatte sich mit langen, dunkelgrauen Wolken bedeckt; nur hier und da leuchteten einzelne matte Sterne. Der Mond war schon hinter dem nahen Horizont der dunklen Berge verschwunden, die rechts zu sehen waren, und beleuchtete nur noch ihre Gipfel mit einem schwachen, zitternden Schein, der sich von der undurchdringlichen Finsternis auf ihren Hängen scharf abhob. Die Luft war warm und so still, daß sich nicht ein Hälmchen, nicht ein Wölkchen zu bewegen schien. Es war so dunkel, daß man selbst in unmittelbarer Nähe die einzelnen Gegenstände nicht erkennen konnte; zu beiden Seiten des Weges glaubte ich bald Felsen, bald Tiere, bald seltsame Menschengestalten zu sehen; daß es Sträucher waren, merkte ich erst, als ich ihr Rascheln hörte und den frischen Tau fühlte, der auf ihnen lag.

Vor mir sah ich eine kompakte, hin und her schwankende schwarze Mauer, der einige sich bewegende Flecke folgten: das waren die Vorhut der Kavallerie und der General mit seiner Suite. Hinter uns bewegte sich eine ebenso dunkle Masse, aber sie war niedriger als die erste: das war die Infanterie.

In der ganzen Abteilung herrschte eine so tiefe Stille, daß alle die ineinanderfließenden, von geheimnisvollem Zauber erfüllten Laute der Nacht deutlich zu hören waren: das ferne, melancholische Geheul der Schakale, das bald wie verzweifeltes Weinen, bald wie Gelächter klang, die helltönenden, einförmigen Lieder der Grille, des Frosches, der Wachtel und ein immer näher kommendes Getöse, dessen Ursache ich mir auf keine Weise erklären konnte. Und alle diese nächtlichen, kaum wahrnehmbaren Bewe-

gungen der Natur, die sich weder deuten noch näher bestimmen lassen, flossen zu dem einen, vollen, wunderbaren Ton zusammen, den wir die Stille der Nacht nennen. Diese Stille wurde gestört oder – besser gesagt – verschmolz mit zwei Geräuschen, die die sich langsam vorwärts bewegende Abteilung verursachte: mit dem dumpfen Hufschlag der Pferde und mit dem Rascheln des hohen Grases.
Nur vereinzelt hörte man in den Reihen den Klang eines schweren Geschützes, das Klirren zusammenstoßender Bajonette, gedämpftes Sprechen und das Schnauben eines Pferdes.
Die Natur atmete versöhnende Schönheit und Kraft.
Haben die Menschen wirklich nicht Platz genug zum Leben in dieser schönen Welt, unter diesem unermeßlichen Sternenhimmel? Kann inmitten dieser bezaubernden Natur das Gefühl der Bosheit, der Rache und der Drang, seinesgleichen zu vernichten, wirklich in der Seele des Menschen fortbestehen? Man möchte meinen, daß bei der Berührung mit der Natur, diesem unmittelbarsten Ausdruck der Schönheit und des Guten, alles Böse im Menschenherzen verschwinden müßte.

7

Wir waren schon mehr als zwei Stunden unterwegs. Ein leichtes Zittern überkam mich, und ich begann schläfrig zu werden. In der Dunkelheit waren noch immer dieselben Gegenstände unklar zu sehen: in einiger Entfernung die schwarze Mauer und die sich bewegenden Flecke; neben mir die Kruppe eines Schimmels, der mit dem Schweif schlug und mit weit gespreizten Hinterbeinen ging; ein Rücken in einer weißen Tscherkeska, auf dem ein Gewehr in schwarzem Futteral leise hin und her schaukelte und der weiße Griff einer Pistole in einer gestickten Tasche zu sehen war; eine brennende Zigarette, die einen blonden

Schnurrbart, einen Biberkragen und eine Hand im Waschlederhandschuh beleuchtete. Ich neigte mich über den Hals meines Pferdes, schloß die Augen und nickte für einige Minuten ein; dann schreckte mich plötzlich das bekannte Geräusch der Hufschläge und des raschelnden Grases wieder auf: ich schaute mich um – und mir war, als stände ich auf einem Fleck still und als bewegte sich die schwarze Wand vor mir auf mich zu oder als stände diese Wand still und ich müßte sogleich gegen sie stoßen. In diesen Augenblicken verblüffte mich das unaufhörliche, immer näher kommende Getöse, dessen Ursache ich nicht hatte erraten können, noch mehr als zuvor. Es war das Rauschen eines Wassers. Wir kamen jetzt in eine tiefe Schlucht und näherten uns einem Gebirgsfluß, der zu dieser Zeit gerade Hochwasser führte[1]. Das dumpfe Getöse nahm an Stärke zu; das feuchte Gras wurde üppiger und höher, das Buschwerk dichter, und der Gesichtskreis verengte sich allmählich. Ab und zu flammten auf dem dunklen Hintergrund der Berge an verschiedenen Stellen helle Feuer auf und verschwanden alsbald wieder.

»Bitte, sagen Sie mir, was sind das für Feuer?« fragte ich flüsternd den Tataren, der neben mir ritt.

»Weißt du das nicht?« antwortete er. – »Nein.«

»Da haben Bergbewohner Stroh an Tajak[2] gebunden, angezündet und damit winken.« – »Wozu denn das?«

»Damit jeder Mensch weiß, der Russe ist gekommen. Jetzt in den Aulen«, fügte er lachend hinzu, »ej, ej, große Tomascha[3]. Jeder seine Churda-Murda[4] in die Schlucht schleppen.«

1. Im Kaukasus treten die Flüsse erst im Juli über die Ufer.

2. Tajak bedeutet in der kaukasischen Mundart eine Stange.

3. Tomascha bedeutet in der besonderen Mundart, die die Russen und Tataren für ihren wechselseitigen Verkehr erfunden haben, unruhige Geschäftigkeit. Es gibt in dieser seltsamen Mundart viele Worte, deren Wurzeln weder in der russischen noch in der tatarischen Sprache zu finden sind.

4. Churda-Murda bedeutet in derselben Mundart Hab und Gut.

»Wissen sie denn in den Bergen schon, daß die Truppen kommen?« fragte ich.

»Ej! Wie er nicht wissen soll! Immer weiß er. Unser Volk klug!«

»Da wird wohl auch Schamil jetzt ins Feld ziehen?«

»Jok[1]«, antwortete er und schüttelte den Kopf, »Schamil nicht in Krieg gehen, Schamil schickt Naibs[2], er selbst durch Rohr von oben schauen.«

»Wohnt er weit von hier?«

»Weit nein. Da, linke Seite, werden zehn Werst sein.«

»Woher weißt du das?« fragte ich. »Bist du schon einmal dort gewesen?«

»Ja. Unsere Leute alle in Berge gewesen.«

»Hast du Schamil gesehen?«

»Pah! Unsereiner Schamil nicht sehen kann. Hundert, dreihundert, tausend Mürid[3] herum. Schamil ist Mitte!« sagte er mit einem Gesicht, aus dem sklavische Verehrung sprach.

Wenn man nach oben sah, konnte man bemerken, daß der jetzt wolkenlose Himmel im Osten heller geworden war und daß die Plejaden sich zum Horizont neigten; aber in der Schlucht, in der wir entlangzogen, war es feucht und finster.

Plötzlich leuchteten nicht weit vor uns in der Dunkelheit mehrere Flämmchen auf, im selben Augenblick flogen Kugeln pfeifend an uns vorbei, und lautes, durchdringendes Geschrei und Gewehrschüsse hallten weit durch die uns umgebende Stille. Das war die feindliche Vorhutabteilung. Die Tataren, die sie bildeten, hatten ihren Kriegsruf ausgestoßen, aufs Geratewohl geschossen und machten sich nun davon.

Alles wurde still. Der General rief den Dolmetscher zu sich. Ein Tatar in weißem Tscherkessenrock ritt zu ihm

1. Jok bedeutet im Tatarischen: nein.

2. Naibs heißen die Männer, denen Schamil einen Teil der Verwaltung anvertraut hat.

3. Das Wort Mürid hat vielerlei Bedeutung; aber in dem Sinn, in dem es hier gebraucht ist, bedeutet es ein Mittelding zwischen eine Adjutanten und einem Leibwächter.

heran und redete flüsternd und gestikulierend ziemlich lange mit ihm.
»Oberst Chasanow! Lassen Sie die Schützenkette ausschwärmen!« sagte der General mit leiser, gedehnter, aber deutlicher Stimme.
Die Abteilung näherte sich dem Flusse; die schwarzen Berge und Schluchten blieben hinter uns zurück; es begann hell zu werden. Das Firmament, an dem die blassen, matten Sterne kaum mehr zu bemerken waren, erschien höher; im Osten schimmerte das Morgenrot; ein frischer, durchdringender Wind wehte von Westen her, und ein heller Nebel stieg wie Dampf über dem rauschenden Flusse auf.

8

Der Führer zeigte die Furt, und die Vorhut der Kavallerie und nach ihr auch der General mit seiner Suite begannen überzusetzen. Das Wasser reichte den Pferden bis an die Brust; mit gewaltiger Kraft schoß es zwischen den weißen Steinen hindurch, die an einigen Stellen über die Oberfläche hinausragten, und bildete um die Beine der Pferde schäumende, rauschende Strudel. Die Pferde stutzten vor dem Getöse des Wassers, hoben die Köpfe und spitzten die Ohren, schritten aber gemessenen, vorsichtigen Ganges gegen die Strömung über den unebenen Grund dahin. Die Reiter zogen die Beine an und hoben ihre Waffen hoch. Die Fußsoldaten hatten buchstäblich nur die Hemden anbehalten; sie hielten die Gewehre, an die sie die Bündel mit ihren Kleidern gebunden hatten, über dem Wasser, faßten einander zu je zwanzig an den Händen und bemühten sich mit großer Anstrengung, die man ihren angespannten Gesichtern ansehen konnte, der Strömung standzuhalten. Die Fahrer der Artillerie trieben unter lautem Geschrei ihre Pferde im Trab ins Wasser. Die Geschütze und die grünen Munitionswagen, über denen manchmal das Wasser zusammenschlug, polterten auf dem steinigen Grund; aber die braven Kosakenpferdchen legten sich so kräftig in die Stränge, daß das Wasser unter ihnen schäumte, und arbeiteten sich mit nassem Schweif und nasser Mähne zum anderen Ufer durch.

Als der Übergang beendet war, nahm das Gesicht des Generals plötzlich einen ernsten, nachdenklichen Ausdruck an; er wandte sein Pferd und ritt mit der Kavallerie im Trabe über eine weite, von Wald umgebene Lichtung, die sich vor uns auftat. Eine Reiterkette der Kosaken schwärmte am Waldrand aus.

Im Wald taucht plötzlich ein Mann auf, zu Fuß, in Tscherkeska und Pelzmütze, dann ein zweiter, ein dritter...

Einer von den Offizieren sagt: »Das sind die Tataren.« Da steigt hinter einem Baum ein Rauchwölkchen auf... ein Schuß, ein zweiter... Die zahlreichen Schüsse der Unseren übertönen die feindlichen. Nur ab und zu beweist eine Kugel, die mit langsamem, an Bienenflug erinnerndem Summen vorbeifliegt, daß nicht alle Schüsse von den Unsrigen kommen. Nun rücken die Infanterie im Laufschritt und die Geschütze im Trab in die Schützenkette vor; man hört die dumpfen Schüsse der Kanonen, den metallischen Klang der Kartätschen, das Zischen der Raketen, das Knattern der Gewehre. Kavallerie, Infanterie und Artillerie stehen jetzt auf allen Seiten der weiten Lichtung. Die Rauchwölkchen der Geschütze, Raketen und Gewehre fließen mit dem taubedeckten Grün und mit dem Nebel zusammen. Oberst Chasanow kommt zu dem General herangesprengt und pariert plötzlich sein Pferd im vollen Galopp.

»Exzellenz«, sagt er, die Hand an die Pelzmütze legend, »befehlen Sie, bitte, daß die Kavallerie vorrückt: es haben sich Fähnchen[1] gezeigt«, und er zeigt mit der Reitpeit-

1. Die Fähnchen haben bei den Bergbewohnern fast die Bedeutung von Fahnen, nur mit dem Unterschied, daß jeder Dschigit sich ein Fähnchen beschaffen und es führen darf.

sche auf berittene Tataren, denen zwei Mann mit roten und blauen Lappen an Stangen auf Schimmeln vorausreiten.
»Mit Gott, Iwan Michailowitsch!« sagt der General.
Der Oberst wirft sein Pferd herum, zieht den Säbel und ruft: »Hurra!«
»Hurra! Hurra! Hurra!« schallt es durch die Reihen, und die Kavallerie sprengt ihm nach.
Alle warten gespannt: da – ein Fähnchen, ein zweites, drittes, viertes...
Aber der Feind weicht dem Angriff aus, er zieht sich in den Wald zurück und eröffnet von dort aus sein Gewehrfeuer. Die Kugeln fliegen dichter.
»Quel charmant coup d'œil!« sagt der General, der sich im englischen Trab auf seinem dünnbeinigen Rappen nähert.
»Charrmant!« antwortet der Major schnarrend, versetzt seinem Pferd einen Schlag mit der Peitsche und reitet auf den General zu.
»C'est un vrrai plaisirr, que la guerre dans un aussi beau pays«, sagt er.
»Et surtout en bonne compagnie«, fügt der General mit einem liebenswürdigen Lächeln hinzu.
Der Major verbeugt sich.
In diesem Augenblick kommt mit schnellem, unangenehmem Zischen eine feindliche Kanonenkugel vorbeigeflogen und schlägt irgendwo auf; hinter uns ist das Stöhnen eines Verwundeten zu vernehmen. Dieses Stöhnen macht mich so betroffen, daß das kriegerische Bild sofort jeden Reiz für mich verliert; aber außer mir hat es anscheinend niemand bemerkt: der Major lacht sehr herzlich, wie mir scheint, ein anderer Offizier wiederholt seelenruhig die Anfangsworte seines unterbrochenen Satzes; der General blickt nach der entgegengesetzten Seite und sagt mit dem ruhigsten Lächeln etwas auf französisch.

»Befehlen Sie, das Feuer zu erwidern?« fragt der herbeigaloppierende Befehlshaber der Artillerie.
»Ja, jagen Sie ihnen einen Schrecken ein«, erwidert der General lässig und zündet sich eine Zigarre an.
Die Batterie macht sich gefechtsbereit, und das Feuer beginnt. Die Erde stöhnt unter den Schüssen, unablässig blitzt es auf, und der Rauch, in dem man die Bedienungsmannschaft kaum noch unterscheiden kann, nimmt einem die Sicht.
Ein Aul ist beschossen worden. Wieder kommt Oberst Chasanow herbeigeritten und jagt dann auf Befehl des Generals nach dem Aul. Wieder klingt Kriegsgeschrei auf, und die Kavallerie verschwindet in der von ihr aufgewühlten Staubwolke.
Es war ein wirklich großartiges Schauspiel. Nur eines verdarb mir, dem am Kampfe Unbeteiligten und an solche Vorgänge nicht Gewöhnten, den Gesamteindruck: dieser Angriff, diese Begeisterung, dieses Geschrei kamen mir überflüssig vor. Unwillkürlich drängte sich mir der Vergleich mit einem Menschen auf, der mit der Axt weit ausholt, um die Luft zu spalten.

9

Der Aul war schon von unseren Truppen besetzt, und vom Feinde war keine Menschenseele in ihm zurückgeblieben, als der General mit seiner Suite, zu der auch ich mich gesellt hatte, herangeritten kam.
Die langen, reinlichen Hütten mit den flachen Erddächern und den hübschen Schornsteinen lagen auf unebenen, steinigen Hügeln zerstreut, zwischen denen ein kleiner Fluß floß. Auf der einen Seite sah man grüne, vom grellen Sonnenlicht beleuchtete Gärten mit gewaltigen Birn- und Pflaumenbäumen; auf der andern ragten seltsame Schatten auf, die senkrecht stehenden hohen Grabsteine eines Fried-

hofs und lange hölzerne Stangen, an deren Enden Kugeln und buntfarbige Fähnchen befestigt waren. (Das waren Gräber von Dschigiten.)

Die Truppen standen in Reih und Glied.

Einen Augenblick später zerstreuten sich Dragoner, Kosaken und Infanteristen mit unverhohlener Freude in die krummen Gäßchen, und der öde Aul belebte sich im Nu. Hier stürzte ein Dach ein; ein Beil schlug gegen starkes Holz und zertrümmerte eine Brettertür; dort wurde ein Heuschober, ein Zaun, eine Hütte angezündet, und eine dichte Rauchsäule stieg in der klaren Luft auf. Da schleppte ein Kosak einen Sack mit Mehl und einen Teppich; ein Soldat trug mit freudestrahlendem Gesicht eine blecherne Waschschüssel und einen Lappen aus einer Hütte heraus; ein anderer bemühte sich mit ausgebreiteten Armen zwei Hühner zu greifen, die ängstlich schreiend an einem Zaune hin und her liefen; ein dritter hatte irgendwo einen großen Topf mit Milch gefunden, trank ihn leer und warf ihn dann mit lautem Gelächter auf die Erde.

Das Bataillon, mit dem ich aus der Festung NN. gekommen war, befand sich ebenfalls im Aul. Der Hauptmann saß auf dem Dach einer Hütte und blies aus seinem kurzen Pfeifchen Rauchstreifen seines ›sambrotalischen Tabaks‹ mit so gleichmütiger Miene in die Luft, daß ich bei seinem Anblick ganz vergaß, daß ich mich in einem feindlichen Aul befand und es mir vorkam, als sei ich hier zu Hause.

»Ah, Sie sind auch hier?« sagte er, als er mich bemerkte.

Die hohe Gestalt des Leutnants Rosenkrantz tauchte bald da, bald dort im Aul auf: er traf unaufhörlich Anordnungen und machte ein Gesicht, als sei er sehr besorgt. Ich sah, wie er mit feierlicher Miene aus einer Hütte herauskam; hinter ihm führten zwei Soldaten einen gebundenen alten Tataren. Der Alte, dessen ganze Bekleidung aus einem zerlumpten bunten Beschmet und zerrissenen Hosen bestand, war so gebrechlich, daß seine hinter dem gekrümm-

ten Rücken fest zusammengebundenen Arme sich kaum noch in den Schultergelenken zu halten schienen und seine verkrümmten bloßen Füße sich nur mit Mühe weiterbewegten. Sein Gesicht und sogar ein Teil des rasierten Kopfes waren von tiefen Furchen durchzogen; der schiefe, zahnlose Mund, der von einem grauen, kurzgeschnittenen Vollbart umgeben war, bewegte sich fortwährend, als kaute er etwas; aber in seinen roten, wimperlosen Augen, die deutlich eine greisenhafte Gleichgültigkeit dem Leben gegenüber ausdrückten, blitzte noch ein helles Feuer.
Rosenkrantz ließ ihn durch den Dolmetscher fragen, warum er nicht mit den anderen fortgegangen sei.
»Wohin soll ich gehen?« antwortete er, ruhig zur Seite blickend.
»Dahin, wohin die andern gegangen sind«, bemerkte jemand.
»Die Dschigiten sind ausgezogen, um gegen die Russen zu kämpfen; aber ich bin ein alter Mann.«
»Fürchtest du dich denn nicht vor den Russen?«
»Was können mir die Russen tun? Ich bin ein alter Mann«, antwortete er wieder und sah gleichgültig in dem Kreise umher, der sich um ihn gebildet hatte.
Auf dem Rückmarsch sah ich, wie dieser alte Mann, ohne Mütze, mit zusammengebundenen Armen, hin und her gerüttelt hinter dem Sattel eines Linienkosaken saß und mit demselben teilnahmslosen Ausdruck um sich blickte. Er war für den Austausch der Gefangenen notwendig.
Ich stieg auf das Dach hinauf und setzte mich neben den Hauptmann.
»Der Feind scheint nicht sehr zahlreich gewesen zu sein«, sagte ich zu ihm, um seine Ansicht über das Scharmützel zu erfahren.
»Der Feind?« wiederholte er erstaunt. »Der ist ja überhaupt nicht dagewesen. Kann man das etwa ›den Feind‹ nennen? Passen Sie mal am Abend auf, wenn wir zurück-

marschieren; dann werden Sie sehen, wie sie uns begleiten werden und was alles dort herauskommen wird!« sagte er und deutete mit der Pfeife auf einen Waldstreifen, durch den wir am Morgen marschiert waren.

»Was ist da los?« fragte ich, beunruhigt den Hauptmann unterbrechend, und zeigte auf eine Anzahl Donkosaken, die sich nicht weit von uns um irgend etwas zusammengeschart hatten.

In ihrer Mitte hörte man einen Laut wie das Weinen eines Kindes und dann die Worte:

»Ach, schlag ihn nicht tot ... warte ... halt! ... sonst wird mans merken ... Hast du ein Messer, Jewstignewitsch? ... Her mit dem Messer!«

»Sie teilen etwas, die Schufte«, sagte der Hauptmann ruhig. Aber in diesem Augenblick kam plötzlich der hübsche Fähnrich mit glühendem, erschrockenem Gesichte um eine Hausecke gelaufen und rannte, mit den Armen fuchtelnd, auf die Kosaken zu. »Rührt es nicht an, schlagt es nicht!« rief er mit seiner kindlichen Stimme.

Als die Kosaken den Offizier sahen, traten sie auseinander und ließen einen jungen weißen Ziegenbock los. Der junge Fähnrich war vollständig konsterniert, murmelte etwas und blieb mit verlegenem Gesichte vor dem Tier stehen. Als er auf dem Dach mich und den Hauptmann erblickte, errötete er noch mehr und kam zu uns herübergelaufen. »Ich glaubte, sie wollten ein Kind umbringen«, sagte er mit schüchternem Lächeln.

10

Der General ritt mit der Kavallerie voraus. Das Bataillon, mit dem ich aus der Festung NN. gekommen war, blieb in der Nachhut. Die Kompanie des Hauptmanns Chlopow und die des Leutnants Rosenkrantz traten den Rückmarsch zusammen an.

Was der Hauptmann vorausgesagt hatte, trat tatsächlich ein: kaum waren wir auf der engen Waldlichtung, von der er gesprochen hatte, als zu beiden Seiten Bergbewohner zu Pferd und zu Fuß auftauchten, und zwar so nahe, daß ich deutlich sah, wie manche in gebückter Haltung mit der Flinte in der Hand von einem Baum zum andern liefen.
Der Hauptmann nahm die Mütze ab und bekreuzigte sich andächtig; mehrere alte Soldaten taten dasselbe. Im Walde hörte man den Kampfruf: »Jai gjaur! Uruß iai!« Trocken und kurz klingende Flintenschüsse folgten einer auf den andern, und die Kugeln pfiffen von beiden Seiten. Die Unsrigen antworteten schweigend mit Schnellfeuer; in ihren Reihen waren nur ab und zu Bemerkungen zu hören wie: »›Er[1]‹ schießt von da; ›er‹ hat es leicht aus dem Walde; Geschütze müßten wir haben«, und so weiter.
Die Geschütze rückten in die Linie ein, und nach einigen Kartätschensalven schien der Feind zu ermatten; aber einen Augenblick darauf wurden das Feuer, das Geschrei und der Kampfruf wieder stärker und steigerten sich mit jedem Schritte, den unsere Truppen machten.
Kaum waren wir etwa tausend Schritte von dem Aul entfernt, als feindliche Kanonenkugeln pfeifend über unsere Köpfe zu fliegen begannen. Ich sah, wie ein Soldat von einer solchen Kugel getroffen wurde... aber wozu die Einzelheiten dieses furchtbaren Bildes erzählen, da ich selbst viel darum geben würde, wenn ich es vergessen könnte.
Der Leutnant Rosenkrantz schoß pausenlos aus seinem Gewehr, schrie den Soldaten mit heiserer Stimme Befehle zu und sprengte in vollem Galopp von einem Ende der Schützenkette zum andern. Eine leichte Blässe lag auf seinem martialischen Gesicht, aber sie stand ihm sehr gut. Der hübsche Fähnrich war begeistert: seine schönen schwarzen Augen blitzten verwegen, sein Mund lächelte leise; immer

1. ›Er‹ ist ein Sammelname, unter dem die kaukasischen Soldaten den Feind verstehen.

wieder kam er zu dem Hauptmann geritten und bat ihn um die Erlaubnis, mit Hurra einen Sturmangriff machen zu dürfen.

»Wir werfen sie zurück«, sagte er in überzeugtem Ton; »wir werfen sie sicher zurück.«

»Nicht nötig«, erwiderte der Hauptmann kurz; »wir müssen zurückmarschieren.«

Die Kompanie des Hauptmanns hatte den Waldrand besetzt und erwiderte liegend das Feuer des Feindes. Der Hauptmann, in seinem abgetragenen Rocke und seiner schäbigen Mütze, hatte seinem kleinen Schimmel die Zügel gelassen, die Beine in den kurzen Steigbügeln hochgezogen und hielt schweigend auf einem Fleck. (Die Soldaten kannten und machten ihre Sache so gut, daß es nichts zu befehlen gab.) Nur ab und zu erhob er seine Stimme und schrie diejenigen an, die die Köpfe in die Höhe hoben. Die Gestalt des Hauptmanns sah wenig kriegerisch aus, wirkte aber so natürlich und schlicht, daß sie mich außerordentlich beeindruckte. »Das ist ein wahrhaft tapferer Mann!« sagte ich mir unwillkürlich.

Er war ganz derselbe, wie ich ihn immer gesehen hatte: dieselben ruhigen Bewegungen, dieselbe gleichmäßige Stimme, derselbe Ausdruck von Geradheit in seinem unschönen, aber offenen Gesicht. Nur sein heller als sonst leuchtender Blick ließ die Aufmerksamkeit eines Menschen erkennen, der ruhig und überlegt seine Arbeit tut. ›Derselbe wie immer‹ – das ist leicht gesagt; aber wie viele verschiedene Nuancen habe ich an anderen beobachtet: der eine möchte ruhiger als sonst scheinen, ein anderer finsterer, ein dritter heiterer; aber dem Gesicht des Hauptmanns war anzusehen, daß er gar nicht begreifen würde, was für einen Sinn es hätte, etwas scheinen zu wollen.

Der Franzose, der bei Waterloo sagte: ›La garde meurt, mais ne se rend pas‹, und andere, besonders französische Helden, die denkwürdige Aussprüche getan haben, waren tapfer, und ihre Aussprüche waren wirklich denkwürdig; aber zwischen ihrer Tapferkeit und der des Hauptmanns besteht ein Unterschied: selbst wenn sich bei irgendeiner Gelegenheit ein großes Wort in der Seele meines Helden geregt hätte, so hätte er es gewiß nicht ausgesprochen – erstens, weil er gefürchtet hätte, eine große Tat durch ein großes Wort zu entweihen, und zweitens, weil jedes Wort überflüssig ist, wenn ein Mensch in sich die Kraft fühlt, eine große Tat zu vollbringen. Das ist meiner Ansicht nach ein besonderer, schöner Charakterzug der russischen Tapferkeit; und wie sollte es da für ein russisches Herz nicht schmerzlich sein, wenn man aus dem Munde unserer jungen Krieger alberne französische Phrasen hört, die das veraltete französische Rittertum nachahmen möchten?

Plötzlich erklang auf der Seite, wo der hübsche Fähnrich mit seinem Zug stand, ein uneinheitliches, gedämpftes Hurra. Ich schaute mich um und sah ungefähr dreißig Soldaten, die, das Gewehr in der Hand und die Tornister auf dem Rücken, mit größter Mühe und Anstrengung über ein gepflügtes Feld liefen. Sie stolperten, kamen aber doch vorwärts und schrien. Ihnen voran sprengte mit gezogenem Säbel der junge Fähnrich.

Alles verschwand im Walde.

Nach wenigen, von Kriegsgeschrei und Gewehrgeknatter erfüllten Minuten stürmte ein scheu gewordenes Pferd aus dem Wald, und am Waldrand erschienen Soldaten, die Tote und Verwundete trugen; unter den Verwundeten war auch der junge Fähnrich. Zwei Soldaten hielten ihn untergefaßt. Er war weiß wie ein Tuch, sein hübscher Kopf, der nur noch einen Schatten der kriegerischen Begeisterung erkennen ließ, die ihn noch eine Minute vorher beseelt hatte, war auf schreckliche Weise zwischen den Schultern eingesunken und hing auf die Brust herab. Auf dem weißen Hemd unter dem aufgeknöpften Rock war ein kleiner Blutfleck sichtbar.

»Ach, welch ein Jammer!« sagte ich unwillkürlich und wandte mich von diesem traurigen Anblick ab.
»Gewiß, es ist schade«, sagte ein alter Soldat, der mit finsterer Miene, auf das Gewehr gestützt, neben mir stand. »Er fürchtet sich vor nichts: wie ist das nur möglich!« fügte er hinzu und sah den Verwundeten unverwandt an. »Er ist noch dumm – jetzt hat ers büßen müssen.«
»Aber du, fürchtest du dich denn?« fragte ich.
»Na und wie!«

II

Vier Soldaten trugen den Fähnrich auf einer Bahre; hinter ihnen führte ein Trainsoldat ein mageres, invalides Pferd, das mit zwei grünen Kasten bepackt war, die das Handwerkszeug des Feldschers enthielten. Man wartete auf den Arzt. Die Offiziere kamen zu der Tragbahre herangeritten und suchten dem Verwundeten Mut zu machen und ihn zu trösten.
»Na, Bruder Alanin, jetzt wirst du nicht so bald wieder mit Kastagnetten tanzen können«, sagte der Leutnant Rosenkrantz lächelnd.
Er glaubte wohl, diese Worte würden den hübschen Fähnrich aufmuntern, aber sie blieben ohne die gewünschte Wirkung, wie man an dem kalten, traurigen Ausdruck des Fähnrichs sah.
Auch der Hauptmann kam herangeritten. Er betrachtete den Verwundeten unverwandt, und auf seinem sonst so gleichmütig kalten Gesicht prägte sich aufrichtiges Mitleid aus.
»Nun, mein lieber Anatol Iwanowitsch«, sagte er mit einer Stimme, in der eine so zärtliche Teilnahme mitschwang, wie ich es nie von ihm erwartet hätte, »Gott hat es offenbar so gewollt.«
Der Verwundete sah sich um; sein blasses Gesicht wurde von einem traurigen Lächeln belebt.

»Ja, ich habe Ihnen nicht gehorcht.«

»Sagen Sie lieber: Gott hat es so gewollt«, wiederholte der Hauptmann.

Der Arzt kam, ließ sich von dem Feldscher Verbandszeug, eine Sonde und andere Instrumente geben, streifte die Ärmel auf und trat mit einem aufmunternden Lächeln an den Verwundeten heran.

»Na, offenbar hat man auch Ihnen an einer heilen Stelle ein kleines Loch gemacht«, sagte er in scherzendem, lässigem Ton. »Zeigen Sie mal her!«

Der Fähnrich gehorchte; aber in dem Blick, mit dem er den munteren Arzt ansah, lag Verwunderung und Vorwurf, was der Doktor aber nicht bemerkte. Er machte sich daran, die Wunde zu sondieren und von allen Seiten zu betrachten; aber der Verwundete verlor die Geduld und schob, schwer stöhnend, die Hand des Arztes beiseite.

»Lassen Sie mich«, sagte er kaum hörbar; »es ist alles gleich; ich sterbe.«

Mit diesen Worten fiel er zurück, und fünf Minuten später, als ich mich der Gruppe näherte, die sich um ihn gebildet hatte, und einen Soldaten fragte: »Wie gehts dem Fähnrich?« erhielt ich die Antwort: »Es geht zu Ende.«

12

Es war schon spät, als die Abteilung in breiter Kolonne und Lieder singend sich der Festung näherte.

Die Sonne war schon hinter dem schneebedeckten Bergrücken verschwunden und warf ihre letzten rosigen Strahlen auf eine lange, dünne Wolke, die an dem hellen, klaren Horizont stand. Die Schneeberge begannen sich in lila Nebel zu hüllen; nur ihre oberste Linie hob sich mit außerordentlicher Klarheit gegen das purpurne Licht des Sonnenuntergangs ab. Der schon längst aufgegangene blasse Mond nahm auf dem dunklen Blau des Himmels allmählich eine weiße Farbe an. Das Grün des Grases und der Bäume wurde schwarz und bedeckte sich mit Tau. Die dunklen Massen der Truppen zogen mit gedämpftem Lärm über eine üppige Wiese; von verschiedenen Seiten her hörte man Tamburins, Trommeln und fröhliche Lieder. Der Vorsänger der sechsten Kompanie sang aus voller Kehle, und die kraftvollen, gefühlvollen Töne seines reinen, hohen Tenors klangen weit durch die klare Abendluft.

DER HOLZSCHLAG

In der Mitte des Winters 185. stand eine Abteilung unserer Batterie in der Großen Tschetschnja im Kaukasus. Am Abend des 14. Februar hatte ich erfahren, daß der Zug, den ich in Abwesenheit des Offiziers kommandierte, einer Kolonne zugeteilt worden war, die am nächsten Tag Holz fällen sollte. Ich hatte noch am Abend die nötigen Befehle empfangen und weitergegeben und mich früher als sonst in mein Zelt zurückgezogen; da ich nicht die schlechte Angewohnheit hatte, es mit glühenden Kohlen zu heizen, legte ich mich in den Kleidern auf das mittels kleiner Pflökke hergerichtete Bett, zog die Pelzmütze über die Augen, wickelte mich in meinen Pelz und versank in den eigenartig festen, schweren Schlaf, den man im Augenblick der Erregung und Unruhe vor einer Gefahr schläft. Ich erwartete, daß es morgen zu einem Gefecht kommen werde, und das hatte mich in diesen Zustand versetzt.
Um drei Uhr morgens, als es noch völlig dunkel war, zerrte mir jemand den warmgewordenen Schafpelz vom Leib, und das dunkelrote Licht einer Kerze fiel mir unangenehm in die verschlafenen Augen.
»Bitte, stehen Sie auf!« sagte eine Stimme. Ich schloß die Augen, zog unbewußt den Schafpelz wieder über mich und schlief ein. »Bitte, stehen Sie auf!« wiederholte Dmitrij und schüttelte mich erbarmungslos an der Schulter; »die Infanterie rückt schon aus.« Plötzlich kam mir die Wirklichkeit zum Bewußtsein, ich fuhr zusammen und sprang

auf. Ich trank schnell ein Glas Tee, wusch mich mit vereistem Wasser, kroch aus dem Zelt und ging in den Park (das ist der Platz, wo die Geschütze stehen). Es war dunkel, neblig und kalt. Die nächtlichen Wachtfeuer, die hier und da im Lager glühten, beleuchteten die Gestalten der um sie lagernden schlafenden Soldaten, und ihr matter roter Schein ließ die Dunkelheit ringsum tiefschwarz erscheinen. In der Nähe hörte man gleichmäßiges, ruhiges Schnarchen, in der Ferne die Bewegungen der Infanterie, ihre Gespräche und das Klirren ihrer Gewehre; sie machte sich zum Abmarsch fertig. Es roch nach Rauch, Pferdemist, Lunte und Nebel. Ein morgendliches Zittern lief mir über den Rücken, und meine Zähne schlugen mir wider Willen aufeinander.
Nur an dem Schnauben und dem vereinzelten Stampfen konnte man in dieser undurchdringlichen Dunkelheit erkennen, wo die bespannten Protzen und Munitionswagen standen, und an den leuchtenden Punkten der Lunten, wo sich die Geschütze befanden. Auf die Worte: »Mit Gott!« fuhr klirrend das erste Geschütz los; hinter ihm rasselte der Munitionswagen, und der Zug setzte sich in Bewegung. Wir nahmen alle die Mützen ab und bekreuzigten uns. Mein Zug rückte zwischen den beiden Infanterieabteilungen ein, machte halt und wartete etwa eine Viertelstunde, bis die ganze Kolonne beisammen und der Kommandeur gekommen war.
»Nikolaj Petrowitsch, bei uns fehlt ein Mann«, sagte eine an mich herantretende schwarze Gestalt, die ich nur an der Stimme als den Feuerwerker Maximow erkannte.
»Wer denn?«
»Welentschuk fehlt. Als angespannt wurde, war er noch da, ich habe ihn gesehen; aber jetzt fehlt er.«
Da nicht anzunehmen war, daß die Kolonne sich sofort in Bewegung setzen würde, beschlossen wir, den Gefreiten Antonow auszuschicken, um Welentschuk zu suchen. Bald darauf trabten in der Dunkelheit einige Reiter an uns vor-

über: das war der Kommandeur mit seiner Suite; im nächsten Augenblick rührte sich die Spitze der Kolonne und setzte sich in Bewegung, endlich auch wir – aber Antonow und Welentschuk waren nicht da. Doch hatten wir noch keine hundert Schritt zurückgelegt, als beide Soldaten uns einholten.

»Wo war er denn?« fragte ich Antonow.

»Er hat im Artilleriepark geschlafen.«

»Ist er vielleicht betrunken?«

»Nicht im geringsten.«

»Warum ist er denn wieder eingeschlafen?«

»Das weiß ich nicht.«

Schweigend bewegten wir uns etwa drei Stunden lang im Dunkeln über ungepflügte, schneefreie Felder und durch niedriges Gestrüpp, das unter den Rädern der Geschütze knirschte. Endlich, nachdem wir einen nicht tiefen, aber außerordentlich reißenden Bach überschritten hatten, wurde befohlen, haltzumachen, und bei der Vorhut waren einzelne Flintenschüsse zu hören. Wie gewöhnlich wirkten diese Laute sehr anregend auf die Soldaten. Die Abteilung schien plötzlich zu erwachen, die Leute rührten sich in den Reihen, man hörte sie sprechen und lachen. Zwei Soldaten rangen miteinander, einer sprang von einem Bein aufs andre, manche kauten Zwieback oder übten zum Zeitvertreib Gewehrgriffe. Gleichzeitig begann der Nebel im Osten merklich weiß zu werden; die Feuchtigkeit wurde stärker fühlbar, und die umgebenden Gegenstände traten allmählich aus der Dunkelheit hervor. Ich unterschied schon die grünen Lafetten und Munitionswagen, das von Nebelnässe bedeckte Metall der Geschütze, die bekannten, mir ganz von selbst bis auf die kleinsten Einzelheiten vertraut gewordenen Gestalten meiner Soldaten, die braunen Pferde und die Reihen der Infanterie mit ihren hellen Bajonetten, den Brotbeuteln, den Kugelziehern und den Kochkesseln auf dem Rücken.

Bald bekamen wir Befehl vorzurücken, und nachdem wir einige hundert Schritt querfeldein marschiert waren, wurde uns ein Platz angewiesen. Auf der rechten Seite sahen wir das steile Ufer eines kleinen Flusses mit vielen Windungen und die hohen Holzpfosten eines tatarischen Friedhofs; links und vorne zog sich ein breiter schwarzer Streifen durch den Nebel. Der Zug protzte ab. Die achte Kompanie, die uns decken sollte, stellte die Gewehre zusammen, und ein Bataillon ging mit Gewehren und Äxten in den Wald.

Es waren noch nicht fünf Minuten vergangen, als auf allen Seiten Wachtfeuer zu knistern und zu rauchen begannen; die Soldaten hatten sich zerstreut, sie fachten das Feuer mit den Händen und den Füßen an und schleppten Reisig und Äste herbei. Unaufhörlich hallten Axthiebe und das dumpfe Geräusch fallender Bäume durch den Wald.

Aus einer gewissen Rivalität mit der Infanterie hatten die Artilleristen ein eigenes Lagerfeuer angezündet, das schon dermaßen brannte, daß man nicht näher als zwei Schritt herantreten konnte. Dichter, schwarzer Rauch stieg durch die vereisten Zweige empor, die die Soldaten in das Feuer drückten und von denen Wassertropfen zischend ins Feuer fielen; unten hatten sich schon Kohlen gebildet, und das abgestorbene, weiße Gras um das Lagerfeuer war aufgetaut. Aber den Soldaten schien das noch immer nicht genug: sie schleppten ganze Stämme heran, legten Steppengras darunter und fachten die Glut immer mehr an.

Als ich zu dem Wachtfeuer trat, um mir eine Zigarette anzuzünden, holte Welentschuk, der immer sehr eifrig war, sich jetzt aber in seinem Schuldbewußtsein noch mehr als alle anderen um das Feuer bemühte, in einem Anfall von besonderem Eifer mitten aus der Glut mit der bloßen Hand eine Kohle heraus, warf sie ein paarmal von einer Hand in die andere und ließ sie dann auf die Erde fallen.

»Steck doch einen Span an und reich den hin!« sagte ein

anderer. »Gebt doch eine Lunte her, Brüder!« sagte ein dritter.
Als ich schließlich ohne Welentschuks Hilfe, der noch einmal mit den Händen eine Kohle herausholen wollte, meine Zigarette angezündet hatte, rieb er seine verbrannten Finger an den Schößen seines kurzen Pelzes, hob, um sich irgendwie zu betätigen, einen großen Platanenklotz in die Höhe und warf ihn mit gewaltigem Schwung ins Feuer. Dann endlich glaubte er sich ausruhen zu dürfen; er trat dicht an die Glut heran, öffnete seinen Mantel, den er wie eine Mantille um die Schultern geworfen hatte, spreizte die Beine, streckte seine großen, schwarzen Hände vor, zog den Mund schief und kniff die Augen zusammen.
»Ich hab meine Pfeife vergessen, Kinder, so ein Pech«, sagte er, nachdem er eine Weile geschwiegen hatte, ohne sich an einen Bestimmten zu wenden.

2

In Rußland gibt es drei vorherrschende Soldatentypen, unter die sich die Soldaten aller Truppengattungen – der kaukasischen, der Linien- und Garderegimenter, der Infanterie, Kavallerie, Artillerie und so weiter – einordnen lassen.
Diese Haupttypen, die sich in viele Unterabteilungen stufen, sind:
1. die Ergebenen,
2. die Befehlshaberischen,
3. die Verwegenen.
Die Ergebenen zerfallen in a) gleichmütig Ergebene und b) geschäftig Ergebene.
Die Befehlshaberischen lassen sich einteilen in a) schroff Befehlshaberische und b) diplomatisch Befehlshaberische.
Die Verwegenen gliedern sich in a) unterhaltsam Verwegene und b) liederlich Verwegene.

Der häufigste und zugleich liebenswürdigste, sympathischste Typus, der sich meist mit den besten christlichen Tugenden, Sanftmut, Frömmigkeit, Geduld und Ergebung in den Willen Gottes, paart, ist der Typus der Ergebenen schlechthin. Der charakteristische Zug des gleichmütig Ergebenen ist die durch nichts zu erschütternde Ruhe und seine Gleichgültigkeit allen Schicksalsschlägen gegenüber, die ihn treffen können. Der hervorstechende Zug des trunksüchtigen Ergebenen ist eine stille Neigung zum Poetischen und zur Empfindsamkeit; das Hauptmerkmal des geschäftigen Ergebenen ist eine gewisse Beschränktheit der geistigen Fähigkeiten, verbunden mit ziellosem Fleiß und Eifer.

Der Typus des Befehlshaberischen schlechthin findet sich vor allem bei der gehobenen Schicht der Soldaten, also bei Gefreiten, Unteroffizieren, Feldwebeln und so weiter. Die schroff Befehlshaberischen, die die erste Unterabteilung bilden, sind ein guter, energischer kriegerischer Menschenschlag, der einen hohen poetischen Schwung nicht ausschließt. (Zu diesem Typus gehörte der Gefreite Antonow, mit dem ich den Leser bekannt machen möchte.) Zu der zweiten Untergruppe gehören die diplomatischen Befehlshaberischen, die seit einiger Zeit stark verbreitet sind. Der diplomatisch Befehlende ist immer redegewandt, kann lesen und schreiben, trägt ein rosa Hemd, ißt nie aus dem gemeinsamen Kessel, raucht Musatowtabak und glaubt unvergleichlich hoch über dem Gemeinen zu stehen, ist aber nur selten ein so guter Soldat wie der Befehlshaberische der ersten Gruppe.

Wie bei den Befehlenden ist auch bei den Verwegenen der Typus der ersten Unterabteilung gut: die unterhaltsam Verwegenen zeichnen sich durch eine unerschütterlich gute Laune, vielseitige Begabung, reiche Veranlagung und Kühnheit aus; aber der Typus der zweiten Untergruppe, der liederliche Verwegene, ist entsetzlich schlimm. Zur

Ehre der russischen Armee muß gesagt werden, daß solche Leute sehr selten vorkommen, und wenn sie vorkommen, werden sie meistens von den Kameraden aus der Gemeinschaft der Soldaten ausgeschlossen. Unglaube und eine gewisse Bravour im Laster sind die wesentlichen Charakterzüge dieser Gruppe.

Welentschuk gehörte zu der Kategorie der geschäftig Ergebenen. Er diente schon fünfzehn Jahre, war Kleinrusse, ein unansehnlicher und nicht sehr geschickter Soldat, dafür aber treuherzig, gutmütig, überaus diensteifrig, auch dort, wo es fehl am Platze war, und außerordentlich ehrlich. Ich sage: außerordentlich ehrlich, denn im vergangenen Jahr war ein Fall vorgekommen, bei dem er diese Charaktereigenschaft sehr augenfällig gezeigt hatte. Hier sei erwähnt, daß fast jeder Soldat irgendein Handwerk betreibt. Besonders verbreitet sind Schneiderei und Schuhmacherei. Welentschuk hatte das erstere Handwerk erlernt und darin einen gewissen Grad von Vollkommenheit erreicht, denn Michail Dorofejitsch, der Feldwebel, ließ sich seine Zivilkleidung von ihm machen. Im Jahr vorher, als wir im Lager waren, hatte Welentschuk den Auftrag übernommen, Michail Dorofejitsch einen feinen Mantel anzufertigen. Er hatte das Tuch zugeschnitten, die Zutaten gerichtet und legte beides am Abend im Zelt unter sein Kopfkissen, und in derselben Nacht geschah das Unglück: das Tuch, das sieben Rubel gekostet hatte, war am Morgen verschwunden! Mit Tränen in den Augen, mit zitternden, bleichen Lippen und unterdrücktem Schluchzen meldete es Welentschuk dem Feldwebel. Michail Dorofejitsch wurde sehr böse. Im ersten Ärger bedrohte er den Schneider, ließ aber dann die Sache auf sich beruhen, und da er wohlhabend und ein guter Mensch war, verlangte er nicht, daß Welentschuk ihm den Wert des Mantels ersetze. So sehr sich der eifrige Welentschuk auch bemühte, so sehr er auch weinte und allen von seinem Unglück erzählte – der Dieb war nicht zu finden. Es bestand zwar ein starker Verdacht gegen einen liederlichen, verwegenen Soldaten namens Tschernow, der mit ihm im gleichen Zelt schlief, aber positive Beweise waren nicht vorhanden. Der diplomatisch befehlshaberische Michail Dorofejitsch, der vermögend war und allerlei kleine Geschäfte mit dem Zeughauswärter und dem Zahlmeister machte, den beiden Aristokraten der Batterie, hatte den Verlust seines Zivilmantels bald vergessen; Welentschuk hingegen vergaß sein Unglück nicht. Die Soldaten sagten, sie hätten damals Angst gehabt, er würde sich das Leben nehmen oder in die Berge fliehen, so stark hätte dies Unglück auf ihn eingewirkt. Er aß und trank nicht, konnte nicht einmal arbeiten und weinte beständig. Drei Tage später erschien er ganz blaß bei Michail Dorofejitsch, zog mit zitternder Hand ein Goldstück aus dem Ärmelaufschlag und gab es ihm. »Bei Gott, das ist mein letztes Geld, Michail Dorofejitsch, ich habe es mir bei Schdanow geborgt«, sagte er schluchzend, »und die zwei Rubel, die noch fehlen, bringe ich Ihnen, sobald ich soviel verdient habe. Er« – wer ›er‹ war, wußte Welentschuk selber nicht – »hat mich in Ihren Augen zu einem Schurken gemacht. Er, diese hinterlistige, gemeine Seele, hat seinem Kameraden das Letzte genommen, ich habe fünfzehn Jahre gedient...« Zu Michail Dorofejitschs Ehre muß ich sagen, daß er die fehlenden zwei Rubel nicht annahm, als Welentschuk sie ihm zwei Monate später brachte.

3

Außer Welentschuk wärmten sich noch fünf Soldaten meines Zuges am Feuer.

Auf dem besten Platz, wo man vor dem Wind geschützt war, saß Maximow, der Feuerwerker meines Zuges, auf einem Holzfäßchen und rauchte eine kurze Pfeife. Die Haltung, der Blick und alle Bewegungen dieses Mannes ließen erkennen, daß er zu befehlen gewohnt war und sich seines eigenen Wertes bewußt war, ganz zu schweigen von dem Fäßchen, auf dem er saß und das während der Rast das Emblem seiner Macht war, und von seinem mit Nanking überzogenen Halbpelz.

Als ich herankam, drehte er mir den Kopf zu; aber seine Augen blieben auf das Feuer gerichtet, und sein Blick wandte sich, der Richtung des Kopfes folgend, mir erst viel später zu. Maximow hatte einen Bauernhof, besaß Geld und hatte in der Lehrbrigade Unterricht erhalten und sich Gelehrsamkeit erworben. Er war furchtbar reich und furchtbar gelehrt, wie die Soldaten sagten. Ich erinnere mich, daß er einmal bei einer Übung im Steilfeuer mit Quadranten den um ihn versammelten Soldaten erklärte, die Wasserwaage sei ›nichts anderes, als was hervorgeht, daß das atmosphärische Quecksilber seine Bewegung hat‹. In Wirklichkeit war Maximow keineswegs dumm und verstand seine Sache ausgezeichnet, aber er hatte die unglückselige Gewohnheit, manchmal absichtlich so zu reden, daß man ihn unmöglich verstehen konnte, und ich bin überzeugt, daß er seine eigenen Worte nicht verstand. Die Wörter ›hervorgehen‹ und ›fortsetzen‹ liebte er ganz besonders, und wenn er sie gebrauchte, wußte ich schon im voraus, daß ich von allem Folgenden nichts verstehen würde. Aber die Soldaten hörten sein ›hervorgehen‹ und ›fortsetzen‹ sehr gern, soviel ich bemerken konnte, und vermuteten einen tiefen Sinn dahinter, obwohl sie ebenso wie ich kein Wort verstanden. Dieses Nichtverstehen führten sie auf ihre eigene Dummheit zurück und achteten Fedor Maximowitsch nur um so höher. Mit einem Wort, Maximow gehörte zu den diplomatisch Befehlshaberischen.

Der zweite Soldat, der am Feuer seine Stiefel auf die sehnigen roten Füße zog, war Antonow, derselbe Bombardier Antonow, der im Jahr siebenunddreißig, als er mit zwei Kameraden ohne Deckung bei einem Geschütz zurückgeblieben war, den starken Feind unverdrossen beschoß und selbst dann noch das Geschütz bediente, als er zwei Gewehrkugeln im Schenkel hatte. »Er wäre schon längst Feuerwerker, wenn er nicht diesen Charakter hätte«, sagten die Soldaten von ihm. Er hatte tatsächlich einen seltsamen Charakter: in nüchternem Zustand war er der ruhigste, friedlichste und ordentlichste Mensch, den man sich denken konnte, wenn er aber getrunken hatte, wurde er ein ganz anderer: er erkannte keine Vorgesetzten mehr an, prügelte sich, trieb allerlei Unfug und wurde ein völlig unbrauchbarer Soldat. Erst vor acht Tagen hatte er in der Butterwoche wieder einmal zu trinken angefangen und trotz aller Drohungen, Ermahnungen und Strafen – er wurde an das Geschütz gebunden – bis zum Fastenmontag weiter gesoffen und krakeelt. Während der ganzen Fastenzeit aber nährte er sich trotz des Befehls, die ganze Abteilung solle während des Feldzuges gewöhnliche Kost essen, nur von Zwieback und nahm in der ersten Woche nicht einmal die ihm zustehende Schnapsration an. Übrigens mußte man diese gedrungene, eisenstarke Gestalt mit den kurzen, nach auswärts gebogenen Beinen und der glänzenden, schnurrbärtigen Fratze gesehen haben, wenn er, leicht angesäuselt, die Balalaika in die sehnigen Hände nahm und, geringschätzig um sich blickend, die ›Barinja‹ zu spielen begann oder wenn er, den Mantel mit den daran baumelnden Orden um die Schultern geworfen und die Hände in den Taschen seiner blauen Nankinghose, über die Straße ging; man mußte den Ausdruck soldatischen Stolzes und der Verachtung für alles Nichtsoldatische gesehen haben, der sich dann in seinem Gesicht zeigte, um zu verstehen, daß es ihm in solchen Augenblicken völlig unmöglich war, mit einem frech gewordenen oder ihm einfach in den Weg gekommenen Burschen, Kosaken, Infanteristen oder Kolonisten, kurz, mit allen Nichtartilleristen, keine Händel zu suchen. Er prügelte sich und krakeelte

weniger zu seinem eigenen Vergnügen, als um das Ansehen des ganzen Soldatenstandes zu wahren, als dessen Vertreter er sich fühlte.
Der dritte Soldat – mit Ohrring, borstigem Schnurrbart, Vogelkopf und einer Porzellanpfeife zwischen den Zähnen –, der am Feuer kauerte, war der Fahrer Tschikin. ›Der liebe Mann Tschikin‹, wie ihn die Soldaten nannten, war ein *Unterhaltsamer*. Bei strengster Kälte oder im kniehohen Schmutz, nach zwei Tagen ohne Essen, auf dem Marsch, bei der Musterung oder bei Übungen, immer und überall schnitt der ›liebe Mann‹ Grimassen, verdrehte die Beine und machte solche Witze, daß sich der ganze Zug vor Lachen schüttelte. Während der Rast oder im Lager sammelte sich um Tschikin stets ein Kreis von jungen Soldaten; er spielte entweder Filka[1] mit ihnen oder erzählte ihnen Märchen von dem schlauen Soldaten und dem englischen Lord, machte einen Tataren oder einen Deutschen vor oder machte einfach seine Bemerkungen, über die sich alles halb totlachte. Sein Ruf als Spaßmacher stand in der ganzen Batterie ein für allemal fest, und er brauchte nur den Mund aufzumachen und mit den Augen zu zwinkern, um ein allgemeines Gelächter hervorzurufen; er hatte tatsächlich etwas überraschend Komisches an sich. Er verstand es, in jeder Sache etwas Besonderes zu sehen, etwas, was anderen gar nicht in den Sinn gekommen wäre, und diese Fähigkeit, in allem etwas Komisches zu entdecken, verließ ihn auch in der schwierigsten Lage nicht.
Der vierte Soldat war ein junger, unansehnlicher Bursche, ein Rekrut von der vorjährigen Aushebung, der zum ersten Mal einen Feldzug mitmachte. Er stand im dicksten Rauch und so nahe am Feuer, daß es den Anschein hatte, als müßte sein abgescheuerter kurzer Pelz jeden Augenblick Feuer fangen; aber an seinen zurückgeschlagenen Mantelschößen und an seiner ruhigen, selbstzufriedenen

1. Ein beliebtes Kartenspiel bei unseren Soldaten.

Haltung mit den nach innen gedrehten Fußspitzen sah man, daß er sich sehr behaglich fühlte.
Der fünfte Soldat schließlich, der etwas abseits vom Feuer saß und an einem Stöckchen herumschnitzte, war Onkelchen Schdanow. Schdanow hatte die meisten Dienstjahre von allen Soldaten der Batterie, er hatte alle anderen schon als Rekruten gekannt, und nach alter Gewohnheit nannten ihn alle Onkelchen. Es hieß, daß er niemals trank, rauchte, Karten spielte oder Schimpfwörter gebrauchte. In seiner ganzen Freizeit beschäftigte er sich mit Schuhmacherei, an Feiertagen ging er in die Kirche, wenn es irgend möglich war, oder stellte wenigstens eine Kerze für eine Kopeke vor sein Heiligenbild und schlug den Psalter auf, das einzige Buch, das er lesen konnte. Um die anderen Soldaten kümmerte er sich wenig – mit denen, die einen höheren Rang hatten, aber jünger waren als er, ging er kühl und respektvoll um, mit Gleichgestellten zusammenzukommen hatte er kaum Gelegenheit, da er nicht trank, aber die Rekruten und die jungen Soldaten hatte er sehr gern: er nahm sich ihrer an, gab ihnen gute Lehren und half ihnen oft. Die ganze Batterie hielt ihn für einen Kapitalisten, weil er ungefähr fünfundzwanzig Rubel besaß, die er wirklich notleidenden Soldaten gern borgte. Maximow, der Feuerwerker, erzählte mir folgendes: als er vor zehn Jahren als Rekrut angekommen war, hatte er mit den trinklustigen alten Soldaten sein ganzes Geld vertrunken. Schdanow bemerkte seine unglückliche Lage, rief ihn zu sich, las ihm gehörig die Leviten, schlug ihn sogar, sagte ihm, wie ein Soldat sich zu benehmen habe, und entließ ihn dann, nachdem er ihm ein Hemd – Maximow hatte keins mehr – und einen halben Rubel gegeben hatte. »Er hat einen Menschen aus mir gemacht«, pflegte Maximow voll Hochachtung und Dankbarkeit von Schdanow zu sagen. Schdanow hatte auch Welentschuk, der seit seiner Rekrutenzeit ein Schützling des alten Soldaten war, bei dem Un-

glück mit dem verschwundenen Mantel geholfen und vielen, vielen anderen im Lauf seiner fünfundzwanzigjährigen Dienstzeit beigestanden.
Im Dienst konnte man sich keinen besseren, mutigeren und ordentlicheren Soldaten als Schdanow denken; aber er war zu still und zu unauffällig, um zum Feuerwerker befördert zu werden, obwohl er seit fünfzehn Jahren Bombardier war. Schdanows einzige Freude, ja Leidenschaft, waren Lieder; einige Lieder hatte er besonders gern und versammelte immer einen aus jungen Soldaten bestehenden Kreis von Sängern um sich; er stand dann bei ihnen, obwohl er selbst nicht singen konnte, steckte die Hände in die Taschen seines kurzen Pelzes, kniff die Augen zu und bekundete durch Bewegungen des Kopfes und der Kinnbacken seine Teilnahme. Diese gleichmäßige Bewegung des Kiefers unter den Ohren, die ich an keinem außer an ihm gesehen habe, kam mir besonders ausdrucksvoll vor, warum, weiß ich nicht. Der schneeweiße Kopf, der gewichste schwarze Schnurrbart und das gebräunte runzlige Gesicht machten auf den ersten Blick einen strengen und schroffen Eindruck, aber sobald man ihm aufmerksam in die großen, runden Augen blickte, zumal wenn sie lächelten – mit den Lippen lachte er nie –, entdeckte man überrascht etwas ungewöhnlich Sanftes, beinahe Kindliches in seinen Zügen.

4

»Na, so was! Ich habe meine Pfeife vergessen. So ein Pech, Brüder!« wiederholte Welentschuk.
»Du solltest Zicharren[1] rauchen, lieber Mann!« sagte Tschikin, verzog den Mund und zwinkerte. »Ich rauche zu Hause immer Zicharren, sie schmecken süßer.«
Natürlich kugelten sich alle vor Lachen.

1. ›Zicharren‹ nennt der einfache Russe aus Zeitungspapier gedrehte und mit minderwertigem Tabak gefüllte Zigaretten.

»So, so, du hast deine Pfeife vergessen«, sagte Maximow, ohne das allgemeine Gelächter zu beachten, und klopfte mit der stolzen Miene eines Vorgesetzten seine Pfeife auf der linken Handfläche aus. »Wo hast du denn heute gesteckt, Welentschuk?«

Welentschuk wandte sich halb nach ihm um und wollte die Hand an die Mütze legen, ließ sie aber wieder sinken.

»Du hast wohl deinen Rausch von gestern noch nicht ausgeschlafen, daß du im Stehen einschläfst. Dafür sagt man euresgleichen keinen Dank.«

»Ich will auf der Stelle zerrissen werden, wenn ich auch nur einen Tropfen im Mund gehabt habe, Fedor Maximowitsch. Ich weiß selbst nicht, was mit mir los war«, antwortete Welentschuk. »Soll mich wohl vor lauter Freude besoffen haben?« brummte er vor sich hin.

»Ja, ja, unsereiner ist den Vorgesetzten für euch verantwortlich, und ihr macht immer so weiter – das ist sehr häßlich«, schloß der redegewandte Maximow in etwas ruhigerem Ton.

»Es war wirklich sonderbar, Brüder«, fuhr Welentschuk nach minutenlangem Schweigen fort, ohne sich an einen Bestimmten zu wenden, und kratzte sich am Genick, »ganz sonderbar! Jetzt diene ich schon sechzehn Jahre, aber so was ist mir noch nie passiert. Als es hieß, ›zum Appell antreten‹, war ich zur Stelle, wie es sich gehört – ich habe nichts gespürt; aber im Geschützpark packt es mich plötzlich... packt mich, schmeißt mich auf die Erde und fertig... Wie ich dann eingeschlafen bin, weiß ich selber nicht, Kinder. Das war sicherlich die Schlafsucht«, schloß er.

»Ja, ich hab dich ja kaum wach bekommen«, sagte Antonow, während er sich die Stiefel anzog, »ich habe dich geschüttelt und geschüttelt, aber du hast dagelegen wie ein Holzklotz.«

»Siehst du«, sagte Welentschuk, »wenn ich betrunken gewesen wäre...«

»Bei uns daheim war ein Weib«, unterbrach ihn Tschikin, »die ist zwei Jahre nicht vom Ofen heruntergekommen. Wir wollten sie wecken, wir dachten, sie schliefe, und da liegt sie da und ist tot. Die hat auch immer die Schlafsucht gepackt. Ja, ja, so ist es, lieber Mann.«

»Erzähl doch mal, Tschikin, wie du dich im Urlaub aufgespielt hast«, sagte Maximow und blickte mich lächelnd an, als wenn er sagen wollte: ›Hätten Sie nicht Lust, den dummen Menschen auch einmal anzuhören?‹

»Wieso aufgespielt, Fedor Maximowitsch?« erwiderte Tschikin und warf mir einen schrägen, flüchtigen Blick zu. »Ich hab ihnen nur erzählt, wie es im Kaukasus zugeht.«

»Na ja, gewiß, gewiß! Zier dich nicht... erzähl, was du ihnen aufgebunden hast!«

»Aufgebunden habe ich ihnen allerdings was. Sie fragten mich, wie wir leben«, begann Tschikin sehr schnell mit der Miene eines Menschen, der schon mehrere Male dasselbe erzählt hat; »ich sagte ihnen: ›Wir leben gut, lieber Mann, wir haben Proviant in Hülle und Fülle. Morgens und abends bekommt jeder Soldat eine Tasse Schokolade, und zu Mittag gibt es herrschaftliche Suppe, glühend heiß, aus Perlgraupen und Reis, und statt Branntwein pro Mann ein Stof Modera, stark und würzig, kostet ohne Flasche zweiundvierzig!‹«

»Ein schöner Modera!« rief Welentschuk, der noch lauter lachte als die anderen. »Nein, so was!«

»Na, und was hast du ihnen von den Asiaten erzählt?« fuhr Maximow fort, als das allgemeine Gelächter sich einigermaßen gelegt hatte.

Tschikin beugte sich zum Feuer, holte mit einem Stäbchen eine Kohle heraus, legte sie auf seine Pfeife und versuchte schweigend, als ob er die gespannte Neugier seiner Zuhörer nicht merkte, seine Tabakrippen in Brand zu setzen. Als er endlich genug Rauch hatte, warf er die Kohle weg, schob seine Mütze noch weiter zurück und fuhr achselzuckend und mit leisem Lächeln fort: »Sie fragten auch: ›Na, mein Junge, schlagt ihr euch dort im Kaukasus eigentlich mit Tscherkessen herum oder sogar mit Türken?‹ – ›Lieber Mann‹, sagte ich, ›es gibt verschiedene Sorten von Tscherkessen. Es gibt Tawlinier, die auf steinernen Bergen wohnen und Steine statt Brot essen. Die sind so groß wie ein Baumstamm‹, sag ich, ›und sie haben nur ein Auge auf der Stirn und rote Mützen, die leuchten wie Feuer‹, genau wie deine, lieber Mann«, fügte er, zu dem jungen Rekruten gewandt, hinzu, der eine sehr komische Mütze mit rotem Deckel trug.

Der kleine Rekrut duckte sich bei dieser unerwarteten Anrede plötzlich zur Erde, schlug sich auf die Knie und lachte und hustete dermaßen, daß er kaum die Worte hervorbringen konnte: »Das sind ja schöne Tawlinier!«

»›Und außerdem‹, sag ich, ›gibt es noch Mumren‹«, fuhr Tschikin fort und schob seine Mütze durch eine Kopfbewegung in die Stirn, »›die sind anders, das sind kleine Zwillinge. Die gehen immer paarweise, halten sich an der Hand und laufen so schnell, daß man sie nicht einmal zu Pferde einholen kann.‹ – ›Wie ist denn das, werden diese Mumren schon so geboren, so Hand in Hand?‹« sagte Tschikin mit dröhnendem Baß, die Stimme eines Bauern nachahmend. »›Ja‹, sag ich, ›lieber Mann, die sind so von Natur. Wenn du ihnen die Hände auseinanderreißt, kommt Blut 'raus, genau wie bei einem Chinesen; wenn man dem die Mütze abnimmt, läuft gleich das Blut.‹ – ›Aber sag mal, Junge, wie kämpfen die denn?‹ fragt er dann. ›Ja‹, sag ich, ›die fangen dich, schlitzen dir den Bauch auf und wickeln dann die Gedärme um den Arm. Sie wickeln und wickeln, und du mußt lachen; und du lachst so lange, bis dir der Atem ausgeht...‹«

»Na, haben sie dir denn das alles geglaubt, Tschikin?« fragte Maximow lächelnd, während die anderen sich halb totlachten.

»Die sind ein wunderliches Volk, Fedor Maximowitsch, die glauben alles, bei Gott, wirklich alles! Aber da hab ich ihnen von dem Berg Kasbek erzählt, und daß dort der Schnee den ganzen Sommer nicht taut. Und da haben sie mich ausgelacht, lieber Mann! ›Was phantasierst du denn da zusammen, Junge‹, haben sie gesagt. ›Hat man so was je gehört: ein großer Berg, und auf dem soll der Schnee nicht tauen! Bei uns tauen im Frühjahr gerade die Hügel zuerst, und in den Schluchten bleibt der Schnee liegen.‹ – Tja, was soll man da machen?« schloß Tschikin augenzwinkernd.

5

Die helle Sonnenscheibe, die durch den milchweißen Nebel hindurchschimmerte, war schon ziemlich hoch gestiegen; der grauviolette Horizont weitete sich allmählich, war aber noch immer scharf von der trügerischen weißen Nebelwand begrenzt.

Vor uns, jenseits des abgeholzten Waldes, lag eine ziemlich große freie Waldwiese. Auf dieser Wiese breitete sich auf allen Seiten der Rauch der Wachtfeuer aus, hier schwarz, da milchweiß, dort violett, und weiße Nebelschichten zogen wie seltsame Gestalten dahin. In der Ferne vor uns zeigten sich ab und zu Gruppen von berittenen Tataren, und man hörte vereinzelte Schüsse aus unseren Stutzen, ihren Gewehren und Geschützen.

Es war noch kein Gefecht, sondern nur ein Vergnügen, wie der gute Hauptmann Chlopow[1] zu sagen pflegte.

Der Chef der neunten Jägerkompanie, die uns zu decken hatte, trat an unsere Geschütze heran, zeigte auf drei Tataren, die in einer Entfernung von ungefähr zweitausend Schritten am Waldrand entlangritten, und bat mich mit der allen Infanterieoffizieren eigenen Passion für Artilleriefeuer, eine Kanonenkugel oder eine Granate auf sie abzufeuern.

1. Vgl. die Erzählung ›Der Überfall‹.

»Sehen Sie mal«, sagte er mit gutmütigem, gewinnendem Lächeln und streckte den Arm von hinten über meine Schulter, »da, wo die beiden großen Bäume stehen, da reitet einer in einem schwarzen Tscherkessenrock auf einem Schimmel voran, und dahinter kommen noch zwei. Sehen Sie nur! Könnte man die nicht...«

»Und da reiten noch drei am Walde«, fügte Antonow hinzu, der erstaunlich scharfe Augen hatte; er war zu uns herangetreten und verbarg die kurze Pfeife, die er gerade rauchte, hinter seinem Rücken. »Der vorderste hat gerade das Gewehr aus dem Futteral herausgenommen. Es ist ganz deutlich zu sehen, Euer Wohlgeboren!«

»Seht mal, er hat geschossen, Brüder! Da ist weißer Rauch«, sagte Welentschuk in einer Gruppe von Soldaten, die etwas hinter uns standen.

»Sicher auf unsere Vorpostenkette, der Schuft«, bemerkte ein anderer.

»Sieh mal, wie viele jetzt hinter dem Wald herauskommen! Sie wollen sich wohl den Ort ansehen und ein Geschütz aufstellen«, fügte ein dritter hinzu. »Man müßte eine Granate in den Haufen hineinjagen, dann würden sie schön spucken ...«

»Was meinst du, trägt das Geschütz so weit, lieber Mann?« fragte Tschikin.

»Fünfzehnhundert oder fünfzehnhundertfünfzig Schritt, mehr wird es nicht sein«, sagte Maximow kühl, als ob er mit sich selber spräche, aber man merkte ihm an, daß auch er die größte Lust hatte zu feuern. »Wenn man fünfundvierzig Linien aus dem Einhorn gibt, dann kann man ganz genau treffen, das heißt auf den Punkt.«

»Wissen Sie, wenn man jetzt auf diesen Haufen zielt, muß man unbedingt einen treffen. Da, da, jetzt, wo sie alle zusammenstehen. Bitte, lassen Sie doch schnell feuern«, fuhr der Kompaniechef fort, mich zu bitten.

»Befehlen Sie ein Geschütz zu richten?« fragte Antonow

auf einmal kurz mit seiner Baßstimme und machte ein grimmiges, finsteres Gesicht.
Ich muß gestehen, ich hatte selbst große Lust dazu, und gab Befehl, das zweite Geschütz zu richten.
Kaum hatte ich Befehl gegeben, als die Granate auch schon mit Pulver bestreut und eingeführt war und Antonow, an die Lafettenwand geschmiegt und die zwei dicken Daumen an der Richtplatte, den Lauf nach rechts und links kommandierte.
»Ein klein bißchen nach links... eine Kleinigkeit nach rechts... noch, noch eine Spur... so ists gut!« sagte er und trat mit stolzer Miene vom Geschütz zurück.
Der Infanterieoffizier, ich und Maximow sahen nacheinander durchs Visier; jeder von uns war anderer Ansicht.
»Bei Gott, es trägt zu weit«, bemerkte Welentschuk, mit der Zunge schnalzend, obwohl er nur über Antonows Schulter gesehen und darum keine rechte Grundlage für diese Behauptung hatte. »Bei Gott, es trägt zu weit. Es wird sicher den Baum dort treffen, Brüder!«
»Zweites Geschütz!« kommandierte ich.
Die Bedienungsmannschaft trat auseinander. Antonow lief zur Seite, um den Flug des Geschosses zu beobachten; der Zünder flammte auf, und das Metall erdröhnte. Im selben Augenblick umgab uns dichter Pulverrauch, und aus dem erschütternden Donner des Schusses löste sich der metallische, sausende, mit Blitzesschnelle sich entfernende Ton des Geschosses, der dann inmitten des allgemeinen Schweigens in der Ferne erstarb.
Etwas hinter der Reitergruppe zeigte sich weißer Rauch, die Tataren stoben nach allen Seiten auseinander, und der Schall der Explosion kam bis zu uns herübergeflogen.
»Das war gut! Wie die ausreißen! Sieh mal, diese Teufel! Ja, das haben sie nicht gern!« ließen sich beifällige und spöttische Äußerungen in den Reihen der Artilleristen und Infanteristen vernehmen.

»Ein klein bißchen niedriger, und sie hätte mitten hineingetroffen«, bemerkte Welentschuk. »Ich habs ja gesagt: sie wird den Baum treffen; und so ist es auch – zu weit nach rechts gegangen.«

6

Ich überließ es den Soldaten, sich weiter darüber zu unterhalten, wie die Tataren davongaloppierten, als sie die Granate erblickt hatten, warum sie dort ritten und wie viele wohl im Wald wären, ging mit dem Kompaniechef ein paar Schritte weg und setzte mich in Erwartung der aufgewärmten Klopse, die er mir angeboten hatte, mit ihm unter einen Baum. Der Kompaniechef Bolchow war einer von den Offizieren, die im Regiment ›Bonjours‹ genannt werden. Er besaß Vermögen, hatte früher bei der Garde gedient und sprach Französisch. Aber seine Kameraden mochten ihn trotzdem gern. Er war recht klug und hatte so viel Taktgefühl, daß er Petersburger Kleidung tragen, gut essen und Französisch sprechen konnte, ohne dadurch das Offizierskorps allzu sehr vor den Kopf zu stoßen. Wir sprachen über das Wetter, über den Krieg, über unsere gemeinsamen Bekannten unter den Offizieren, und nachdem wir durch Fragen und Antworten die Überzeugung gewonnen hatten, daß wir in unseren Ansichten ziemlich übereinstimmten, gingen wir unwillkürlich zu einem vertraulicheren Gespräch über. Wenn sich Leute desselben Kreises im Kaukasus treffen, taucht ja immer, wenn auch nicht offen ausgesprochen, die Frage auf: ›Warum sind Sie hier?‹ Und auf diese meine stumme Frage schien mein Gefährte antworten zu wollen.

»Wann wird dieser Feldzug ein Ende nehmen?« sagte er träge. »Es ist schauderhaft langweilig.«

»Mir ist es nicht langweilig«, entgegnete ich. »Im Stab ist es noch langweiliger.«

»Oh, im Stab ist es zehntausendmal schlimmer«, sagte er wütend. »Nein, wann wird das alles enden?«

»Was soll denn ein Ende nehmen?« fragte ich.

»Alles, alles zusammen!... Na, sind die Klopse fertig, Nikolajew?« fragte er.

»Warum dienen Sie denn im Kaukasus?« fragte ich, »wenn Ihnen der Kaukasus so wenig gefällt?«

»Wollen Sie wissen warum?« antwortete er mit entschlossener Offenheit. »Aus Tradition. In Rußland besteht doch die höchst merkwürdige Überlieferung, daß der Kaukasus das Gelobte Land für unglückliche Menschen aller Art sei.«

»Etwas Wahres ist schon dran«, sagte ich, »der größte Teil von uns...«

»Und das Beste von allem ist«, unterbrach er mich, »daß wir alle, die wir aus Tradition in den Kaukasus gehen, uns in unseren Erwartungen furchtbar getäuscht sehen. Und ich weiß absolut nicht, warum die Leute wegen einer unglücklichen Liebe oder wegen zerrütteter Vermögensverhältnisse lieber nach dem Kaukasus gehen als nach Kasan oder Kaluga. In Rußland stellt man sich den Kaukasus als etwas Majestätisches vor, mit ewigem, jungfräulichem Eis, reißenden Strömen, Dolchen, Filzmänteln und Tscherkessinnen – alles das hat etwas Aufregendes; aber in Wirklichkeit ist kein Vergnügen dabei. Wenn die Leute wenigstens wüßten, daß wir uns nie in dem ewigen Eis aufhalten und daß es auch gar kein Vergnügen macht, dort oben zu sein, und daß der Kaukasus einfach in Gouvernements eingeteilt ist: Stawropol, Tiflis, und so weiter.«

»Ja«, erwiderte ich lachend, »in Rußland sehen wir den Kaukasus mit ganz anderen Augen an als hier. Haben Sie diese Beobachtung schon einmal gemacht? Wenn man in einer Sprache, die man schlecht versteht, Gedichte liest, dann kommen sie einem schöner vor, als sie in Wirklichkeit sind...«

»Ich weiß wirklich nicht, aber dieser Kaukasus gefällt mir überhaupt nicht«, unterbrach er mich.

»Nein, für mich ist der Kaukasus auch jetzt noch schön, nur in anderer Weise...«

»Mag sein, daß er schön ist«, fuhr er mit einer gewissen Gereiztheit fort; »ich weiß nur, daß ich mich im Kaukasus nicht wohl fühle.«

»Warum denn?« fragte ich, um überhaupt etwas zu sagen.

»Erstens deshalb, weil er mich enttäuscht hat. All das, wovon ich der Überlieferung nach im Kaukasus zu genesen hoffte, ist mit mir hierhergekommen, nur mit dem Unterschied, daß sich früher alles auf einer großen Treppe abgespielt hat, jetzt aber auf einer kleinen, schmutzigen, wo ich auf jeder einzelnen Stufe Millionen von kleinen Aufregungen, Gemeinheiten und Kränkungen finde. Zweitens deshalb, weil ich fühle, wie ich hier mit jedem Tag moralisch tiefer sinke. Und die Hauptsache ist, daß ich für den Dienst hier völlig ungeeignet bin: ich kann keine Gefahren ertragen... ich bin nicht tapfer...« Er schwieg und sah mich sehr ernst an.

Dieses unerbetene Geständnis überraschte mich außerordentlich, aber ich widersprach nicht, sondern wartete darauf, daß er sich selbst widerlegen würde, wie es in solchen Fällen immer geschieht.

»Wissen Sie, ich mache in diesem Feldzug zum ersten Mal ein Gefecht mit«, fuhr er fort, »Sie können sich gar nicht vorstellen, wie mir gestern abend zumute war. Als der Feldwebel den Befehl überbrachte, daß meine Kompanie mit der Abteilung ausrücken sollte, wurde ich so weiß wie ein Tuch und konnte vor Aufregung nicht mehr sprechen. Und wenn Sie wüßten, wie ich die Nacht verbracht habe! Wenn es wahr wäre, daß man vor Angst graue Haare bekommt, dann müßte ich heute schlohweiß sein, denn ich habe in dieser Nacht vermutlich mehr gelitten als ein zum Tode Verurteilter. Jetzt ist mir zwar leichter als in der

Nacht, aber da drinnen dreht es sich noch immer«, fügte er hinzu und drehte die Faust vor der Brust im Kreis. »Und es ist lächerlich«, fuhr er fort, »daß sich hier ein schreckliches Drama abspielt, während man Klopse mit Zwiebeln ißt und behauptet, das wäre sehr komisch. Ist Wein da, Nikolajew?« fügte er gähnend hinzu.
»Da ist er, Brüder!« hörten wir in diesem Augenblick einen Soldaten in erregtem Ton sagen, und alle Augen blickten auf den Saum des fernen Waldes.
In der Ferne sah man eine bläuliche Rauchwolke, die sich vergrößerte und, vom Wind getrieben, in die Höhe stieg. Als ich begriff, daß das ein auf uns gerichteter Schuß des Feindes war, nahm alles, was ich in diesem Augenblick vor Augen hatte, auf einmal einen neuen, großartigen Charakter an. Die zusammengestellten Gewehre, der Rauch der Wachtfeuer, der blaue Himmel, die grünen Lafetten und Nikolajews gebräuntes, schnurrbärtiges Gesicht – all das schien mir zu sagen, daß die Kugel, die schon aus dem Rohr heraus war und jetzt irgendwo im Raum flog, vielleicht auf meine Brust gerichtet war.
»Wo haben Sie denn den Wein her?« fragte ich Bolchow nachlässig, während tief in meiner Seele zwei Stimmen deutlich sprachen: ›Herr, nimm meine Seele in Frieden auf‹, sagte die eine, und die andere: ›Ich hoffe, daß ich mich nicht ducken, sondern lächeln werde, wenn die Kugel vorbeifliegt.‹ Im selben Augenblick pfiff etwas schrecklich Unangenehmes über meinen Kopf, und die Kugel schlug zwei Schritt von uns entfernt ein.
»Wenn ich Napoleon oder Friedrich wäre«, sagte in diesem Augenblick Bolchow kaltblütig zu mir, »würde ich jetzt bestimmt etwas Liebenswürdiges sagen.«
»Das haben Sie ja gerade getan«, antwortete ich, nur mit Mühe die Unruhe verbergend, in die mich die glücklich überstandene Gefahr versetzt hatte.
»Wenn schon – niemand wird es aufzeichnen.«

»Ich schreibe es auf.«

»Sie tun es ja nur der Kritik halber, wie Mischtschenkow sagt«, fügte er lächelnd hinzu.

»Pfui Teufel!« sagte in diesem Augenblick Antonow hinter uns und spuckte ärgerlich aus, »um ein Haar hätte sie meine Beine gestreift.«

Mein ganzes Bemühen, kaltblütig zu erscheinen, und alle unsere Phrasen kamen mir nach diesem treuherzigen Ausruf plötzlich unsagbar dumm vor.

7

Der Feind hatte an der Stelle, wo die Tataren hin und her geritten waren, tatsächlich zwei Geschütze aufgestellt und gab alle zwanzig bis dreißig Minuten einen Schuß auf unsere Holzfäller ab. Mein Zug mußte auf der Wiese in Stellung gehen und das Feuer erwidern. Am Waldrand stieg eine dünne Rauchwolke auf, man hörte einen Schuß, ein Pfeifen, und die Kugel schlug vor oder hinter uns ein. Die feindlichen Geschosse fielen glücklich für uns, und wir hatten keine Verluste.

Die Artilleristen hielten sich, wie immer, vorzüglich; sie luden rasch, zielten sorgfältig auf den aufsteigenden Rauch und scherzten ruhig miteinander. Die Infanteriedeckung lag in schweigender Untätigkeit neben uns und wartete, bis sie an die Reihe kam. Die Holzfäller taten ihre Arbeit: die Axthiebe im Wald erklangen immer schneller und häufiger; nur wenn man das Pfeifen eines Geschosses hörte, verstummte plötzlich alles, und in der Totenstille riefen etwas erregte Stimmen: »Weg, Kinder!« und aller Augen richteten sich auf die Kugel, wenn sie von den Lagerfeuern und den abgehauenen Ästen abprallte.

Der Nebel war gestiegen, nahm die Form von Wolken an und verschwand allmählich im dunklen Blau des Himmels; die hervorgekommene Sonne leuchtete hell und warf heitere

Lichter auf den Stahl der Bajonette, das Erz der Geschütze, die auftauende Erde und den funkelnden Rauhreif. In der Luft war die Kühle des Morgenfrosts und die Wärme der Frühlingssonne zu spüren; tausend verschiedene Schatten und Farben mischten sich in den trockenen Blättern des Waldes, und auf dem ausgefahrenen, glänzenden Wege sah man deutlich die Spuren der Räder und der Hufeisenstollen.

Die Bewegung der Truppen wurde stärker und deutlicher. Auf allen Seiten zeigten sich die bläulichen Rauchwölkchen der Schüsse. Die Dragoner mit den flatternden Fähnchen an den Lanzen ritten vor; in den Reihen der Infanterie klangen Lieder auf, und der Wagenzug mit dem Holz ordnete sich bei der Nachhut ein. Der General kam zu unserem Zug geritten und befahl, wir sollten uns zum Rückmarsch fertigmachen. Der Feind hatte sich in dem Gebüsch unserer linken Flanke gegenüber festgesetzt und begann uns mit Gewehrfeuer stark zu beunruhigen. Von links kam eine Gewehrkugel zischend aus dem Wald und schlug in eine Lafette, dann eine zweite, dritte... Der Infanterieschutz, der neben uns lag, erhob sich geräuschvoll, griff zu den Gewehren und bildete eine Schützenkette. Das Gewehrfeuer verstärkte sich, und die Kugeln flogen immer dichter. Der Rückzug begann und damit, wie immer im Kaukasus, das eigentliche Gefecht.

Anscheinend mißfielen den Artilleristen die Gewehrkugeln nicht minder als vorher den Infanteristen die Kanonenkugeln. Antonow zog ein finsteres Gesicht. Tschikin äffte die Kugeln nach und machte seine Witze darüber, aber man merkte, daß sie ihm nicht gefielen. Von einer sagte er: »Wie die sich eilt«, eine andere nannte er ›Bienchen‹, und eine dritte, die langsam und kläglich winselnd über uns weg flog, nannte er ›das Waisenkind‹, was allgemeines Gelächter hervorrief.

Der junge Rekrut, der daran noch nicht gewöhnt war, bog bei jeder Kugel den Kopf zur Seite und streckte den Hals, was die Soldaten ebenfalls zum Lachen brachte; »das ist wohl eine Bekannte von dir, daß du sie grüßt?« sagten sie zu ihm. Und Welentschuk, sonst allen Gefahren gegenüber außerordentlich gleichgültig, war jetzt sehr erregt: es ärgerte ihn offenbar, daß wir nicht mit Kartätschen nach der Richtung schossen, aus der die Kugeln kamen. Er wiederholte ein paarmal mit unzufriedener Stimme: »Warum soll ›er‹ uns ungestraft beschießen? Man müßte das Geschütz wenden und eine Kartätsche hinüberblasen, dann wäre ›er‹ bald still.«

In der Tat, es war Zeit, das zu tun; ich befahl, die letzte Granate abzufeuern und dann mit Kartätschen zu laden. »Kartätschen!« schrie Antonow und trat mitten im Rauch mit dem Putzer flink an das Geschütz heran, als das Geschoß kaum draußen war.

In diesem Augenblick hörte ich nicht weit hinter mir den schnellen, summenden Ton einer Gewehrkugel, der plötzlich mit einem trockenen Schlag abbrach. Mein Herz krampfte sich zusammen. Einer von den Unseren ist wohl getroffen, dachte ich, aber ich hatte Angst, mich umzusehen, weil mich ein schweres Vorgefühl bedrückte. Tatsächlich hörte ich gleich nach dem summenden Laut das schwere Fallen eines Körpers – »o-o-o-oh« – das herzzerreißende Stöhnen eines Verwundeten. »Es hat mich getroffen, Brüder!« sagte mühsam eine Stimme, die ich kannte. Es war Welentschuk. Er lag zwischen der Protze und dem Geschütz auf dem Rücken. Der Tornister, den er getragen hatte, war zur Seite geschleudert worden. Die Stirn war ganz blutig, und über das rechte Auge und die Nase lief ein dicker roter Strom. Die Wunde war im Bauch, aber sie blutete kaum; die Stirn hatte er sich beim Fallen an einem Baumstumpf zerschlagen.

Das alles wurde mir erst viel später klar, im ersten Augenblick sah ich nur eine unbestimmte Masse und furchtbar viel Blut, wie mir schien.

Keiner von den Soldaten, die das Geschütz luden, sagte ein Wort, nur der kleine Rekrut murmelte etwas wie: »Sieh mal an, ganz blutig«, und Antonow zog ein finsteres Gesicht und räusperte sich ärgerlich; an all dem sah man, daß der Gedanke an den Tod jedem von uns durch die Seele flog. Alle gingen mit noch größerer Geschäftigkeit an die Arbeit. Das Geschütz war im Nu geladen, und der Soldat, der die Kartätsche brachte, machte einen Bogen von zwei Schritt um die Stelle, wo der Verwundete lag und noch immer stöhnte.

8

Jeder, der in einem Gefecht gewesen ist, kennt das sonderbare, unlogische, aber starke Gefühl des Widerwillens vor der Stelle, an der jemand getötet oder verwundet wurde. Diesem Gefühl waren meine Soldaten offenbar im ersten Augenblick unterworfen, als Welentschuk aufgehoben und auf den herangekommenen Wagen gelegt werden sollte. Schdanow trat ärgerlich zu dem Verwundeten, faßte ihn unter den Achseln und hob ihn auf, ohne sich um sein Schreien zu kümmern. »Was steht ihr da, faßt an!« schrie er, und sofort umringten etwa zehn Mann den Verwundeten, mehr Helfer, als nötig waren. Aber sie hatten Welentschuk kaum hochgehoben, als er furchtbar zu schreien begann und sich loszureißen suchte.
»Was schreist du wie ein Hase!« sagte Antonow zu ihm und packte ihn derb am Bein. »Sei still, sonst schmeißen wir dich hin.«
Der Verwundete verstummte tatsächlich und sagte nur ab und zu: »Oh, das ist mein Tod! Oh, Brüder!«
Als sie ihn auf den Wagen gelegt hatten, hörte er sogar auf zu ächzen, und ich hörte, daß er mit leiser, aber vernehmlicher Stimme etwas zu seinen Kameraden sagte; wahrscheinlich nahm er Abschied von ihnen.

Während eines Gefechtes sieht niemand gern Verwundete, und auch ich beeilte mich instinktiv, von diesem Schauspiel wegzukommen; ich gab Befehl, ihn so schnell wie möglich zum Verbandsplatz zu fahren, und ging zu den Geschützen; aber ein paar Minuten später sagte man mir, Welentschuk verlange nach mir, und ich kehrte zu dem Wagen zurück.

Der Verwundete lag auf dem Boden des Wagens und hielt sich mit beiden Händen an den Rändern fest. Sein gesundes, breites Gesicht hatte sich in den wenigen Sekunden vollständig verändert: er schien abgemagert und um Jahre gealtert, seine Lippen waren schmal, blaß und mit sichtbarer Anstrengung zusammengepreßt, der hastige und stumpfe Ausdruck seines Blickes war einem klaren, ruhigen Glanz gewichen, auf der blutigen Stirn und Nase lagen schon die Züge des Todes.

Obwohl ihm die geringste Bewegung unerträgliche Schmerzen verursachte, bat er, ihm vom linken Bein den Tscheres[1] abzubinden.

Ein entsetzlich bedrückendes Gefühl rief der Anblick seines nackten, weißen, gesunden Beines in mir hervor, als man ihm den Stiefel auszog und den Tscheres losband.

»Hier sind dreieinhalb Rubel«, sagte er zu mir, als ich den Tscheres nahm, »bitte, bewahren Sie sie auf.«

Der Wagen setzte sich in Bewegung, aber er ließ noch einmal halten.

»Ich habe dem Leutnant Sulimowskij einen Mantel gemacht. Er hat mir zwei Rubel gegeben. Für anderthalb habe ich Knöpfe gekauft, und ein halber Rubel liegt im Sack bei den Knöpfen. Geben Sie es ihm zurück.«

»Gut, gut«, sagte ich, »werde nur wieder gesund, Bruder.«

Er gab mir keine Antwort; der Wagen fuhr an, und er begann wieder mit entsetzlicher, herzzerreißender Stimme zu

1. Ein Beutelchen, das die Soldaten gewöhnlich unterhalb des Knies tragen.

stöhnen und zu ächzen, als hätte er nun, nachdem er die weltlichen Geschäfte erledigt hatte, keinen Grund mehr, sich zusammenzunehmen, und als glaubte er sich jetzt diese Erleichterung erlauben zu können.

9

»Wohin? Komm zurück! Wo willst du hin?« rief ich dem jungen Rekruten zu, der seine Reservelunte unter den Arm genommen hatte und mit irgendeinem Stöckchen in der Hand kaltblütig hinter dem Wagen herging, auf dem der Verwundete wegtransportiert wurde.
Aber der Rekrut sah sich nur lässig nach mir um, murmelte etwas vor sich hin und ging weiter, so daß ich Soldaten nachschicken mußte, ihn zurückzuholen. Er nahm sein rotes Mützchen ab und sah mich mit einem dummen Lächeln an.
»Wo wolltest du denn hin?« fragte ich ihn.
»Ins Lager.«
»Warum?«
»Aber... Welentschuk ist doch verwundet«, sagte er, wieder lächelnd.
»Was geht dich das an? Du hast hierzubleiben.«
Er sah mich erstaunt an; dann drehte er sich gleichmütig um, setzte seine Mütze auf und ging an seinen Platz.

Das Gefecht war glücklich verlaufen: wie wir hörten, hatten die Kosaken eine prächtige Attacke gemacht und drei tatarische Leichen erobert; die Infanterie hatte sich mit Holz versorgt und nur sechs Verwundete aufzuweisen; die Artillerie hatte nur Welentschuk und zwei Pferde verloren. Dafür war der Wald ungefähr drei Werst weit abgeholzt und der Platz so gesäubert, daß er nicht wiederzuerkennen war: an der Stelle, wo früher ein dichter Waldsaum war, sah man jetzt eine große Lichtung, bedeckt mit rauchenden Feuern, mit Kavallerie und Infanterie, die sich nach dem Lager in Marsch setzte. Obwohl der Feind uns mit Geschütz- und Gewehrfeuer bis zu dem Flüßchen an dem Friedhof verfolgte, das wir am Morgen durchquert hatten, verlief der Rückmarsch glücklich. Ich fing schon an, von Kohlsuppe und Hammelfleisch mit Grütze zu träumen, die mich im Lager erwarteten, als die Nachricht kam, der General habe befohlen, am Flüßchen eine Schanze zu errichten und das dritte Bataillon des Regiments K. und den Zug der vierten Batterie dort bis morgen zurückzulassen. Die Wagen mit dem Holz und den Verwundeten, Kosaken, Artillerie, Infanterie mit Gewehren und Holzscheiten auf den Schultern – alles zog lärmend und singend an uns vorüber. Auf allen Gesichtern war Munterkeit und Freude zu lesen, bewirkt durch die glücklich überstandene Gefahr und die Hoffnung auf Ruhe. Nur wir und das dritte Bataillon mußten auf diese angenehmen Gefühle noch bis morgen warten.

10

Während wir Artilleristen noch mit den Geschützen beschäftigt waren, die Protzen und Munitionswagen aufstellten, Pfähle zum Anbinden der Pferde einschlugen, hatte die Infanterie schon die Gewehre zusammengestellt, Wachtfeuer angezündet, aus Ästen und Maisstroh Hütten gebaut und kochte nun ihre Grütze.

Es fing an zu dämmern. Gräulichweiße Wolken krochen über den Himmel. Der Nebel, der sich in feinen, feuchten Dunst verwandelt hatte, näßte die Erde und die Mäntel der Soldaten; der Horizont wurde enger, und die ganze Umgegend hüllte sich in düstere Schatten. Die Feuchtigkeit, die ich durch die Stiefel hindurch und im Nacken spürte, die ununterbrochene Bewegung und das Gespräch, an dem ich mich nicht beteiligte, der klebrige Schmutz, in dem meine Füße ausglitten, und der leere Magen versetzten mich jetzt, nach einem Tage physischer und moralischer Ermüdung, in eine höchst drückende und unangenehme Stimmung. Welentschuk ging mir nicht aus dem Sinn. Die ganze schlichte Geschichte eines Soldatenlebens drängte sich mir auf.

Seine letzten Augenblicke waren ebenso klar und ruhig gewesen wie sein ganzes Leben. Er hatte zu schlicht gelebt, als daß sein treuherziger Glaube an ein zukünftiges himmlisches Leben im entscheidenden Augenblicke hätte wanken können.

»Euer Gnaden«, sagte Nikolajew, der zu mir herantrat, »haben Sie die Güte, zum Hauptmann zu kommen; er läßt Sie zum Tee bitten.«

Ich drängte mich hinter Nikolajew mühsam zwischen zusammengestellten Gewehren und Wachtfeuern durch und gelangte endlich zu Bolchow. Mit Vergnügen dachte ich an ein Glas heißen Tees und an eine lustige Unterhaltung, die meine düsteren Gedanken vertreiben würde.

»Nun, hast du ihn gefunden?« erscholl Bolchows Stimme aus einer Maishütte, in der ein Licht schimmerte.

»Ich habe ihn hergebracht, Euer Wohlgeboren!« antwortete Nikolajew mit seiner Baßstimme.

In der Hütte saß Bolchow auf einem trockenen Filzmantel, mit aufgeknöpftem Rock und ohne Mütze. Neben ihm stand ein brodelnder Samowar und eine Trommel mit einem kalten Imbiß. Ein Bajonett, auf dem eine Kerze befestigt war, steckte in der Erde. »Nun, was sagen Sie dazu?« fragte er voller Stolz und ließ den Blick über seine gemütliche Einrichtung gleiten. In der Tat war es in der Hütte so hübsch, daß ich beim Tee die Nässe, die Dunkelheit und Welentschuks Verwundung vollständig vergaß. Wir redeten von Moskau, von Dingen, die mit dem Kriege und dem Kaukasus nicht das geringste zu tun hatten.

Nach einer jener Pausen, die manchmal auch die lebhaftesten Gespräche unterbrechen, sah mich Bolchow lächelnd an.

»Ich glaube, unser Gespräch heute vormittag ist Ihnen sehr sonderbar vorgekommen?« sagte er.
»Nein. Wieso? Es schien mir nur, daß Sie zu offenherzig waren, und es gibt Dinge, die wir alle wissen, von denen man aber nicht reden sollte.«
»Warum nicht? Nein! Wenn es möglich wäre, dieses Leben mit einem anderen zu vertauschen, selbst mit dem trivialsten und ärmlichsten Leben, aber ohne Gefahren und Dienst – ich würde mich keinen Augenblick besinnen.«
»Warum kehren Sie denn nicht nach Rußland zurück?« fragte ich.
»Warum?« wiederholte er. »Oh, ich habe schon längst daran gedacht, aber ich kann nicht eher nach Rußland zurückkehren, als bis ich den Wladimir- und den Annenorden um den Hals und den Majorsrang bekommen habe; darauf habe ich gerechnet, als ich hierherkam.«
»Warum kehren Sie denn nicht zurück, wenn Sie sich für den hiesigen Dienst nicht geeignet fühlen, wie Sie selbst sagen?«
»Ich fühle mich noch weniger fähig, so nach Rußland zurückzukehren, wie ich weggefahren bin. Das ist auch eine von den Überlieferungen, die es in Rußland gibt und die von Pasek, Slepzow und anderen bekräftigt worden sind, daß man nur in den Kaukasus zu gehen braucht, um mit Auszeichnungen überschüttet zu werden. Und jedermann erwartet und verlangt das von uns; ich bin seit zwei Jahren hier, habe zwei Feldzüge mitgemacht und noch nichts bekommen. Aber ich habe so viel Ehrgeiz, daß ich um keinen Preis von hier weggehe, ehe ich nicht Major bin und den Wladimir- und den Annenorden um den Hals habe. Ich bin schon derart von diesem Gedanken besessen, daß ich mich wütend geärgert habe, als Gniloschkin eine Auszeichnung bekam und ich nicht. Und dann, wie soll ich in Rußland meinem Dorfschulzen, dem Kaufmann Kotelnikow, dem ich mein Getreide verkaufe, der Moskauer Tante und all

den anderen Herrschaften unter die Augen treten, wenn ich nach zwei Jahren aus dem Kaukasus ohne Auszeichnung heimkomme? Diese Herrschaften sind mir zwar höchst gleichgültig und kümmern sich herzlich wenig um mich, aber der Mensch ist nun einmal so – ich will nichts von ihnen wissen, und trotzdem vergeude ich um ihretwillen meine besten Jahre und setze mein Lebensglück und meine ganze Zukunft aufs Spiel.«

II

In diesem Augenblick ließ sich draußen die Stimme des Bataillonskommandeurs vernehmen: »Mit wem reden Sie denn da, Nikolaj Fedorowitsch?«

Bolchow nannte meinen Namen, und gleich darauf kamen drei Offiziere in die Hütte hereingekrochen: der Major Kirsanow, sein Bataillonsadjutant und der Kompaniechef Trosenko.

Kirsanow war ein kleiner, korpulenter Mann mit einem schwarzen Schnurrbärtchen, roten Backen und ölig glänzenden Äuglein. Diese Äuglein waren der auffälligste Teil seines Gesichtes. Wenn er lachte, blieben nur zwei feuchte Sternchen übrig, und die Sternchen nahmen, im Verein mit den gespannten Lippen und dem ausgestreckten Hals, manchmal einen recht seltsamen Ausdruck von Stumpfsinn an. Kirsanows Betragen war besser als das jedes anderen im Regiment: seine Untergebenen schimpften nicht auf ihn, und seine Vorgesetzten achteten ihn, obwohl man allgemein der Ansicht war, es sei nicht weit her mit ihm. Er kannte sich im Dienst aus, war gewissenhaft und eifrig, hatte immer Geld, besaß einen Wagen, hielt sich einen Koch und verstand es, sehr natürlich den Stolzen zu spielen.

»Worüber sprechen Sie, Nikolaj Fedorowitsch?« fragte er im Hereinkommen.

»Wir sprachen von den Annehmlichkeiten des hiesigen Dienstes.«

Aber in diesem Augenblick bemerkte Kirsanow mich, den Fähnrich, und um mich seine Bedeutung fühlen zu lassen, blickte er auf die Trommel und fragte, ohne auf Bolchows Antwort zu hören:

»Nun, sind Sie müde, Nikolaj Fedorowitsch?«

»Nein, wir...« begann Bolchow.

Aber die Würde des Bataillonskommandanten schien eine neue Unterbrechung und eine zweite Frage zu erfordern.

»Das war doch eine feine Sache heute?«

Der Bataillonsadjutant war ein junger Unterleutnant, erst vor kurzem vom Fähnrich zu dieser Stellung befördert, ein bescheidener, stiller Junge mit schüchternem, gutmütig freundlichem Gesicht. Ich hatte ihn schon früher bei Bolchow gesehen. Der junge Mann kam oft zu ihm, machte seine Verbeugung, setzte sich in eine Ecke, schwieg mehrere Stunden lang, drehte sich Zigaretten, rauchte, stand dann auf, verbeugte sich und ging wieder fort.

Er war der Typus des armen russischen Edelmannes, der die militärische Laufbahn als einzige seiner Bildung entsprechend mögliche gewählt hat und seinen Offiziersberuf über alles in der Welt stellt – ein gutherziger und angenehmer Typus trotz seiner etwas lächerlichen Attribute wie Tabaksbeutel, Schlafrock, Gitarre und Schnurrbartbürste, ohne die wir uns diesen Typus gar nicht vorstellen können. Im Regiment wurde von ihm erzählt, er prahle damit, daß er gegen seinen Burschen gerecht, aber streng sei. »Ich strafe selten«, hatte er angeblich gesagt, »aber wenn ich einmal so weit gebracht werde, dann wehe!« Als aber sein betrunkener Bursche ihm einmal alles gestohlen und dann seinen Herrn noch beschimpft hatte, habe er ihn zur Wache gebracht und alles für die Bestrafung vorbereiten lassen. Doch beim Anblick der Vorbereitungen habe er völlig die Fassung verloren und nur noch sagen können: »Da siehst du ... ich kann dich ...« Dann sei er verstört nach Hause gelaufen, und seitdem habe er Angst, seinem Tschernow in die Augen zu sehen. Die Kameraden hänselten ihn immer wieder damit, und ich habe oft gehört, wie der treuherzige Junge sich verteidigte, bis über die Ohren errötete und behauptete, es sei nicht wahr, die Sache verhalte sich ganz anders.

Der dritte, Hauptmann Trosenko, war ein alter Kaukasier im vollsten Sinne des Wortes, das heißt ein Mann, dem die Kompanie, die er führte, die Familie ersetzte, die Festung, in der sich der Stab befand, zur Heimat geworden war, und dessen einzige Freude im Leben Soldatenlieder waren; ein Mann, für den alles, was nichts mit dem Kaukasus zu tun hatte, verachtungswürdig und kaum glaubwürdig war, aber alles, was zum Kaukasus gehörte, zerfiel für ihn in zwei Hälften: in ›unsere‹ und ›die andere‹; die erste liebte er, die zweite haßte er mit aller Kraft seiner Seele. Vor allem war er ein Mensch von erprobter, ruhiger Tapferkeit, von seltener Güte im Umgang mit seinen Kameraden und Untergebenen und von verwegener Offenheit und sogar Frechheit im Verkehr mit den Adjutanten und Bonjours, die er aus irgendeinem Grunde haßte. Als er in die Hütte hereinkam, rannte er beinahe mit dem Kopf das Dach ein, dann duckte er sich und setzte sich auf die Erde.

»Na, wie stehts?« fragte er; doch da bemerkte er mein ihm unbekanntes Gesicht, stockte und starrte mich mit trübem Blick forschend an.

»Ja, worüber haben Sie gesprochen?« fragte der Major, zog die Uhr aus der Tasche und warf einen Blick darauf, obwohl das vollkommen unnötig war – davon war ich fest überzeugt.

»Er hat mich gefragt, warum ich hier diene.«

»Das ist doch klar – Nikolaj Fedorowitsch möchte sich hier auszeichnen und dann nach Hause zurückkehren.«

»Sagen Sie, Abram Iljitsch, warum dienen denn Sie im Kaukasus?«

»Wissen Sie, ich tue es erstens deshalb, weil wir alle die Pflicht haben zu dienen. Wie?« fügte er hinzu, obwohl alle schwiegen. »Gestern habe ich einen Brief aus Rußland bekommen, Nikolaj Fedorowitsch«, fuhr er fort, sichtlich bemüht, das Thema zu wechseln. »Man schreibt mir... sonderbare Fragen werden mir da gestellt.«

»Was denn für Fragen?« wollte Bolchow wissen.

Er lachte.

»Wirklich, sehr sonderbare Fragen... Man schreibt mir, ob Eifersucht ohne Liebe möglich sei... Wie?« fragte er, uns alle musternd.

»So, so!« sagte Bolchow lächelnd.

»Ja, wissen Sie, in Rußland ist es sehr schön«, fuhr er fort, als ob sich die eine Phrase ganz natürlich aus der anderen ergäbe. »Als ich im Jahre zweiundfünfzig in Tambow war, wurde ich überall empfangen, als wäre ich ein Flügeladjutant. Glauben Sie mir, auf dem Ball beim Gouverneur, als ich hereinkam, wissen Sie... wurde ich sehr gut empfangen. Die Generalgouverneurin selbst, wissen Sie, hat mit mir gesprochen und mich über den Kaukasus ausgefragt und die anderen auch... so daß ich nicht wußte... Meinen Tscherkessensäbel haben sie angeguckt, als wäre er eine große Seltenheit, und fragten, wofür ich ihn bekommen hätte und wofür den Annen- und den Wladimirorden, und ich habe ihnen erzählt... Wie? Ja, das ist das Schöne am Kaukasus, Nikolaj Fedorowitsch«, fuhr er fort, ohne eine Antwort abzuwarten, »wir Kaukasier sind dort sehr angesehen. Wissen Sie, junger Mann, ein Stabsoffizier mit Annen- und Wladimirorden, das will schon was heißen in Rußland... Wie?«

»Sie werden wohl ein bißchen geprahlt haben, Abram Iljitsch«, sagte Bolchow.

»Hihi!« Er lachte sein dummes Lachen. »Wissen Sie, das

muß man schon. Ja, und gut gegessen habe ich in den zwei Monaten.«

»Ist es schön dort in Rußland?« fragte Trosenko in einem Ton, als handle es sich nicht um Rußland, sondern um China oder Japan.

»Ja, all der Champagner, den wir da in zwei Monaten getrunken haben, einfach furchtbar!«

»Ach was, Sie haben wahrscheinlich Limonade getrunken! Ich hätte dort einmal richtig losgelegt, dann hätten die Leute gesehen, wie die Kaukasier trinken, und daß wir nicht umsonst berühmt dafür sind. Ich hätte ihnen gezeigt, was Saufen heißt... Was, Bolchow?« fügte er hinzu.

»Du bist auch schon über zehn Jahre im Kaukasus, Alter«, sagte Bolchow. »Weißt du noch, was Jermolow gesagt hat? Und Abram Iljitsch ist erst sechs...«

»Was, zehn? Bald sechzehn!«

»Laß doch mal Salbeischnaps kommen, Bolchow. Ist das hier feucht, brr... Na, wollen wir einen trinken, Major?« fügte er lächelnd hinzu.

Aber der Major hatte sich schon über die erste Anrede des alten Hauptmanns geärgert; jetzt zog er sich ganz in sich selbst zurück und suchte offenbar einen Halt in der eigenen Größe. Er sang etwas vor sich hin und sah wieder auf die Uhr.

»Ich werde jedenfalls nie mehr hinfahren«, fuhr Trosenko fort, ohne den verstimmten Major zu beachten. »Ich habe sogar verlernt, russisch zu sprechen und mich wie ein Russe zu benehmen. Was ist denn das für ein Wundertier? würden die Leute sagen. Asien – das sagt alles. Ist es nicht so, Nikolaj Fedorowitsch? Und was habe ich denn in Rußland zu suchen? Irgendwann werde ich hier doch niedergeknallt. Wo ist Trosenko? wird man dann fragen. Totgeschossen! Was wird dann aus der achten Kompanie – he?« fuhr er fort, immer zum Major gewandt.

»Der Offizier vom Dienst soll kommen!« schrie Kirsanow,

ohne dem Hauptmann zu antworten, obwohl er – meiner Überzeugung nach – keinerlei Befehle zu erteilen hatte.

»Sie sind doch sicher froh, junger Mann, daß Sie jetzt doppelte Löhnung bekommen?« sagte der Major nach kurzem Schweigen zum Bataillonsadjutanten.

»Ja, außerordentlich!«

»Ich finde, daß unser Gehalt jetzt recht hoch ist, Nikolaj Fedorowitsch«, fuhr er fort, »ein junger Mann kann doch sehr anständig leben und sich sogar einigen Luxus gestatten.«

»Nein, wirklich, Abram Iljitsch«, sagte der Adjutant schüchtern, »wenn man jetzt auch das Doppelte hat, trotzdem... man muß doch ein Pferd haben...«

»Was reden Sie da, junger Mann! Ich bin doch selbst Unterleutnant gewesen und weiß es. Glauben Sie mir, wenn man sein Zeug zusammenhält, geht es ganz gut. Rechnen Sie doch nach«, fügte er hinzu und bog den kleinen Finger der linken Hand ein.

»Immer hübsch Vorschuß nehmen, das ist die ganze Rechnung!« sagte Trosenko und leerte sein Schnapsglas.

»Na, wenn Sie das so meinen... Was gibts?«

In diesem Augenblick erschien in der Öffnung der Hütte ein weißer Kopf mit plattgedrückter Nase, und eine scharfe Stimme sagte mit deutschem Akzent:

»Sind Sie hier, Abram Iljitsch? Der Diensthabende sucht Sie.«

»Kommen Sie herein, Kraft«, sagte Bolchow.

Eine lange Gestalt in Generalstabsuniform kam durch die Tür und drückte mit betonter Herzlichkeit allen die Hände.

»Ah, lieber Hauptmann, Sie sind auch hier?« sagte er zu Trosenko.

Der neue Gast kletterte trotz der Dunkelheit zu ihm hin und küßte ihn zu seiner großen Verwunderung und Unzufriedenheit auf die Lippen.

›Das ist ein Deutscher, der ein guter Kamerad sein will‹, dachte ich.

Meine Vermutung bestätigte sich sofort. Hauptmann Kraft bat um Schnaps, den er ›Feuerwasser‹ nannte, räusperte sich laut, warf den Kopf in den Nacken und leerte das Glas.

»Na, meine Herren, heute sind wir ordentlich in den Ebenen der Tschetschnja herumkutschiert«, fing er an, verstummte aber sofort, als er den diensthabenden Offizier entdeckte. Der Major traf seine Anordnungen.

»Sind Sie die Vorpostenkette abgegangen?«

»Jawohl!«

»Sind die Schleichpatrouillen hinausgeschickt worden?«

»Jawohl!«

»Dann geben Sie den Kompanieführern Order, daß sie möglichst vorsichtig sein sollen.«

»Zu Befehl!«

Der Major kniff die Augen zusammen und versank in tiefsinniges Grübeln.

»Sagen Sie, daß die Leute jetzt die Grütze kochen können.«

»Das tun sie bereits.«

»Gut. Sie können gehen.«

»Ja, wir haben ausgerechnet, was ein Offizier braucht«, fuhr der Major mit herablassendem Lächeln zu uns gewandt fort. »Machen wir weiter. Sie brauchen eine Montur und Hosen... nicht?«

»Jawohl.«

»Das sind ungefähr fünfzig Rubel in zwei Jahren, also fünfundzwanzig im Jahr für Kleidung, dann für das Essen täglich zwei Zwanziger... nicht?«

»Das ist sogar zu viel.«

»Na, sagen wir ruhig zwei Zwanziger. Dann Pferd und Sattel, für die Remonte dreißig Rubel – das ist alles. Also fünfundzwanzig und hundertzwanzig und dreißig macht hundertfünfundsiebzig. Für Luxus, für Tee, Zucker und

Tabak bleiben Ihnen noch ungefähr zwanzig Rubel übrig. Sehen Sie?... Stimmts, Nikolaj Fedorowitsch?«

»Nein, erlauben Sie, Abram Iljitsch!« sagte der Adjutant schüchtern. »Gar nichts bleibt für Tee und Zucker übrig. Sie rechnen eine Montur für zwei Jahre, aber während der Feldzüge kann man nie genug Hosen haben. Und Stiefel? Ich laufe doch fast jeden Monat ein Paar durch. Dann die Wäsche, die Hemden, Handtücher, Fußlappen: das alles muß man doch kaufen. Und wenn man das alles zusammenzählt, bleibt gar nichts übrig. Bei Gott, es ist so, Abram Iljitsch.«

»Ja, es ist herrlich, Fußlappen zu tragen«, sagte Kraft plötzlich nach minutenlangem Schweigen, das Wort ›Fußlappen‹ besonders liebevoll betonend, »wissen Sie, das ist so einfach, so echt russisch.«

»Ich will Ihnen mal was sagen«, bemerkte Trosenko, »man kann rechnen, wie man will – immer kommt dabei heraus, daß unsereiner nichts zu knacken und zu beißen hat, aber in Wirklichkeit leben wir alle und trinken Tee, rauchen Tabak und trinken auch Schnaps. Wenn du so lange gedient hast wie ich«, sagte er zu dem Leutnant, »wirst du es auch lernen. Sie wissen doch, meine Herren, wie er mit seinem Burschen umgeht.«

Und Trosenko lachte sich halb tot und erzählte uns die ganze Geschichte von dem Leutnant und seinem Burschen, obwohl wir sie alle schon tausendmal gehört hatten.

»Na, Bruder, warum siehst du denn aus wie ein Klatschmohn?« fuhr er zu dem Leutnant gewandt fort, der feuerrot wurde, schwitzte und lächelte, daß einem sein bloßer Anblick leid tun konnte.

»Macht nichts, Bruder, ich war auch mal so wie du und bin doch ein Prachtkerl geworden, siehst du. Laßt mal so einen Burschen von Rußland herkommen – wir haben viele gesehen –, der kriegt gleich Krämpfe und Rheumatismus. Aber ich, ich habe mich einfach hier hingesetzt, und

wo ich sitze, da ist mein Haus, mein Bett und alles. Siehst du…« Dabei leerte er noch ein Glas Schnaps.
»He?« fügte er hinzu und blickte Kraft scharf in die Augen.
»Das gefällt mir! So spricht ein echter alter Kaukasier! Geben Sie mir Ihre Hand!«
Und Kraft stieß uns alle zur Seite, drängte sich zu Trosenko durch und ergriff seine Hand, um sie mit besonderer Wärme zu schütteln.
»Ja, wir können wohl sagen, daß wir hier viel durchgemacht haben«, fuhr er fort. »Anno fünfundvierzig – Sie waren doch dabei, Hauptmann? Erinnern Sie sich noch an die Nacht vom Zwölften zum Dreizehnten, als wir im Nachtquartier bis an die Knie im Schmutz lagen und tags darauf die Schanzen stürmten. Ich war damals beim Oberbefehlshaber, und wir nahmen fünfzehn Schanzen in einem Tage. Wissen Sie noch, Hauptmann?«
Trosenko nickte bejahend, schob die Unterlippe vor und kniff die Augen zu.
»Sehen Sie…«, begann Kraft überaus lebhaft, zu dem Major gewandt, und machte dabei vollkommen überflüssige Handbewegungen.
Aber der Major, der diese Geschichte wohl schon mehr als einmal gehört hatte, sah seinen Gesprächspartner plötzlich so stumpf und trüb an, daß Kraft sich an mich und Bolchow wandte und uns abwechselnd anblickte. Trosenko sah er während seiner ganzen Erzählung nicht ein einziges Mal an.
»Ja, sehen Sie, wie wir morgens herauskommen, sagt der Höchstkommandierende zu mir: ›Kraft, du nimmst diese Schanzen!‹ Sie wissen ja, im Militärdienst wird nicht lange gefackelt – Hand an die Mütze: ›Zu Befehl, Exzellenz!‹ und los! Wie wir zur ersten Schanze kommen, drehe ich mich um und sage zu meinen Soldaten: ›Keine Angst, Kinder! Augen auf! Wer zurückbleibt, den schlage ich eigenhändig nieder!‹ Wissen Sie, mit den russischen Sol-

daten muß man kurzen Prozeß machen. Plötzlich eine Granate ... ich sehe, ein Soldat, ein zweiter, dritter ... dann Gewehrkugeln ... wssin! wssin! wssin! Ich rufe: ›Vorwärts, Kinder, mir nach!‹ Wir kommen heran, wissen Sie, da sehen wir, sehe ich, wie ... wissen Sie ... wie heißt das doch?« – und der Erzähler fuchtelte mit den Händen und suchte nach Worten.

»Einen Abhang«, soufflierte Bolchow.

»Nein ... Ach, wie heißt das doch? Mein Gott! Wie soll man das sagen? ... einen Abhang«, sagte er schnell. »Also – mit gesenktem Gewehr – vorwärts! Hurra! Ta-ra-ta-ta-ta! Vom Feind keine Spur! Wissen Sie, wir waren erstaunt. Nun gut: wir gehen weiter, kommen an die zweite Schanze. Das war eine ganz andere Sache. Unser Blut wallte schon, wissen Sie. Kaum sind wir herangekommen, da sehe ich: die zweite Schanze – wir können nicht weiter. Da war ... ja, wie heißt es nur ... Ach! so ein ...

»Wieder ein Abhang«, sagte ich.

»Ganz und gar nicht!« sagte er heftig, »kein Abhang, sondern ... na, wie heißt es bloß«, und er machte eine ganz sinnlose Handbewegung. »O mein Gott! Wie sagt man nur ...« Er quälte sich derart ab, daß man sich gezwungen fühlte, ihm vorzusagen.

»Ein Fluß vielleicht«, sagte Bolchow.

»Nein, einfach ein Abhang. Also wir kommen dorthin, und plötzlich ein Feuer – glauben Sie mir, die reinste Hölle ...«

In diesem Augenblick fragte draußen jemand nach mir. Es war Maximow. Da ich mir die wechselvolle Geschichte der zwei Schanzen angehört hatte und mir noch dreizehn bevorstanden, ergriff ich mit Freuden die Gelegenheit, zu meinem Zug zurückzukehren. Trosenko ging mit mir hinaus. »Alles Schwindel«, sagte er zu mir, als wir uns einige Schritte von der Hütte entfernt hatten. »Er ist nie auf den Schanzen gewesen.« Und Trosenko lachte so gutmütig, daß auch ich lachen mußte.

13

Es war schon dunkle Nacht, nur der trübe Schein der Feuer erhellte noch das Lager, als ich meine Arbeit beendet hatte und zu meinen Soldaten kam. Ein großer Baumstumpf lag glimmend auf den Kohlen. Rundherum saßen nur drei: Antonow, der den im Feuer hängenden Kessel rührte, in dem ›Rjabko‹[1] gekocht wurde, Schdanow, der mit einem Ast nachdenklich in der Asche stocherte, und Tschikin mit seiner nie richtig brennenden Pfeife. Die anderen hatten sich schon zur Ruhe gelegt, einige unter den Protzkasten, andere im Heu, wieder andere dicht bei den Feuern. Im schwachen Schein der Kohlen konnte ich die mir bekannten Rücken, Beine und Köpfe erkennen. Ich sah auch den kleinen Rekruten, der ganz dicht ans Feuer gerückt war und schon zu schlafen schien. Antonow machte mir Platz. Ich setzte mich neben ihn und zündete mir eine Zigarette an. Der von dem feuchten Holz aufsteigende Rauch mischte sich mit dem Nebel und erfüllte die ganze Luft. Der beißende Geruch machte die Augen tränen. Von dem düsteren Himmel senkte sich feuchte Finsternis herab.

Neben uns hörte man nur gleichmäßig schnarchen, das Reisig im Feuer knistern und ab und zu die Waffen der Infanterie klirren. Überall flammten Wachtfeuer und warfen ihr Licht auf die rund um sie gelagerten schwarzen Gestalten der Soldaten. Bei den nächstgelegenen Feuern erkannte ich an den beleuchteten Stellen die Gestalten nackter Soldaten, die ihre Hemden dicht über den Flammen hin und her schwenkten. Viele von den Leuten schliefen noch nicht; sie redeten und bewegten sich auf einer Fläche von gut sechzig Quadratmetern hin und her; aber die finstere, tiefe Nacht gab dieser ganzen Bewegung ein eignes geheimnisvolles Gepräge, als fühle jeder diese finstere Stille und fürchte ihre ruhige Harmonie zu zerstören. Als

1. Soldatenessen: aufgeweichter Zwieback mit Schmalz.

ich zu sprechen begann, merkte ich, daß meine Stimme anders klang als sonst. Auf den Gesichtern aller Soldaten, die um das Feuer saßen, las ich dieselbe Stimmung. Ich dachte, bevor ich kam, hätten sie von dem verwundeten Kameraden gesprochen, aber das war durchaus nicht der Fall: Tschikin erzählte von der Übernahme der Sachen in Tiflis und von den dortigen Schulbuben.
Immer und überall, besonders im Kaukasus, habe ich an unseren Soldaten den außerordentlichen Takt beobachtet, mit dem sie in Zeiten der Gefahr Dinge umgehen und verschweigen, die ungünstig auf die Stimmung der Kameraden wirken könnten. Der Geist des russischen Soldaten ist von anderer Art als die Tapferkeit der südlichen Völker; er beruht nicht auf einem schnell entflammten und ebenso schnell erkalteten Enthusiasmus; es ist ebenso schwer, ihn aufzurütteln, wie ihn mutlos zu machen. Er braucht keine Effekte, Reden, Kriegsgeschrei, Lieder und Trommelwirbel; was er braucht, ist im Gegenteil Ruhe, Ordnung und vor allem Ungezwungenheit. Bei dem russischen, echt russischen Soldaten findet man nie Prahlerei und Großtuerei, nie den Wunsch, sich an der Gefahr zu berauschen oder zu erhitzen; im Gegenteil: Bescheidenheit, Schlichtheit und die Fähigkeit, in der Gefahr etwas ganz anderes zu sehen als die Gefahr, sind seine wichtigsten Charakterzüge. Ich habe einen Soldaten mit einer Beinverwundung gesehen, dem es im ersten Augenblick nur um den durchschossenen neuen Pelz leid war, und einen Meldereiter, der unter seinem getöteten Pferd hervorkroch und zuerst den Sattelgurt aufschnallte, um den Sattel abzunehmen. Wer erinnert sich nicht an den Vorfall bei der Belagerung von Gorgebel, als im Laboratorium der Zünder einer geladenen Bombe in Brand geriet und der Feuerwerker zwei Soldaten befahl, die Bombe zu dem nächsten Abhang zu tragen und hinunterzuwerfen, und wie die Soldaten sie nicht an der nächsten Stelle neben dem Zelt

des Obersten hinunterwarfen, um die Offiziere nicht zu stören, die in den Zelten schliefen, sondern weiterrannten und beide in Stücke gerissen wurden. Ich erinnere mich auch noch, wie bei einem Feldzug im Jahre 1852 ein junger Soldat mitten im Gefecht sagte, der Zug würde hier wohl nicht lebend herauskommen, und wie der ganze Zug wütend über ihn herfiel wegen dieser üblen Worte, die man gar nicht wiederholen mochte. Auch jetzt, da wahrscheinlich jeder im stillen an Welentschuk dachte und uns jede Sekunde eine Salve der heranschleichenden Tataren treffen konnte, lauschten alle der lustigen Geschichte Tschikins, und keiner erwähnte die heutigen Kämpfe, die drohende Gefahr oder den Verwundeten, als ob das alles Gott weiß wann oder überhaupt nie gewesen wäre. Mir schien nur, als wären ihre Gesichter etwas finsterer als sonst; sie hörten Tschikins Erzählungen nicht sehr aufmerksam zu, und auch Tschikin merkte das, sprach aber weiter.

Maximow trat zum Feuer und setzte sich neben mich. Tschikin machte ihm Platz, verstummte und saugte wieder an seiner Pfeife.

»Die Infanteristen hatten ins Lager nach Schnaps geschickt«, sagte Maximow nach ziemlich langem Schweigen. »Sie sind gerade zurückgekommen.« Er spuckte ins Feuer. »Der Unteroffizier sagt, sie hätten unseren Mann gesehen.«

»Nun, lebt er noch?« fragte Antonow und drehte den Kessel.

»Nein, er ist tot.«

Der kleine Rekrut hob plötzlich den Kopf mit der roten Mütze über das Feuer, sah mich und Maximow einen Augenblick aufmerksam an, senkte dann schnell den Kopf und wickelte sich in seinen Mantel.

»Ja, nicht umsonst ist ihm der Tod heute morgen erschienen, als ich ihn im Artilleriepark weckte«, sagte Antonow.

»Dummes Zeug!« sagte Schdanow und drehte den glimmenden Baumstumpf um, und alle verstummten.

Mitten durch die tiefe Stille ertönte plötzlich hinter uns im Lager ein Schuß. Unsere Trommler nahmen ihn sofort auf und schlugen den Zapfenstreich. Als der letzte Wirbel verklungen war, erhob sich Schdanow als erster und nahm die Mütze ab. Wir alle folgten seinem Beispiel.

Mitten in der tiefen Stille der Nacht erklang ein harmonischer Chor von kraftvollen Männerstimmen:

»Vater unser, der Du bist im Himmel! Geheiligt werde Dein Name; Dein Reich komme; Dein Wille geschehe, wie im Himmel, also auch auf Erden; unser täglich Brot gib uns heute; und vergib uns unsere Schuld, wie wir vergeben unsern Schuldigern; und führe uns nicht in Versuchung, sondern erlöse uns von dem Übel.«

»Im Jahr fünfundvierzig ist auch einer von uns an derselben Stelle verwundet worden«, sagte Antonow, als wir unsere Mützen aufgesetzt hatten und wieder am Feuer saßen, »zwei Tage lang haben wir ihn auf dem Geschütz gefahren. Es war der Schewtschenko – weißt du noch, Schdanow? Und dann mußten wir ihn unter einem Baum liegen lassen.«

In diesem Augenblick trat ein Infanterist mit mächtigem Schnurr- und Backenbart, mit Gewehr und Tornister an unser Wachtfeuer.

»Gestattet, Landsleute, etwas Feuer für mein Pfeifchen«, sagte er.

»Nur zu, Feuer ist genug da«, antwortete Tschikin.

»Ihr erzählt wohl von Darghi, Landsmann?« wandte sich der Infanterist zu Antonow.

»Vom Jahr fünfundvierzig und von Darghi«, antwortete Antonow.

Der Infanterist schüttelte den Kopf, kniff die Augen zusammen und hockte sich neben uns nieder.

»Ja, da hats allerlei gegeben«, sagte er.

»Warum habt ihr ihn denn liegen lassen?« fragte ich Antonow.

»Der Bauch tat ihm furchtbar weh. Wenn wir standen, gings noch, aber sobald wir anfuhren, schrie er wie ein Wahnsinniger. Er sagte, wir sollten ihn um Gottes willen liegen lassen, aber es tat uns leid um ihn. Aber dann ist ›er‹ uns immer mehr auf den Leib gerückt, drei Mann Geschützbedienung und ein Offizier fielen, und wir waren von unserer Batterie abgeschnitten. Schlimm! Wir dachten schon, wir würden mit dem Geschütz gar nicht mehr herauskommen. Und ein Schlamm und Dreck war überall!«

»Am ärgsten war der Dreck beim Indischen Berge«, bemerkte einer der Soldaten.

»Ja, dort wurde es ganz schlimm mit ihm. Da überlegten wir, Anoschenko – das war ein alter Feuerwerker – und ich, was wir machen sollten. Er wird ja doch nicht am Leben bleiben, sagten wir, und er bettelt und bittet – also lassen wir ihn liegen. Das haben wir auch gemacht. Da war ein Baum, so eine Art Weide. Wir legten ihm aufgeweichten Zwieback hin – Schdanow hatte welchen –, lehnten ihn an den Baum, zogen ihm ein sauberes Hemd an, nahmen Abschied von ihm, wie sichs gehört, und ließen ihn liegen.«

»Er war wohl ein guter Soldat?«

»Ja, er war nicht übel«, bemerkte Schdanow.

»Was aus ihm geworden ist, weiß Gott allein«, fuhr Antonow fort. »Viele von uns sind dort liegengeblieben.«

»In Darghi?« fragte der Infanterist. Er stand auf, stocherte in seiner Pfeife, kniff wieder die Augen zusammen und schüttelte den Kopf. »Ja, da hats mancherlei gegeben.« Und er ging fort.

»Sind in unserer Batterie noch viele Soldaten, die damals in Darghi mit waren?« fragte ich.

»Hier der Schdanow, ich, Pazan, der jetzt auf Urlaub ist, und noch etwa sechs Mann. Mehr werdens nicht sein.«

»Unser Pazan bummelt wohl tüchtig im Urlaub?« sagte

Tschikin, streckte die Beine aus und legte den Kopf auf einen Balken.

»Er ist wohl bald ein Jahr weg.«

»Hast du schon einmal ein Jahr Urlaub gehabt?« fragte ich Schdanow.

»Nein«, erwiderte er unfroh.

»Es muß doch ganz fein sein«, sagte Antonow, »wenn man aus einem reichen Hause ist oder selbst arbeiten kann – dann machts einem selber Freude, und auch die Leute daheim sind froh, daß man kommt.«

»Warum soll man aber auf Urlaub gehen, wenn man zwei Brüder daheim hat«, fuhr Schdanow fort. »Die wissen nicht, wie sie selber durchkommen, und sollen noch unsereinen füttern. Und helfen kann man auch nicht viel, wenn man fünfundzwanzig Jahre Soldat gewesen ist. Weiß Gott, ob sie überhaupt noch leben.«

»Hast du denn nicht geschrieben?« fragte ich.

»Freilich hab ich geschrieben! Zwei Briefe hab ich abgeschickt, aber es kommt keine Antwort. Entweder sind sie tot, oder sie schreiben nicht, weils ihnen selber schlecht geht. Da denkt man eben nicht ans Schreiben.«

»Ist es lange her, daß du geschrieben hast?«

»Als wir von Darghi zurückkamen, habe ich den letzten Brief geschrieben. – Sing doch das Lied von der Birke«, sagte Schdanow zu Antonow, der, die Ellbogen auf die Knie gestützt, ein Lied vor sich hinsummte.

Antonow sang das Lied von der Birke.

»Das ist Onkel Schdanows Lieblingslied«, flüsterte Tschikin mir zu und zupfte mich am Mantel, »wenn Filipp Antonowitsch es manchmal spielt, fängt er sogar an zu weinen.«

Schdanow saß zuerst vollkommen unbeweglich da, die Augen auf die glimmenden Kohlen gerichtet, und sein vom rötlichen Schein beleuchtetes Gesicht sah ungemein finster aus; dann begannen seine Kinnbacken sich immer

schneller zu bewegen, und schließlich stand er auf, breitete seinen Mantel aus und legte sich im Schatten hinter dem Feuer hin. Entweder drehte er sich von einer Seite auf die andere und ächzte, bis er bequem lag, oder Welentschuks Tod und das traurige Wetter hatten mich so trüb gestimmt – es schien mir tatsächlich, als weinte er.
Der untere Teil des Baumstumpfes, der sich in Kohle verwandelt hatte, flammte hin und wieder auf und beleuchtete Antonows Gestalt, seinen grauen Schnurrbart, das rote Gesicht, die Orden auf dem übergeworfenen Mantel und irgendwelche Stiefel, einen Kopf oder einen Rücken. Von oben senkte sich derselbe trostlose Dunst hernieder, derselbe Geruch von Feuchtigkeit und Rauch erfüllte die Luft, ringsum waren dieselben hellen Punkte der erlöschenden Feuer zu sehen, und die wehmütigen Töne von Antonows Lied klangen durch die tiefe Stille. Wenn er einen Augenblick innehielt, antworteten die gedämpften Laute des nächtlichen Lagers: Schnarchen, Gewehrklirren der Wachtposten und leises Reden.
»Zweite Ablösung! Makatjuk und Schdanow!« rief Maximow.
Antonow hörte auf zu singen, Schdanow stand auf, seufzte, schritt über den Balken hinweg und ging langsam zu den Geschützen.

I
SEWASTOPOL IM DEZEMBER 1854

Die Morgenröte beginnt soeben den Horizont über dem Sapunberge zu färben; die dunkelblaue Oberfläche des Meeres hat schon die nächtliche Finsternis von sich geworfen und wartet auf den ersten Sonnenstrahl, um in heiterem Glanze zu spielen; von der Bucht her weht Kälte und Nebel; es liegt kein Schnee, alles ist schwarz; aber der scharfe Morgenfrost packt das Gesicht und knirscht unter den Füßen, und nur das ferne, nie verstummende Brausen des Meeres, ab und zu von dröhnenden Schüssen in Sewastopol unterbrochen, stört die Stille des Morgens. Auf den Schiffen schlägt es dumpf acht Glas.

An der Nordseite der Bucht beginnt die Geschäftigkeit des Tages und verdrängt die Ruhe der Nacht; hier marschiert mit klirrenden Gewehren eine Wachablösung vorüber; dort eilt schon ein Arzt ins Lazarett; dort kriecht ein Soldat aus seiner Erdhütte heraus und wäscht sich das sonnengebräunte Gesicht mit eisigem Wasser, wendet sich nach dem purpurfarbenen Osten, bekreuzigt sich schnell und spricht ein Gebet; dort ziehen Kamele einen hohen, schweren, zweirädrigen Karren mit knarrenden Rädern zum Friedhof, wo die blutbefleckten Leichen begraben werden sollen, mit denen er beinahe bis zum Rande beladen ist... Nähert man sich dem Anlegeplatz, so schlägt einem dort ein eigenartiger Geruch nach Steinkohlen, Mist, Feuchtigkeit und Rindfleisch entgegen. Tausende von verschiedenartigen Gegenständen: Holz, Fleisch, Schanzkörbe, Mehl, Eisen und so weiter, liegen haufenweise am Anlegeplatz. Soldaten verschiedener Regimenter, teils mit Säcken und Gewehren, teils ohne Säkke und Gewehre, drängen sich dort durcheinander, rauchen, schimpfen und schleppen Lasten auf ein Dampfschiff, das qualmend an der Landungsbrücke liegt; flinke Jollen, angefüllt mit allerlei Volk – Soldaten, Matrosen, Kaufleuten, Weibern –, legen am Anlegeplatz an und stoßen ab.

»Nach der Grafskaja[1], Euer Wohlgeboren? Bitte, steigen Sie ein!« bieten uns zwei oder drei verabschiedete Matrosen ihre Dienste an und stehen in ihren Jollen auf.

Wir wählen uns diejenige, die uns die nächste ist, steigen über den halbverfaulten Kadaver eines braunen Pferdes hinweg, der dort bei dem Boot im Schlamm liegt, und gehen durch das Boot zum Steuerruder. Wir stoßen vom Ufer ab. Rings um uns das schon in den Strahlen der Morgensonne glänzende Meer, vor uns ein alter Matrose in einem Kamelhaarmantel und ein junger weißblonder; beide arbeiten schweigend und eifrig mit den Rudern. Wir blicken nach den gestreiften Schiffskolossen, die nah und fern in der Bucht zerstreut liegen, und nach den schwarzen, kleinen Punkten der Schaluppen, die sich auf der glänzenden blauen Fläche bewegen, und nach den hübschen, hellen Gebäuden der Stadt jenseits der Bucht, die von den rosigen Strahlen der Morgensonne gefärbt werden, und nach der schäumenden weißen Linie der Mole und der versenkten Schiffe, von denen hier und da die schwarzen Enden der Maste traurig aus dem Wasser ragen, und nach der fernen feindlichen Flotte, die am kristallklaren Horizont des Meeres undeutlich sichtbar ist, und nach den schäumenden Wellen, auf denen, von den Rudern emporgeworfen, salzige Bläschen hüpfen. Wir hören den einförmigen Laut der Ruderschläge, der Stimmen, die über das Wasser zu uns herübertönen, und den majestätischen Schall des Geschützfeuers, das in Sewastopol stärker zu werden scheint.

1. Anlegeplatz in Sewastopol, am Nordende der Südbucht, auf der Westseite.

Bei dem Gedanken, daß auch wir nun in Sewastopol sind, erfüllen Mut und Stolz unsere Seele, und unser Blut beginnt rascher in den Adern zu kreisen.
»Euer Wohlgeboren, halten Sie gerade auf den Kistentin[1] zu«, sagt der alte Matrose zu uns, indem er sich umdreht, um die Richtung zu kontrollieren, die wir dem Kahn geben; »das Ruder Steuerbord!«
»Alle Kanonen sind noch drauf«, bemerkt der weißblonde Bursche, als wir an dem Schiff vorbeifahren und es betrachten.
»Natürlich; es ist ein neues Schiff, Kornilow hat darauf gewohnt«, erwidert der Alte, der ebenfalls nach dem Schiffe hinblickt.
»Sieh mal an, da ist eine geplatzt!« sagt der Bursche, der lange geschwiegen hat und nun nach einem weißen Wölkchen zerfließenden Rauches blickt, das auf einmal hoch über der Südbucht erschienen ist und von dem scharfen Knall einer explodierenden Granate begleitet wird.
»Da schießt ›er‹ jetzt von der neuen Batterie«, bemerkt der Alte und spuckt gleichmütig in die Hände. »Na, leg dich in die Riemen, Mischka; wir wollen die Barkasse überholen.«
Und unsere Jolle schießt über die weite wogende Bucht, überholt tatsächlich die schwere Barkasse, die mit irgendwelchen Säcken beladen ist und von ungeschickten Soldaten ungleichmäßig gerudert wird, und landet zwischen unzähligen Booten aller Art im Hafen an der Grafskaja.
Auf dem Kai wimmeln unter vielem Lärm Scharen graugekleideter Soldaten, schwarzgekleideter Matrosen und buntgekleideter Frauen. Weiber verkaufen Semmeln; russische Bauern mit Samowaren schreien: »Heißer Sbiten!«[2], und gleich dort auf den ersten Stufen liegen verrostete Kanonenkugeln, Granaten, Kartätschen und eiserne Kanonenrohre von verschiedenem Kaliber umher; etwas weiter hinten ist ein großer Platz; da liegen gewaltige Balken, Lafetten und

1. Das Schiff Konstantin.
2. Ein Getränk aus Wasser, Honig und Gewürz.

schlafende Soldaten; Pferde, Fuhrwerke, grünangestrichene Geschütze und Munitionswagen und Gewehrpyramiden der Infanterie stehen herum; Soldaten, Matrosen, Offiziere, Weiber, Kinder und Kaufleute bewegen sich durcheinander; Wagen mit Heu, mit Säcken und mit Fässern fahren vorbei; hier und da drängt sich ein Kosak und ein Offizier zu Pferd oder ein General in einem Wagen durch die Menge.
Rechts ist die Straße durch eine Barrikade versperrt, auf der in Schießscharten einige kleine Kanonen stehen, und daneben sitzt ein Matrose, der ein Pfeifchen raucht. Links steht ein schönes Haus mit römischen Ziffern im Giebelfelde, unter dem Soldaten und blutige Tragbahren stehen – überall sehen wir die unerfreulichen Spuren eines Kriegslagers. Der erste Eindruck, den wir empfangen, ist entschieden ein sehr unangenehmer: das seltsame Gemisch von Lagerleben und städtischem Treiben, von einer hübschen Stadt und einem schmutzigen Biwak ist nicht nur unschön, sondern erscheint uns als abstoßendes Durcheinander, und es kommt einem sogar vor, als wären alle unruhig und kopflos und wüßten nicht, was sie tun sollen. Blicken wir aber diesen Menschen, die sich um uns herum bewegen, näher in die Gesichter, so werden wir zu einer ganz anderen Ansicht kommen. Sehen wir uns zum Beispiel diesen Trainsoldaten an, der ein Dreigespann brauner Pferde zur Tränke führt und so seelenruhig etwas vor sich hinsummt, daß es uns ohne weiteres klar wird: er hat nicht etwa den Kopf verloren in dieser buntscheckigen Menge, die für ihn überhaupt nicht existiert, sondern er verrichtet seine Arbeit, welcher Art sie auch sein mag, ob Pferde tränken oder Geschütze transportieren, ebenso ruhig, selbstbewußt und gleichmütig, als ob sich das alles in Tula oder in Saransk abspielte. Denselben Ausdruck lesen wir auch auf dem Gesicht des Offiziers, der in tadellos weißen Handschuhen vorbeigeht, und auf dem Gesicht des Matrosen, der auf der Barrikade sitzt und raucht, und auf den Gesichtern der Arbeitssoldaten, die mit den Tragbahren vor

dem Portal des früheren Kasinos warten, und auf dem Gesicht dieses Mädchens, das aus Furcht, ihr rosa Kleid naß zu machen, von einem Stein zum andern über die Straße springt.

Ja, wer zum ersten Mal nach Sewastopol kommt, dem steht unfehlbar eine Enttäuschung bevor. Vergebens sucht man auch nur auf einem einzigen Gesicht Spuren von Hast und Kopflosigkeit oder gar von Enthusiasmus, Todesbereitschaft und äußerster Entschlossenheit – nichts dergleichen ist zu bemerken: man sieht nur Menschen wie überall, die ruhig ihrer Alltagsarbeit nachgehen, so daß man sich schließlich selber übertriebene Begeisterung vorwirft und an der Richtigkeit der Vorstellung von dem Heldenmut der Verteidiger Sewastopols ein wenig zu zweifeln beginnt, die man sich nach Erzählungen und Beschreibungen und nach alldem gebildet hat, was man auf der Nordseite gesehen und gehört hat. Aber ehe man sich solchen Zweifeln überläßt, sollte man auf die Bastionen gehen und sich die Verteidiger Sewastopols auf dem Schauplatz der Verteidigung selber ansehen oder noch besser in das Haus gegenüber gehen, das früher das Kasino von Sewastopol gewesen ist und vor dessen Portal Soldaten mit Tragbahren stehen – dort wird man die Verteidiger Sewastopols sehen, dort wird man schreckliche und traurige, großartige und interessante, aber erstaunlich herzerhebende Szenen beobachten können.

Man geht in den großen Saal des Kasinos. Kaum hat man die Tür geöffnet, erschüttert einen der Anblick und der Geruch von vierzig bis fünfzig Amputierten und Schwerverwundeten, die teils auf Pritschen, teils auf dem Fußboden liegen. Man folge nicht dem Gefühl, das einen auf der Schwelle des Saales zurückhält, man gehe hinein und schäme sich nicht, daß man nur gekommen ist, die Leidenden zu betrachten, man schäme sich nicht, zu ihnen zu gehen und mit ihnen zu reden: Unglückliche sehen gern ein teilnehmendes Gesicht, erzählen gern von ihren Leiden und hören gern Worte der Liebe und des Mitgefühls. Man gehe zwischen den Betten hindurch, suche ein weniger ernstes und leidendes Gesicht, trete näher, um ein paar Worte mit dem Verwundeten zu sprechen.

»Wo bist du verwundet?« fragen wir unsicher und schüchtern einen alten, abgemagerten Soldaten, der auf seiner Pritsche sitzt, uns mit gutmütigem Blick folgt und uns gleichsam auffordert, näher zu treten. Ich sage: wir fragen schüchtern, denn Leid flößt einem außer tiefem Mitgefühl auch eine gewisse Furcht ein, den Leidenden zu kränken, und eine große Achtung vor dem, der das alles erträgt.

»Am Bein«, antwortet der Soldat; aber im selben Augenblick sehen wir an den Falten der Decke, daß das eine Bein über dem Knie abgenommen ist. »Gott sei Dank«, fügt er hinzu, »jetzt werde ich bald entlassen.«

»Bist du schon lange verwundet?«

»Es sind jetzt schon sechs Wochen, Euer Wohlgeboren.«

»Tut dir denn jetzt noch etwas weh?«

»Nein, jetzt tut mir eigentlich nichts mehr weh; nur bei schlechtem Wetter habe ich ein Gefühl, als ob ich in der Wade ein Ziehen hätte; sonst spüre ich nichts mehr.«

»Wie bist du denn verwundet worden?«

»Auf der fünften Bastion, Euer Wohlgeboren, als das erste Bombardement war. Ich richte die Kanone und gehe an eine andere Schießscharte, da trifft ›er‹ mich ans Bein; es war, als wäre ich in ein Loch getreten. Und als ich hinsah, war das Bein weg.«

»Hat es denn im ersten Augenblick nicht schrecklich weh getan?«

»Nicht besonders, es war nur, als stieße mir einer etwas Heißes ins Bein.«

»Nun, und nachher?«

»Auch nachher hat es nicht besonders weh getan; nur als sie die Haut straff zogen, hatte ich ein Gefühl, als würde ich geschunden. Die Hauptsache ist, Euer Wohlgeboren: nicht soviel denken! Wenn man nicht denkt, machts einem nicht viel aus. Alles ist nur deswegen so schlimm, weil der Mensch denkt.«

In diesem Augenblick tritt eine Frau in einem grauen gestreiften Kleid und mit einem schwarzen Kopftuch heran; sie mischt sich in unser Gespräch mit dem Matrosen und fängt an, von ihm und seinen Leiden zu erzählen, von dem verzweifelten Zustand, in dem er sich vier Wochen lang befunden habe, und wie er nach seiner Verwundung verlangt habe, man solle die Tragbahre doch stehenlassen, damit er noch die Salve unserer Batterie sehen könnte, und wie die Großfürsten mit ihm gesprochen und ihm fünfundzwanzig Rubel geschenkt hätten und wie er zu ihnen gesagt habe, er wolle wieder auf die Bastion, um die jungen Soldaten anzulernen, wenn er schon selbst nicht mehr arbeiten könnte. Während die Frau dies alles in einem Atem sagt, sieht sie bald uns, bald den Matrosen an, der sich abgewendet hat, anscheinend gar nicht hinhört und auf seinem Kissen Scharpie zupft; und die Augen der Frau glänzen vor Begeisterung.

»Das ist meine Frau, Euer Wohlgeboren«, bemerkt der Matrose mit einem Gesicht, als wollte er sagen: »Nehmen Sie es ihr nicht übel! Man weiß ja, wie die Weiber sind; sie reden viel dummes Zeug zusammen.«

Wir beginnen die Verteidiger Sewastopols zu verstehen und schämen uns gewissermaßen vor diesem Menschen. Wir möchten ihm noch sehr vieles sagen, um ihm unsere Teilnahme und Bewunderung auszudrücken; aber wir finden keine Worte oder sind unzufrieden mit denen, die uns in den Sinn kommen, und wir verneigen uns schweigend vor dieser stummen, unbewußten Größe und Charakterstärke, vor der verschämten Zurückhaltung, mit der die Soldaten von ihren Verdiensten sprechen.

»Nun, Gott gebe, daß du bald wieder gesund wirst«, sagen wir zu ihm und bleiben vor einem anderen Kranken stehen, der auf dem Fußboden liegt und unter unerträglichen Qualen den Tod zu erwarten scheint.

Es ist ein blonder Mann mit blassem, aufgedunsenem Gesicht. Er liegt auf dem Rücken und hat den linken Arm in einer Haltung zurückgeworfen, an der man sieht, wie entsetzlich er leidet. Der trockene, geöffnete Mund stößt mühsam ein heiseres Röcheln aus, die blauen, glanzlosen Augen sind nach oben verdreht, und unter der zurückgeschlagenen Bettdecke ragt der mit Binden umwickelte Stummel des rechten Armes heraus. Der schwere Leichengeruch kommt uns noch stärker zum Bewußtsein, und die verzehrende innere Hitze, die alle Glieder des Leidenden durchdringt, scheint auch uns zu erfassen.

»Ist er bewußtlos?« fragen wir die Frau, die uns folgt und uns freundlich ansieht, als ob wir mit ihr verwandt wären.

»Nein, er hört noch, aber sehr schlecht«, antwortet sie flüsternd. »Ich habe ihm heute Tee gegeben – er ist zwar ein Fremder für mich, aber man muß doch mit allen Mitleid haben –, aber er hat fast gar nichts getrunken.«

»Wie fühlst du dich?« fragen wir ihn.

Der Verwundete verdreht beim Klang unserer Stimme die Augäpfel, aber er hört und sieht uns nicht.

»Er hat eine schreckliche Glut im Herzen«, sagt die Frau.

Etwas weiter hinten sehen wir einen alten Soldaten, der die Wäsche wechselt. Sein Gesicht und sein Leib sind dunkelbraun und mager wie ein Skelett. Der eine Arm fehlt ihm ganz: er ist in der Schulter amputiert. Er sitzt in forscher Haltung da, er ist schon genesen; aber an seinem toten, trüben Blick, an der schrecklichen Magerkeit und an den Runzeln seines Gesichtes sehen wir, daß das ein Wesen ist, das den besten Teil seines Lebens schon hinter sich hat.

Gegenüber sehen wir auf einer Pritsche das leidende, blasse, zarte Gesicht einer Frau, auf deren Wangen eine glühende Röte spielt.

»Das ist unsere Matrosenfrau, die am Fünften von einer Granate am Bein getroffen wurde«, sagt unsere Begleiterin zu uns. »Sie brachte ihrem Mann das Mittagessen auf die Bastion.«

»Hat man ihr das Bein abgenommen?«

»Ja, über dem Knie.«

Wenn wir starke Nerven haben, können wir jetzt durch die Tür linker Hand gehen: in diesem Zimmer werden Verbände angelegt und Operationen ausgeführt. Dort sieht man Ärzte, die Arme bis zu den Ellbogen blutverschmiert, mit blassen, finsteren Gesichtern um eine Pritsche stehen, auf der ein Verwundeter mit offenen Augen in der Narkose liegt und wie im Fieber sinnlose, manchmal auch einfache, rührende Worte vor sich hinsagt. Die Ärzte sind mit der widerwärtigen, aber wohltätigen Arbeit des Amputierens beschäftigt. Wir sehen, wie das scharfe, krumme Messer in den weißen, gesunden Körper fährt; wir sehen, wie der Verwundete auf einmal mit schrecklichem, herzzerreißendem Geschrei und argen Flüchen zum Bewußtsein kommt; wir sehen, wie der Feldscher den abgeschnittenen Arm in die Ecke wirft; man sieht, wie ein anderer Verwundeter, der im selben Zimmer auf einer Bahre liegt, der Operation seines Kameraden zusieht, sich krümmt und stöhnt, weniger aus körperlichem Schmerz als darum, weil ihn die seelische Pein der Erwartung quält – wir sehen schreckliche Szenen, die die Seele tief erschüttern; wir sehen den Krieg nicht in seiner korrekten, schönen, glänzenden Form, mit Musik und Trommelschlag, mit wehenden Fahnen und stolz zu Rosse sitzenden Generalen, sondern in seiner wahren Gestalt: in Blut, Leiden und Tod...

Verläßt man dieses Haus der Leiden, so fühlt man sich unfehlbar erleichtert, saugt die frische Luft in tiefen Zügen ein, wird sich mit Befriedigung der eigenen Gesundheit bewußt, aber gleichzeitig schöpft man aus dem Anblick dieser Leiden auch das Bewußtsein der eigenen Nichtigkeit und geht ruhig und entschlossen auf die Bastionen...

»Was bedeuten der Tod und die Leiden eines so geringen Wurmes wie ich im Vergleich mit dem Tod und den Leiden so vieler, vieler Menschen!« Aber der Anblick des wolkenlosen Himmels, der strahlenden Sonne, der schönen Stadt, der geöffneten Kirche und der sich in verschiedenen Richtungen bewegenden Soldaten versetzt unsern Geist bald wieder in den normalen Zustand des Leichtsinns, der kleinlichen Sorgen und des ausschließlichen Interesses an der Gegenwart.

Vielleicht kommt uns aus der Kirche der Leichenzug eines Offiziers entgegen, mit einem rosafarbenen Sarg und Musik und wehenden Fahnen; vielleicht dringen die dumpfen Töne der Kanonenschüsse von den Bastionen an unser Ohr, aber das führt uns nicht zu den früheren Gedanken zurück: der Leichenzug erscheint uns als ein sehr schönes militärisches Schauspiel und jene Töne als sehr schöne kriegerische Töne, und wir verbinden weder mit diesem Schauspiel noch mit diesen Tönen den klaren, auf uns selbst bezogenen Gedanken an Leiden und Tod, wie wir es im Verbandsraum getan haben.

Wir gehen an der Kirche und an der Barrikade vorbei und kommen in den inneren, besonders belebten Stadtteil. Auf beiden Seiten Schilder von Kaufläden und von Restaurationen. Kaufleute, Frauen mit Hüten und Kopftüchern, stutzerhafte Offiziere – alles spricht von der Charakterfestigkeit, dem Selbstvertrauen und dem Sicherheitsgefühl der Einwohner. Wenn man die Gespräche der Seeleute und Offiziere anhören will, muß man in das Gasthaus rechter Hand gehen. Dort wird sicher von der letzten Nacht gesprochen, von Fenka, von dem Gefecht am Vierundzwanzigsten, von den teuren, schlechten Koteletts und davon, wie dieser und jener Kamerad gefallen ist.

»Hols der Teufel, wie gräßlich es heute bei uns war!« sagt mit tiefer Baßstimme ein Marineoffizier ohne Schnurrbart, mit hellblonden Augenbrauen; er trägt eine grüne, gestrickte Schärpe.

»Wo ist das: ›bei uns‹?« fragt ihn ein anderer.

»Auf der vierten Bastion«, antwortet der junge Offizier, und bei diesen Worten sehen wir den hellblonden Offizier unwillkürlich mit größerer Aufmerksamkeit und sogar mit einer gewissen Achtung an. Seine allzu große Ungezwungenheit, sein Händefuchteln, sein lautes Lachen und Sprechen, das man für Unverfrorenheit gehalten hat, erweist sich jetzt als jene besondere Renommierstimmung, die manche sehr junge Leute nach einer überstandenen Gefahr überkommt; man erwartet, daß er einem erzählen wird, wie schlimm es auf der vierten Bastion wegen der Granaten und Kugeln sei – weit gefehlt! Schlimm ist es deshalb, weil es schmutzig ist. »Man kann überhaupt nicht zur Batterie durchkommen«, sagt er und zeigt auf seine Stiefel, die bis über die Waden mit Schmutz bedeckt sind.

»Heute ist mein bester Konstabelmaat gefallen, gerade in die Stirn hats ihn getroffen«, sagt ein anderer.

»Wer denn? Mitjuchin?«

»Nein... Bekomme ich jetzt endlich meinen Kalbsbraten? Ihr Kannibalen!« sagt er, zu dem Kellner gewandt. »Nicht Mitjuchin, sondern Abrosimow. Das war ein Kerl, sechs Ausfälle hat er mitgemacht.«

Am anderen Ende des Tisches sitzen bei Tellern mit Koteletts und grünen Erbsen und bei einer Flasche sauren Krimweins, der sich Bordeaux nennt, zwei Infanterieoffiziere: der eine, ein junger Mensch, mit rotem Kragen und zwei Sternen am Mantel, erzählt dem andern, der einen schwarzen Kragen und keine Sterne hat, von dem Kampf an der Alma. Er hat schon ein wenig getrunken, und an den Pausen, die er in seiner Erzählung macht, an dem unsicheren Blick, der Zweifel ausdrückt, ob man ihm auch glaube, und besonders daran, daß die Rolle, die er in seiner Erzählung spielt, gar zu großartig ist und daß alles gar zu schrecklich klingt, erkennt man, daß er stark von der Wahrheit abweicht. Aber wir interessieren uns nicht für diese Erzählungen, die man noch lange an allen Ecken und Enden Rußlands zu hören bekommen wird; wir wollen so schnell wie möglich auf die Bastionen, besonders auf die vierte, von der man uns schon

so vieles und Mannigfaltiges erzählt hat. Wenn jemand sagt, er sei auf der vierten Bastion gewesen, so sagt er das immer mit besonderer Genugtuung und voller Stolz; sagt jemand: »Ich gehe auf die vierte Bastion«, so merkt man ihm unfehlbar eine leichte Aufregung oder zu großen Gleichmut an; wenn man jemand necken will, sagt man: »Dich müßte man auf die vierte Bastion schicken«; begegnet man Soldaten mit Tragbahren und fragt: »Woher?« so antworten sie fast immer: »Von der vierten Bastion.« Im allgemeinen gibt es zwei gänzlich verschiedene Ansichten über diese furchtbare Bastion: diejenigen, die niemals dort waren, sind überzeugt, daß die vierte Bastion das sichere Grab für jeden ist, der dorthin kommt, und die Leute, die dort stationiert sind, wie der weißblonde Seekadett, sagen, wenn sie von der vierten Bastion sprechen, ob es dort trocken oder schmutzig, warm oder kalt in den Erdhütten ist, und so weiter.
Während der halben Stunde, die wir in dem Gasthaus zugebracht haben, ist das Wetter umgeschlagen: der Nebel, der über dem Meer lag, hat sich zu grauen, trüben, feuchten Wolken zusammengeballt und die Sonne verhüllt; ein trübseliger dünner Regen sprüht herab und benetzt die Dächer, die Bürgersteige und die Soldatenmäntel...
Wir passieren noch eine Barrikade, gehen rechts durch ein Tor und dann auf einer großen Straße bergan. Hinter dieser Barrikade sind die Häuser zu beiden Seiten der Straße unbewohnt: kein einziges Ladenschild mehr zu sehen, die Türen mit Brettern vernagelt, die Fenster zertrümmert; hier ist eine Ecke von der Mauer abgeschlagen, dort ein Dach durchschossen. Diese Gebäude kommen uns wie Veteranen vor, die manches Leid und manche Not durchgemacht haben, und scheinen uns stolz und ein wenig verächtlich anzusehen. Auf dem Weg stolpert man über herumliegende Kanonenkugeln und tritt in wassergefüllte Löcher, die die Bomben in den steinigen Grund gerissen haben. Auf der Straße begegnet und überholt man Soldatentrupps, Kosaken und Offi-

ziere; nur selten trifft man eine Frau oder ein Kind, und dann ist es keine Frau mit Hut, sondern eine Matrosenfrau in einem alten Pelz und Soldatenstiefeln. Geht man die Straße weiter und steigt einen kleinen Abhang hinunter, so sieht man ringsum nicht mehr Häuser, sondern seltsame Trümmerhaufen, Steine, Bretter, Lehm und Balken; vor uns erblicken wir auf einer steilen Anhöhe ein schwarzes, schmutziges, von Gräben durchzogenes Gelände, und das ist die vierte Bastion... Hier trifft man noch weniger Menschen, Frauen sind überhaupt nicht mehr zu sehen, die Soldaten gehen schnell, auf dem Weg sieht man Blutstropfen, und man begegnet gewiß vier Soldaten mit einer Tragbahre, auf der man ein blaßgelbes Gesicht und einen blutigen Mantel wahrnimmt. Wenn man fragt: »Wo ist er verwundet?«, antworten die Träger ärgerlich, ohne sich nach einem umzuwenden: »Am Bein« oder: »Am Arm«, wenn er leicht verwundet ist; oder sie schweigen finster, wenn auf der Bahre der Kopf nicht zu sehen und der Soldat schon gestorben oder schwer verwundet ist.

Sobald wir den Berg hinaufzusteigen beginnen, werden wir von dem nahen Pfeifen einer Kanonenkugel oder einer Granate unangenehm überrascht. Plötzlich versteht man – und zwar ganz anders als vorher – die Bedeutung jener dumpfen Kanonenschüsse, die man schon in der Stadt gehört hat. Mit einem Male blitzt ein stilles, freudiges Erinnern in unserem Geist auf; unsere eigene Person beginnt uns mehr zu beschäftigen als unsere Beobachtungen; wir schenken unserer Umgebung weniger Aufmerksamkeit, und plötzlich überkommt uns ein unangenehmes Gefühl der Unentschlossenheit. Doch beim Anblick eines Soldaten, der, mit den Armen fuchtelnd und in dem zähen Schmutz ausgleitend, lachend an uns vorbeiläuft, bringen wir diese erbärmliche Stimme, die sich angesichts der Gefahr in uns erhebt, zum Schweigen, recken unwillkürlich die Brust heraus, heben den Kopf höher und klettern den schlüpfrigen, lehmigen Berg hinauf.

Kaum haben wir uns ein Stück weit hinaufgearbeitet, da pfeifen von rechts und von links Gewehrkugeln an uns vorüber, und wir überlegen, ob wir nicht lieber den Graben entlanggehen sollen, der parallel zum Weg läuft; aber der Graben ist mit einem so dünnflüssigen, stinkenden, bis über die Knie reichenden gelben Schmutz gefüllt, daß man den Weg vorzieht, um so mehr, als man sieht, daß *alle den Weg benutzen.* Nach zweihundert Schritten kommt man auf eine aufgewühlte, schmutzige Fläche, die auf allen Seiten von Schanzkörben, Wällen, Unterständen, Erdhütten und Plattformen umgeben ist, auf denen große gußeiserne Kanonen stehen und gleichmäßig aufgetürmte Kanonenkugeln liegen. Das alles scheint ohne Sinn, Zusammenhang und Ordnung aufgebaut zu sein. Hier sitzt ein Häuflein Matrosen auf einer Batterie, dort liegt mitten auf dem Platz eine zerschossene, halb im Morast versunkene Kanone, da geht ein Infanterist mit seinem Gewehr durch die Batterien und zieht mit Mühe die Füße aus dem klebrigen Schmutz; überall, auf allen Seiten und an allen Orten, sieht man Sprengstücke, nichtgeplatzte Granaten, Kanonenkugeln, Spuren des Lagerlebens, und all das in dem breiigen, zähen Schmutz versunken. Man glaubt ganz in der Nähe eine Kanonenkugel einschlagen zu hören, vernimmt überall das Pfeifen der Gewehrkugeln, die bald wie Bienen summen, bald kurz und zischend pfeifen, bald wie eine Saite klingen; man hört das gewaltige Donnern der Geschütze, das uns alle erbeben läßt und das wir als etwas ganz Schreckliches empfinden. ›Das ist sie also, die vierte Bastion; das ist er, dieser furchtbare, wahrhaft entsetzliche Ort!‹ denken wir im stillen und haben ein leises Gefühl des Stolzes und ein starkes Gefühl unterdrückter Angst. Aber wir haben uns getäuscht: das ist noch nicht die vierte Bastion. Das ist erst die Redoute Jasonow, ein verhältnismäßig ungefährlicher und keineswegs furchtbarer Platz. Um zur vierten Bastion zu gelangen, müssen wir rechts gehen, durch diesen schmalen Laufgraben, den soeben ein Infanterist in gebückter Haltung durchschritten hat. In diesem Laufgraben treffen wir vielleicht wieder Tragbahren, Matrosen und Soldaten mit Spaten; wir sehen Leitungen zu Minen, Erdhütten im Schlamm, in die nur zwei Menschen gebückt hineinkriechen können; und da sehen wir auch Kosaken von den Schwarzmeer-Bataillonen, die dort die Schuhe wechseln, essen, ihre Pfeifen rauchen und wohnen; und überall sieht man wieder denselben stinkenden Schmutz, die Spuren des Lagerlebens und herumliegendes Gußeisen in allen möglichen Formen. Wenn man noch etwa dreihundert Schritte weitergeht, kommt man abermals auf eine Batterie, einen kleinen, mit Löchern übersäten Platz; Schanzkörbe, die mit Erde gefüllt sind, Geschütze auf Plattformen und Erdwällen umgeben ihn. Hier sieht man vielleicht eine Gruppe von fünf, sechs Matrosen, die unter der Brustwehr Karten spielen, und einen Marineoffizier, der uns als neugierige Neulinge erkannt hat und uns mit Vergnügen sein Reich und alles, was uns sonst noch interessieren könnte, zeigt. Dieser Offizier dreht sich, auf einem Geschütz sitzend, so seelenruhig seine Zigarette aus gelbem Papier, geht so gelassen von einer Schießscharte zur anderen und spricht so ruhig und ohne die geringste Affektiertheit, daß man trotz der Kugeln, die jetzt häufiger über uns hinwegsausen, selber kaltblütig wird, aufmerksame Fragen stellt und dem Bericht des Offiziers lauscht. Dieser Offizier erzählt uns – aber nur, wenn man ihn danach fragt – von dem Bombardement am Fünften, erzählt, daß von seiner Batterie nur noch ein einziges Geschütz brauchbar war, daß von der ganzen Bedienungsmannschaft nur acht Mann übriggeblieben waren und daß er am folgenden Morgen, also am Sechsten, dennoch aus allen Rohren feuerte. Er erzählt uns, wie am Fünften eine Bombe in die Hütten der Matrosen einschlug und elf Mann auf einmal tötete; er zeigt uns durch eine Schießscharte die feindlichen Batterien und Laufgräben, die hier nicht weiter als hundert bis hundertzwanzig Schritt entfernt sind. Aber ich fürchte: wenn wir uns aus den Schießscharten hinausbeugen, um den Feind zu beobachten, werden wir unter dem Einfluß der pfeifenden Gewehrkugeln nichts sehen, und wenn wir doch etwas sehen, wundern wir uns sehr darüber, daß dieser zum Greifen nahe weiße Steinwall, über dem weiße Rauchwölkchen aufsteigen, daß dieser Steinwall der Feind sein soll – ›er‹, wie die Soldaten und Matrosen sagen.

Leicht möglich, daß der Marineoffizier aus Eitelkeit oder einfach nur, um sich ein Vergnügen zu machen, in unserer Gegenwart ein bißchen schießen will. »Der Konstabelmaat und die Bedienungsmannschaft ans Geschütz!« – Mit den eisenbeschlagenen Stiefeln über die Plattform klappernd, eilen etwa vierzehn Matrosen flink und munter zu der Kanone; der eine steckt schnell seine Pfeife in die Tasche, ein anderer kaut seinen Zwieback zu Ende. Das Geschütz wird geladen.

Wir betrachten die Gesichter, die Haltung und die Bewegungen dieser Leute: in jeder Falte dieser verbrannten Gesichter mit den vorstehenden Backenknochen, in jedem Muskel, in den breiten Schultern, in den kräftigen Beinen, die in riesigen Stiefeln stecken, in jeder ihrer ruhigen, festen, bedächtigen Bewegungen sind die Haupteigenschaften zu erkennen, die die Stärke des Russen bilden: Schlichtheit und Ausdauer. Hier aber scheint uns, daß die Gefahr, die Erbitterung und die Leiden des Krieges außer jenen Hauptmerkmalen noch das Bewußtsein der eigenen Würde, hohe Gedanken und Gefühle in jedes Gesicht eingegraben haben.

Ein furchtbarer, nicht nur das Trommelfell, sondern den ganzen Körper erschütternder Knall läßt einen plötzlich so zusammenfahren, daß man am ganzen Leibe zittert. Darauf hört man das sich entfernende Pfeifen des Geschosses, und dichter Pulverdampf umhüllt uns, die Plattform und die schwarzen Gestalten der hin und her eilenden Matrosen. Nach diesem unserem Schuß hört man allerlei Äußerungen der Matrosen, sieht, wie begeistert sie sind und daß sie ein

Gefühl zeigen, das man vielleicht nicht erwartet hat: Wut und Rachsucht gegen den Feind, die in der Seele eines jeden verborgen sind. »Gerade in die Schießscharte hat es getroffen; ich glaube, zwei sind tot... eben werden sie weggetragen«, ruft ein Matrose freudig. »Aber jetzt ist ›er‹ böse, gleich wird ›er‹ herüberschießen!« ruft ein anderer, und wirklich sehen wir bald darauf einen Blitz und eine Rauchwolke; die Schildwache, die an der Brustwehr steht, schreit: »Kano-one!« Und schon pfeift eine Kanonenkugel an uns vorüber, klatscht auf die Erde und wirft Spritzwasser und Steine trichterförmig um sich hoch. Der Batteriechef ärgert sich über diese Kugel und befiehlt, ein zweites und ein drittes Geschütz zu laden; der Feind beginnt uns zu antworten, und man macht interessante Empfindungen durch, hört und sieht interessante Dinge. Wieder ruft der Posten: »Kano-one!«, und man hört dasselbe Sausen, Einschlagen und Hochspritzen, oder er schreit: »Mörser!«, und man hört das gleichmäßige, ziemlich angenehme Pfeifen einer Granate, mit dem man nur schwer den Gedanken an etwas Schreckliches verbinden kann; man hört, wie das Pfeifen näher kommt und schneller wird, dann sieht man einen schwarzen Ball, hört sein Aufschlagen und das betäubende, krachende Krepieren der Granate. Pfeifend und winselnd fliegen die Splitter umher, Steine wirbeln durch die Luft, und Schmutz bespritzt uns. Bei diesen Lauten hat man ein eigenartiges Gefühl von Wonne und Furcht zugleich. In dem Augenblick, da das Geschoß auf uns zufliegt, denken wir unfehlbar, daß es uns töten wird; aber das Ehrgefühl hält uns aufrecht, und niemand bemerkt das Messer, das uns das Herz zerschneidet. Sobald aber das Geschoß vorbeigeflogen ist, ohne uns zu streifen, leben wir auf, und ein beglückendes, unsäglich angenehmes Gefühl erfaßt uns, wenn auch nur für einen Augenblick, so daß man in der Gefahr, diesem Spiel um Leben und Tod, einen besonderen Reiz findet; man wünscht, daß eine Kanonenkugel oder eine Granate noch dichter neben einem einschlägt.

Aber da schreit der Posten mit tiefer, lauter Stimme: »Mörser!« Wieder hört man das Pfeifen, Einschlagen und Platzen der Granate; doch zugleich mit diesem Laut vernehmen wir das Stöhnen eines Menschen. Wir gehen zusammen mit den Trägern auf den Verwundeten zu; er ist mit Blut und Schmutz bespritzt und sieht seltsam aus, gar nicht mehr wie ein Mensch.

Einem Matrosen ist ein Teil der Brust weggerissen. Im ersten Augenblick ist auf seinem mit Schmutz bespritzten Gesicht nur der Schreck und ein gekünstelter, verfrühter Ausdruck von Schmerz zu sehen, wie er dem Menschen in solcher Lage eigen ist; aber als die Tragbahre gebracht wird und er sich selbst mit der gesunden Seite darauflegt, bemerken wir, daß dieser schmerzliche Zug im Gesicht des Verwundeten von einem Ausdruck der Begeisterung und eines hohen, unaussprechlichen Gedankens abgelöst wird: die Augen leuchten heller, er preßt die Zähne zusammen, hebt mit Anstrengung den Kopf höher, und als die Träger die Bahre aufheben, heißt er sie noch warten und sagt mühsam mit zitternder Stimme zu seinen Kameraden: »Vergebt mir, Brüder!« Er will noch etwas sagen, und es ist deutlich, daß er etwas Rührendes sagen will; aber er wiederholt nur noch einmal: »Vergebt mir, Brüder!« In diesem Augenblick geht ein Matrose zu ihm, setzt ihm die Mütze auf den Kopf, den der Verwundete ihm hinhält, und kehrt dann ruhig, gleichmütig und mit den Armen schlenkernd zu seinem Geschütz zurück. »So verlieren wir täglich sieben bis acht Mann«, sagt der Marineoffizier zu uns als Antwort auf den entsetzten Ausdruck, der sich auf unseren Gesichtern spiegelt; er gähnt und dreht sich eine Zigarette aus gelbem Papier.

Nun haben wir die Verteidiger Sewastopols auf dem Schauplatz der Verteidigung gesehen und kümmern uns bei der Rückkehr nicht mehr im geringsten um die Geschosse und Kugeln, die auf dem ganzen Weg bis zu dem zerschossenen

Theater unaufhörlich weiterpfeifen, sondern kehren ruhig und gehobenen Mutes zurück. Die Hauptsache ist die tröstliche Überzeugung, die wir mitnehmen, die Überzeugung, daß es unmöglich ist, Sewastopol zu nehmen, und nicht nur das, sondern auch – wo immer es sei – die Kraft des russischen Volkes zum Wanken zu bringen. Und daß das unmöglich ist, das haben wir nicht an der Vielzahl der Quergänge, Brustwehren, kunstvoll verflochtenen Laufgräben, Minen und Geschütze gesehen – davon verstehen wir nichts –, sondern an den Augen, Reden und dem Verhalten der Soldaten, an dem, was man den Geist der Verteidiger Sewastopols nennt. Was sie tun, das tun sie so schlicht, so ohne jede Mühe und Anstrengung, daß man überzeugt ist, sie könnten noch hundertmal mehr tun... sie könnten alles tun. Man begreift, daß das Gefühl, aus dem heraus sie handeln, nicht jenes kleinliche, eitle, oberflächliche Gefühl ist, das man selbst gehabt hat, sondern ein anderes, mächtigeres Gefühl, das aus ihnen Menschen gemacht hat, die in einem Hagel von Kanonenkugeln und bei hundert Todesmöglichkeiten statt der einen, der alle Menschen unterworfen sind, ruhig leben können und neben diesen Gefahren auch noch unaufhörliche, schwerste Arbeit, Nachtwachen und Schmutz ertragen. Wegen eines Ordens, wegen einer Beförderung oder irgendwelcher Drohungen können Menschen so entsetzliche Lebensbedingungen niemals auf sich nehmen: es muß ein anderer, höherer, zwingender Grund vorhanden sein. Und dieser Grund ist ein Gefühl, das der Russe schamhaft verbirgt und nur selten zeigt, das aber jeder zutiefst in der Seele trägt: die Liebe zum Vaterland. Erst jetzt haben die Erzählungen von den ersten Zeiten der Belagerung Sewastopols, als es dort noch keine Befestigungen, keine Truppen und keine physische Möglichkeit gab, die Stadt zu halten, und dennoch nicht der geringste Zweifel darüber bestand, daß man sich dem Feind nicht ergeben werde – die Erzählungen von den Zeiten, als Kornilow, dieser des alten

Griechenlands würdige Held, seine Truppen abritt und rief: »Wir wollen sterben, Kinder; aber wir wollen Sewastopol nicht übergeben« und unsere zu leeren Phrasen unfähigen Russen antworteten: »Wir wollen sterben, hurra!« – erst jetzt haben die Erzählungen von jenen Zeiten aufgehört, für uns eine schöne historische Sage zu sein, und sind glaubwürdige Tatsachen geworden. Jetzt haben wir ein klares Verständnis gewonnen und erkennen in den Männern, die wir soeben gesehen haben, jene Helden, die in den ersten schweren Zeiten nicht den Mut sinken ließen, sondern hohen Sinnes und mit Freuden sich auf den Tod vorbereiteten, nicht für die eine Stadt, sondern für das Vaterland. Diese Epopöe von Sewastopol, deren Held das russische Volk war, wird für lange Zeit in Rußland tiefe Spuren hinterlassen.

Es wird schon Abend. Die Sonne ist unmittelbar vor dem Untergehen aus den grauen Wolken, die den Himmel bedecken, hervorgekommen und beleuchtet plötzlich mit ihrem purpurnen Schein die violetten Wolken, das grünliche, von Schiffen und Booten bedeckte Meer, das in gleichmäßigen, breiten Wellen wogt, die weißen Gebäude der Stadt und die Menschen, die sich auf den Straßen bewegen. Über das Wasser tönen die Klänge eines altmodischen Walzers, den eine Regimentskapelle auf dem Boulevard spielt, und der Schall der Schüsse von den Bastionen, der eine seltsame Begleitung dazu bildet.

II
SEWASTOPOL IM MAI 1855

Schon sind sechs Monate vergangen, seit die erste Kanonenkugel pfeifend die Bastionen von Sewastopol verließ und die Erde in den Befestigungen des Feindes aufwühlte, und seitdem fliegen unaufhörlich Tausende von Granaten, Kanonenkugeln und Gewehrkugeln von den Bastionen zu den Laufgräben und von den Laufgräben zu den Bastionen, über denen beständig der Engel des Todes schwebt.
Tausende haben sich in ihrem Ehrgeiz gekränkt gefühlt, Tausende haben ihren Ehrgeiz befriedigt und gesättigt, Tausende haben in den Armen des Todes Ruhe gefunden. Wie viele Sternchen wurden angenäht, wie viele abgetrennt, wie viele Annen- und Wladimirorden, wie viele rosa Särge und leinene Leichentücher! Und immer noch hallen dieselben Töne von den Bastionen, immer noch blicken an klaren Abenden die Franzosen mit unwillkürlichem Beben und abergläubischer Furcht aus ihrem Lager auf die schwarze, aufgewühlte Erde der Bastionen von Sewastopol, auf die schwarzen Gestalten unserer Matrosen, die sich dort bewegen, und zählen die Schießscharten, aus denen die gußeisernen Kanonen drohend hervorlugen; immer noch beobachtet vom Telegraphenhügel aus ein Steuermannsmaat durchs Fernrohr die bunten Gestalten der Franzosen, ihre Batterien, Zelte und Kolonnen, die sich auf dem Grünen Berg bewegen, und die in den Laufgräben aufpuffenden Rauchwölkchen; und immer noch strömen mit dem gleichen Kampfeseifer aus aller Welt verschiedenartige Men-

schenmassen mit noch verschiedenartigeren Wünschen nach diesem schicksalsschweren Ort.
Aber die Frage, die die Diplomaten nicht gelöst haben, kann noch weniger mit Pulver und Blut gelöst werden. Mir ist oft ein merkwürdiger Gedanke gekommen: wie, wenn die eine kriegführende Partei der anderen vorschlüge, aus jeder Armee einen Soldaten zu entlassen? Dieses Verlangen könnte seltsam erscheinen, aber warum sollte man es nicht erfüllen? Dann auf jeder Seite einen zweiten entlassen, einen dritten, einen vierten und so weiter, bis in jeder Armee nur noch ein Soldat vorhanden ist (vorausgesetzt, daß die Armeen gleich stark sind und daß Quantität durch Qualität ersetzt werden könnte). Und dann, wenn wirklich verwickelte politische Fragen zwischen vernünftigen Vertretern vernünftiger Geschöpfe durch Kampf entschieden werden müssen, sollten diese zwei Soldaten sich miteinander herumprügeln – der eine sollte die Stadt belagern und der andere sie verteidigen. Diese Überlegung mag paradox erscheinen, aber sie ist richtig. Tatsächlich, was für ein Unterschied besteht denn zwischen einem Russen, der gegen einen Vertreter der Verbündeten kämpft, und achtzigtausend Russen, die gegen andere achtzigtausend Soldaten kämpfen? Warum nicht fünfunddreißigtausend gegen fünfunddreißigtausend? Warum nicht zwanzigtausend gegen zwanzigtausend? Warum nicht zwanzig gegen zwanzig? Warum nicht einer gegen einen? Das eine ist nicht logischer als das andere. Das letztere ist viel logischer, weil es menschlicher ist. Eins von beiden: entweder der Krieg ein Wahnsinn, oder wenn die Menschen diesen Wahnsinn begehen, sind sie alles andere als vernünftige Geschöpfe, obwohl wir sie aus irgendeinem Grunde dafür halten.

2

In dem belagerten Sewastopol spielte auf dem Boulevard neben dem Pavillon eine Regimentskapelle, die Scharen von Kriegs-

volk und Frauen schlenderten müßig über den Bürgersteig. Die helle Frühlingssonne war am Morgen über den englischen Befestigungen aufgegangen, war dann über die Bastionen, die Stadt, die Nikolajkaserne gewandert und neigte sich jetzt, allengleich freundlich leuchtend, zu dem fernen, blauen Meer, das gleichmäßig wogend in silbernem Glanz schimmerte.
Ein hochgewachsener, etwas gebückt gehender Infanterieoffizier, der sich einen nicht mehr ganz weißen, aber doch sauberen Handschuh über die Hand streifte, trat aus dem Pförtchen eines der kleinen Matrosenhäuschen auf der linken Seite der Morskaja und ging, gedankenvoll auf seine Füße blickend, bergauf zum Boulevard. Der Ausdruck des unschönen Gesichts und der niedrigen Stirn des Offiziers ließ keine großen geistigen Fähigkeiten erkennen, wohl aber Besonnenheit, Redlichkeit und Ordnungsliebe. Er war nicht gut gebaut, langbeinig, ungeschickt und etwas linkisch in seinen Bewegungen. Er trug eine noch wenig abgenutzte Mütze, einen dünnen Mantel von etwas sonderbarer violetter Farbe, aus dem eine goldene Uhrkette hervorschaute, Hosen mit Stegen und saubere, glänzende Stiefel aus Kalbleder, deren Absätze allerdings schon etwas schiefgetreten waren – aber weniger an diesen Dingen, die man an einem Infanterieoffizier gewöhnlich nicht sieht, als vielmehr an dem allgemeinen Eindruck, den er selbst machte, erkannte ein geschultes militärisches Auge sofort, daß er kein gewöhnlicher Infanterieoffizier war, sondern etwas Höheres. Er hätte entweder ein Deutscher sein können (wenn seine Gesichtszüge nicht seine rein russische Abstammung bezeugt hätten) oder ein Adjutant oder ein Regimentsquartiermeister – aber dann hätte er Sporen getragen – oder ein Offizier, der sich für die Zeit des Feldzugs von der Kavallerie oder vielleicht auch von der Garde zur Infanterie hatte versetzen lassen. Er war tatsächlich ein von der Kavallerie hierher versetzter Offizier, und jetzt, als er zum Boulevard hinaufging, dachte er gerade an einen Brief, den er soeben von einem ehemaligen

Kameraden, der seinen Abschied genommen hatte und jetzt Gutsbesitzer im Gouvernement T. war, und von dessen Frau, der blassen blauäugigen Natascha, seiner großen Freundin, erhalten hatte. Er erinnerte sich an eine Stelle des Briefes, wo der Kamerad schrieb:

›Wenn uns der ‚Invalid‘[1] gebracht wird, stürzt Pupka‹ (so nannte der verabschiedete Ulan seine Frau) ›Hals über Kopf ins Vorzimmer, packt die Zeitung und läuft mit ihr nach dem Salon in den Erker (wo wir, wie Du Dich erinnerst, so schöne Winterabende mit Dir verlebt haben, als das Regiment in unserer Stadt lag) und liest *Eure* Heldentaten mit einem Eifer, von dem Du Dir gar keine Vorstellung machen kannst. Sie spricht oft von Dir: ‚O dieser Michailow‘, sagt sie, ‚das ist doch eine wahre *Seele* von Mensch! Ich möchte ihn küssen, wenn ich ihn sehe. *Er kämpft auf den Bastionen* und bekommt sicher das Georgskreuz, und dann schreiben die Zeitungen über ihn‘ ... (und so weiter und so weiter), so daß ich wirklich anfange, auf Dich eifersüchtig zu werden.‹ An einer anderen Stelle schrieb er: ›Wir bekommen die Zeitungen erst furchtbar spät; wir hören zwar auch viele mündliche Nachrichten, aber denen kann man nicht so recht trauen. So erzählten gestern zum Beispiel die Dir bekannten *musikalischen jungen Damen*, Napoleon sei von unseren Kosaken gefangengenommen und nach Petersburg gebracht worden; aber Du kannst Dir denken, wie wenig ich so etwas glaube. Ferner erzählte uns ein aus Petersburg gekommener Herr (er ist in einem Ministerium angestellt und wird für besondere Aufträge verwendet, ein sehr liebenswürdiger Mensch und jetzt, wo sonst niemand in der Stadt ist, für uns eine solche Rissurs, daß Du Dir gar keine Vorstellung davon machen kannst ...), der sagte uns, die Unsrigen hätten Eupatoria besetzt, *so daß die Franzosen keine Verbindung mehr mit Balaklawa hätten*[2]; bei uns seien dabei zweihundert Mann gefallen, bei

1. Amtliche Militärzeitung.
2. Schon geographisch ein Unsinn.

den Franzosen dagegen fünfzehntausend. Meine Frau war über diese Nachricht so begeistert, daß sie die ganze Nacht gefeiert hat; sie sagte, sie hätte so eine Ahnung, daß Du bei dieser Sache dabeigewesen wärst und Dich ausgezeichnet hättest.‹
Trotz jener Worte und Sätze, die ich absichtlich kursiv wiedergegeben habe, und trotz des ganzen Tones des Briefes, auf Grund dessen der nachsichtige Leser wahrscheinlich einen richtigen, aber unvorteilhaften Eindruck von der Ordnungsliebe des Stabskapitäns Michailow in den abgetragenen Stiefeln, von seinem Kameraden, der ›Rissurs‹ schreibt und so merkwürdige Vorstellungen von der Geographie hat, von der blassen Freundin im Erker des Salons – vielleicht stellt er sich diese Natascha nicht ohne Grund mit schmutzigen Fingernägeln vor – und überhaupt von diesem ganzen müßigen, schäbigen, für ihn verachtungswürdigen Dasein in der Provinz gewinnen wird, dachte der Stabskapitän Michailow mit unsagbar wehmütiger Wonne an seine blasse Freundin in der Provinz, und wie er manchmal abends mit ihr im Erker gesessen und von ›Gefühlen‹ gesprochen hatte; er erinnerte sich an seinen guten Kameraden von den Ulanen, wie er sich geärgert hatte und Bête geworden war, wenn sie manchmal in seinem Zimmer ein Spielchen um ein paar Kopeken gemacht hatten, und wie seine Frau über ihn gelacht hatte; er erinnerte sich an die Freundschaft mit diesen beiden Menschen – vielleicht schien ihm sogar, als wäre es von seiten seiner blassen Freundin noch etwas mehr –: alle diese Personen mit ihrer Umgebung huschten in einem wunderbar schönen, wonnevoll rosigen Licht vor seinem geistigen Auge vorüber, und über seine Erinnerungen lächelnd, legte er die Hand auf die Tasche, in der dieser ihm so liebe Brief steckte. Diese Erinnerungen hatten für den Stabskapitän Michailow einen besonders großen Reiz, da der Kreis, in dem er jetzt in dem Infanterieregiment leben mußte, bedeutend tiefer stand als der, in dem er früher als Kavallerist

und eifriger Kavalier in der Stadt T. verkehrt hatte, wo er überall gut aufgenommen worden war.
Dieser frühere Kreis stand um so vieles höher als sein jetziger, daß man ihm, wenn er in offenherzigen Augenblicken seinen Kameraden von der Infanterie erzählte, er habe eigene Kutschen besessen, auf den Bällen des Gouverneurs getanzt und mit einem Zivilgeneral Karten gespielt, gleichgültig und ungläubig zuhörte, als hätte man nur keine Lust, ihm zu widersprechen und das Gegenteil zu beweisen – »laß ihn reden« –, und daß es nur seiner besonderen Sanftheit, Verträglichkeit und Besonnenheit zuzuschreiben war, wenn er den Wodkagelagen seiner Kameraden, dem Kartenspiel um fünf Rubel und überhaupt ihren groben Umgangsformen keine offenkundige Verachtung erwies.
Von den Erinnerungen ging der Stabskapitän Michailow unwillkürlich zu Zukunftsträumereien und Hoffnungen über. ›Wie wird Natascha staunen und sich freuen‹, dachte er, während er in seinen abgetretenen Stiefeln durch eine enge Seitengasse ging, ›wenn sie auf einmal im ‚Invaliden' lesen wird, daß ich als erster auf eine feindliche Kanone geklettert bin und das Georgskreuz erhalten habe. Den Hauptmann muß ich auf Grund eines älteren Vorschlags bekommen. Dann kann ich sehr leicht noch in diesem Jahr Major bei der Linie werden, weil schon viele gefallen sind und weil in diesem Feldzug sicher noch viele fallen werden. Und beim nächsten Gefecht werde ich als bekannter Mann ein Regiment bekommen... Oberstleutnant, den Annenorden am Halse ... Oberst...‹, und er war schon General und beehrte Natascha, die Witwe seines Kameraden, der in seinen Träumen um diese Zeit bereits gestorben war, mit seinem Besuch: da schlugen die Töne der Musik auf dem Boulevard deutlicher an sein Ohr, die Menschenmenge fiel ihm ins Auge, und auf einmal befand er sich auf dem Boulevard – noch immer als der unbedeutende, linkische Stabskapitän von der Infanterie.

3

Er ging zuerst zum Pavillon, neben dem die Musiker standen; an Stelle von Notenpulten hielten ihnen andere Soldaten des Regiments die aufgeschlagenen Noten; um die Musiker herum bildeten, mehr um zu sehen als zu hören, Schreiber, Junker, Kindermädchen mit Kindern und Offiziere in alten Mänteln einen Kreis. Rings um den Pavillon standen, saßen und gingen zum größten Teil Seeleute, Adjutanten und Offiziere in weißen Handschuhen und neuen Mänteln. In der großen Allee des Boulevards gingen Offiziere aller Art und Frauen aller Art spazieren, manche in Hüten, die meisten in Kopftüchern (einige auch ohne Hut oder Kopftuch), aber keine einzige war alt, sondern alle waren jung. Unten, in den schattigen, duftenden Alleen von weißblühenden Akazien, gingen und saßen einzelne Gruppen.

Niemand war sonderlich erfreut, den Stabskapitän Michailow auf dem Boulevard zu treffen, außer vielleicht dem Hauptmann Obschogow und dem Fähnrich Suslikow von seinem Regiment, die ihm warm die Hand drückten; aber der erstere trug Kamelhaarhosen, keine Handschuhe und einen abgewetzten Mantel und hatte ein rotes, verschwitztes Gesicht, und der andere schrie so laut und ungeniert, daß man sich schämen mußte, mit ihnen zu gehen, besonders vor zwei Offizieren mit weißen Handschuhen: den einen – einen Adjutanten – grüßte der Stabskapitän Michailow, und den andern, einen Stabsoffizier, hätte er grüßen können, da er ihn zweimal bei einem gemeinsamen Bekannten getroffen hatte.

Außerdem war es kein besonderes Vergnügen, mit diesen Herren Obschogow und Suslikow zu promenieren, da er sie ohnehin sechsmal am Tage sah und ihnen die Hand drückte. Dazu war er sicherlich nicht zur Musik gekommen.

Er wäre gern auf den Adjutanten zugegangen, den er gegrüßt hatte, und hätte sich gern mit den Herren unterhalten, aber durchaus nicht, damit der Kapitän Obschogow und der Fähnrich Suslikow und der Leutnant Pischetzkij und die anderen sehen sollten, daß er mit ihnen sprach, sondern einfach, weil sie nette Leute waren, außerdem alle Neuigkeiten wußten und ihm sicher einiges erzählt hätten... Aber warum fürchtet sich der Stabskapitän Michailow und kann sich nicht entschließen, zu ihnen zu gehen? ›Was, wenn sie mich auf einmal nicht grüßen‹, denkt er, ›oder wenn sie mich grüßen und dann einfach weiterreden, als wäre ich nicht da, oder ganz weggehen, so daß ich unter den Aristokraten ganz allein dastehe?‹ Das Wort ›Aristokraten‹ (im Sinne eines höheren, auserlesenen Kreises, in welchem Stande es auch immer sei) ist seit einiger Zeit bei uns in Rußland (wo es meiner Meinung nach überhaupt nicht existieren sollte) äußerst populär geworden und in alle Schichten der Gesellschaft eingedrungen, wohin nur die Eitelkeit selber eingedrungen ist (und in welche Kreise dringt diese erbärmliche, von der Zeit und den Umständen bedingte Schwäche nicht ein?) – man findet sie bei den Kaufleuten, bei den Beamten, Schreibern und Offizieren, in Saratow, Mamadysch, Winnizy, überall, wo es Menschen gibt. Und da es in der belagerten Stadt Sewastopol viele Menschen gibt, gibt es folglich auch viel Hochmut, das heißt ›Aristokraten‹, obgleich der Tod beständig über dem Haupte jedes ›Aristokraten‹ und ›Nichtaristokraten‹ schwebt.

Für den Hauptmann Obschogow ist der Stabskapitän Michailow ein Aristokrat, weil er einen sauberen Mantel und Handschuhe trägt, und deshalb kann er den Stabskapitän nicht leiden, obwohl er ihn ein wenig achtet; für den Stabskapitän Michailow ist der Adjutant Kalugin ein Aristokrat, weil er Adjutant ist und sich mit einem anderen Adjutanten duzt, weshalb Michailow nicht sehr gut auf ihn zu sprechen ist, obgleich er ihn fürchtet; für den Adjutanten Kalugin ist Graf Nordow ein Aristokrat, weil er Flügeladjutant ist, und deshalb schimpft er immer über ihn und verachtet ihn

aus tiefster Seele. Ein entsetzliches Wort, dieses ›Aristokrat‹. Warum lacht der Leutnant Sobow so gezwungen, wenn er an seinem Kameraden vorbeigeht, der bei einem Stabsoffizier sitzt? Um zu beweisen, daß er, wenn auch kein Aristokrat, dennoch um kein Lot schlechter ist als sie. Warum spricht der Stabsoffizier mit so schwacher, träger, melancholischer Stimme? Um seinem Gesprächspartner zu beweisen, daß er ein Aristokrat und sehr gnädig ist, wenn er sich mit einem Leutnant unterhält. Warum fuchtelt der Junker so mit den Händen und zwinkert, wenn er hinter einem Fräulein hergeht, das er zum ersten Mal sieht und dem er sich um keinen Preis zu nähern wagt? Um allen Offizieren zu beweisen, daß er, obwohl er vor allen die Mütze zieht, dennoch ein Aristokrat und sehr heiterer Stimmung ist. Warum springt der Artilleriehauptmann so grob mit dem gutmütigen Ordonnanzoffizier um? Um allen zu beweisen, daß er es nicht nötig hat, um die Gunst der Aristokraten zu buhlen, weil sie ihm völlig gleichgültig sind, und so weiter und so weiter.

Eitelkeit, Eitelkeit, Eitelkeit überall, sogar am Rande des Grabes und bei Menschen, die für eine hohe Idee zu sterben bereit sind. Eitelkeit! Sie muß wohl ein charakteristischer Zug und eine besondere Krankheit unserer Zeit sein. Warum hörte man in früheren Zeiten nichts von dieser Schwäche, wie man von Pocken oder Cholera hörte? Warum gibt es in unserer Zeit nur drei Arten von Menschen: die einen, die das Moment der Eitelkeit als eine nun einmal vorhandene, unumgängliche und daher gerechtfertigte Tatsache auffassen und sich ihr freiwillig unterordnen; die anderen, die sie für eine unglückselige, aber unüberwindliche Leidenschaft halten, und die dritten, die unbewußt und sklavisch unter ihrem Einfluß handeln? Warum haben Homer und Shakespeare Liebe, Ruhm und Leid besungen, während die Literatur unseres Zeitalters nur eine endlose Erzählung von Snobismus und Eitelkeit ist?

Der Stabskapitän Michailow ging zweimal unschlüssig an der Gruppe ›seiner Aristokraten‹ vorüber, beim dritten Mal überwand er sich und ging auf sie zu. Diese Gruppe bestand aus vier Offizieren; es waren der Adjutant Kalugin, ein Bekannter von Michailow, der Adjutant Fürst Galzin, der sogar für Kalugin früher ein wenig ›Aristokrat‹ gewesen war, der Oberstleutnant Neferdow, einer der sogenannten ›Hundertzweiundzwanzig‹ (jener vornehmen Herren der Gesellschaft, die bereits den Dienst quittiert, sich aber wieder zur Verfügung gestellt hatten, teils aus Patriotismus, teils aus Ehrgeiz, hauptsächlich jedoch, weil es alle taten), ein alter Moskauer Klubheld und Junggeselle, der sich hier der Partei der Unzufriedenen angeschlossen hatte, die nichts taten, nichts verstanden und alle Anordnungen ihrer Vorgesetzten verurteilten, und der Rittmeister Praskuchin, ebenfalls einer der hundertzweiundzwanzig Helden. Zu Michailows Glück war Kalugin ausgezeichneter Laune (der General hatte gerade ganz vertraulich mit ihm gesprochen, und Fürst Galzin, soeben aus Petersburg gekommen, war bei ihm abgestiegen): er hielt es nicht für herabwürdigend, dem Stabskapitän Michailow die Hand zu geben, wozu sich Praskuchin nicht entschließen konnte, obwohl er schon oft mit Michailow auf der Bastion zusammengetroffen war, mehr als einmal seinen Wein und Schnaps getrunken hatte und ihm sogar vom Préférence her zwölf und einen halben Rubel schuldete. Da er den Fürsten Galzin noch nicht näher kannte, mochte er vor ihm seine Bekanntschaft mit einem einfachen Stabskapitän von der Infanterie nicht eingestehen. Er machte nur eine Verbeugung.

»Nun, Hauptmann«, sagte Kalugin, »wann gehts wieder aufs Bastiönchen? Wissen sie noch, wie wir uns auf der Redoute Schwarz getroffen haben? Da ging es heiß her, was?«

»Ja, natürlich«, erwiderte Michailow und erinnerte sich mit Bedauern daran, was für eine traurige Figur er gemacht hatte, als er in jener Nacht gebückt durch den Laufgraben zur

Bastion geschlichen war, wo er Kalugin getroffen hatte, der forsch und säbelklirrend an ihm vorübergegangen war.
»Ich brauchte eigentlich erst morgen hinzugehen«, fuhr Michailow fort. »Aber bei uns ist ein Offizier krank geworden, und darum...«
Er wollte erzählen, er sei heute nicht an der Reihe; aber da der Chef der achten Kompanie erkrankt und in der Kompanie nur ein Fähnrich übriggeblieben sei, habe er es für seine Pflicht gehalten, sich an Stelle des Leutnants Nepschitschetskij zu melden, und werde darum schon heute auf die Bastion gehen. Kalugin hörte ihn nicht bis zu Ende an.
»Ich habe die dunkle Ahnung, daß es in diesen Tagen etwas geben wird«, sagte er zu dem Fürsten Galzin.
»Meinen Sie, daß es vielleicht schon heute etwas geben wird?« fragte Michailow schüchtern, wobei er bald Kalugin bald Galzin ansah.
Niemand antwortete ihm. Fürst Galzin runzelte nur ein wenig die Stirn, blickte an der Mütze des Stabskapitäns vorbei und sagte nach einer kurzen Pause:
»Ein hübsches Mädchen, die da mit dem roten Kopftuch. Kennen Sie sie, Hauptmann?«
»Sie wohnt in der Nähe meines Quartiers und ist die Tochter eines Matrosen«, antwortete der Stabskapitän.
»Kommen Sie, wir wollen sie uns genauer ansehen.«
Fürst Galzin faßte auf der einen Seite Kalugin, auf der anderen den Stabskapitän unter den Arm, im voraus davon überzeugt, daß dies dem letzteren ein großes Vergnügen machen müßte, was auch tatsächlich richtig war.
Der Stabskapitän war abergläubisch und hielt es für eine große Sünde, sich vor einem Gefecht mit Weibern abzugeben; aber in diesem Falle spielte er den Lüstling, womit er bei dem Fürsten Galzin und bei Kalugin offenbar keinen Glauben fand und worüber auch das Mädchen mit dem roten Kopftuch sich außerordentlich wunderte, da sie wiederholt bemerkt hatte, daß der Stabskapitän rot wurde, wenn

er an ihrem Fenster vorbeiging. Praskuchin ging hinterher, stieß den Fürsten Galzin fortwährend an den Arm und machte allerlei Bemerkungen auf französisch; da man aber nicht zu viert auf dem schmalen Weg gehen konnte, war er gezwungen, allein zu gehen, und nahm erst bei der zweiten Runde den wegen seiner Tapferkeit berühmten Marineoffizier Serwjagin unter den Arm, der sich ebenfalls diesem Kreise von ›Aristokraten‹ anschließen wollte, von hinten an ihn herantrat und ihn anredete. Und der berühmte Held schob seine muskulöse Hand, die schon mehr als einmal die Franzosen verprügelt hatte, mit Vergnügen unter den Arm Praskuchins, der allen – auch Serwjagin selbst – als ein nicht allzu anständiger Mensch bekannt war. Als aber Praskuchin dem Fürsten Galzin seine Bekanntschaft mit diesem Marineoffizier erklären wollte und ihm ins Ohr flüsterte, das sei ein berühmter Held, schenkte Galzin diesem Serwjagin keinerlei Beachtung; er war nämlich gestern selbst auf der vierten Bastion gewesen, hatte zwanzig Schritt von sich entfernt eine Bombe platzen sehen, hielt sich deshalb für einen nicht minder großen Helden als diesen Herrn und war der Ansicht, daß sehr viel Renommee ohne besondere Verdienste erworben wird.

Dem Stabskapitän Michailow war es so angenehm, in dieser Gesellschaft zu promenieren, daß er den lieben Brief aus T. und die düsteren Gedanken, die ihn wegen des bevorstehenden Ganges auf die Bastion bedrückten, vergaß – und, was die Hauptsache war, daß er um sieben Uhr zu Hause sein mußte. Er blieb so lange bei den Herren, bis sie sich ausschließlich unter sich unterhielten, seinen Blicken auswichen und ihm damit zu verstehen gaben, daß er gehen könne; zuletzt ließen sie ihn einfach stehen. Aber der Stabskapitän war trotzdem zufrieden, und als er dann an dem Junker Baron Pest vorbeiging, der seit gestern besonders stolz und selbstbewußt war, da er zum ersten Mal eine Nacht in der Blindage (Unterstand) der fünften Bastion zugebracht hatte und sich folglich für einen Helden hielt, ärgerte er sich nicht im geringsten über den mißtrauisch-hochmütigen Gesichtsausdruck, mit dem der Junker vor ihm strammstand und die Mütze zog.

4

Aber kaum hatte der Stabskapitän die Schwelle seiner Wohnung überschritten, als ihm ganz andere Gedanken in den Kopf kamen. Er sah sein kleines Zimmer mit dem unebenen Lehmfußboden und den schiefen, mit Papier verklebten Fenstern, sein altes Bett mit dem darüber an die Wand genagelten Teppich, auf dem eine Dame zu Pferde dargestellt war und zwei Tulaer Pistolen hingen, das schmutzige, mit einer baumwollenen Bettdecke versehene Bett des Junkers, der mit ihm zusammen wohnte; er sah seinen Nikita, der sich das verfilzte, fettige Haar kratzte und von der Erde aufstand; er sah seinen alten Mantel, seine mit der Aasseite des Leders nach innen genähten Stiefel und ein Bündel, aus dem ein Stück Käse und der Hals einer mit Branntwein gefüllten Bierflasche herausragten, beides für seinen Aufenthalt auf der Bastion bestimmt, und da erinnerte er sich plötzlich mit einem Gefühl, das dem Entsetzen gleichkam, daß er heute die ganze Nacht mit der Kompanie im Schützengraben sitzen mußte. ›Heute falle ich ganz bestimmt‹, dachte der Stabskapitän, ›ich fühle es. Und die Hauptsache ist, daß ich gar nicht zu gehen brauchte, sondern mich selbst gemeldet habe. Wer sich vordrängt, fällt immer. Was fehlt eigentlich diesem verfluchten Nepschitschetskij? Vielleicht ist er überhaupt nicht krank, und seinetwegen muß nun unbedingt ein anderer Mensch umkommen. Übrigens, wenn ich nicht falle, werde ich sicher vorgeschlagen. Ich habe gesehen, wie gut es dem Regimentskommandeur gefiel, als ich sagte: ‚Gestatten Sie, daß ich gehe, wenn Leutnant Nepschitschetskij krank ist?‘ Wenn für mich dabei nicht der Major herauskommt, dann bekomme ich sicher den Wladimirorden. Ich gehe ja schon zum dreizehnten Mal auf die Bastion. O weh, dreizehn! eine Unglückszahl. Sicher werde ich fallen, ich fühle es, daß ich fallen werde; aber einer mußte doch gehen, die Kompanie kann doch nicht nur mit dem Fähnrich ausrücken; es könnte etwas passieren, die Ehre des Regiments, die Ehre der Armee hängt davon ab. Es war meine Pflicht zu gehen... ja, meine Pflicht. Aber ich habe ein böses Vorgefühl.‹ Der Stabskapitän vergaß, daß ihm dieses Vorgefühl, stärker oder schwächer, jedesmal kam, wenn er auf die Bastion mußte, und er wußte nicht, daß jeder, der in den Kampf geht, dieses Vorgefühl stärker oder schwächer hat. Nachdem er sich mit diesem Pflichtbewußtsein ein wenig beruhigt hatte, das bei ihm wie bei allen etwas beschränkten Menschen besonders stark entwickelt war, setzte er sich an den Tisch und begann einen Abschiedsbrief an seinen Vater zu schreiben, mit dem er in letzter Zeit wegen Geldgeschichten nicht allzu gut stand. Nach zehn Minuten war er mit dem Brief fertig, stand mit tränennassen Augen vom Tisch auf und begann sich anzukleiden, wobei er im Geist – weil er sich schämte, vor seinem Burschen laut zu beten – alle Gebete hersagte, die er kannte. Er wollte noch gern das Bildchen des heiligen Mitrofan küssen, ein Geschenk seiner verstorbenen Mutter, an das er besonders fest glaubte; da er sich aber schämte, dies vor Nikita zu tun, schob er es ein wenig aus dem Rock, damit er es auf der Straße erreichen konnte, ohne den Rock noch einmal aufzuknöpfen.

Sein betrunkener, grober Bursche reichte ihm träge seinen neuen Uniformrock hin (der alte, den der Stabskapitän gewöhnlich anzog, wenn er auf die Bastion ging, war nicht ausgebessert).

»Warum ist der Rock nicht ausgebessert? Du willst immer nur schlafen! So ein Kerl!« sagte Michailow ärgerlich.

»Wieso schlafen?« brummte Nikita. »Den ganzen Tag rennt man hin und her wie ein Hund, da wird man doch müde, und dann soll man nicht einschlafen!«

»Du bist wieder betrunken, wie ich sehe.«
»Warum machen Sie mir denn Vorwürfe? Ich habe mich doch nicht für Ihr Geld betrunken.«
»Schweig, du Rindvieh!« schrie der Stabskapitän und wollte seinen Burschen schlagen. Er war schon vorher verstimmt gewesen; jetzt aber hatte er vollends die Geduld verloren und war empört über die Grobheit Nikitas, den er gern hatte, sogar verwöhnte und mit dem er schon zwölf Jahre zusammenlebte.
»Rindvieh, Rindvieh?« wiederholte der Bursche. »Warum schimpfen Sie mich Rindvieh, Herr? Sind jetzt die Zeiten danach? Es ist nicht schön zu schimpfen.«
Michailow erinnerte sich daran, wohin er gehen mußte, und schämte sich.
»Du bringst einen wirklich so weit, daß man die Geduld verliert, Nikita!« sagte er in sanftem Ton. »Diesen Brief an meinen Vater laß auf dem Tische liegen und rühre ihn nicht an«, fügte er errötend hinzu.
»Zu Befehl!« antwortete Nikita, der unter dem Einfluß des Branntweins, den er für sein eigenes Geld getrunken hatte, gefühlvoll wurde, mit den Augen zwinkerte und beinahe losgeheult hätte.
Als aber der Stabskapitän auf der Vortreppe zu ihm sagte: »Leb wohl, Nikita!«, brach der Bursche plötzlich in ein gezwungenes Schluchzen aus und stürzte auf seinen Herrn zu, um ihm die Hände zu küssen. »Leben Sie wohl, Herr!« sagte er schluchzend.
Die alte Matrosenfrau, die auf der Vortreppe stand, konnte nach Weiberart nicht umhin, sich ebenfalls an dieser gefühlvollen Szene zu beteiligen; sie fing an, sich mit ihrem schmutzigen Ärmel die Augen zu wischen, und sagte, warum nur die Herren solche Qualen auf sich nähmen, sie armes Weib sei ja auch als Witwe zurückgeblieben, und dann erzählte sie dem betrunkenen Nikita zum hundertsten Male von ihrem Kummer: wie ihr Mann gleich beim ersten Bom-

bardement gefallen sei und wie ihr Häuschen in der Vorstadt ganz zerstört worden sei (das, in dem sie jetzt wohnte, gehörte ihr nicht), und so weiter. Als der Herr gegangen war, zündete sich Nikita seine Pfeife an, bat die Tochter der Wirtin, Schnaps zu holen, und hörte sehr bald auf zu weinen; im Gegenteil: er zankte sich wegen eines Eimers mit der Alten herum, den sie ihm angeblich zerbeult habe.

›Vielleicht werde ich auch nur verwundet‹, überlegte der Stabskapitän im stillen, als er in der Dämmerung mit der Kompanie zur Bastion ging. ›Aber wo und wie? Hier oder dort?‹ dachte er und zeigte in Gedanken auf den Bauch und auf die Brust. ›Wenn hier‹ – er dachte an den Oberschenkel –, ›dann könnte die Kugel um den Knochen herumgehen, aber es würde trotzdem sehr weh tun. Wenn es aber hierhin trifft, und noch dazu ein Granatsplitter, dann ist es aus.‹

Der Stabskapitän ging gebückt durch die Laufgräben, kam wohlbehalten zu den Schützengräben, teilte mit einem Pionieroffizier die Leute zur Arbeit ein – inzwischen war es schon ganz dunkel geworden – und setzte sich in eine kleine Grube unter der Brustwehr. Es wurde wenig geschossen; nur ab und zu flammte bald bei uns, bald bei ›ihm‹ ein Blitz auf, und der leuchtende Zünder der Granate beschrieb dann einen feurigen Bogen an dem dunklen Sternenhimmel. Aber alle Granaten schlugen weit hinten und rechts von dem Schützengraben ein, in dem der Stabskapitän in seiner Grube saß, so daß er sich etwas beruhigte, Schnaps trank, Käse aß, sich eine Zigarette anzündete, betete und ein wenig schlafen wollte.

5

Fürst Galzin, Oberstleutnant Neferdow und Praskuchin, den niemand aufgefordert hatte mitzukommen, mit dem niemand sprach, der aber dennoch nicht von ihrer Seite wich, gingen alle vom Boulevard zu Kalugin, um bei ihm Tee zu trinken.

»Na, du hast mir die Geschichte von Waska Mendel noch nicht zu Ende erzählt«, sagte Kalugin; er hatte den Mantel abgelegt, saß in einem weichen Sessel am Fenster und knöpfte den Kragen seines weißen, gestärkten Hemdes aus holländischem Leinen auf. »Wie ist er denn darauf gekommen zu heiraten?«
»Es war zum Kranklachen, Bruder! Je vous dis, il y avait un temps, on ne parlait que de ça à Pétersbourg«, erwiderte Fürst Galzin lachend, sprang vom Klavier auf, an dem er saß, und setzte sich neben Kalugin auf das Fensterbrett. »Einfach zum Kranklachen. Ich weiß alles ganz genau...«
Und er erzählte lustig, witzig und flott eine Liebesgeschichte, die wir weglassen, weil sie uns nicht interessiert. Aber eines war bemerkenswert: nicht nur Fürst Galzin, sondern alle diese Herren, die sich hier gemütlich niedergelassen hatten, der eine auf dem Fensterbrett, der andere mit ausgestreckten Beinen im Sessel, der dritte am Klavier, schienen hier ganz andere Menschen zu sein als auf dem Boulevard: nichts war mehr zu spüren von der lächerlichen Aufgeblasenheit und von dem Hochmut, den sie den Infanterieoffizieren gegenüber herausgekehrt hatten; hier, wo sie unter sich waren, gaben sie sich ganz natürlich, besonders Kalugin und Fürst Galzin, und erwiesen sich als liebe, einfache, lustige, gute Jungen. Sie unterhielten sich über Petersburger Kameraden und Bekannte.
»Was macht denn Maslozkoj?«
»Welcher? Der Leibulan oder der Gardekavallerist?«
»Ich kenne sie beide. Der Gardekavallerist war zu meiner Zeit noch ein junges Bürschchen, gerade aus der Schule gekommen. Was ist denn der ältere jetzt? Rittmeister?«
»Oh, schon lange.«
»Hat er noch immer ein Verhältnis mit dieser Zigeunerin?«
»Nein, der hat er den Laufpaß gegeben...«
Und in dieser Art ging es weiter.
Dann setzte sich Fürst Galzin ans Klavier und sang ganz

ausgezeichnet ein Zigeunerlied. Praskuchin begann die zweite Stimme zu singen, obwohl ihn niemand darum gebeten hatte, und machte es so gut, daß man ihn fortzufahren bat, worüber er sehr befriedigt war.

Ein Diener kam herein und brachte auf einem silbernen Tablett Tee mit Sahne und Brezeln.

»Reiche dem Fürsten«, sagte Kalugin.

»Es ist doch sonderbar, wenn man bedenkt«, sagte Galzin, der ein Glas Tee genommen hatte und damit ans Fenster ging, »daß wir hier in einer belagerten Stadt sind, Klavier spielen und singen, Tee mit Sahne trinken und ein so gutes Quartier haben, wie ich es mir in Petersburg nicht besser wünschen könnte.«

»Ja, wenn man nicht einmal das hätte«, sagte der alte, mit allem unzufriedene Oberstleutnant, »dann wäre diese beständige Erwartung einfach nicht zu ertragen... zu sehen, wie Tag für Tag Leute fallen und das alles kein Ende nimmt. Wenn man dabei noch im Schmutz leben müßte und nicht seine Bequemlichkeit hätte...«

»Aber was sollen da unsere Infanterieoffiziere sagen«, erwiderte Kalugin, »die mit den Soldaten auf den Bastionen leben, in Blindagen, und Soldatensuppe essen? Wie mag denen zumute sein?«

»Das verstehe ich nicht und kann es, offen gestanden, nicht glauben«, sagte Galzin, »daß Leute in schmutziger Wäsche, voller Läuse und mit ungewaschenen Händen tapfer sein können. Du weißt doch, wie sie ist, cette belle bravour de gentilhomme – nein, das kann nicht sein.« In diesem Augenblick trat ein Infanterieoffizier ins Zimmer. »Ich... mir ist befohlen... ich komme vom General N.; kann ich den Gen... Seine Exzellenz sprechen?« fragte er, indem er sich verlegen verbeugte.

Kalugin stand auf; ohne die Verbeugung des Offiziers zu erwidern, fragte er ihn mit beleidigender Höflichkeit und gezwungenem offiziellem Lächeln, ob er nicht einen Augenblick warten könnte; ohne den Offizier weiter zu beachten und ihn aufzufordern, Platz zu nehmen, wandte er sich wieder Galzin zu und unterhielt sich mit ihm auf französisch, so daß der arme Offizier, der mitten im Zimmer stehengeblieben war, wirklich nicht wußte, was er mit sich und seinen herunterhängenden Händen ohne Handschuhe anfangen sollte.

»In einer äußerst dringenden Angelegenheit«, sagte der Offizier, nachdem er etwa eine Minute lang geschwiegen hatte.

»Ah! Dann kommen Sie bitte mit«, sagte Kalugin mit demselben beleidigenden Lächeln, zog den Mantel an und begleitete ihn zur Tür.

»Eh bien, messieurs, je crois, que cela chauffera cette nuit«, sagte Kalugin, als er wieder vom General zurückkam.

»Ah. Was denn? Ein Ausfall?« fragten alle.

»Ich weiß es noch nicht; Sie werden ja selbst sehen«, antwortete Kalugin mit geheimnisvollem Lächeln.

»Sag mirs doch!« rief Baron Pest. »Wenn etwas los ist, dann muß ich mit dem Regiment T. den ersten Ausfall mitmachen.« – »Na, dann geh mit Gott.«

»Und mein Kommandeur ist auf der Bastion; folglich muß ich wohl auch hingehen«, sagte Praskuchin und schnallte sich den Säbel um. Aber niemand antwortete ihm: er mußte selber wissen, ob er gehen sollte oder nicht.

»Gar nichts wird kommen, ich fühle es«, sagte Baron Pest, der beklommenen Herzens an das bevorstehende Gefecht dachte, sich aber verwegen die Mütze aufs Ohr setzte und lauten, festen Schrittes zusammen mit Praskuchin und Neferdow das Zimmer verließ, die gleichfalls mit einem bedrückenden Angstgefühl an ihre Plätze eilten.

»Leben Sie wohl, meine Herren!«

»Auf Wiedersehen, meine Herren! Wir sehen uns noch heute nacht wieder!« rief Kalugin aus dem Fenster, als Praskuchin und Pest, über die Bögen ihrer Kosakensättel gebeugt, wobei sie sich offenbar für Kosaken hielten, im Trab die Straße hinunterritten.

»Ja, ein bißchen!« rief der Junker, der Kalugins Worte nicht verstanden hatte, und bald darauf verhallte das Getrappel der Kosakenpferde in der stillen Straße. »Non, dites moi, est-ce qu'il y aura véritablement quelque chose cette nuit?« sagte Galzin, der mit Kalugin im Fenster lag und nach den Leuchtkugeln blickte, die über den Bastionen aufstiegen.
»Dir kann ich es sagen. Siehst du... du bist ja auf den Bastionen gewesen?« (Galzin nickte, obwohl er nur ein einziges Mal auf der vierten Bastion gewesen war.)
»Unserer Lünette gegenüber ist ein Laufgraben...«
Kalugin, der zwar kein Fachmann war, aber doch sein Urteil in militärischen Dingen für sehr zuverlässig hielt, setzte ihm nun die Lage unserer und der feindlichen Befestigungen und den Plan des beabsichtigten Unternehmens auseinander, wobei er sich ziemlich verworren ausdrückte und die festungstechnischen Ausdrücke durcheinanderbrachte.
»Aber bei den Schützengräben fängt es an zu knallen. Oho! Ist das eine von uns oder eine von ›ihm‹?« sagten sie, während sie im Fenster lagen und die feurigen, sich in der Luft kreuzenden Linien der Granaten, die den dunkelblauen Himmel für einen Augenblick erhellenden Blitze der Schüsse und den weißen Pulverdampf beobachteten und dem Krachen der Kanonade lauschten, die sich immer mehr verstärkte.
»Quel charmant coup d'œil! Nicht wahr?« sagte Kalugin, um die Aufmerksamkeit seines Gastes auf dieses wirklich schöne Schauspiel zu lenken. »Weißt du, manchmal kann man die Sterne nicht von den Granaten unterscheiden.«
»Ja, ich dachte, das wäre ein Stern, aber da fällt er, und jetzt ist er geplatzt. Aber dieser große Stern da, wie heißt er doch? Der sieht wie eine Granate aus.«
»Weißt du, ich habe mich dermaßen an diese Granaten gewöhnt, daß es mir in Rußland in einer sternklaren Nacht immer so vorkommen wird, als ob das lauter Granaten wären. So gewöhnt man sich daran.«

»Ich müßte diesen Ausfall eigentlich mitmachen«, sagte Galzin, nachdem er einen Augenblick geschwiegen hatte, erbebte aber bei dem bloßen Gedanken, während einer so schrecklichen Kanonade *dort oben* sein zu müssen, und dachte entzückt daran, daß man ihn nachts auf keinen Fall dorthin schicken konnte.

»Hör doch auf, Bruder! Was für ein Einfall! Und außerdem lasse ich dich nicht fort«, antwortete Kalugin, der sehr genau wußte, daß Galzin um keinen Preis dorthin gehen würde. »Du kommst noch früh genug hin, Bruder.«

»Im Ernst? Du meinst also, daß ich nicht zu gehen brauche? Ja?«

In diesem Augenblick ertönte aus der Richtung, in welche die Herren blickten, durch den Kanonendonner hindurch ein furchtbares Gewehrgeknatter, und Tausende kleiner Feuer, die ununterbrochen aufzuckten, blitzten die ganze Linie entlang.

»So ist es immer, wenn es richtig losgeht«, sagte Kalugin. »Dieses Gewehrgeknatter kann ich nicht kaltblütig mit anhören. Weißt du, es regt einen wirklich auf. Da schreien sie schon hurra«, fügte er hinzu und lauschte auf ein fernes, langgezogenes Geschrei von vielen hundert Stimmen – ›a-a-a-a‹ –, das von der Bastion zu ihnen herüberdrang.

»Wer schreit da hurra? Der Feind oder die Unsrigen?«

»Das weiß ich nicht; aber es ist schon zum Handgemenge gekommen, denn das Schießen ist verstummt.«

In diesem Augenblick sprengte ein Offizier mit einem Kosaken zur Vortreppe und stieg vom Pferd.

»Woher?«

»Von der Bastion. Ich muß zum General.«

»Kommen Sie! Nun, was gibts?«

»Wir haben die Schützengräben angegriffen... sie genommen... die Franzosen haben gewaltige Reserven herangeführt... uns angegriffen... wir hatten nur zwei Bataillone«, stieß derselbe Offizier, der gegen Abend hier gewesen war,

keuchend hervor, ging aber jetzt ganz ungezwungen auf die Tür zu.
»Sind wir zurückgewichen?« fragte Galzin.
»Nein«, antwortete der Offizier ärgerlich, »gerade zur rechten Zeit ist noch ein Bataillon gekommen, und wir konnten sie zurückschlagen, aber der Regimentskommandeur ist gefallen, auch viele Offiziere; ich habe Befehl, um Verstärkung zu bitten...«
Mit diesen Worten ging er zum General, wohin wir ihm nicht folgen wollen.
Fünf Minuten darauf saß Kalugin bereits auf einem Kosakenpferd (und zwar wieder mit jenem besonderen quasikosakischen Sitz, den nach meinen Beobachtungen alle Adjutanten für besonders elegant halten) und ritt im Trab zur Bastion, um einige Befehle des Generals zu überbringen und auf Nachricht über das endgültige Resultat des Gefechts zu warten. Fürst Galzin aber ging unter dem Einfluß jener tiefen Erregung, die die Anzeichen eines bevorstehenden Kampfes gewöhnlich in einem unbeteiligten Zuschauer auslösen, auf die Straße hinaus und wanderte ziellos auf und ab.

6

Soldaten trugen Verwundete auf Tragbahren oder führten sie am Arm. Auf der Straße war es völlig dunkel; nur hier und da schimmerten die erhellten Fenster eines Lazaretts oder eines Quartiers, in dem die Offiziere noch zusammensaßen. Von den Bastionen drang immer noch dasselbe Donnern der Geschütze und das Gewehrfeuer herüber, und immer noch zuckten dieselben Blitze am schwarzen Himmel auf. Mitunter hörte man den Hufschlag des Pferdes einer vorbeijagenden Ordonnanz, das Stöhnen eines Verwundeten, die Schritte und Stimmen der Träger oder die Worte erschrockener Einwohnerinnen, die vor die Tür getreten waren, um sich die Kanonade anzusehen. Unter den letzteren befanden sich auch der uns bereits bekannte Nikita, die alte Matrosenfrau, mit der er sich wieder versöhnt hatte, und deren zehnjährige Tochter. »Herr Gott, Allerheiligste Mutter Gottes!« murmelte die Alte seufzend vor sich hin, während sie nach den Granaten blickte, die wie feurige Bälle unaufhörlich von einer Seite zur anderen flogen. »Entsetzlich, ach, wie entsetzlich! I-ihi-hi! So arg war es ja nicht einmal beim ersten Bombardement. Sieh nur, wo das verfluchte Ding geplatzt ist! Gerade über unserm Hause in der Vorstadt.«

»Nein, das war weiter weg; sie fallen immer Tante Arinka in den Garten«, sagte das Mädchen.

»Und wo, wo wird mein Herr jetzt sein?« sagte Nikita, der immer noch ein bißchen betrunken war, mit singender Stimme. »Ach, ich hab meinen Herrn so lieb, ich weiß selber nicht wie. Er schlägt mich zwar, aber ich hab ihn trotzdem furchtbar lieb. Wenn er jetzt totgeschossen würde, was Gott verhüte, dann wüßte ich selber nicht, was ich mir antun würde – bei Gott, das können Sie mir glauben, Tantchen! Ja, das ist ein Herr, gegen den ist nichts zu sagen! Soll ich vielleicht bei denen da dienen, die dort Karten spielen? Die sind – pfui!« schloß Nikita und zeigte auf das erleuchtete Fenster im Zimmer seines Herrn, wohin der Junker Schwadtscheskij während der Abwesenheit des Stabskapitäns Gäste zu einem Zechgelage eingeladen hatte, weil er einen Orden bekommen hatte. Dort saßen der Unterleutnant Ugrowitsch und der Leutnant Nepschitschetskij, derselbe, der auf die Bastion hatte gehen sollen und an Rheumatismus erkrankt war.

»Die Sternchen, die Sternchen, wie sie fliegen!« unterbrach, zum Himmel schauend, das kleine Mädchen das Schweigen, das auf Nikitas Worte gefolgt war. »Da, da – wieder eins! Warum ist das denn so, Mama?«

»Sie werden unser Häuschen noch zerstören«, sagte die Alte seufzend, ohne auf die Frage des Mädchens zu antworten.

»Als ich neulich mit dem Onkel da war, Mama«, fuhr das Mädchen in singendem Ton fort, »da lag eine große, große

Kanonenkugel mitten in der Stube neben dem Schrank; sie war durch den Hausflur in die gute Stube geflogen. Sie war furchtbar groß, und wir konnten sie gar nicht aufheben.«

»Wer einen Mann und Geld hatte, der ist fortgezogen«, sagte die Alte; »denn hier wird auch noch das letzte Häuschen zerstört. Ach, es ist wirklich ein Jammer! Sieh nur, wie er schießt, der Bösewicht! Herr Gott, Herr Gott!«

»Und als wir gerade weggehen wollten, da kommt eine Bombe geflogen und platzt und überschüttet uns mit Erde. Beinahe hätte mich und den Onkel ein Splitter getroffen«, erzählte das Mädchen.

»Dafür müßte sie einen Orden bekommen«, sagte der Junker, der in diesem Augenblick mit den anderen Offizieren auf die Vortreppe herauskam, um die Schießerei zu beobachten. »Geh zum General, Alte«, sagte der polnische Leutnant Nepschitschetskij und klopfte ihr auf die Schulter. »Pódję, na ulicę, zobaczyć co tam nowego«[1], fügte er hinzu und ging die Treppe hinunter.

»A my tym czasem napijmy się wódki, bo coś dusza w pięty ucieka«[2], rief der lustige Junker Schwadtscheskij lachend.

7

Immer mehr Verwundete, die auf Bahren lagen oder sich gegenseitig stützten und laut miteinander redeten, kamen dem Fürsten Galzin entgegen.

»Wie die angestürmt kamen, Brüder«, sagte ein hochgewachsener Soldat mit einer Baßstimme, der zwei Gewehre über der Schulter trug, »wie sie angestürmt kamen und ›Allah, Allah!‹[3] schrien! Einer kletterte über den andern

1. »Ich will auf die Straße gehen und nachsehen, was es Neues gibt.«

2. »Und wir wollen Wodka trinken, sonst fällt uns das Herz in die Hosen.«

3. Unsere Soldaten haben sich bei den Kämpfen mit den Türken so an diesen Ruf der Feinde gewöhnt, daß sie jetzt erzählen, die Franzosen hätten ebenfalls das Schlachtgeschrei: ›Allah!‹

weg. Und wenn man einen totschlägt, dann kommen immer wieder andere – da ist nichts zu machen. Und auf einmal...«

An dieser Stelle der Erzählung unterbrach ihn Galzin.

»Kommst du von der Bastion?«

»Jawohl, Euer Wohlgeboren.«

»Was war denn dort los? Erzähle!«

»Was da los war? Ihr ganzes Gros rückte an, Euer Wohlgeboren; sie stiegen auf den Wall, und aus wars. Sie haben vollständig gesiegt, Euer Wohlgeboren!«

»Gesiegt? Ihr habt sie doch zurückgeschlagen?«

»Wie soll man ›ihn‹ zurückschlagen, wenn sein ganzes Gros angerückt kommt? Er hat unsere Leute bis auf den letzten Mann niedergemacht, und es kam keine Hilfe.«

Der Soldat irrte sich, denn der Laufgraben war in unserm Besitz; aber das ist etwas Merkwürdiges, das jeder beobachten kann: ein Soldat, der in einer Schlacht verwundet wurde, hält sie immer für verloren und für furchtbar blutig.

»Aber es ist mir doch gesagt worden, ihr hättet den Feind zurückgeschlagen«, sagte Galzin ärgerlich.

In diesem Augenblick trat Leutnant Nepschitschetskij an ihn heran. Er hatte den Fürsten in der Dunkelheit an der weißen Mütze erkannt und wollte diese Gelegenheit ausnutzen, um mit einem so wichtigen Mann ins Gespräch zu kommen.

»Geruhen Sie vielleicht zu wissen, was los war?« fragte er höflich und berührte mit der Hand den Mützenschirm.

»Ich frage gerade selbst«, sagte Fürst Galzin und wandte sich wieder an den Soldaten mit den zwei Gewehren. »Vielleicht sind sie zurückgeschlagen worden, als du schon weg warst. Bist du schon lange von da fort?«

»Eben erst, Euer Wohlgeboren!« antwortete der Soldat. »Schwerlich ist er zurückgeschlagen; der Laufgraben muß wohl in seinem Besitz geblieben sein... er hat völlig gesiegt.«

»Na, schämt ihr euch denn gar nicht – ihr habt den Laufgraben aufgegeben! Das ist doch schrecklich!« rief Galzin, empört über diese Gleichgültigkeit. »Schämt euch!« wiederholte er und wandte sich von den Soldaten ab.

»Oh, das ist ein schreckliches Volk! Sie belieben Sie nicht zu kennen«, warf der Leutnant Nepschitschetskij ein, »ich sage Ihnen, daß Sie von diesen Leuten weder Stolz noch Patriotismus, noch höhere Gefühle erwarten können. Sehen Sie nur, massenweise laufen sie fort, nicht der zehnte Teil von ihnen ist verwundet, die anderen sind lauter ›Assistenten‹, die sich nur drücken wollen. Ein feiges Volk! Eine Schande, so zu handeln, Kinder, eine Schande! Unseren Laufgraben aufzugeben!« fügte er, zu den Soldaten gewandt, hinzu.

»Was sollten wir denn machen, wenn ›sein‹ ganzes Gros anrückt!« brummte der Soldat.

»Und, Euer Wohlgeboren«, sagte in diesem Augenblick ein Soldat auf einer Tragbahre, die an ihnen vorbeikam, »wie sollten wir den Laufgraben nicht aufgeben? ›Er‹ hat uns doch alle niedergemetzelt. Wenn wir Verstärkung bekommen hätten, dann hätten wir ihn im Leben nicht hergegeben. Aber was sollten wir machen? Einen hab ich niedergestochen, und da bekam ich gleich diesen Hieb hier... O-ooh! Langsam, Brüder, gleichmäßiger, geht doch gleichmäßiger... O-o-oh!« stöhnte der Verwundete.

»Ich glaube, hier gehen tatsächlich viele für nichts und wieder nichts mit«, sagte Galzin und hielt wieder den hochgewachsenen Soldaten mit den zwei Gewehren an. »Warum gehst du fort? He, du, halt!«

Der Soldat blieb stehen und nahm mit der linken Hand die Mütze ab.

»Wo gehst du hin und warum?« schrie er ihn in strengem Tone an. »Du Tauge –«

Aber in diesem Augenblick, als er ganz dicht vor dem Soldaten stand, bemerkte er, daß dessen rechter Arm bis über den Ellbogen blutverschmiert war.

»Ich bin verwundet, Euer Wohlgeboren!«

»Wodurch verwundet?«

»Hier sicher durch eine Gewehrkugel«, erwiderte der Soldat, auf seinen Arm zeigend; »aber was mir da ein Loch in den Kopf gerissen hat, das weiß ich nicht.« Und er neigte den Kopf und zeigte die blutigen, zusammengeklebten Haare im Genick.

»Und wem gehört das andere Gewehr?«

»Das ist ein französischer Stutzen, Euer Wohlgeboren, den habe ich einem abgenommen. Ich wäre auch nicht weggegangen, wenn ich den Soldaten da nicht führen müßte, der fällt sonst um«, fügte er hinzu und zeigte auf einen Soldaten, der, auf sein Gewehr gestützt und mühsam das linke Bein nachschleppend, dicht vor ihm ging.

»Und wo gehst du hin, du Schurke!« schrie der Leutnant Nepschitschetskij einen anderen Soldaten an, der ihm entgegenkam, weil er mit seinem Gebrüll dem einflußreichen Fürsten zu Diensten sein wollte. Auch dieser Soldat war verwundet.

Fürst Galzin begann sich plötzlich furchtbar zu schämen – für den Leutnant Nepschitschetskij und noch mehr für sich selbst. Er fühlte, daß er rot wurde, was nur selten geschah, wandte sich von dem Leutnant ab und ging, ohne die Verwundeten weiter auszufragen und zu beachten, zum Verbandsplatz.

Nur mit Mühe arbeitete er sich vor der Haustür durch die zu Fuß gehenden Verwundeten und die Träger hindurch, die mit Verwundeten hineingingen und mit Toten herauskamen. Er trat in das erste Zimmer, sah sich um, machte aber unwillkürlich kehrt und lief auf die Straße hinaus. Es war zu entsetzlich!

8

Der große, hohe, dunkle Saal, der von nur vier oder fünf Kerzen erleuchtet war, bei deren Schein die Ärzte die Verwundeten untersuchten, war gedrängt voll. Ununterbrochen brachten die Träger Verwundete herein, legten sie nebeneinander auf den Fußboden, wo es so eng war, daß die Unglücklichen einander stießen und sich gegenseitig mit Blut benetzten, und gingen neue holen. Die Blutlachen, die an den freien Stellen zu sehen waren, der Fieberatem von mehreren hundert Menschen und die Ausdünstungen der Krankenträger verursachten einen besonderen, schweren, dicken, stinkenden Dunst, in dem die Kerzen in den Ecken des Saales nur trübe brannten. Lautes Stöhnen, Seufzen und Röcheln, ab und zu von einem durchdringenden Schrei unterbrochen, erfüllten den ganzen Raum. Schwestern mit ruhigen Gesichtern, die kein billiges, weiblich rührseliges und weinerliches Mitleid, sondern tatkräftige praktische Teilnahme ausdrückten, stiegen über die Verwundeten und eilten mit Arzneien, Wasser, Binden oder Scharpie bald hier, bald dort zwischen den blutigen Mänteln und Hemden hin und her. Ärzte mit finsteren Gesichtern und aufgestreiften Ärmeln knieten vor den Verwundeten, neben denen ein Feldscher die Kerze hielt, griffen mit den Fingern in die Kugelwunden und sondierten sie und drehten zerschossene hängende Glieder hin und her, ohne sich durch das furchtbare Stöhnen und Flehen der Verwundeten stören zu lassen. Einer der Ärzte saß neben der Tür an einem Tischchen und notierte gerade die Nummer 532, als Galzin ins Zimmer trat. »Iwan Bogajew, Gemeiner der dritten Kompanie des Regimentes S., fractura femoris complicata!« rief vom Ende des Saales her ein anderer Arzt, der das zerschossene Bein eines Verwundeten befühlte. »Dreh ihn herum!«

»Au, au, Herr Gott, Herr Gott!« schrie der Soldat, flehentlich bittend, daß man ihn nicht anrühren sollte.

»Perforatio capitis... Semjon Neferdow, Oberstleutnant des Infanterieregimentes N. Sie müssen sich ein bißchen zusammennehmen, Oberst, so geht das nicht, sonst muß ich Sie liegen lassen«, sagte ein dritter Arzt, der mit einer Hakensonde im Kopf des unglücklichen Oberstleutnants herumstocherte.
»Au, hören Sie auf! Oh, um Gottes willen, schneller, schneller, um... a-a-a-a-ah!«
»Perforatio pectoris... Sewastjan Sereda, Gemeiner... von welchem Regiment? Aber Sie brauchen ihn nicht aufzuschreiben: moritur. Tragt ihn fort«, sagte der Arzt und ging von dem Soldaten weg, der schon die Augen verdrehte und röchelte.
Etwa vierzig als Träger eingesetzte Soldaten standen bereit, um die Verbundenen ins Lazarett und die Toten in die Kapelle zu tragen; stumm und ab und zu schwer seufzend warteten sie an der Tür und betrachteten dieses Bild...

9

Auf dem Wege nach der Bastion begegnete Kalugin vielen Verwundeten; da er aber aus Erfahrung wußte, wie übel dieser Anblick in einer Schlacht auf die Stimmung jedes Soldaten wirkt, blieb er nicht stehen, um sie auszufragen, sondern bemühte sich vielmehr, ihnen keinerlei Aufmerksamkeit zu schenken. Am Fuß des Berges stieß er auf einen Ordonnanzoffizier, der im Galopp von der Bastion hergesprengt kam.
»Sobkin! Sobkin! Halten Sie einen Augenblick!«
»Was gibts?«
»Wo kommen Sie her?«
»Aus den Schützengräben.«
»Wie stehts? Gehts dort heiß her?«
»Eine wahre Hölle! Grauenhaft!«
Der Ordonnanzoffizier jagte weiter.
Tatsächlich hatte das Gewehrfeuer zwar nachgelassen, aber

die Kanonade hatte mit neuer Wut und Heftigkeit eingesetzt.

›Ach, wie ekelhaft!‹ dachte Kalugin mit einem unangenehmen Gefühl, und auch ihn überkam eine Vorahnung, das heißt ein ganz alltäglicher Gedanke – der Gedanke an den Tod. Aber Kalugin war nicht der Stabskapitän Michailow, er war ehrgeizig und mit starken Nerven begabt, also das, was man mit einem Worte tapfer nennt. Er überließ sich nicht jenem ersten Gefühl, sondern machte sich selber Mut. Er dachte an einen Adjutanten Napoleons, glaube ich, der mit blutüberströmtem Kopf auf Napoleon zugesprengt war, nachdem er einen Befehl überbracht hatte.

»Vous êtes blessé?« sagte Napoleon zu ihm. – »Je vous demande pardon, Sire, je suis tué« – und der Adjutant fiel vom Pferd und war auf der Stelle tot.

Das gefiel ihm außerordentlich, und er kam sich selber ein wenig wie dieser Adjutant vor; dann gab er seinem Pferd einen Schlag mit der Peitsche, ritt noch mehr in forschem ›Kosakensitz‹, sah sich nach dem Kosaken um, der in den Steigbügeln stehend hinter ihm hertrabte, und kam, jeder Zoll ein Held, zu der Stelle, wo er absitzen mußte. Hier traf er vier Soldaten, die auf Steinen saßen und ihre Pfeifen rauchten.

»Was macht ihr hier!« schrie er sie an.

»Wir haben einen Verwundeten weggebracht, Euer Wohlgeboren, und wollen uns ein bißchen ausruhen«, antwortete einer von ihnen, versteckte seine Pfeife hinter dem Rücken und nahm die Mütze ab.

»Ach was. Ausruhen! Marsch an eure Plätze, sonst sage ichs dem Regimentskommandeur!«

Und er ging zusammen mit ihnen durch den Laufgraben den Berg hinauf, wobei er auf Schritt und Tritt Verwundeten begegnete. Oben angekommen, wandte er sich nach links, und nachdem er ein paar Schritte zurückgelegt hatte, war er ganz allein. Dicht neben ihm sauste ein Granatsplitter vorbei und schlug in den Graben ein. Dann stieg eine andere

Granate vor ihm auf und schien gerade auf ihn zuzufliegen. Plötzlich wurde ihm ganz bang: er rannte etwa fünf Schritte weiter und warf sich dann auf die Erde. Als aber die Granate weit von ihm entfernt krepiert war, ärgerte er sich furchtbar über sich selbst, stand auf und sah um sich, ob jemand beobachtet habe, wie er sich hingeworfen hatte; aber es war niemand da.

Wenn die Furcht einmal in die Seele eingedrungen ist, so räumt sie nicht so bald einem anderen Gefühl den Platz. Er, der sich immer gerühmt hatte, daß er sich niemals ducke, ging jetzt mit beschleunigten Schritten und beinahe kriechend den Laufgraben entlang. ›Ach, das ist ein schlimmes Vorzeichen!‹ dachte er, als er stolperte; ›ich werde gewiß fallen.‹ Und als er fühlte, wie schwer er atmete und daß ihm am ganzen Körper der Schweiß ausbrach, wunderte er sich über sich selbst, versuchte aber nicht mehr, seiner Empfindung Herr zu werden.

Auf einmal hörte er vor sich Schritte. Er richtete sich schnell auf, hob den Kopf in die Höhe und ging, forsch mit dem Säbel, klappernd, nicht mehr mit so hurtigen Schritten wie vorher. Er erkannte sich selbst nicht wieder. Als er mit einem Pionieroffizier und einem Matrosen, die ihm entgegenkamen, zusammentraf und der erstere ihm zurief: »Hinlegen!«, indem er auf den leuchtenden Punkt einer Granate zeigte, die sich immer heller und schneller näherte und neben dem Laufgraben niederklatschte, zog er unter dem Einfluß des erschreckten Rufes nur unwillkürlich den Kopf ein und ging weiter.

»Sieh mal, wie tapfer der ist!« sagte der Matrose, der mit größter Ruhe die fallende Granate betrachtet und mit geübtem Auge sogleich berechnet hatte, daß ihre Splitter nicht in den Laufgraben fliegen konnten, »er will sich nicht einmal hinlegen.«

Kalugin hatte bis zu der Blindage des Kommandeurs der Bastion nur noch ein paar Schritte über einen freien Platz

zurückzulegen, als ihn wieder diese Verwirrung und diese dumme Angst überkamen; sein Herz begann schneller zu pochen, das Blut stieg ihm zu Kopf, und er mußte sich selbst Gewalt antun, um bis zu der Blindage zu laufen.
»Warum sind Sie denn so außer Atem?« fragte der General, als Kalugin ihm die Befehle überbrachte.
»Ich bin sehr schnell gegangen, Exzellenz.«
»Wollen Sie nicht ein Glas Wein?«
Kalugin trank ein Glas Wein und zündete sich eine Zigarette an. Das Gefecht war schon zu Ende, nur die starke Kanonade dauerte auf beiden Seiten fort. In der Blindage saßen der General N., der Kommandeur der Bastion, und noch sechs andere Offiziere, darunter auch Praskuchin, und redeten über verschiedene Einzelheiten des Gefechts. Als Kalugin in diesem behaglichen, hellblau tapezierten Zimmerchen saß, in dem ein Sofa, ein Bett und ein Tisch mit daraufliegenden Papieren standen, eine Wanduhr hing und ein Heiligenbild mit einem brennenden Lämpchen davor, und diese wohnliche Einrichtung und die dicken Balken betrachtete, die die Decke bildeten, und die Schüsse hörte, die in der Blindage nur schwach zu vernehmen waren, konnte er durchaus nicht begreifen, daß er sich zweimal von einer so unverzeihlichen Schwäche hatte übermannen lassen. Er ärgerte sich über sich selbst und sehnte eine Gefahr herbei, um sich von neuem auf die Probe zu stellen.
»Ich freue mich, daß auch Sie hier sind, Kapitän«, sagte er zu einem Marineoffizier im Stabsoffiziersmantel, mit einem großen Schnurrbart und dem Georgskreuz, der gerade in die Blindage gekommen war und den General um Arbeiter gebeten hatte, um in seiner Batterie zwei Schießscharten ausbessern zu lassen, die verschüttet waren. »Der General hat mir befohlen festzustellen«, fuhr Kalugin fort, als der Batteriechef aufgehört hatte, mit dem General zu sprechen, »ob Ihre Geschütze den Laufgraben mit Kartätschen bestreichen können.«

»Das kann nur ein einziges Geschütz«, erwiderte der Kapitän mürrisch.
»Aber lassen Sie uns trotzdem hingehen und es ansehen.«
Der Kapitän zog ein finsteres Gesicht und räusperte sich ärgerlich.
»Ich habe schon die ganze Nacht dort ausgehalten und bin jetzt hergekommen, um mich ein bißchen auszuruhen«, sagte er. »Können Sie nicht allein hingehen? Mein Stellvertreter, Leutnant Karz, ist dort, der wird Ihnen alles zeigen.«
Der Kapitän kommandierte schon sechs Monate lang diese Batterie, die eine der besonders gefährdeten war; seit Beginn der Belagerung, selbst als es noch keine Blindagen gab, wohnte er auf der Bastion, ohne sie je zu verlassen, und stand bei den Seeleuten im Rufe großer Tapferkeit. Deshalb war Kalugin über seine Weigerung besonders überrascht und erstaunt. ›Da sieht man, was es mit dem Renommee auf sich hat!‹ dachte er.
»Nun, dann werde ich allein hingehen, wenn Sie gestatten«, sagte er in etwas spöttischem Ton zu dem Kapitän, der jedoch seine Worte nicht weiter beachtete.
Aber Kalugin bedachte nicht, daß er selbst zu verschiedenen Zeiten, alles in allem nur etwa fünfzig Stunden auf den Bastionen zugebracht, während der Kapitän sechs Monate lang dort gewohnt hatte. Die Eitelkeit, der Wunsch zu glänzen, die Hoffnung auf Auszeichnungen und Ruhm, der Reiz der Gefahr – all das stachelte Kalugin noch an; der Kapitän aber hatte das alles schon hinter sich. Anfangs war er eitel gewesen, hatte seine Tapferkeit herausgekehrt, die Gefahr gesucht, auf Auszeichnungen und Ruhm gehofft und sie auch erworben; aber jetzt hatten alle diese Reizmittel ihre Macht über ihn verloren, und er sah die Sache anders an: er erfüllte gewissenhaft seine Pflicht; aber da er nach einem sechsmonatigen Aufenthalt auf der Bastion sehr genau wußte, daß er nur geringe Chancen hatte, am Leben zu bleiben, setzte er diese Chancen nicht mehr ohne zwingende Not-

wendigkeit aufs Spiel, so daß der junge Leutnant, der vor einer Woche zur Batterie gekommen war und jetzt Kalugin alles zeigte, wobei sie, voreinander großtuend, sich weit aus den Schießscharten hinausbeugten und auf die Banketts kletterten, zehnmal so tapfer zu sein schien wie der Kapitän. Als Kalugin die Batterie besichtigt hatte und nach der Blindage zurückging, stieß er in der Dunkelheit auf den General, der sich mit seinen Ordonnanzen nach dem Wachtturm begab.

»Rittmeister Praskuchin!« sagte der General, »gehen Sie bitte hinunter in den rechten Schützengraben und sagen Sie dem zweiten Bataillon des Regiments M., das dort arbeitet, es solle die Arbeit einstellen, geräuschlos abziehen und sich mit seinem Regiment vereinigen, das am Fuß des Berges in Reserve steht... Verstanden? Sie selber führen die Leute zum Regiment.«

»Zu Befehl!«

Und Praskuchin lief im Trab nach dem Schützengraben.

Das Schießen ließ nach.

10

»Ist dies das zweite Bataillon des Regiments M.?« fragte Praskuchin, als er an die betreffende Stelle gelangt war und auf einen Soldaten stieß, der einen Sack voll Erde auf dem Rücken schleppte.

»Jawohl.«

»Wo ist der Kommandeur?«

In der Annahme, daß nach dem Kompaniechef gefragt werde, kam Michailow aus seinem Loch herausgekrochen und trat mit der Hand an der Mütze auf Praskuchin zu, da er ihn für einen Vorgesetzten hielt.

»Der General läßt... Ihnen befehlen... Sie möchten abziehen... schnell... und vor allen Dingen möglichst leise... zurück... nicht zurück, sondern zur Reserve«, sagte Praskuchin und schielte nach dem feindlichen Feuer hinüber.

Als Michailow Praskuchin erkannte, ließ er die Hand sinken, und nachdem er endlich verstanden hatte, worum es sich handelte, gab er den Befehl weiter. Das ganze Bataillon kam in fröhliche Bewegung, nahm die Gewehre, zog die Mäntel an und marschierte ab.
Wer es nicht aus eigener Erfahrung weiß, kann sich keinen Begriff davon machen, was für ein beglückendes Gefühl ein Mensch empfindet, der nach einem dreistündigen Bombardement einen so gefährlichen Ort, wie es die Schützengräben sind, verlassen darf. Während dieser drei Stunden hatte Michailow schon mehrmals sein Ende für unvermeidlich gehalten, schon mehrmals sämtliche Heiligenbilder geküßt, die er bei sich trug, und sich schließlich ein wenig beruhigt – unter dem Einfluß der Überzeugung, daß es ihn jetzt wohl nicht mehr erwischen würde, da ja so viele Granaten und Geschosse an ihm vorbeigeflogen waren, ohne ihn zu treffen. Trotzdem kostete es ihn große Mühe, seine Beine zurückzuhalten, damit sie nicht zu laufen anfingen, als er an der Spitze der Kompanie neben Praskuchin aus den Schützengräben abzog.
»Auf Wiedersehen!« sagte ein Major zu ihm, der Kommandeur eines anderen Bataillons, der in den Schützengräben bleiben mußte und mit dem zusammen er seinen Käse gegessen und in dem Loch an der Brustwehr gesessen hatte. »Glück auf den Weg!«
»Und Ihnen wünsche ich, daß Sie Ihre Wachzeit glücklich überstehen. Jetzt scheints ja ruhiger zu werden.«
Aber kaum hatte er das gesagt, als der Feind, der wahrscheinlich die Bewegung in den Schützengräben beobachtet hatte, stärker und stärker zu feuern begann. Die Unsrigen antworteten, und wieder setzte eine heftige Kanonade ein. Die Sterne standen hoch am Himmel, leuchteten aber nicht hell. Die Nacht war stockdunkel; nur das Aufblitzen der Schüsse und die Explosionen der Granaten erhellten für kurze Augenblicke die Dinge. Die Soldaten marschierten schnell und schweigend und suchten unwillkürlich einander zuvorzu-

kommen; durch das ununterbrochene Rollen der Schüsse hindurch klang nur das gleichmäßige Geräusch ihrer Schritte auf dem trockenen Weg, das Klirren der aneinanderstoßenden Bajonette oder der Seufzer und das Gebet irgendeines ängstlichen Soldaten: »Herrgott! Herrgott! Nein, so was.« Manchmal hörte man das Stöhnen eines Verwundeten und den Ruf: »Tragbahre!« (In der Kompanie, die Michailow kommandierte, waren allein durch Artilleriefeuer im Laufe der Nacht sechsundzwanzig Mann getötet worden.) Ein Blitz flammte am fernen, dunklen Horizont auf; der Posten auf der Bastion rief: »Kanone!«, und eine Kanonenkugel flog sausend über die Kompanie hinweg, wühlte die Erde auf und warf Steine in die Luft.

›Hols der Teufel, wie langsam sie marschieren!‹ dachte Praskuchin, der neben Michailow ging und sich fortwährend umsah. ›Es wäre wirklich das beste, wenn ich vorausliefe; den Befehl habe ich ja überbracht... Aber nein, dieses Rindvieh könnte ja nachher sagen, ich wäre ein Feigling, vielleicht so ähnlich, wie ich es gestern von ihm erzählt habe. Mag kommen, was will – ich werde mit ihnen gehen!‹

›Und warum begleitet er mich?‹ dachte Michailow seinerseits. ›Soviel ich bemerkt habe, bringt er immer Unglück. Da fliegt eine; ich glaube, geradewegs hierher!‹

Nachdem sie einige hundert Schritte marschiert waren, stießen sie auf Kalugin, der, forsch mit dem Säbel klirrend, nach den Schützengräben ging, um auf Befehl des Generals festzustellen, wie weit dort die Arbeiten fortgeschritten seien. Aber als er Michailow begegnete, überlegte er, wozu er bei diesem schrecklichen Feuer dorthin gehen sollte, zumal ihm das gar nicht befohlen war; er konnte ja diesen Offizier, der dort gewesen war, nach allen Einzelheiten ausfragen. Und tatsächlich erzählte ihm Michailow ausführlich vom Stand der Arbeiten, wobei er Kalugin, der sich nicht im geringsten um die Schützengräben zu kümmern schien, dadurch amüsierte, daß er bei jedem Geschoß, auch wenn es manchmal weit entfernt einschlug, in die Hocke ging, den Kopf einzog und versicherte: »Das fliegt genau hierher.«

»Sehen Sie, Hauptmann, die fliegt genau hierher«, sagte Kalugin scherzend und stieß Praskuchin in die Seite. Er ging noch ein Stück mit ihnen und bog dann in einen Graben ein, der zur Blindage führte. ›Man kann nicht behaupten, daß dieser Hauptmann besonders tapfer ist‹, dachte er, als er durch die Tür der Blindage ging.

»Nun, was gibts Neues?« fragte ein Offizier, der allein im Zimmer beim Abendessen saß.

»Nichts Besonderes; ich glaube, es wird kein Gefecht mehr geben.«

»Wie können Sie so etwas sagen? Im Gegenteil, der General ist soeben wieder auf den Wachtturm gegangen. Es ist noch ein Regiment gekommen. Da haben wirs... Hören Sie? Das Gewehrfeuer hat wieder angefangen. Gehen Sie nicht hin! Wozu wollen Sie das tun?« fügte der Offizier hinzu, als er die Bewegung bemerkte, die Kalugin machte.

›Eigentlich müßte ich unbedingt dort sein‹, dachte Kalugin. ›Aber ich habe mich heute sowieso schon vielen Gefahren ausgesetzt. Ich hoffe, daß ich nicht nur als chair à canon gebraucht werde.‹

»Ja, wirklich, ich will lieber hier warten«, sagte er.

Nach etwa fünf Minuten kehrte der General mit den ihn begleitenden Offizieren in die Blindage zurück; unter ihnen befand sich auch der Junker Baron Pest, aber Praskuchin war nicht mehr dabei.

Die Schützengräben waren genommen und von unseren Leuten besetzt worden.

Nachdem Kalugin genaue Nachrichten über das Gefecht erhalten hatte, verließ er zusammen mit Pest die Blindage.

11

»Dein Mantel ist ja ganz blutig, bist du in ein Handgemenge gekommen?« fragte ihn Kalugin.

»Ach, Bruder, es war schrecklich! Kannst du dir vorstellen...«

Und Pest begann zu erzählen, wie er, als der Kompaniechef gefallen sei, die Kompanie geführt und einen Franzosen erstochen habe, und daß der Kampf unglücklich ausgegangen wäre, wenn er nicht gewesen wäre, und so weiter.

Die Grundzüge dieser Erzählung, daß der Kompaniechef gefallen war und daß Pest einen Franzosen erstochen hatte, waren richtig, aber als der Junker die näheren Einzelheiten berichtete, begann er aufzuschneiden und erfand vieles hinzu.

Er prahlte unwillkürlich, weil er sich während des ganzen Gefechtes in einer Art von Benommenheit und Selbstvergessenheit befunden hatte, so daß es ihm vorgekommen war, als geschehe das alles irgendwo, irgendwann und irgendwem. Es war sehr natürlich, daß er sich bemühte, diese Einzelheiten in einer für ihn vorteilhaften Weise darzustellen.

In Wirklichkeit war die Sache ganz anders gewesen:

Das Bataillon, zu dem der Junker für den Ausfall kommandiert worden war, stand ungefähr zwei Stunden lang an einer kleinen Mauer im Feuer; dann sagte der Bataillonskommandeur vorne etwas, die Kompanieführer begannen sich zu regen, das Bataillon rückte vor, marschierte über die Brustwehr hinaus, machte nach etwa hundert Schritten halt und stellte sich in Kompaniekolonnen auf. Pest wurde zur rechten Flanke der zweiten Kompanie beordert.

Ohne sich im geringsten Rechenschaft darüber zu geben, wo er war und warum er da war, stellte sich der Junker auf seinen Platz; er hielt unwillkürlich den Atem an, kalte Schauer rannen ihm über den Rücken, er starrte besinnungslos vor sich hin und erwartete etwas Furchtbares. Übrigens hatte er keine allzu große Angst, da nicht geschossen wurde;

es war ihm nur wunderlich und seltsam zumute bei dem Gedanken, daß er sich außerhalb der Befestigungen auf freiem Felde befand. Wieder sagte der Bataillonskommandeur etwas vor der Front. Wieder gaben die Offiziere flüsternd die Befehle weiter, und die schwarze Wand der ersten Kompanie senkte sich plötzlich. Es war befohlen worden, sich hinzulegen. Die zweite Kompanie legte sich ebenfalls hin, und Pest stach sich beim Hinlegen die Hand an irgendeinem stachligen Gewächs. Nur der Chef der zweiten Kompanie legte sich nicht hin. Seine kleine Gestalt mit dem gezogenen Degen, den er, unaufhörlich redend, umherschwenkte, lief vor der Kompanie hin und her. »Kinder! Zeigt euch als meine tapferen Soldaten! Nicht schießen; gebt es ihnen mit dem Bajonett, den Kanaillen! Wenn ich ›Hurra!‹ rufe, dann mir nach und nicht zurückbleiben… alle müssen zusammenhalten, das ist die Hauptsache… Wir wollen zeigen, was wir können, und uns nicht blamieren, nicht wahr, Kinder? Für unser Väterchen, den Zaren!« sagte er, wobei er seine Rede mit Flüchen durchsetzte und wild mit den Händen fuchtelte.

»Wie heißt denn unser Kompaniechef?« fragte Pest einen Junker, der neben ihm lag. »Was für ein tapferer Mann!«

»Ja, wenns losgeht, ist er immer so – stockbetrunken…« antwortete der Junker. »Er heißt Lisinkowski.«

In diesem Augenblick blitzte dicht vor der Kompanie eine Flamme auf, ein Krachen erscholl, das die ganze Kompanie betäubte, und hoch oben in der Luft sausten Steine und Sprengstücke umher (wenigstens fiel noch nach fünfzig Sekunden ein Stein von oben herab und zerschmetterte einem Soldaten das Bein). Es war ein Geschoß von einer Elevationslafette, und der Umstand, daß es dicht vor der Kompanie einschlug, bewies, daß die Franzosen die Kolonne bemerkt hatten.

»Mit Kanonen zu schießen! Ihr Hundesöhne…« rief der Kompaniechef so laut, daß der Bataillonskommandeur ihm befehlen mußte, zu schweigen und nicht solchen Lärm zu machen.

Gleich darauf erhob sich die erste Kompanie und nach ihr auch die zweite. Es wurde Befehl gegeben, das Bajonett zu fällen, und das Bataillon ging vor. Pest hatte solche Angst, daß er nicht wußte, ob es lange dauerte, wohin es ging und wer was tat. Wie ein Betrunkener lief er mit. Aber plötzlich blitzten auf allen Seiten unzählige Feuer auf, etwas pfiff und knatterte. Er schrie und rannte, weil alle rannten und alle schrien. Dann stolperte er und fiel über etwas – es war der Kompanieführer, der vor der Kompanie verwundet worden war, den Junker für einen Franzosen hielt und ihn am Bein packte. Als er sein Bein frei gemacht und sich aufgerichtet hatte, stieß in der Dunkelheit irgendeiner so heftig mit dem Rücken gegen ihn, daß er ihn beinahe hinwarf. Ein anderer schrie ihm zu: »Stich ihn nieder! Was gaffst du?« Er nahm das Gewehr und stieß das Bajonett in etwas Weiches. »A moi, camarades! Ah! sacré b... Ah! Dieu!« schrie jemand mit schrecklicher, durchdringender Stimme, und erst da begriff Pest, daß er einen Franzosen erstochen hatte. Kalter Schweiß trat ihm aus allen Poren; er zitterte wie im Fieber und warf das Gewehr weg. Aber das dauerte nur einen Augenblick; dann schoß ihm der Gedanke durch den Kopf, daß er ein Held sei. Er packte das Gewehr und lief mit der Menge, die ›Hurra‹ schrie, von dem getöteten Franzosen weg, dem sofort ein Soldat die Stiefel auszog. Nachdem er etwa zwanzig Schritte weitergelaufen war, kam er in einen Laufgraben. Dort waren die Unsrigen und der Bataillonskommandeur.

»Ich habe einen erstochen«, sagte er zu dem Bataillonskommandeur.

»Das war tapfer, Baron!«

12

»Weißt du schon, daß Praskuchin tot ist?« sagte Pest, als er Kalugin, der nach Hause ging, noch ein Stück begleitete.

»Nicht möglich!«

»Doch, ich habe ihn selbst gesehen.«
»Leb wohl, ich muß mich beeilen.«
›Ich bin sehr zufrieden‹, dachte Kalugin, als er nach Hause zurückkehrte; ›zum ersten Mal habe ich bei meiner Dejour Glück gehabt. Alles steht vortrefflich: ich bin am Leben und unversehrt, man wird einen ausgezeichneten Bericht über mich erstatten, und ich bekomme sicher einen goldenen Säbel. Den habe ich ja auch verdient.‹
Nachdem er dem General alles Nötige gemeldet hatte, ging er in sein Zimmer; dort saß Fürst Galzin, der schon längst zurückgekehrt war und ihn erwartete; er las Balzacs ›Splendeur et misères des courtisanes‹, das er auf Kalugins Tisch gefunden hatte.
Kalugin hatte ein wunderbar beglückendes Gefühl, als er zu Hause und außer Gefahr war; als er sein Nachthemd angezogen hatte und im Bett lag, erzählte er Galzin ausführlich von dem Gefecht, wobei er natürlich alles von einem Gesichtspunkt aus darstellte, der bewies, daß er, Kalugin, ein sehr tüchtiger und tapferer Offizier war. Darauf hinzuweisen, war eigentlich überflüssig, glaube ich, weil alle das bereits wußten und niemand ein Recht und einen Grund hatte, daran zu zweifeln außer vielleicht dem seligen Rittmeister Praskuchin: obwohl dieser es für ein Glück gehalten hatte, Arm in Arm mit Kalugin zu gehen, hatte er noch tags zuvor einem Freund im Vertrauen erzählt, Kalugin sei zwar ein sehr netter Mensch, »aber, unter uns gesagt, auf die Bastionen geht er furchtbar ungern.«
Kaum hatte Praskuchin, der neben Michailow ging, sich von Kalugin getrennt und – da sie zu einer weniger gefährlichen Stelle kamen – wieder ein bißchen aufzuleben begonnen, als er einen Blitz sah, der hinter ihm hell aufleuchtete, und hörte, wie der Posten »Mörser!« schrie und wie einer der hinter ihm gehenden Soldaten sagte: »Gerade auf die Bastion fliegt sie zu!«
Michailow sah sich um. Eine Granate schien als leuchtender

Punkt im Zenit ihrer Bahn stillzustehen, so daß es vollkommen unmöglich war, ihre weitere Richtung zu bestimmen. Aber das dauerte nur einen Augenblick; die Granate bewegte sich immer schneller, kam immer näher; schon konnte man die Funken des Zünders sehen und das verhängnisvolle Pfeifen hören, und dann fiel sie mitten in dem Bataillon nieder.

»Hinlegen!« rief eine entsetzte Stimme.

Michailow warf sich auf den Bauch; Praskuchin duckte sich unwillkürlich und kniff die Augen zu; er hörte nur, wie die Granate irgendwo ganz in der Nähe auf die harte Erde aufschlug. Eine Sekunde verging, die ihm wie eine Stunde vorkam – die Granate explodierte nicht. Praskuchin erschrak: hatte er sich wegen nichts und wieder nichts feige gezeigt? Vielleicht war die Granate weit entfernt niedergegangen, und er hatte sich nur eingebildet, daß der Zünder dicht neben ihm zischte. Er öffnete die Augen und sah mit selbstgefälliger Genugtuung, daß Michailow, dem er zwölfeinhalb Rubel schuldete, zu seinen Füßen unbeweglich auf dem Bauch lag. Aber da fielen seine Augen für einen Moment auf den leuchtenden Zünder der Granate, die sich nur eine Elle weit von ihm entfernt im Kreis drehte.

Ein Schreck, ein kalter Schreck, der alle anderen Gedanken und Gefühle ausschloß, ergriff sein ganzes Wesen. Er bedeckte das Gesicht mit den Händen und fiel auf die Knie.

Es verging noch eine Sekunde, eine Sekunde, in der eine ganze Welt von Gefühlen, Gedanken, Hoffnungen und Erinnerungen in seinem Geist vorüberhuschte.

›Wen wird sie töten – mich oder Michailow? oder uns beide zugleich? Wenn sie mich trifft, wohin dann? In den Kopf – dann ist alles aus. Ins Bein – dann wird man es mir abnehmen ... ich werde bitten, mich unbedingt zu chloroformieren – dann kann ich noch am Leben bleiben. Aber vielleicht trifft sie nur Michailow; dann werde ich erzählen, wie wir zusammen gingen und wie er getötet wurde und mich mit seinem Blut bespritzte. Nein, mir ist sie näher... sie wird mich töten...‹

Hier erinnerte er sich an die zwölf Rubel, die er Michailow schuldete; er erinnerte sich auch noch an eine andere Schuld in Petersburg, die er längst hätte bezahlen müssen; eine Zigeunermelodie, die er am Abend gesungen hatte, fiel ihm ein; die Frau, die er liebte, tauchte in einem Morgenhäubchen mit lila Bändern vor seinem geistigen Auge auf; ein Mensch, der ihn vor fünf Jahren beleidigt und dem er diese Beleidigung nicht heimgezahlt hatte, erschien plötzlich vor ihm, obgleich ihn, untrennbar von diesen und tausend anderen Erinnerungen, das Gefühl des Gegenwärtigen – die Erwartung des Todes – keinen Augenblick verließ. ›Vielleicht explodiert sie gar nicht‹, dachte er und wollte mit verzweifelter Entschlossenheit die Augen aufmachen. Aber in diesem Augenblick traf seine Augen durch die noch geschlossenen Lider hindurch ein roter Feuerschein; unter furchtbarem Krachen schlug ihm etwas mitten auf die Brust; er lief ein paar Schritte, ohne zu wissen wohin, stolperte über den Säbel, der ihm zwischen die Beine kam, und fiel auf die Seite.

›Gott sei Dank, es ist nur eine Quetschung!‹ war sein erster Gedanke, und er wollte seine Brust mit den Händen befühlen; aber seine Hände waren wie gefesselt und sein Kopf wie in einem Schraubstock zusammengepreßt. Vor seinen Augen huschten Soldaten vorüber, und unbewußt zählte er sie: ›Ein, zwei, drei Mann; und der da in dem übergeworfenen Mantel ist ein Offizier‹, dachte er. Dann zuckte ein Blitz vor seinen Augen auf, und er dachte: ›Woraus haben sie da geschossen? Aus einem Mörser oder aus einer Kanone? Wahrscheinlich aus einer Kanone.‹ Aber da folgten noch mehr Schüsse, und da waren noch mehr Soldaten: ›Fünf, sechs, sieben Soldaten; alle gehen sie vorbei.‹ Er bekam plötzlich Angst, sie könnten ihn zertreten.

Er wollte rufen, daß er eine Quetschung erlitten habe, aber

sein Mund war so trocken, daß ihm die Zunge am Gaumen klebte, und ein schrecklicher Durst peinigte ihn. Er fühlte, daß er an der Brust naß war, und dieses Gefühl der Nässe erinnerte ihn an Wasser, und am liebsten hätte er sogar das getrunken, wovon er naß war. ›Wahrscheinlich habe ich mich beim Hinfallen blutig geschlagen‹, dachte er, und da die Angst, die vorüberhuschenden Soldaten könnten ihn zertreten, ihn immer mehr bedrückte, nahm er all seine Kraft zusammen und wollte schreien: ›Nehmt mich mit!‹ – aber statt dessen stöhnte er so entsetzlich, daß ihm angst wurde, als er sich hörte. Dann tanzten rote Flammen in seinen Augen, und die Soldaten schienen Steine auf ihn zu legen; die Flammen tanzten schwächer, und die Steine, die auf ihn geworfen wurden, drückten ihn immer stärker. Er machte eine Anstrengung, um die Steine von sich zu wälzen, streckte sich aus und sah, hörte, dachte und fühlte nichts mehr. Ein Granatsplitter hatte ihn mitten in die Brust getroffen und auf der Stelle getötet.

13

Als Michailow die Granate erblickte, hatte er sich auf die Erde geworfen, die Augen zugekniffen, zweimal wieder geöffnet und geschlossen und ebenso wie Praskuchin in den zwei Sekunden, während die Granate dalag, ohne zu krepieren, unendlich viel durchdacht und durchfühlt. Er betete im stillen und wiederholte unablässig: »Dein Wille geschehe!« ›Warum bin ich zum Militär gegangen‹, dachte er gleichzeitig, ›und noch dazu zur Infanterie übergewechselt, um an dem Feldzug teilzunehmen? Ich hätte lieber beim Ulanenregiment in T. bleiben und die Zeit mit meiner Freundin Natascha verbringen sollen... Nun ist das Unglück da!‹ Und er begann zu zählen: ›Eins, zwei, drei, vier‹ und dachte sich aus: ›Wenn sie bei einer geraden Zahl krepiert, bleibe ich am Leben, bei einer ungeraden werde ich getötet. – Es ist alles aus: ich werde getötet!‹ dachte er, als das Geschoß krepierte (er erinnerte sich nicht, ob bei einer geraden oder bei einer ungeraden Zahl), und spürte einen Schlag und einen heftigen Schmerz im Kopf. »Herr, vergib mir meine Sünden!« sagte er, schlug die Hände zusammen und wollte sich aufrichten, fiel aber bewußtlos auf den Rücken.

Das erste, was er fühlte, als er wieder zu sich kam, war das Blut, das ihm über die Nase lief, und der weit schwächer gewordene Schmerz im Kopf. ›Jetzt entweicht meine Seele aus dem Körper‹, dachte er; ›wie wird es dort sein? Herr, nimm meinen Geist in Frieden auf! – Nur eines ist seltsam‹, überlegte er, ›daß ich, obwohl ich sterbe, die Schritte der Soldaten und das Knallen der Schüsse so deutlich höre.‹

»Eine Tragbahre her... he... der Hauptmann ist gefallen!« rief über seinem Kopf eine Stimme, die er sofort als die des Tambours Ignatjew erkannte.

Jemand faßte ihn an den Schultern. Er versuchte die Augen aufzumachen und sah über sich den dunkelblauen Himmel, Sternbilder und zwei Granaten, die einander überholend über ihn hinwegflogen, er sah Ignatjew, Soldaten mit einer Tragbahre und mit Gewehren, den Wall, die Laufgräben und gelangte plötzlich zu der Überzeugung, daß er noch nicht in jener Welt sei.

Er war von einem Stein leicht am Kopfe verwundet. Seine erste Empfindung war eine Art von Bedauern: er hatte sich so schön und ruhig auf den Übergang ins Jenseits vorbereitet gehabt, daß die Rückkehr in die Wirklichkeit mit ihren Granaten, Laufgräben und all dem Blut unangenehm auf ihn wirkte; die zweite Empfindung war eine unbewußte Freude, daß er noch am Leben war, und die dritte: Angst und der Wunsch, möglichst schnell von der Bastion wegzukommen. Der Tambour verband seinem Kompaniechef den Kopf mit einem Tuch, faßte ihn unter den Arm und führte ihn zum Verbandsplatz.

›Wohin gehe ich denn und warum?‹ dachte der Stabskapitän, als er ein wenig zu sich gekommen war. ›Meine Pflicht ist, bei der Kompanie zu bleiben, zumal die Kompanie ja bald aus dem Feuerbereich herauskommt‹, flüsterte ihm eine innere Stimme zu. ›Und mit einer Wunde im Gefecht bleiben bedeutet eine Auszeichnung!‹

»Nicht nötig, Bruder«, sagte er und entzog dem dienstfertigen Tambour seinen Arm. »Ich gehe nicht zum Verbandsplatz, ich bleibe bei der Kompanie.«

Und er kehrte um.

»Sie sollten sich lieber ordentlich verbinden lassen, Euer Wohlgeboren«, sagte der schüchterne Ignatjew. »Es sieht nur in der Hitze des Gefechts so aus, als wäre es nichts, aber vielleicht ist es doch schlimmer. Und sehen Sie nur – diese Schießerei hier... wirklich, Euer Wohlgeboren!«

Michailow blieb einen Augenblick unentschlossen stehen und hätte wohl Ignatjews Rat befolgt, wenn ihm nicht plötzlich eine Szene eingefallen wäre, die er vor ein paar Tagen auf dem Verbandsplatz beobachtet hatte: ein Offizier mit einem kleinen Kratzer an der Hand kam, um sich verbinden zu lassen, und die Ärzte lächelten, als sie das sahen, und einer – mit einem Backenbart – sagte sogar, daß er an dieser Wunde kaum sterben würde und daß man sich mit einer Gabel schlimmer verletzen könnte.

›Vielleicht werden die Ärzte über meine Wunde ebenso ungläubig lächeln und gar noch etwas sagen‹, dachte der Stabskapitän und kehrte trotz der Vorstellungen des Tambours entschlossen zu seiner Kompanie zurück.

»Wo ist denn der Ordonnanzoffizier Praskuchin, der mit mir ging?« fragte er den Fähnrich, der die Kompanie führte, als sie zusammentrafen.

»Ich weiß nicht... wohl gefallen«, antwortete der Fähnrich unwillig, der übrigens sehr unzufrieden war, weil der Stabskapitän zurückgekommen war und ihn dadurch des Vergnügens beraubt hatte, sagen zu können, daß er als einziger Offizier in der Kompanie übriggeblieben sei.

»Sie wissen nicht einmal, ob er verwundet oder tot ist? Er ist doch mit uns zusammen gegangen. Warum haben Sie ihn denn nicht mitgenommen?«

»Wie sollten wir ihn bei einer solchen Schießerei mitnehmen?«

»Ach, was sind Sie für ein Mensch, Michail Iwanowitsch!« sagte Michailow zornig. »Wie konnten Sie ihn im Stich lassen, wenn er noch lebte, und auch wenn er tot war, hätten Sie seine Leiche mitnehmen müssen. Er war doch eine Ordonnanz des Generals und hat vielleicht noch gelebt.«

»Wie kann er denn noch leben, wenn ich Ihnen doch sage, daß ich selber zu ihm gegangen bin und ihn gesehen habe«, sagte der Fähnrich. »Ich bitte Sie! Wenn wir nur unsere eigenen Leute alle fortschaffen könnten! Diese Kanaillen! Jetzt schießen sie mit Kanonenkugeln«, fügte er hinzu und ging in die Hocke. Michailow kauerte sich auch nieder und griff sich an den Kopf, der ihm von der Bewegung wieder furchtbar weh tat.

»Nein, es muß unbedingt jemand hingehen und ihn holen; vielleicht lebt er noch«, sagte Michailow. »Das ist unsere Pflicht, Michail Iwanowitsch!«

Michail Iwanowitsch gab keine Antwort.

›Wenn er ein guter Offizier wäre, hätte er ihn vorhin mitgenommen, jetzt muß ich ein paar Soldaten allein hinschikken. Darf ich das denn tun? In diesem furchtbaren Feuer können sie für nichts und wieder nichts umkommen‹, dachte Michailow.

»Kinder, wir müssen zurückgehen und einen Offizier holen, der verwundet im Graben liegt«, sagte er nicht sehr laut und befehlend, weil er fühlte, wie unangenehm es den Soldaten sein würde, diesen Befehl auszuführen. Und wirklich – da er sich an keinen namentlich gewandt hatte, trat auch keiner vor, um dem Befehl nachzukommen.

»Unteroffizier! Komm her!«

Der Unteroffizier marschierte weiter, als hätte er nichts gehört.

›Vielleicht ist er schon tot, und es lohnt sich nicht, die Leute unnütz der Gefahr auszusetzen, aber ich allein bin schuld, weil ich mich nicht darum gekümmert habe. Ich werde selber gehen und nachsehen, ob er noch lebt. Das ist meine Pflicht‹, sagte sich Michailow.

»Michail Iwanowitsch, führen Sie die Kompanie, ich hole Sie wieder ein«, sagte er, nahm mit der einen Hand den Mantel hoch, legte die andere auf das Bild des heiligen Mitrofan, zu dem er ein besonderes Vertrauen hatte, und trabte tief gebückt und vor Angst zitternd den Graben entlang.

Nachdem sich Michailow davon überzeugt hatte, daß Praskuchin tot war, schleppte er sich keuchend und gebückt zurück, wobei er mit der Hand den gelockerten Verband und seinen Kopf hielt, der wieder heftig zu schmerzen begann. Das Bataillon war bereits am Fuß des Berges an Ort und Stelle und fast aus dem Feuerbereich, als Michailow es einholte. Ich sage: *fast* aus dem Feuerbereich, denn ab und zu verirrten sich noch einzelne Granaten dorthin (ein Splitter hatte in derselben Nacht einen Hauptmann getötet, der während des Gefechts in einer Erdhütte der Matrosen gesessen hatte).

›Morgen muß ich doch auf den Verbandsplatz gehen und mich einschreiben lassen‹, dachte der Stabskapitän, während ein herbeigekommener Feldscher ihn verband, ›das trägt zur Beförderung bei.‹

14

Hunderte frischer, blutiger Menschenleiber, die noch vor zwei Stunden von mannigfaltigen großen und kleinen Hoffnungen und Wünschen erfüllt gewesen waren, lagen mit erstarrten Gliedern in dem taubedeckten, blühenden Tal, das die Bastion von dem Laufgraben trennte, und auf dem nackten Boden der Totenkapelle von Sewastopol; Hunderte von Menschen krochen, wanden sich und stöhnten mit Flüchen und Gebeten auf den vertrockneten Lippen zwischen den Leichen in dem blühenden Tal, auf den Tragbahren, den Pritschen und dem blutigen Fußboden des Verbandsplatzes. Aber ebenso wie an den vergangenen Tagen zuckte das Wetterleuchten über dem Sapunberg, verblaßten die schimmernden Sterne, zog der weiße Nebel vom brausenden, dunklen Meer herüber, erglühte das flammende Morgenrot im Osten, wichen die langen, purpurnen Wolken am hellblauen Horizont auseinander, und ebenso wie an den vergangenen Tagen stieg, der ganzen erwachenden Welt Freude, Liebe und Glück verheißend, das mächtige, herrliche Tagesgestirn empor.

15

Am Abend des nächsten Tages spielte wieder eine Jägerkapelle auf dem Boulevard, und wieder promenierten Offiziere, Junker, Soldaten und junge Frauen müßig beim Pavillon und in den unteren Alleen aus weißblühenden, duftenden Akazien.

Kalugin, Fürst Galzin und ein Oberst gingen Arm in Arm in der Nähe des Pavillons spazieren und unterhielten sich über das gestrige Gefecht. Wie das immer bei solchen Gelegenheiten zu sein pflegt, war der rote Faden des Gespräches nicht das Gefecht selbst, sondern der Anteil, den der Erzähler daran genommen hatte, und seine Tapferkeit. Ihre Gesichter und der Klang ihrer Stimmen hatten einen ernsten, beinahe traurigen Ausdruck, als ob die Verluste des gestrigen Tages jedem von ihnen nahegingen und schmerzlich wären. Da aber keiner von ihnen einen ihm nahestehenden Menschen verloren hatte (gibt es beim Militär überhaupt einander sehr nahestehende Menschen?), war dieser Ausdruck der Trauer in Wahrheit nur ein offizieller Ausdruck, den zu zeigen sie für ihre Pflicht hielten. Kalugin und der Oberst wären im Gegenteil bereit gewesen, jeden Tag ein solches Gefecht mit anzusehen, um einen goldenen Säbel und den Rang eines Generalmajors zu erhalten, obwohl sie eigentlich gute Menschen waren. Ich höre es gern, wenn man einen Eroberer, der um seines Ehrgeizes willen Millionen von Menschen zugrunde richtet, ein Ungeheuer nennt. Aber man frage den Fähnrich Petruschow und den Secondeleutnant Antonow und andere auf Ehre und Gewissen, und dann wird sich zeigen, daß jeder von ihnen ein kleiner Napoleon ist, ein kleines Ungeheuer, das sofort bereit ist, einen Kampf zu beginnen und Hunderte von Menschen zu töten, nur um noch einen Orden oder den dritten Teil seines Soldes als Belohnung zu bekommen.

»Nein, entschuldigen Sie«, sagte der Oberst, »zuerst fing es auf dem linken Flügel an. Ich war ja dort.«

»Kann sein«, erwiderte Kalugin; »ich war mehr auf dem rechten; ich bin zweimal da gewesen: das eine Mal suchte ich den General, und das andere Mal ging ich auf eigene Faust hin, um mir die Schützengräben anzusehen. Ja, dort ging es heiß her.«

»Ja, Kalugin weiß es genau«, sagte Fürst Galzin zu dem Obersten. »Weißt du, W. hat es heute zu mir gesagt, du wärst ein Held...«

»Aber die Verluste, die schrecklichen Verluste«, sagte der Oberst im Ton offizieller Trauer. »In meinem Regiment sind vierhundert Mann gefallen oder verwundet. Es ist ein reines Wunder, daß ich mit dem Leben davongekommen bin.«

In diesem Augenblick tauchte am anderen Ende des Boulevards die lila Gestalt Michailows auf, in abgetretenen Stiefeln und mit verbundenem Kopfe. Als er die Herren erblickte, wurde er sehr verlegen; er erinnerte sich, wie er gestern vor Kalugin in die Hocke gegangen war, und kam plötzlich auf den Gedanken, sie könnten meinen, er stelle sich nur verwundet. Wenn ihn diese Herren nicht schon entdeckt hätten, wäre er weggelaufen und nach Hause gegangen und hätte sein Zimmer nicht eher verlassen, als bis man ihm den Verband abgenommen hätte.

»Il fallait voir dans quel état je l'ai rencontré hier sous le feu«, sagte Kalugin lächelnd, als der Stabskapitän auf ihn zukam. »Was, Sie sind verwundet, Hauptmann?« fuhr er mit einem Lächeln fort, das besagte: ›Nun, haben Sie mich gestern gesehen? Wie war ich?‹

»Ja, nur leicht, durch einen Stein«, antwortete Michailow errötend und mit einem Gesichtsausdruck, als wollte er sagen: ›Ja, ich habe Sie gesehen und gebe zu, daß Sie ein Held sind, während ich überhaupt nichts wert bin.‹

»Est-ce que le pavillon est baissé déjà?« fragte Fürst Galzin mit hochmütiger Miene, wobei er die Mütze des Stabskapitäns betrachtete, ohne sich an jemand Bestimmten zu wenden.

»Non, pas encore«, antwortete Michailow, der zeigen wollte, daß er Französisch konnte.

»Dauert denn der Waffenstillstand noch fort?« sagte Galzin sehr höflich auf russisch zu ihm, um damit (wie es dem Stabskapitän schien) zum Ausdruck zu bringen: ›Es dürfte Ihnen doch wohl schwerfallen, französisch zu sprechen, also reden wir lieber russisch ...‹ Darauf gingen die Adjutanten weiter.

Der Stabskapitän fühlte sich, ebenso wie gestern, sehr einsam. Er grüßte noch einige Herren – mit den einen wünschte er nicht zu verkehren, auf die anderen wagte er nicht zuzugehen –, setzte sich dann an das Kasarskij-Denkmal[1] und zündete sich eine Zigarette an.

Baron Pest kam ebenfalls auf den Boulevard. Er erzählte, er sei an der Demarkationslinie gewesen und habe mit französischen Offizieren gesprochen. Ein französischer Offizier habe zu ihm gesagt: »S'il n'avait pas fait clair encore pendant une demi-heure, les embuscades auraient été reprises«, worauf er ihm geantwortet habe: »Monsieur, je ne dis pas

1. Abseits gelegen. Kasarskij war ein russischer Seeoffizier, der sich 1828–1829 im Türkenkrieg auszeichnete.

non, pour ne pas vous donner un démenti« und wie hübsch er das gesagt habe und so weiter.
In Wirklichkeit war er zwar an der Demarkationslinie gewesen, hatte aber keine Gelegenheit gehabt, etwas besonders Kluges zu sagen, obwohl er für sein Leben gern mit den Franzosen gesprochen hätte (denn mit den Franzosen zu sprechen, ist ja ein außerordentliches Vergnügen). Der Junker Baron Pest war lange an der Linie entlanggegangen und hatte alle Franzosen in seiner Nähe gefragt: »De quel régiment êtes-vous?« Sie hatten ihm geantwortet – und das war alles gewesen. Als er aber zu weit über die Linie hinübergegangen war, hatte der französische Wachtposten, der nicht ahnte, daß dieser Soldat Französisch konnte, in der dritten Person auf ihn geschimpft. »Il vient regarder nos travaux, ce sacré...« hatte er gesagt, und darauf hatte der Junker Baron Pest alles Interesse an der Demarkationslinie verloren, war nach Hause geritten und hatte sich unterwegs die französischen Phrasen ausgedacht, die er jetzt erzählte.
Auf dem Boulevard waren auch der Leutnant Sobow, der sich immer sehr laut unterhielt, und der schäbig aussehende Hauptmann Obschogow und ein Artilleriehauptmann, der sich um niemandes Gunst bemühte, und ein in der Liebe erfolgreicher Junker und all die Gesichter von gestern – immer mit dem ewig gleichen Hang zur Lüge, Prahlerei und zum Leichtsinn. Nur Praskuchin, Neferdow und noch einer fehlten, aber hier erinnerte sich und dachte kaum noch jemand an sie, obwohl ihre Leiber noch nicht gewaschen, zur Beerdigung geschmückt und begraben waren; und in einem Monat werden sie wahrscheinlich auch von Vater, Mutter, Frau und Kindern vergessen sein, falls sie welche gehabt haben – wenn man sie nicht schon früher vergessen hat.
»Ich hätte den Alten beinahe nicht wiedererkannt«, sagt ein Soldat bei der Aufbahrung der Leichen und hebt einen Toten mit zerschossener Brust, schrecklich angeschwollenem Kopf, schwarzem, glänzendem Gesicht und aus den Höhlen getre-

tenen Augäpfeln an den Schultern hoch, »faß ihn am Rücken, Moroska, sonst bricht er entzwei. Ach, dieser scheußliche Gestank!«

Ach, dieser scheußliche Gestank! – das war alles, was von diesem Menschen übriggeblieben war...

16

Auf unserer Bastion und auf den französischen Laufgräben sind weiße Fahnen aufgesteckt, und in dem blühenden Tal dazwischen liegen in grauen und blauen Uniformen und ohne Stiefel Haufen verstümmelter Leichen, die von Arbeitssoldaten zusammengetragen und auf Wagen geladen werden. Ein widerlicher, schwerer Leichengeruch erfüllt die Luft. Aus Sewastopol und aus dem französischen Lager kommen Scharen von Menschen herbeigeströmt, um sich dieses Schauspiel anzusehen, und streben mit eifriger, wohlwollender Neugier aufeinander zu.

Hören wir, was diese Leute miteinander reden.

Ein junger Offizier, der in einem Kreis von Russen und Franzosen steht und zwar schlecht, aber doch ausreichend Französisch spricht, um verstanden zu werden, betrachtet eine Garde-Patronentasche.

»E ßeßi purkua ße uaso liё?« fragt er.

»Parce que c'est une giberne d'un régiment de la garde, monsieur, qui porte l'aigle imperial.«

»E wu de la gard?«

»Pardon, monsieur, du sixième de ligne.«

»E ßeßi u aschtee?« fragt der Offizier, indem er auf eine gelbe hölzerne Zigarettenspitze zeigt, aus der der Franzose eine Zigarette raucht.

»A Balaclava, monsieur! C'est tout simple en bois de palme.«

»Scholi«, sagt der Offizier, der sich bei der Unterhaltung weniger vom eigenen Willen leiten läßt als von den Vokabeln, die er weiß.

»Si vous voulez bien garder cela comme souvenir de cette rencontre, vous m'obligerez.«
Und der höfliche Franzose bläst die Zigarette heraus und überreicht dem Offizier mit einer Verbeugung die Zigarettenspitze. Der Offizier gibt ihm die seinige, und alle Anwesenden, Franzosen wie Russen, sind anscheinend sehr zufrieden und lächeln.
Ein munterer Infanterist in einem rosa Hemd, den Mantel lose um die Schultern gehängt, von anderen Soldaten begleitet, die, die Hände auf dem Rücken, mit fröhlichen, neugierigen Gesichtern hinter ihm stehen, tritt auf einen Franzosen zu und bittet ihn um Feuer für seine Pfeife. Der Franzose zieht stärker an seiner Pfeife, stochert den Tabak auf und schüttet dem Russen etwas Glut in die Pfeife.
»Tabak bun«, sagt der Soldat im rosa Hemd, und die Zuschauer lächeln.
»Oui, bon tabac, tabac turc«, sagt der Franzose. »Et chez vous autres, tabac – russe? bon?«
»Ruß – bun«, sagt der Soldat mit dem rosa Hemd, wobei die Anwesenden sich vor Lachen schütteln. »Franßee nicht bun, bonschur mußjee!« sagt der Soldat im rosa Hemd, wobei er seinen ganzen Vorrat an Sprachkenntnissen auf einmal verschwendet, klopft dem Franzosen auf den Bauch und lacht. Die Franzosen lachen ebenfalls.
»Ils ne sont pas jolis ces bêtes de Russes«, sagt ein Zuave aus einer Gruppe von Franzosen heraus.
»De quoi de ce qu'ils rient donc?« fragt ein anderer, schwarzhaariger, mit italienischer Aussprache, und geht auf unsere Leute zu.
»Kaftan bun«, sagt der muntere Soldat, während er die gestickten Jackenschöße des Zuaven besieht, und wieder wird gelacht.
»Ne sors pas de la ligne; à vos places, sacré nom!« schreit ein französischer Korporal, und die Soldaten gehen sichtlich unzufrieden auseinander.

In einem Kreis französischer Offiziere ergeht sich ein junger russischer Kavallerieoffizier in französischem Friseurjargon. Sie sprechen von einem »comte Sozonoff que j'ai beaucoup connu, monsieur«, sagt ein französischer Offizier mit nur einer Epaulette; »c'est un de ces vrais comtes russes, comme nous les aimons.«

»Il y a un Sazonoff que j'ai connu«, sagt der Kavallerist; »mais il n'est pas comte, à moins que je sache, un petit brun de votre âge à peu près.«

»C'est ça, monsieur, c'est lui. Oh, que je voudrais le voir, ce cher comte! Si vous le voyez, je vous prie bien de lui faire mes compliments. – Capitaine Latour«, sagt er mit einer Verbeugung.

»N'est-ce pas terrible la triste besogne que nous faisons? Ça chauffait cette nuit, n'est-ce pas?« sagt der Kavallerist in dem Wunsch, das Gespräch in Gang zu halten, und zeigt auf die Leichen.

»Oh, monsieur, c'est affreux! Mais quels gaillards vos soldats, quels gaillards! C'est un plaisir que de se battre avec des gaillards comme eux.«

»Il faut avouer que les vôtres ne se mouchent pas du pied non plus«, sagt der Kavallerist mit einer Verbeugung und kommt sich sehr liebenswürdig vor.

Aber genug.

Betrachten wir lieber diesen zehnjährigen Knaben, der in einer alten, wohl von seinem Vater stammenden Mütze, mit Schuhen an den bloßen Füßen und in Nankinghosen, die nur von einem Hosenträger gehalten werden, gleich bei Beginn des Waffenstillstands vor den Wall gekommen ist und nun durch das Tal geht, mit stumpfer Neugier die Franzosen und die auf der Erde liegenden Leichen betrachtet und blaue Feldblumen pflückt, mit denen dieses ganze Unglückstal übersät ist. Als er mit einem großen Strauß nach Hause geht, wobei er sich wegen des Gestanks, den der Wind ihm zuträgt, die Nase zuhält, bleibt er vor einem Leichenhaufen stehen und betrachtet lange einen schrecklich zerfetzten Leichnam ohne Kopf, der vor ihm liegt. Nachdem er eine ganze Weile so dagestanden hat, tritt er noch näher heran und berührt mit dem Fuß den ausgestreckten starren Arm des Leichnams. Der Arm bewegt sich ein wenig. Er berührt ihn noch einmal und kräftiger. Der Arm bewegt sich ein wenig und fällt wieder in seine ursprüngliche Lage zurück. Der Knabe schreit plötzlich auf, verbirgt das Gesicht in den Blumen und läuft, so schnell er kann, zur Festung zurück.

Ja, auf der Bastion und auf dem Laufgraben sind weiße Fahnen aufgesteckt, das blühende Tal ist mit stinkenden Leichen angefüllt, die herrliche Sonne sinkt von dem durchsichtigen Himmel in das blaue Meer, und das blaue, wogende Meer blitzt in den goldenen Sonnenstrahlen. Tausende von Menschen drängen sich, blicken einander an, reden miteinander und lächeln sich zu. Alle diese Menschen sind Christen, die sich zu dem großen Gebot der Liebe und Selbstverleugnung bekennen, doch sie fallen beim Anblick dessen, was sie getan haben, nicht reumütig auf die Knie vor dem, der ihnen das Leben gegeben und zugleich mit der Todesfurcht auch die Liebe zum Guten und Schönen einem jeden in die Seele gelegt hat. Und sie umarmen einander nicht wie Brüder, Tränen der Freude und des Glücks in den Augen. Nein! Die weißen Fahnen werden eingezogen – und wieder pfeifen die Geschosse, Tod und Leiden bringend, wieder wird ehrliches, unschuldiges Blut vergossen, und wieder hört man Stöhnen und Fluchen.

Ich habe gesagt, was ich sagen wollte; aber schwere Bedenken überkommen mich. Vielleicht hätte ich es nicht sagen sollen; vielleicht ist das, was ich gesagt habe, eine jener schlimmen Wahrheiten, die unbewußt in der Seele eines jeden verborgen liegen, aber nicht ausgesprochen werden dürfen, damit sie nicht schädlich wirken wie der Bodensatz des Weines, den man nicht aufschütteln darf, um den Wein nicht zu verderben.

Wo ist in dieser Erzählung die Darstellung des Bösen, das man meiden soll? Wo das Abbild des Guten, dem man nacheifern muß? Wer ist der Bösewicht, wer der Held? Alle sind gut, und alle sind schlecht.

Weder Kalugin mit seiner glänzenden Tapferkeit (bravoure de gentilhomme) und mit seiner Ruhmsucht, die die Triebfeder aller seiner Handlungen ist, noch Praskuchin, ein hohler, harmloser Mensch, obgleich er im Kampf für den Glauben, den Thron und das Vaterland gefallen ist, noch Michailow mit seiner Schüchternheit und beschränkten Einsicht, noch Pest, ein Kind ohne feste Überzeugungen und Grundsätze – sie alle können weder die Bösewichter noch die Helden dieser Erzählung sein.

Der Held meiner Erzählung, den ich mit allen Kräften meiner Seele liebe, den ich mich in seiner ganzen Schönheit darzustellen bemühte, der immer schön ist, war und sein wird – ist die Wahrheit.

III
SEWASTOPOL IM AUGUST 1855

Ende August fuhr auf der zerklüfteten Sewastopoler Heerstraße zwischen Duwanka[1] und Bachtschisaraj ein Offizierswägelchen im Schritt durch den tiefen, heißen Staub. Es war ein Fuhrwerk, wie man es sonst nirgends findet, ein Mittelding zwischen einer Judenbritschka, einem russischen Reisewagen und einem Korbwagen.

Vorn auf dem Wagen hockte ein Offiziersbursche im Nankingrock und einer zerbeulten alten Offiziersmütze und hielt die Zügel; hinten saß auf Bündeln und Ballen, die mit einem Soldatenmantel bedeckt waren, ein Infanterieoffizier im Sommermantel. Der Offizier war, soweit man das bei seiner sitzenden Stellung beurteilen konnte, nicht hoch gewachsen, aber außerordentlich breit, nicht nur von Schulter zu Schulter, sondern auch von der Brust zum Rücken; er wirkte stämmig und gedrungen, Hals und Nacken waren stark entwickelt und sehr kräftig; eine sogenannte Taille – eine Verengung in der Mitte des Rumpfes – hatte er nicht, aber ebensowenig einen Bauch, im Gegenteil, er war eher mager, besonders im Gesicht, das eine ungesunde gelbbraune Farbe hatte. Dieses Gesicht wäre hübsch gewesen, wenn es nicht etwas Aufgedunsenes und die weichen, tiefen, aber nicht greisenhaften Falten gehabt hätte, die die Züge verwischten und vergröberten und dem ganzen Gesicht einen Ausdruck von Welkheit und Derbheit verliehen. Seine Augen waren klein, braun, außerordentlich lebhaft und fast

1. Die letzte Station vor Sewastopol.

keck; sein Schnurrbart war sehr dicht, aber nicht breit und etwas abgekaut, das Kinn und besonders die Wangen waren von einem überaus starken, dichten, schwarzen, zwei Tage alten Bart bedeckt. Der Offizier war am 10. Mai durch einen Granatsplitter am Kopf verwundet worden, um den er immer noch einen Verband trug, und fuhr jetzt, da er sich schon seit einer Woche vollkommen gesund fühlte, von dem Lazarett in Simferopol zu seinem Regiment, das irgendwo dort stand, von wo die Schüsse zu hören waren; aber ob in Sewastopol selbst oder auf der Nordseite der Bucht oder in Inkerman, das hatte er noch von niemandem zuverlässig erfahren können.

Die Schüsse waren schon deutlich zu hören, besonders dann, wenn keine Berge dazwischen lagen und der Wind den Schall herübertrug; es schoß sehr oft und anscheinend ganz in der Nähe: bald erschütterte eine Explosion die Luft und ließ einen unwillkürlich zusammenfahren, bald folgten weniger starke Töne schnell aufeinander wie ein Trommelwirbel, der ab und zu von einem lauten Getöse unterbrochen wurde, bald floß alles zu einem rollenden Krachen zusammen, das an Donnerschläge erinnerte, wenn ein Gewitter seinen Höhepunkt erreicht hat und ein Wolkenbruch niedergeht. Alle sagten, daß ein furchtbares Bombardement im Gange sei, was auch deutlich zu hören war. Der Offizier trieb seinen Burschen an, als wollte er so schnell wie möglich sein Ziel erreichen. Ein langer Zug russischer Bauernwagen kam ihnen entgegen; sie hatten Proviant nach Sewastopol gebracht und kamen jetzt mit verwundeten und kranken Soldaten in grauen Mänteln, Matrosen in schwarzen Überröcken, griechischen Freiwilligen in rotem Fes und bärtigen Landwehrleuten zurück. Das Offizierswägelchen mußte halten, und der Offizier kniff stirnrunzelnd die Augen zu, weil der Staub, der als dicke, unbewegliche Wolke über der Straße schwebte, ihm in die Augen drang und an seinem verschwitzten Gesicht kleben blieb, und betrachtete gleichgültig die Ge-

sichter der vorüberfahrenden Kranken und Verwundeten.
»Da ist ein kranker Soldat von unserer Kompanie«, sagte der Bursche zu seinem Herrn und zeigte auf einen Wagen mit Verwundeten, der gerade an ihnen vorbeikam.
Vorn auf dem Wagen saß ein Bauer mit einem mächtigen Vollbart und mit einem Filzhut; er flocht seine Peitsche zurecht, wobei er den Stiel mit dem Ellbogen an sich preßte. Hinter ihm wurden fünf Soldaten hin und her gerüttelt. Der eine, der den Arm in der Schlinge trug und den Mantel über sein äußerst schmutziges Hemd geworfen hatte, sah zwar mager und blaß aus, saß aber in strammer Haltung mitten auf dem Wagen und wollte nach der Mütze greifen, als er den Offizier sah; doch da fiel ihm ein, daß er ja verwundet war, und er tat, als wollte er sich nur am Kopf kratzen. Ein anderer lag neben ihm auf dem Boden des Wagens; man sah nur seine mageren Hände, mit denen er sich an den Seitensprossen festhielt, und die hochgezogenen Knie, die wie ein Strohwisch nach allen Seiten schwankten. Ein dritter mit aufgedunsenem Gesicht und verbundenem Kopf, auf dem eine Soldatenmütze saß, ließ die Beine zum Rad herabhängen, hatte die Ellbogen auf die Knie gestützt und schien zu dösen. An diesen Soldaten wandte sich der vorüberfahrende Offizier.
»Dolschnikow!« rief er.
»Jawohl!« antwortete der Soldat mit einem so tiefen, dröhnenden Baß, als riefen zwanzig Soldaten zugleich, machte die Augen auf und nahm die Mütze ab.
»Wann bist du denn verwundet worden, Bruder?«
Die glanzlosen, verschlafenen Augen des Soldaten belebten sich; offenbar hatte er seinen Offizier erkannt.
»Wir wünschen Ihnen Gesundheit, Euer Wohlgeboren«, sagte er mit demselben dröhnenden Baß.
»Wo steht denn das Regiment jetzt?«
»Es stand in Sewastopol, und am Mittwoch sollte es abmarschieren, Euer Wohlgeboren.«

»Wohin?«

»Das wußte niemand... wohl zur Nordseite, Euer Wohlgeboren. Heute, Euer Wohlgeboren«, fügte er mit gedehnter Stimme hinzu und setzte die Mütze wieder auf, »hat ›er‹ kreuz und quer zu schießen angefangen, meistens mit Granaten, ›er‹ schießt sogar in die Bucht. Heute hat ›er‹ so gefeuert, daß es ein Elend ist...«

Was der Soldat weiter sagte, war nicht zu hören; aber an seinem Gesichtsausdruck und an seinen Gebärden konnte man sehen, daß er mit dem Ingrimm eines Leidenden trostlose Dinge erzählte.

Der Reisende, Leutnant Koselzow, war kein Dutzendmensch. Er gehörte nicht zu denen, die so und so leben und handeln, weil andere so leben und handeln; er tat alles, wozu er Lust hatte, und andere machten es ihm nach und waren überzeugt, daß es richtig sei. Er war klug, vielseitig begabt, sang gut, spielte Gitarre, redete flott und schrieb gewandt, besonders amtliche Schriftstücke, worin er sich als Regimentsadjutant eine große Fertigkeit erworben hatte; vor allem aber zeichnete er sich durch eine selbstbewußte Energie aus, die zwar in der Hauptsache auf diese kleinen Talente gegründet, aber doch ein hervorstechender, auffallender Zug seines Charakters war. Er besaß jene Art von Ehrgeiz, die das ganze Leben eines Menschen bestimmt und sich nur bei Männern und besonders in Militärkreisen entwickelt, so daß es für ihn keine andere Wahl gab, als der Erste zu sein oder nichts, und daß dieser Ehrgeiz sogar die Triebfeder seiner inneren Regungen war: er stellte sich in Gedanken gern über die Menschen, mit denen er sich verglich.

»Ach was! Ich werde gerade auf das hören, was so ein Moskau[1] schwatzt!« brummte der Leutnant und fühlte dabei eine bedrückende Apathie, die sein Denken beeinflußte –

1. In vielen Linienregimentern nennen die Offiziere halb geringschätzig, halb freundschaftlich den gemeinen Soldaten ›Moskau‹ oder auch ›Eid‹.

eine Empfindung, die der Anblick des Verwundetentransports und die Worte des Soldaten, deren Bedeutung durch den Kanonendonner unterstrichen wurde, in ihm zurückgelassen hatten. »Dieser Moskau ist lächerlich... Vorwärts, Nikolajew! Fahr zu...! Du bist wohl eingeschlafen?« rief er seinem Burschen mürrisch zu und strich seine Mantelschöße glatt.
Nikolajew riß an den Zügeln, schnalzte mit der Zunge, und der Wagen rollte im Trab weiter.
»Wir wollen nur einen Augenblick füttern und dann gleich weiterfahren«, sagte der Offizier.

2

Als der Leutnant Koselzow in die Straße von Duwanka einbog, die nur noch aus den Ruinen tatarischer Steinhäuser bestand, wurde er durch einen Transport von Granaten und Kanonenkugeln aufgehalten, der nach Sewastopol ging und den Weg versperrte.
Zwei Infanteristen saßen mitten im Staub auf den Steinen einer zerstörten Hofmauer an der Straße und aßen eine Melone mit Brot.
»Kommst du von weit her, Landsmann?« fragte einer von ihnen, sein Brot kauend, einen Soldaten, der, mit einem kleinen Sack auf dem Rücken, neben ihnen stehenblieb.
»Ich komme aus dem Gouvernement und gehe zur Kompanie«, antwortete der Soldat, wandte den Blick von der Melone ab und schob den Sack auf dem Rücken zurecht. »Wir sind drei Wochen bei dem Heu der Kompanie gewesen, aber jetzt müssen wir wieder zurück. Keiner weiß, wo unser Regiment jetzt steht. Es hieß, sie wären vorige Woche nach der Korabelnaja[1] verlegt worden. Habt ihr vielleicht was davon gehört, meine Herren?«

1. Eine Schiffervorstadt, östlich von der Südbucht, beim Malachowhügel.

»In der Stadt steht dein Regiment, Bruder, in der Stadt«, sagte der andere, ein alter Trainsoldat, der mit einem Taschenmesser in der unreifen, weißlichen Melone herumstocherte. »Wir sind erst heute mittag von da weggegangen. Da geht es so furchtbar zu, daß man besser nicht hingeht, sondern lieber ein, zwei Tage im Heu liegt, bis es nicht mehr so schlimm ist.«

»Warum denn, meine Herren?«

»Hörst du denn nicht, wie es überall schießt? Da bleibt nichts mehr ganz. Es ist gar nicht zu sagen, wie viele von unseren Leuten da umgekommen sind!«

Der Sprecher winkte müde mit der Hand ab und schob die Mütze zurecht.

Der andere wiegte nachdenklich den Kopf hin und her, zog dann aus dem Stiefelschaft eine Pfeife, stocherte, ohne sie neu zu stopfen, den halbverbrannten Tabak darin auf, zündete bei einem rauchenden Soldaten ein Stück Feuerschwamm an und lüftete seine Mütze.

»Alles steht in Gottes Hand, meine Herren! Lebt wohl!« sagte er, rückte seinen Sack zurecht und machte sich auf den Weg.

»He, warte lieber noch ein bißchen!« rief der Soldat mit der Melone eindringlich.

»Ist doch ganz gleich!« murmelte der andere und schlüpfte zwischen den Rädern der gedrängt stehenden Fuhrwerke hindurch, »ich muß mir auch eine Melone zum Abendessen kaufen. Was die Leute alles reden.«

3

Die Station war voller Menschen, als Koselzow dort vorfuhr. Der erste, der ihm auf der Vortreppe begegnete, war ein magerer, sehr junger Mensch, der Postmeister, der sich mit zwei ihm folgenden Offizieren herumzankte.

»Nicht drei Tage, sondern zehn werden Sie warten müssen!

Sogar Generale müssen warten, Väterchen!« rief der Postmeister, um die Reisenden zu ärgern. »Ich kann mich doch nicht selber an die Deichsel spannen!«
»Wenn keine Pferde da sind, dürfte niemand welche bekommen! Aber warum hat denn der Diener mit dem vielen Gepäck welche gekriegt?« schrie der ältere der beiden Offiziere, der ein Glas Tee in der Hand hielt. Er vermied das Personalpronomen, um den Postmeister fühlen zu lassen, daß er ihn leicht mit ›du‹ anreden könnte.
»Überlegen Sie doch selbst, Herr Postmeister«, sagte der andere, noch recht junge Offizier stotternd, »wir reisen doch nicht zu unserem Vergnügen. Wir werden doch nötig gebraucht, sonst hätte man uns nicht angefordert. Ich werde das jedenfalls dem General Kramper melden. Was soll denn das heißen? Sie haben, wie es mir scheint, keinen Respekt vor dem Offizierstand.«
»Sie verderben die Sache immer nur!« unterbrach ihn der Ältere ärgerlich; »Sie kommen mir nur in die Quere; mit solchen Leuten muß man zu reden verstehen. Er hat ja den ganzen Respekt vor uns verloren. Pferde her, und zwar sofort, sage ich!«
»Mit Vergnügen, Väterchen; aber wo soll ich sie hernehmen?«
Der Postmeister schwieg einen Augenblick, dann wurde er plötzlich sehr lebhaft und fuchtelte mit den Händen. »Ich verstehe das alles sehr gut, Väterchen«, sagte er, »aber was soll ich denn machen? Lassen Sie mich nur...« – über die Gesichter der Offiziere huschte ein Hoffnungsschimmer – »lassen Sie mich nur bis zum Ende dieses Monats leben, dann werde ich nicht mehr hier sein. Lieber gehe ich auf den Malachowhügel, als daß ich hierbleibe, bei Gott! Dann soll die Post machen, was sie will! Kein einziges brauchbares Fuhrwerk auf der ganzen Station, und die Pferde haben seit vorgestern kein Büschel Heu zu sehen bekommen!«
Damit verschwand der Postmeister durch das Tor.
Koselzow ging mit den Offizieren zusammen ins Zimmer.

»Na schön«, sagte der ältere Offizier, der einen Augenblick vorher noch ganz außer sich gewesen war, in ruhigem Ton zu dem jüngeren, »wir sind ja schon drei Monate unterwegs, also können wir auch noch ein bißchen länger warten. Ein Unglück ist es nicht – wir kommen immer noch früh genug hin.«
Das verräucherte, schmutzige Zimmer war so voll von Offizieren und Koffern, daß Koselzow nur mit Mühe einen Platz auf dem Fensterbrett fand, wo er sich hinsetzte; er betrachtete die Gesichter, lauschte auf die Gespräche und drehte sich eine Zigarette. Rechts von der Tür, an einem schiefen, schmierigen Tisch, auf dem zwei kupferne, stellenweise grün gewordene Samoware standen und Zucker auf Papierfetzen lag, saß die Hauptgruppe: ein junger, bartloser Offizier in einem neuen, kurzen Stepprock, der offensichtlich aus einem Damenumhang geschneidert war, füllte die Teekanne; außer ihm waren noch vier ebenso junge Offiziere im Zimmer: der eine hatte sich einen Pelz unter den Kopf gelegt und schlief auf einem Sofa; ein zweiter stand am Tisch und schnitt Hammelbraten für einen einarmigen Offizier, der am Tisch saß. Zwei Offiziere, der eine in einem Adjutantenmantel, der andere in einem Infanteriemantel, aber aus feinem Tuch, und einer Tasche über der Schulter, saßen auf der Ofenbank. Daran, wie sie die anderen betrachteten und wie der mit der Tasche seine Zigarre rauchte, sah man, daß sie keine Frontoffiziere bei der Infanterie waren und sich etwas darauf einbildeten. Nicht, daß etwas Geringschätziges in ihrem Benehmen gelegen hätte, wohl aber eine selbstbewußte Sicherheit, die teils auf ihr Geld, teils auf ihre nahen Beziehungen zu Generalen gegründet war, und das Bewußtsein einer Überlegenheit, das offensichtlich so weit ging, daß sie diese Überlegenheit zu verbergen suchten. Ein noch junger Arzt mit dicken Lippen und ein Artillerist mit deutschem Gesichtstypus saßen beinah auf den Beinen des jungen Offiziers, der auf dem Sofa schlief, und zählten ihr Geld. Von den vier Offiziersburschen schliefen die einen, während

die anderen mit den Koffern und Bündeln an der Tür herumhantierten. Koselzow fand unter all diesen Gesichtern kein einziges bekanntes; aber er lauschte aufmerksam auf die Gespräche. Er hatte auf den ersten Blick erkannt, daß diese jungen Offiziere gerade aus dem Kadettenkorps gekommen waren; sie gefielen ihm und erinnerten ihn daran, daß sein Bruder in diesen Tagen ebenfalls aus dem Kadettenkorps zu einer Batterie in Sewastopol kommen sollte. Aber an dem Offizier mit der Tasche, dessen Gesicht er schon irgendwo gesehen hatte, erschien ihm alles widerwärtig und frech. In der Absicht, ihm über den Mund zu fahren, wenn er es wagen sollte, etwas Unverschämtes zu sagen, ging er vom Fenster weg und setzte sich auf die Ofenbank. Er hatte auf den ersten Blick erkannt, daß die beiden Herren Stabsoffiziere waren, die er als echter Frontsoldat und guter Infanterist nicht leiden konnte.

4

»Das ist doch furchtbar ärgerlich«, sagte einer der jungen Offiziere, »daß wir nun schon so nahe sind und nicht hinkommen können. Vielleicht findet heute ein Gefecht statt, und wir sind dann nicht dabei.«
An dem schrillen Ton der Stimme und an den roten Flecken, die über das Gesicht des jungen Offiziers huschten, während er sprach, erkannte man die jugendliche Schüchternheit eines Menschen, der immer fürchtet, er könnte ein falsches Wort sagen.
Der einarmige Offizier sah ihn lächelnd an.
»Sie kommen schon noch rechtzeitig hin, glauben Sie mir«, sagte er.
Der junge Offizier blickte dem Einarmigen respektvoll in das abgemagerte Gesicht, das plötzlich von einem Lächeln erhellt wurde, verstummte und beschäftigte sich von neuem mit dem Tee. In der Tat kam in dem Gesicht des einarmigen

Offiziers, in seiner Haltung und besonders in der Art, wie er seinen leeren Mantelärmel trug, ein hohes Maß von ruhigem Gleichmut zum Ausdruck, als wollte er bei allem, was er sah und hörte, immer nur sagen: ›Das ist ja alles schön und gut, ich weiß das alles und könnte es auch tun, wenn ich nur wollte.‹

»Wofür wollen wir uns entscheiden«, sagte wieder der junge Offizier zu seinem Kameraden im Stepprock, »wollen wir hier übernachten oder mit unserm eigenen Pferd weiterfahren?«

Der Kamerad hatte keine Lust weiterzufahren. »Stellen Sie sich vor, Hauptmann«, sagte der junge Offizier, der den Tee eingoß, zu dem Einarmigen und hob das Messer auf, das dieser hatte fallen lassen, »man hat uns gesagt, die Pferde wären in Sewastopol furchtbar teuer, und darum haben wir uns zusammen in Simferopol ein Pferd gekauft.«

»Da wird man Sie wohl gehörig übers Ohr gehauen haben?«

»Ich weiß wirklich nicht, Hauptmann; wir haben für Pferd und Wagen zusammen neunzig Rubel bezahlt. Ist das sehr teuer?« fügte er hinzu, indem er sich an alle und auch an Koselzow wandte, der ihn ansah.

»Wenn das Pferd jung ist, dann ist es nicht teuer«, sagte Koselzow.

»Nicht wahr? Und uns wurde gesagt, es wäre teuer. Nur lahmt es ein bißchen; aber das wird vorübergehen. Man hat uns gesagt, es wäre sehr kräftig.«

»Aus welchem Kadettenkorps sind Sie?« fragte Koselzow, der sich nach seinem Bruder erkundigen wollte.

»Wir kommen jetzt aus dem Adelsregiment; wir sind sechs Mann und gehen alle auf eigenen Wunsch nach Sewastopol«, sagte der redselige junge Offizier, »nur wissen wir nicht, wo unsere Batterien sind: die einen sagen, in Sewastopol, und andere behaupten, sie wären in Odessa.«

»Haben Sie es denn in Simferopol nicht erfahren können?« fragte Koselzow.

»Die wissen es nicht... Stellen Sie sich vor: mein Kamerad ging dort in die Kanzlei, und da hat man ihm nur Grobheiten gesagt. Sie können sich denken, wie unangenehm das war... Darf ich Ihnen eine Zigarette anbieten?« fragte er dann den einarmigen Offizier, der sein Zigarettenetui aus der Tasche ziehen wollte.

Er bediente den Einarmigen mit einer begeisterten, fast unterwürfigen Verehrung.

»Sie sind auch aus Sewastopol?« fuhr er dann fort. »Ach Gott, wie bewundernswert das ist! Mit welchem Respekt haben wir alle in Petersburg an Sie gedacht, an alle diese Helden«, sagte er voller Hochachtung und mit gutmütiger Schmeichelei zu Koselzow.

»Vielleicht müssen Sie wieder zurückfahren, was dann?« fragte der Leutnant.

»Sehen Sie, das befürchten wir ja auch. Stellen Sie sich vor, wir haben uns doch das Pferd gekauft und uns alles Nötige angeschafft, einen Spirituskocher und noch ein paar Kleinigkeiten, und jetzt haben wir überhaupt kein Geld mehr«, erzählte er mit leiser Stimme und sah sich dabei nach seinem Kameraden um. »Wenn wir zurückfahren müßten, wüßten wir nicht, wie wir das machen sollten.«

»Haben Sie denn keine Reisegelder bekommen?« fragte Koselzow.

»Nein«, sagte er leise, »man hat uns versprochen, daß wir sie hier bekommen würden.«

»Aber Sie haben doch eine Bescheinigung?«

»Ich weiß, daß die Bescheinigung die Hauptsache ist, aber als ich in Moskau bei meinem Onkel war, der Senator ist, hat er mir gesagt, das Geld würde uns hier ausgezahlt, sonst hätte er es mir gegeben. Also werden wir es wohl hier bekommen.«

»Ganz bestimmt.«

»Ich denke auch, daß wir es hier bekommen werden«, sagte er in einem Ton, der bewies, daß er, nachdem er auf dreißig

Stationen immer ein und dieselbe Frage gestellt und überall verschiedene Antworten erhalten hatte, niemand mehr recht glaubte.

5

»Warum sollten Sie es nicht bekommen«, sagte plötzlich der Offizier, der sich auf der Vortreppe mit dem Postmeister herumgestritten hatte. Er ging auf die Gruppe zu und wandte sich an die danebensitzenden Stabsoffiziere, die er offenbar für die gewichtigeren Zuhörer hielt.
»Ich habe mich ebenso wie diese Herren zur Kampftruppe gemeldet und mich sogar von einem herrlichen Posten nach Sewastopol versetzen lassen, und auch ich habe außer den Reisespesen von P., alles in allem hundertsechs Rubel, nichts bekommen. Ich habe von meinem Geld über hundertfünfzig Rubel zuschießen müssen. Jetzt bin ich schon beinah drei Monate unterwegs, so lange habe ich für achthundert Werst gebraucht. Mit diesem Herrn da fahre ich schon den zweiten Monat. Ein Glück, daß ich selber Geld hatte. Wenn ich keins gehabt hätte, was dann?«
»Was, schon drei Monate?« fragte jemand.
»Was soll ich denn machen?« fuhr der Erzähler fort. »Wenn ich nicht so gern gefahren wäre, hätte ich meinen guten Posten nicht aufgegeben. Dann hätte ich unterwegs auch nicht so schlecht leben müssen, nicht daß ich Angst hätte... aber es ging nicht anders. In Perekop zum Beispiel mußte ich zwei Wochen warten. Der Postmeister hier hört gar nicht zu, wenn man mit ihm spricht, der denkt: ›Fahrt, wann ihr wollt!‹ Er hat nur ein paar Kuriergespanne. Unser Schicksal will es wohl so... und ich möchte doch so gern fahren, aber das Schicksal ist anscheinend dagegen. Schließlich bleibe ich doch nicht hier, weil ich vor dem Bombardement Angst habe. Aber ob mans eilig hat oder nicht – das ist ganz gleich, man kommt nicht weiter, und ich möchte doch so gern...«
Der Offizier erklärte die Ursachen seiner Verzögerung so aus-

führlich, als wollte er sich rechtfertigen; das brachte seine Zuhörer unwillkürlich auf den Gedanken, daß er ein Feigling sei. Das wurde noch deutlicher, als er sich nach dem Standort seines Regiments erkundigte und gern wissen wollte, ob es dort gefährlich sei. Als der einarmige Offizier, der im gleichen Regiment diente, ihm erzählte, daß im Laufe von zwei Tagen allein siebzehn Offiziere gefallen seien, wurde er ganz blaß, und seine Stimme begann zu zittern.

In diesem Augenblick war der Offizier tatsächlich ein erbärmlicher Feigling, obwohl er es vor sechs Monaten durchaus nicht gewesen war. Mit ihm war eine tiefgreifende Veränderung vorgegangen, die viele vor ihm und nach ihm an sich erfuhren. Er hatte in einem unserer Gouvernements gelebt, in denen es Kadettenkorps gibt, und hatte einen schönen, ruhigen Posten gehabt; doch als er in Zeitungen und Briefen von den Taten der Sewastopoler Helden, seiner früheren Kameraden, las, flammte plötzlich sein Ehrgeiz auf und noch mehr sein Patriotismus.

Er opferte diesem Gefühl sehr viel – seinen schönen Posten, das Quartier mit den Polstermöbeln, die er sich im Laufe von acht Jahren angeschafft hatte, die Bekannten und die Hoffnung auf eine reiche Heirat. Er gab alles auf, ließ sich noch im Februar zur kämpfenden Truppe versetzen und träumte von dem Kranz unsterblichen Ruhmes und von Generalsepauletten. Zwei Monate nach Eingabe seines Gesuchs erhielt er auf dem *Dienstweg* eine Anfrage, ob er Versorgungsansprüche an die Regierung stellen würde. Er antwortete verneinend und wartete weiterhin geduldig auf seine Versetzung, obwohl das patriotische Feuer in diesen zwei Monaten bedeutend abgekühlt war. Nach weiteren zwei Monaten erhielt er eine Anfrage, ob er einer Freimaurerloge angehöre, und auf seine verneinende Antwort wurde er dann nach fünf Monaten endlich versetzt. In der Zwischenzeit hatten seine Freunde und noch mehr jenes hinterhältige Gefühl der Unzufriedenheit mit allem Neuen, das sich bei jeder Ver-

änderung bemerkbar macht, ihn davon überzeugt, daß seine Meldung zur kämpfenden Truppe eine große Dummheit gewesen sei. Als er mit verschwitztem, staubbedecktem Gesicht auf der fünften Station ankam, wo er einen Kurier aus Sewastopol traf, der ihm von den Schrecken des Krieges erzählte, und zwölf Stunden auf Pferde warten mußte, begann er seinen Leichtsinn bitter zu bereuen, dachte mit dumpfer Angst an das, was ihm bevorstand, und fuhr völlig verstört weiter, als würde er zur Schlachtbank geführt. Dieses Gefühl ergriff auf seiner dreimonatigen Wanderschaft von einer Poststation zur anderen immer stärker Besitz von ihm, zumal er auf jeder Station lange warten mußte und Offiziere aus Sewastopol traf, die Schreckliches erzählten. Schließlich kam es so weit, daß der arme Offizier, der sich in P. als einen kühnen, zu allem bereiten Helden gesehen hatte, in Duwanka zu einem jämmerlichen Feigling wurde. Vor einem Monat war er auf die jungen Leute aus dem Kadettenkorps gestoßen und reiste seitdem sehr langsam, da er diese Tage als die letzten seines Lebens betrachtete, untersuchte auf jeder Station das Bett, den Vorratskeller, spielte Preference, las zum Zeitvertreib das Beschwerdebuch und freute sich, wenn er keine Pferde bekam.
Er wäre tatsächlich ein Held geworden, wenn er von P. direkt auf die Bastionen gekommen wäre, aber jetzt mußte er noch viele moralische Leiden durchmachen, um in Kampf und Gefahr der ruhige, geduldige Mensch zu werden, als den wir den russischen Offizier zu sehen gewohnt sind. Aber Enthusiasmus konnte man kaum noch in ihm erwecken.

6

»Wer hat den Borschtsch bestellt?« rief die ziemlich schmutzige Wirtin, eine dicke, etwa vierzigjährige Frau, die mit einer Schüssel Suppe ins Zimmer trat.
Das Gespräch verstummte sogleich, und alle im Zimmer Anwesenden richteten ihre Augen auf die Wirtin.

Der Offizier aus P. sah sie spöttisch an und zwinkerte dem jungen Offizier zu.
»Ach, die hat Koselzow bestellt«, sagte der junge Offizier; »wir müssen ihn wecken. Steh auf und iß zu Mittag«, rief er, ging auf den jungen Mann zu, der auf dem Sofa schlief, und rüttelte ihn an der Schulter.
Ein junger Mensch von ungefähr siebzehn Jahren mit munteren schwarzen Augen und roten Backen sprang energisch vom Sofa auf, rieb sich die Augen und blieb mitten im Zimmer stehen.
»Ach, entschuldigen Sie, bitte!« sagte er zu dem Arzt, den er beim Aufstehen gestoßen hatte.
Der Leutnant Koselzow hatte sofort seinen Bruder erkannt und trat zu ihm.
»Erkennst du mich nicht?« fragte er lächelnd.
»Ah-ah-ah!« rief der jüngere Bruder. »Das ist ja wunderbar!« Und er begann den Bruder zu küssen.
Sie küßten sich dreimal; aber beim dritten Mal hielten sie unwillkürlich einen Augenblick inne, als ob ihnen beiden der Gedanke käme: warum muß es gerade dreimal sein?
»Na, wie freue ich mich!« sagte der Ältere, indem er seinen Bruder betrachtete. »Wir wollen vor die Haustür gehen und miteinander reden.«
»Ja, komm! Ich mag die Suppe nicht... iß du sie, Federson!« sagte er zu seinem Kameraden.
»Aber du wolltest doch essen.«
»Ich mag nichts.«
Als sie vor die Haustür gekommen waren, fragte der Jüngere seinen Bruder immerzu: »Nun, was machst du, wie geht es dir, erzähle!« und wiederholte mehrmals, wie sehr er sich freue, ihn zu sehen; er selbst erzählte jedoch nichts.
Während der fünf Minuten, die inzwischen vergangen waren, hatten sie schon eine Weile geschwiegen, und jetzt fragte Leutnant Koselzow seinen Bruder, warum er nicht bei der Garde eingetreten sei, was doch alle erwartet hätten.

»Ach, ja!« antwortete der Jüngere errötend. »Das hat mich furchtbar getroffen, und ich habe wirklich nicht erwartet, daß es geschehen könnte. Stell dir vor, unmittelbar vor der Ausmusterung gingen wir zu dritt rauchen – du kennst doch das kleine Zimmer hinter der Portiersloge, bei euch wird es wohl genauso gewesen sein –, aber kannst du dir vorstellen? Diese Kanaille von Portier sah uns, rannte sofort zum Offizier vom Dienst und erzählte es ihm; dabei hatten wir dem Portier ein paarmal Trinkgeld gegeben. Der Offizier schlich sich heran; als wir ihn sahen, warfen die anderen die Zigaretten weg und rissen durch die Nebentür aus, weißt du, aber ich kam nicht mehr dazu. Er sagte mir einige Grobheiten, die ich mir natürlich nicht gefallen ließ; er meldete es dem Direktor, und dann gings los. Ich bekam eine schlechte Note im Betragen, während alle anderen ausgezeichnet waren, außer Mechanik. Ich wurde in die Armee ausgemustert. Dann versprachen sie mich zur Garde zu versetzen, aber ich wollte nicht mehr und meldete mich an die Front.«

»So war das also!«

»Ja, ich sage dir allen Ernstes, alles war mir so zuwider, daß ich so schnell wie möglich nach Sewastopol wollte. Wenn ich hier ein bißchen Glück habe, kann ich schneller vorankommen als bei der Garde. Dort braucht man zehn Jahre bis zum Oberst, aber hier ist Totleben in zwei Jahren vom Oberstleutnant zum General avanciert. Na, und wenn ich falle, dann ist halt nichts zu machen!«

»So einer bist du also!« sagte der Bruder lächelnd.

»Aber weißt du, Bruder«, fuhr der Jüngere lächelnd fort und errötete, als wollte er etwas sehr Heikles sagen, »das ist alles ganz unwichtig. Ich habe hauptsächlich deshalb darum gebeten, weil man sich gewissermaßen schämt, in Petersburg zu leben, während die anderen hier für das Vaterland sterben«, fügte er noch verlegener hinzu.

»Was bist du für ein komischer Kerl!« sagte der ältere Bruder, ohne ihn anzusehen, und zog sein Zigarettenetui aus der Tasche. »Nur schade, daß wir nicht zusammen sein können.«

»Sag mal ganz offen: ist es auf den Bastionen wirklich so schrecklich?« fragte der Jüngere unvermittelt.

»Zuerst ist es schrecklich, dann gewöhnt man sich dran und macht sich nichts mehr daraus. Du wirst ja selbst sehen.«

»Und noch eins: was meinst du – werden sie Sewastopol nehmen? Ich glaube, daß sie es um keinen Preis bekommen werden.«

»Das mag Gott wissen.«

»Nur eins ist ärgerlich – denk dir, so ein Pech: unterwegs ist uns ein ganzes Bündel gestohlen worden, in dem mein Tschako war. Jetzt bin ich in einer schrecklichen Lage und weiß nicht, wie ich mich dort vorstellen soll.«

Koselzow II, Wladimir, war seinem Bruder Michail sehr ähnlich, aber so ähnlich wie eine aufbrechende Knospe einer verblühten Rose. Er hatte ebenfalls dunkelblondes Haar; aber es war dicht und an den Schläfen gelockt. An dem weißen, zarten Nacken bildete es ein dunkelblondes Zöpfchen – ein Glückszeichen, wie die Kinderfrauen sagen. Eine vollblütige, jugendliche Röte lag nicht dauernd auf der zarten, weißen Haut seines Gesichtes, sondern flammte ab und zu auf und verriet alle Regungen seiner Seele. Er hatte dieselben Augen wie sein Bruder, aber sie wirkten offener und heller, weil sie oft ein wenig feucht schimmerten. Ein blonder Flaum sproßte auf den Wangen und über den roten Lippen, die sich sehr oft zu einem schüchternen Lächeln verzogen und dann die weißen, blitzenden Zähne sehen ließen. Schlank, breitschultrig, im offenen Mantel, unter dem sein rotes russisches Hemd zu sehen war, mit der Zigarette in der Hand, den Ellbogen auf das Geländer der Vortreppe gestützt, mit einer naiven Freude im Gesicht und in allen Bewegungen, war er ein so reizender, hübscher junger Mann, daß man ihn immerzu hätte anschauen mögen. Er freute sich außerordentlich, seinen Bruder zu sehen, und blickte voller

Achtung und Stolz zu ihm auf, da er ihn für einen Helden hielt. Aber in mancher Hinsicht, was gesellschaftliche Bildung (die er selbst, um die Wahrheit zu sagen, auch nicht besaß), Französischsprechen, Umgang mit vornehmen Leuten, Tanzen und so weiter betraf, schämte er sich seiner ein wenig, sah von oben auf ihn herab und hoffte, ihn noch etwas erziehen zu können. Er stand noch ganz unter dem Einfluß von Eindrücken, die er in Petersburg im Haus einer Dame empfangen hatte, die hübsche junge Leute gern hatte und ihn feiertags immer einlud, und im Haus eines Senators in Moskau, wo er einmal auf einem großen Ball getanzt hatte.

7

Nachdem sich die Brüder ausgesprochen hatten, überkam sie jenes Gefühl, das man oft empfindet, wenn man einander zwar herzlich liebt, aber wenig Gemeinsames miteinander hat: sie schwiegen ziemlich lange.

»Nimm doch deine Sachen und fahr gleich mit mir«, sagte der Ältere. Der Jüngere wurde plötzlich ganz rot und verlegen.

»Direkt nach Sewastopol fahren?« fragte er nach einer kurzen Pause.

»Nun ja. Du hast ja nur wenig Sachen; ich denke, die werden wir unterbringen können.«

»Schön! Dann wollen wir gleich abfahren«, sagte der Jüngere seufzend und ging ins Zimmer.

Aber er blieb im Flur stehen, ohne die Tür zu öffnen, ließ traurig den Kopf hängen und dachte:

›Jetzt gleich nach Sewastopol, in diese Hölle – entsetzlich! Na, schließlich ist es gleich, einmal muß es ja doch sein. Jetzt fahre ich wenigstens mit dem Bruder...‹

Die Sache war die: erst jetzt, bei dem Gedanken, daß er sich in den Wagen setzen und, ohne noch einmal auszusteigen, nach Sewastopol durchfahren werde und daß kein Zufall ihn mehr zurückhalten könne, trat ihm die Gefahr, die er gesucht hatte, deutlich vor Augen, und er verlor beim bloßen Gedanken an ihre Nähe den Kopf. Als er sich etwas beruhigt hatte, ging er ins Zimmer, aber eine Viertelstunde verstrich, ohne daß er zu seinem Bruder zurückkam; schließlich machte der Leutnant die Tür auf, um ihn zu rufen. Der jüngere Koselzow sprach mit der Miene eines Schülers, der etwas angestellt hat, mit dem Offizier aus P. Als sein Bruder die Tür öffnete, verlor er vollständig die Fassung.

»Gleich; ich komme gleich!« sagte er und winkte dem Bruder mit der Hand ab. »Bitte, warte draußen auf mich.«

Eine Minute später kam er wirklich heraus und ging mit einem tiefen Seufzer auf seinen Bruder zu.

»Denk dir, ich kann nicht mit dir fahren, Bruder«, sagte er.

»Wieso? So ein Unsinn!«

»Ich will dir die ganze Wahrheit sagen, Mischa! Wir haben alle kein Geld mehr und haben bei diesem Stabskapitän aus P. Schulden gemacht. Es ist mir furchtbar peinlich.«

Der ältere Bruder machte ein finsteres Gesicht und schwieg lange.

»Bist du ihm viel schuldig?« fragte er endlich und sah den Bruder von unten her an.

»Ja ... nein, nicht sehr viel; aber ich schäme mich schrecklich. Er hat auf drei Stationen für mich bezahlt, und sein ganzer Zucker ist draufgegangen ... ich weiß also nicht ... und außerdem haben wir Preference gespielt ... auch dabei bin ich ihm ein bißchen Geld schuldig geblieben.«

»Das ist ja scheußlich, Wolodja! Was hättest du gemacht, wenn du mich nicht getroffen hättest?« fragte der Ältere streng, ohne den Bruder anzusehen.

»Ich habe gedacht, daß ich in Sewastopol mein Reisegeld bekommen würde; dann hätte ich es ihm zurückgegeben. So kann ich es doch machen, und deshalb fahre ich lieber morgen mit ihm zusammen.«

Der ältere Bruder holte seinen Geldbeutel aus der Tasche

und zog mit ein wenig zitternden Fingern zwei Zehnrubelscheine und einen Dreirubelschein heraus.

»Das ist mein ganzes Geld«, sagte er. »Wieviel bist du schuldig?«

Wenn der ältere Koselzow sagte, das sei all sein Geld, so entsprach das nicht ganz der Wahrheit: er besaß noch vier Goldstücke, die für den Notfall in den Ärmelaufschlag eingenäht waren, aber er hatte sich vorgenommen, sie unter keinen Umständen anzurühren.

Es stellte sich heraus, daß der jüngere Koselzow dem Offizier aus P. samt Preference und Zucker nur acht Rubel schuldete. Der Bruder gab sie ihm und bemerkte dabei, wenn man kein Geld habe, dürfe man eben nicht Preference spielen.

Der jüngere Bruder erwiderte kein Wort. Die Frage kam ihm wie ein Zweifel an seiner Ehrenhaftigkeit vor. Der Ärger über sich selbst, die Scham über eine Handlung, die seinen Bruder, den er doch so sehr liebte, zu einem solchen Verdacht und einer solchen Kränkung veranlaßten, riefen in seiner feinfühligen Natur ein so schmerzliches Gefühl hervor, daß er keine Antwort gab. Er fühlte, daß er das Schluchzen, das ihm in der Kehle aufstieg, nicht unterdrücken konnte, nahm das Geld, ohne hinzusehen, und ging zu seinen Kameraden.

8

Nikolajew hatte sich in Duwanka mit zwei Maß Schnaps gestärkt, den er von einem Soldaten an der Brücke gekauft hatte; er zog die Zügel an, und der Wagen ratterte den steinigen, stellenweise schattigen Weg dahin, der an dem Fluß Belbek entlang nach Sewastopol führte. Die Brüder saßen so nahe nebeneinander, daß sie sich fortwährend mit den Beinen stießen; sie schwiegen hartnäckig, obwohl jeder von ihnen nur an den anderen dachte.

›Warum hat er mich beleidigt‹, dachte der Jüngere; ›konnte

er diese Bemerkung nicht unterdrücken? Gerade als hielte er mich für einen Dieb; er ist anscheinend immer noch böse auf mich, und jetzt sind wir für alle Zeiten miteinander zerfallen. Und wie herrlich könnten wir beide zusammen in Sewastopol leben! Zwei Brüder, durch Freundschaft miteinander verbunden, kämpfen beide gegen den Feind; der ältere ist zwar nicht sehr gebildet, aber ein tapferer Soldat, und der andere ist noch jung, aber auch ein wackerer Bursche... In einer Woche hätte ich allen bewiesen, daß ich kein grüner Junge mehr bin! Ich werde nicht mehr erröten, ich werde männliche Züge bekommen, und mein Schnurrbart wird bis dahin ordentlich gewachsen sein‹ – und er zupfte an dem Flaum, der ihm unter der Nase sproßte. ›Vielleicht komme ich heute gleich nach der Ankunft ins Gefecht, mit dem Bruder zusammen. Er muß sehr standhaft und tapfer sein, so einer, der nicht viel redet, aber mehr tut als die anderen. Ich möchte gern wissen‹, fuhr er fort zu denken, ›ob er mich absichtlich oder unabsichtlich ganz an den Rand des Wagens drückt. Er fühlt gewiß, daß ich unbequem sitze, tut aber so, als bemerkte er mich gar nicht. Heute kommen wir also an‹, überlegte er weiter, wobei er sich ganz an den Wagenrand setzte und jede Bewegung vermied, um den Bruder nicht merken zu lassen, wie unbequem er saß, ›und dann gehen wir geradewegs auf die Bastion: ich mit den Geschützen und der Bruder mit seiner Kompanie, aber wir gehen zusammen hin. Auf einmal stürzen die Franzosen auf uns los. Ich schieße und schieße und strecke furchtbar viele Franzosen nieder, aber sie laufen trotzdem gerade auf mich zu. Ich kann nicht mehr schießen, alles ist aus; und für mich gibt es keine Rettung mehr; da kommt plötzlich mein Bruder mit gezogenem Säbel herbeigelaufen; ich packe ein Gewehr, und wir stürmen zusammen mit unseren Soldaten vor. Die Franzosen werfen sich auf meinen Bruder. Ich eile herbei, schlage einen tot und dann noch einen und rette meinen Bruder. Ich werde an der rechten Hand verwundet, aber ich nehme das Gewehr in die andere und stürme trotzdem weiter. Da wird mein Bruder an meiner Seite durch eine Kugel getötet. Ich bleibe einen Augenblick stehen, sehe ihn traurig an, richte mich auf und rufe: ‚Mir nach; wir wollen ihn rächen! Ich habe meinen Bruder über alles in der Welt geliebt', sage ich, ‚und habe ihn verloren. Wir müssen ihn rächen; wir wollen die Feinde vernichten oder alle hier sterben!' Alle schreien und stürzen mir nach. Da rückt die ganze französische Armee heran, Pelissier selbst. Wir machen sie alle nieder, aber schließlich werde ich zum zweiten, zum dritten Mal verwundet und falle sterbend zu Boden. Alle laufen auf mich zu. Gortschakow kommt und fragt mich, ob ich noch einen Wunsch hätte. Ich antworte, ich hätte keinen anderen Wunsch mehr, als neben meinen Bruder gelegt zu werden; ich wolle mit ihm zusammen sterben. Ich werde aufgehoben und neben die blutüberströmte Leiche meines Bruders gelegt. Ich richte mich noch einmal auf und sage nur: ‚Ja, ihr habt zwei Menschen nicht zu würdigen verstanden, die das Vaterland wahrhaft geliebt haben; jetzt sind sie beide gefallen; Gott möge euch verzeihen!', und dann sterbe ich.‹

Wer weiß, inwieweit diese Träume Wirklichkeit werden!

»Sag mal, bist du denn schon einmal im Nahkampf gewesen?« fragte er seinen Bruder plötzlich und vergaß ganz, daß er nicht mit ihm reden wollte.

»Nein, kein einziges Mal«, antwortete der Ältere. »In unserem Regiment sind zweitausend Mann gefallen oder verwundet worden, alle bei den Arbeiten, und ich bin auch bei der Arbeit verwundet worden. Im Krieg geht es ganz anders zu, als du denkst, Wolodja.«

Die Anrede ›Wolodja‹ rührte den jüngeren Bruder; er wollte sich mit dem Älteren aussprechen, der keine Ahnung hatte, daß Wolodja sich von ihm beleidigt fühlte.

»Bist du mir böse, Mischa?« fragte er nach einer Weile.

»Warum denn?«

»Ach, nur so... wir hatten doch vorhin... Also nicht?«
»Nicht im geringsten«, sagte der Ältere, wandte sich zu ihm und klopfte ihm aufs Knie.
»Also verzeih mir, Mischa, wenn ich dich gekränkt habe.« Und der jüngere Bruder wandte sich ab, um die Tränen zu verbergen, die ihm plötzlich in die Augen traten.

9

»Ist das wirklich schon Sewastopol?« fragte der jüngere Bruder, als sie auf den Berg kamen.
Vor ihnen tat sich die Bucht mit den Masten der Schiffe auf, das Meer mit der fernen feindlichen Flotte, die weißen Strandbatterien, die Kasernen, die Wasserleitungen, die Docks und die Gebäude der Stadt und die weiß und violetten Rauchwölkchen, die fortwährend auf den gelben Anhöhen aufstiegen, die die Stadt umgeben. Diese Anhöhen hoben sich vom blauen Himmel ab, beleuchtet von den rosa Strahlen der Sonne, die sich funkelnd in dem dunklen Meer widerspiegelte und sich zum Horizont neigte.
Wolodja erblickte ohne das geringste Zittern diesen furchtbaren Ort, an den er so viel gedacht hatte; im Gegenteil: mit ästhetischem Genuß und einem heldenhaften Gefühl der Selbstzufriedenheit, daß nun auch er in einer halben Stunde dort sein werde, betrachtete er dieses wirklich reizvolle, originelle Schauspiel mit gespannter Aufmerksamkeit, bis sie an der Nordseite der Bucht zum Train des Regiments seines Bruders kamen, wo sie genaue Auskunft über den Standort des Regiments und der Batterie zu erhalten hofften.
Der Offizier, der den Train befehligte, wohnte bei dem sogenannten neuen Städtchen (Holzbaracken, die Matrosenfamilien errichtet hatten) in einem Zelt, das mit einer ziemlich großen Laubhütte verbunden war; sie bestand aus Eichenzweigen, die noch nicht ganz vertrocknet waren.

Die Brüder trafen den Offizier an einem mit Zigarettenasche bestreuten Klapptisch, auf dem ein Glas mit kaltem Tee und ein Tablett mit Schnaps, vertrockneten Kaviarresten und Brot standen. Er trug ein schmutziges gelbes Hemd und zählte an einem großen Rechenbrett einen gewaltigen Haufen Banknoten. Doch bevor wir die Persönlichkeit dieses Offiziers und seine Unterhaltung mit den beiden Brüdern schildern, müssen wir uns das Innere seiner Laubhütte unbedingt genauer ansehen und uns ein wenig mit seiner Lebensweise und seiner Beschäftigung vertraut machen. Die neue Hütte war groß, dicht geflochten, bequem und mit geflochtenen Tischchen und Rasenbänken ausgestattet, wie man es sonst nur für Generale und Regimentskommandeure macht. Damit die Blätter nicht herunterfielen, waren die Seiten und die Decke mit drei Teppichen behängt, die zwar sehr häßlich, aber neu und gewiß recht teuer waren. Auf dem eisernen Bett, das unter dem Hauptteppich mit der Darstellung einer Dame zu Pferd stand, lagen eine feuerrote Plüschdecke, ein schmutziges, zerrissenes Kissen und ein Waschbärpelz; auf dem Tisch sah man einen Spiegel in silbernem Rahmen, eine silberne, furchtbar schmutzige Bürste, einen zerbrochenen Hornkamm mit fettigen Haaren, einen silbernen Leuchter, eine Likörflasche mit einem riesigen rotgoldenen Etikett, eine goldene Uhr mit dem Bildnis Peters des Großen, zwei goldene Federn, eine kleine Schachtel mit Zündhütchen, eine Brotrinde und ein altes Kartenspiel. Unter dem Bett standen volle und leere Porterflaschen. Dieser Offizier hatte den Train des Regiments und die Verpflegung der Pferde unter sich. Mit ihm zusammen wohnte sein guter Freund, der Kommissionär, der alles Geschäftliche erledigte. Als die Brüder eintraten, schlief er gerade im Zelt, während der Trainoffizier mit der Monatsabrechnung der Staatsgelder beschäftigt war. Der Offizier war ein hübscher, martialisch aussehender Mann, hochgewachsen, mit einem gewaltigen Schnurrbart und stattlicher Körperfülle. Sein schwitzendes, aufgedunsenes Gesicht, in dem die kleinen grauen Augen kaum zu sehen waren (als wäre der ganze Kerl mit Porter gefüllt), und die außerordentliche Unsauberkeit – von den spärlichen, fettigen Haaren bis zu den großen nackten Füßen in Hermelinpantoffeln – wirkten allerdings recht unangenehm.

»So viel Geld, so viel Geld!« sagte der ältere Koselzow, als er in die Hütte trat, und heftete seine Blicke mit unwillkürlicher Gier auf den Haufen Banknoten. »Wenn Sie mir nur die Hälfte davon borgen würden, Wasilij Michailytsch!«

Als der Trainoffizier die Gäste sah, krümmte er sich wie ein ertappter Dieb, schob das Geld zusammen und verbeugte sich, ohne aufzustehen.

»Ja, wenn das alles meins wäre... aber es sind Staatsgelder, mein Lieber! Wen bringen Sie denn da mit?« fragte er mit einem Blick auf Wolodja und legte das Geld in eine Schatulle, die neben ihm stand.

»Das ist mein Bruder, er kommt aus dem Kadettenkorps. Wir möchten gern von Ihnen wissen, wo das Regiment steht.«

»Setzen Sie sich, meine Herren«, sagte er, stand auf und ging in das Zelt, ohne mit seinen Gästen besondere Umstände zu machen. »Wollen Sie nicht etwas trinken? Vielleicht Porter?« rief er.

»Das könnte nichts schaden, Wasilij Michailytsch!«

Wolodja war erstaunt über das selbstbewußte Auftreten des Trainoffiziers, sein lässiges Benehmen und den Respekt, mit dem sein Bruder ihn behandelte.

›Er ist sicher ein sehr guter Offizier, den alle achten; gewiß schlicht, sehr tapfer und gastfrei‹, dachte er und setzte sich bescheiden und schüchtern auf das Sofa.

»Also wo steht denn unser Regiment?« fragte der ältere Bruder ins Zelt hinüber.

»Was?«

Er wiederholte seine Frage.

»Heute war Seifer bei mir; er sagte, sie wären gestern auf die fünfte Bastion gekommen.«

»Wirklich?«

»Wenn ich es Ihnen sage, dann ist es schon so. Im übrigen mags der Teufel wissen! Dem Seifer kommt es auf eine Lüge mehr oder weniger nicht an. Na, wie ists, wollen Sie Porter trinken?«

»Meinetwegen, ich trinke ein Glas«, sagte Koselzow.

»Trinken Sie mit, Osip Ignatitsch?« fuhr die Stimme im Zelt fort, offenbar an den schlafenden Kommissionär gewandt. »Sie haben genug geschlafen, es ist bald acht.«

»Lassen Sie mich doch in Ruhe! Ich schlafe ja gar nicht«, antwortete ein träges, hohes Stimmchen.

»Na, stehen Sie doch auf! Ich langweile mich ohne Sie.« Und der Trainoffizier ging wieder zu den Gästen.

»Bring von dem Simferopoler Porter!« schrie er.

Ein Offiziersbursche, dessen Miene Wolodja sehr arrogant vorkam, trat in die Hütte und holte den Porter unter der Bank hervor, wobei er Wolodja anstieß.

»Ja, mein Lieber«, sagte der Trainoffizier, während er die Gläser füllte, »wir haben jetzt einen neuen Regimentskommandeur. Er braucht Geld, weil er sich ausstaffieren muß.«

»Na, das ist anscheinend ein ganz Besonderer, einer von der neuen Generation«, sagte Koselzow und griff ehrerbietig nach dem Glas.

»Ja, die neue Generation! Ein richtiger Geizhals ist er. Als er noch das Bataillon kommandierte, hat er geschrien und gebrüllt, aber jetzt singt er ein ganz anderes Liedchen. Jetzt darf er nicht mehr, mein Lieber.«

»Ja, so ists.«

Der jüngere Bruder hatte kein Wort von dem Gespräch der beiden verstanden, aber er hatte den Eindruck, daß sein Bruder nicht sagte, was er in Wahrheit dachte, und zwar nur deshalb, weil er den Porter dieses Offiziers trank.

Die Flasche war bereits ausgetrunken, und die Unterhaltung

hatte sich schon ziemlich lange in derselben Art hingezogen, als die Zeltvorhänge auseinandergeschlagen wurden und ein kleiner, frischer Mann in blauem Schlafrock mit Troddeln erschien; auf dem Kopf trug er eine Militärmütze mit rotem Rand und Kokarde. Beim Hereinkommen strich er über seinen schwarzen Schnurrbart, wobei er auf den Teppich blickte und die Verbeugungen der Offiziere mit einer kaum merklichen Bewegung seiner Schultern erwiderte.

»Gib mir auch ein Gläschen zu trinken«, sagte er und setzte sich an den Tisch. »Sie kommen wohl aus Petersburg, junger Mann?« fragte er Wolodja freundlich.

»Ja, ich gehe nach Sewastopol.«

»Haben Sie selbst darum gebeten?«

»Ja.«

»Ein seltsamer Wunsch, meine Herren! Mir ganz unverständlich!« fuhr der Kommissionär fort. »Ich glaube, ich würde jetzt gern zu Fuß nach Petersburg gehn, wenn man mich von hier fortließe. Weiß Gott, ich hab dies verfluchte Leben satt.«

»Inwiefern geht es Ihnen denn hier so schlecht?« fragte der ältere Koselzow. »Sie führen doch wahrhaftig ein herrliches Leben!«

Der Kommissionär sah ihn an und wandte sich ab.

»Diese Gefahren« – ›von was für Gefahren redet er denn, wenn er hier auf der Nordseite sitzt?‹ dachte Koselzow – »diese Entbehrungen – nichts ist hier zu kriegen«, fuhr er zu Wolodja gewandt fort. »Was haben Sie denn davon, wenn Sie hier sind, ich verstehe Sie einfach nicht. Wenn Sie noch irgendeinen Vorteil davon hätten, aber so? Ist es vielleicht schön, wenn man in Ihrem Alter fürs ganze Leben zum Krüppel gemacht wird?«

»Der eine trachtet nur nach Gewinn, der andere dient der Ehre willen«, mischte sich ärgerlich der ältere Koselzow ein.

»Was für eine Ehre, wenn man nichts zu essen hat!« sagte der Kommissionär verächtlich lachend und wandte sich an den Trainoffizier, der ebenfalls lachte. »Laß doch mal die ›Lucia‹ spielen«, sagte er und zeigte auf die Spieldose, »ich höre sie so gern.«

»Sag mal, ist dieser Wasilij Michailytsch eigentlich ein guter Mensch?« fragte Wolodja seinen Bruder, als sie – es dämmerte bereits – aus der Laubhütte traten und nach Sewastopol weiterfuhren.

»Es geht, aber er ist ein Geizhals, einfach furchtbar. Dabei hat er fast dreihundert Rubel im Monat! Aber er lebt wie ein Schwein, wie du gesehen hast. Diesen Kommissionär kann ich nicht ausstehen, den verprügle ich noch einmal. Diese Kanaille hat an die zwölftausend aus der Türkei heimgebracht...« Und Koselzow begann sich über den Wucher auszulassen, um die Wahrheit zu sagen: ein wenig mit dem Ärger eines Menschen, der den Wucher nicht deshalb verurteilt, weil er etwas Böses ist, sondern weil er sich ärgert, daß es Leute gibt, die durch Wucherzinsen reich werden.

10

Wolodja war nicht gerade niedergeschlagen, aber doch etwas beklommen, als sie bei Einbruch der Nacht zu der großen Brücke kamen, die über die Bucht führt. Alles, was er hier sah und hörte, stimmte wenig mit den Eindrücken überein, die er vor kurzem empfangen hatte: mit dem großen, hellen, parkettierten Prüfungssaal, den munteren Stimmen und dem Lachen der Kameraden, der neuen Uniform, dem vergötterten Zaren, den er sieben Jahre lang immer wieder gesehen und der sie beim Abschied mit Tränen in den Augen seine Kinder genannt hatte – und alles, was er hier sah, hatte so wenig Ähnlichkeit mit seinen schönen, hoffnungsvollen, stolzen Träumen.

»Na, da wären wir ja!« sagte der ältere Bruder, als sie an der Michailow-Batterie aus dem Wagen stiegen. »Wenn man uns über die Brücke läßt, gehen wir gleich in die Nikolaj-

Kaserne. Du bleibst bis morgen dort, und ich gehe zum Regiment und erkundige mich, wo deine Batterie steht. Morgen hole ich dich dann ab.«

»Warum denn? Wir wollen doch lieber zusammen gehen«, sagte Wolodja. »Ich gehe mit dir auf die Bastion. Jetzt ist doch alles gleich, ich muß mich ja daran gewöhnen. Wenn du hingehst, kann ich es auch.«

»Geh lieber nicht mit.«

»Doch, bitte, dann sehe ich wenigstens, wie...«

»Ich würde dir raten, nicht mitzukommen, aber meinetwegen...«

Der Himmel war dunkel und klar; die Sterne und die ununterbrochen aufblitzenden Feuer der Granaten und Schüsse leuchteten hell in der Finsternis. Der große weiße Würfel der Batterie und der Anfang der Brücke traten aus dem Dunkel hervor. Buchstäblich jede Sekunde erschütterten Kanonenschüsse oder Explosionen die Luft: sie folgten schnell aufeinander oder erklangen gleichzeitig und wurden immer lauter und deutlicher. Durch dieses Getöse hindurch hörte man wie zur Begleitung das dumpfe Brausen der Wogen. Vom Meer her wehte ein leichter Wind, und es roch nach Feuchtigkeit.

Die Brüder gingen zur Brücke. Ein Landwehrmann schlug ungeschickt das Gewehr auf sie an und rief:

»Wer da?«

»Soldat.«

»Es ist verboten, jemand durchzulassen.«

»Na, so was! Wir müssen hinüber.«

»Fragen Sie den Offizier!«

Der Offizier, der im Halbschlaf auf einem Anker saß, richtete sich auf und befahl, die beiden durchzulassen. »Hinüber dürft ihr, herüber nicht. Wo wollt ihr hin? Nicht alle auf einmal!« schrie er mehreren hoch mit Schanzkörben beladenen Regimentsfuhrwerken zu, die sich an der Brücke drängten.

Die Brüder gingen zum ersten Ponton hinunter und stießen auf einen Trupp Soldaten, die laut redend von der anderen Seite kamen.

»Wenn er seine Equipierungsgelder bekommen hat, dann stimmt die Rechnung – so ists!«

»Ach, Brüder«, sagte eine andere Stimme, »wenn man auf die Nordseite hinüberkommt, meint man, man wäre in einer anderen Welt. Hier ist eine ganz andere Luft!«

»Schwatz keinen Unsinn!« sagte der erste. »Neulich ist hier so eine verdammte Granate hergeflogen und hat gleich zwei Matrosen die Beine abgerissen, also sag lieber nichts.«

Die Brüder gingen über den ersten Ponton; auf dem zweiten, der stellenweise schon unter Wasser stand, warteten sie auf ihren Wagen. Auf dem Festland war ihnen der Wind ziemlich schwach vorgekommen, aber hier war er stark und böig; die Brücke schaukelte, und die Wellen, die dumpf an die Balken schlugen und sich an den Ankern und Tauen teilten, überfluteten die Bohlen. Rechts rauschte, in feindseligen Nebel gehüllt, das dunkle Meer, das sich am Horizont als endlose, gerade, schwarze Linie von dem hellgrau schimmernden Sternenhimmel abhob; in der Ferne leuchteten die Lichter der feindlichen Flotte; links lag die schwarze Masse eines unserer Schiffe, und man hörte die Wellen an ihren Bord schlagen; ein Dampfer wurde sichtbar, der geräuschvoll und schnell von der Nordseite abfuhr. Das Feuer eines in seiner Nähe explodierenden Geschosses beleuchtete für einen Augenblick die auf dem Verdeck hoch aufgeschichteten Schanzkörbe, die beiden Matrosen, die oben standen, und den weißen Schaum und die Spritzer der grünlichen Wellen, die der Dampfer durchschnitt. Auf dem Brückenrand saß ein Matrose im bloßen Hemd, ließ die Beine ins Wasser hängen und arbeitete mit einem Beil an dem Ponton. Vor ihnen, über Sewastopol, flammten noch immer dieselben Feuer auf, und immer lauter drangen die furchtbaren Töne herüber. Eine vom Meer heraneilende Welle überflutete die rechte Seite der Brücke und benetzte Wolodjas Füße; zwei Soldaten wateten im Wasser an ihm vorüber. Plötzlich erhellte etwas mit lautem Krachen die Brücke vor ihnen, das Fuhrwerk und den Reiter darauf, und die Splitter fielen pfeifend in das hoch aufspritzende Wasser.

»Ah, Michailo Semjonowitsch!« sagte der Reiter und hielt sein Pferd vor dem älteren Koselzow an. »Sind Sie wieder ganz gesund?«

»Wie Sie sehen. Wo wollen Sie denn hin?«

»Nach der Nordseite, um Patronen zu holen; ich vertrete ja jetzt den Regimentsadjutanten... Wir erwarten von Stunde zu Stunde einen Sturmangriff und haben keine fünf Patronen mehr im Sack. Eine ausgezeichnete Organisation!«

»Wo ist denn Marzow?«

»Gestern hat ihm eine Granate den Fuß weggerissen... Er schlief in der Stadt, in seinem Zimmer... Sie kennen ihn wohl? Er ist jetzt auf dem Verbandsplatz.«

»Das Regiment ist auf der fünften, nicht wahr?«

»Ja, es hat die M-zer abgelöst. Gehen Sie doch zum Verbandsplatz; da finden Sie Leute von unserem Regiment, die können Sie hinführen.«

»Ist mein Quartier auf der Morskaja noch unversehrt?«

»Ach, mein Lieber! dort ist alles schon längst von Granaten zerstört. Sie werden Sewastopol nicht wiedererkennen; hier gibt es keine Frauen mehr, keine Kneipen, keine Musik. Gestern ist der letzte Gastwirt fortgezogen. Es ist furchtbar trübselig geworden... Leben Sie wohl!«

Der Offizier ritt im Trab weiter.

Plötzlich überkam Wolodja eine furchtbare Angst; ihm war, als müsse jeden Augenblick eine Kanonenkugel oder ein Sprengstück auf ihn zugeflogen kommen und ihn gerade am Kopf treffen. Diese feuchte Dunkelheit, dieses Getöse, besonders das dumpfe Plätschern der Wellen – das alles schien ihm zu sagen, er solle nicht weitergehen, es erwarte ihn hier nichts Gutes, sein Fuß werde nie mehr russischen Boden jen-

seits der Bucht betreten; am liebsten wäre er auf der Stelle umgekehrt und irgendwohin gelaufen, so weit wie möglich fort von diesem furchtbaren Ort des Todes. ›Aber vielleicht ist es schon zu spät, vielleicht ist schon alles entschieden‹, dachte er und erschauerte, teils bei diesem Gedanken, teils deshalb, weil ihm das Wasser durch die Stiefel gedrungen war und seine Füße naß gemacht hatte.
Wolodja seufzte tief und trat etwas von seinem Bruder zurück. »O Gott, werde ich wirklich fallen, gerade ich? Herr, erbarme dich meiner!« flüsterte er und bekreuzigte sich.
»Na, komm, Wolodja!« sagte der ältere Bruder, als ihr Wagen auf die Brücke fuhr. »Hast du die Granate gesehen?«
Auf der Brücke begegneten den Brüdern Fuhrwerke mit Verwundeten, mit Schanzkörben, eines mit Möbeln, das von einer Frau gelenkt wurde. Am anderen Ende der Brücke hielt sie niemand an.
Instinktiv gingen die Brüder dicht an der Mauer der Nikolajew-Batterie; schweigend horchten sie auf die Töne der Geschosse, die hier schon über ihren Köpfen explodierten, und auf das Sausen der Sprengstücke; so gelangten sie zu der Stelle der Batterie, wo das Heiligenbild stand. Hier erfuhren sie, daß die fünfte leichte Batterie, zu der Wolodja versetzt war, in der Korabelnaja stand, und beschlossen, trotz der Gefahr zusammen auf der fünften Bastion zu übernachten und dann am nächsten Tag von dort zur Batterie zu gehen. Sie bogen in einen Gang ein, stiegen über die Beine der Soldaten hinweg, die längs der ganzen Batteriewand schliefen, und kamen endlich auf den Verbandsplatz.

11

Sie gingen in das erste Zimmer, das voller Pritschen mit Verwundeten stand und von einem beklemmenden, widerlichen Lazarettgeruch erfüllt war. Dort stießen sie auf zwei Barmherzige Schwestern, die ihnen entgegenkamen.

Die eine, eine Frau von ungefähr fünfzig Jahren, mit schwarzen Augen und strengem Gesicht, trug Verbände und Scharpie und erteilte einem jungen Menschen, einem Feldscher, der neben ihr ging, allerlei Anweisungen; die andere, ein sehr hübsches, blondes, etwa zwanzigjähriges Mädchen mit einem blassen, zarten Gesicht, das eigenartig reizend und hilflos aus dem weißen Häubchen hervorsah, ging, die Hände in den Taschen ihrer Schürze, hinter der älteren her und schien ängstlich darauf bedacht, nicht hinter ihr zurückzubleiben.
Koselzow wandte sich an die beiden mit der Frage, ob sie wohl wüßten, wo Marzow liege, dem gestern ein Fuß abgerissen worden sei.
»Er gehört wohl zum Regiment P.?« fragte die Ältere. »Ist er ein Verwandter von Ihnen?«
»Nein, ein Kamerad.«
»Führen Sie die Herren«, sagte sie zu der jungen Schwester auf französisch; »dort, auf dieser Seite.« Sie selbst ging mit dem Feldscher zu einem Verwundeten.
»So komm doch... was gaffst du denn?« sagte Koselzow zu Wolodja, der mit hochgezogenen Augenbrauen und schmerzlicher Miene dastand und sich von dem Anblick der Verwundeten nicht losreißen konnte. »Komm doch!«
Wolodja folgte dem Bruder, schaute sich aber fortwährend um und murmelte unwillkürlich: »Ach, mein Gott. Ach, mein Gott.«
»Der Herr ist gewiß noch nicht lange hier?« fragte die Schwester den älteren Koselzow mit einem Blick auf Wolodja, der stöhnend und seufzend hinter ihnen den Korridor entlangging.
»Er ist eben erst angekommen.«
Die hübsche Schwester blickte Wolodja an und brach plötzlich in Tränen aus. »Mein Gott, mein Gott, wann wird das alles ein Ende nehmen?« sagte sie verzweifelt. Sie kamen in den Offizierssaal. Marzow lag auf dem Rücken; die sehnigen, bis zu den Ellbogen nackten Arme hatte er unter den Kopf geschoben;

sein gelbes Gesicht sah aus, als bisse er die Zähne zusammen, um nicht vor Schmerz laut zu schreien. Den heilen Fuß, der in einem Strumpf steckte, hatte er unter der Decke hervorgestreckt, und man sah, wie er krampfhaft die Zehen bewegte.
»Nun, wie geht es Ihnen?« fragte die Schwester und hob mit ihren feinen, zarten Fingern, an deren einem Wolodja einen Ring sah, seinen kahlen Kopf hoch und rückte das Kissen zurecht. »Ihre Kameraden sind gekommen, Sie zu besuchen.«
»Natürlich habe ich Schmerzen«, erwiderte er ärgerlich. »Lassen Sie nur, es ist gut so.« Die Zehen im Strumpf bewegten sich noch schneller. »Guten Tag! Wie heißen Sie? Entschuldigen Sie...« sagte er zu dem älteren Koselzow. »Ach ja, verzeihen Sie! Hier vergißt man alles«, fuhr er fort, als dieser ihm seinen Namen genannt hatte. »Ich habe ja mit dir zusammengewohnt«, fügte er ohne jeden Ausdruck von Freude hinzu und sah dann Wolodja fragend an.
»Das ist mein Bruder; er ist heute aus Petersburg angekommen.«
»Hm! Aber ich habe mir jetzt die volle Pension verdient«, sagte er mit gerunzelter Stirn. »Ach, diese Schmerzen!... Wenn es nur bald zu Ende ginge, das wäre das beste.«
Er zog das Bein an, bewegte die Zehen noch schneller und krampfhafter und schlug die Hände vors Gesicht.
»Wir müssen ihn in Ruhe lassen«, flüsterte die Schwester mit Tränen in den Augen. »Es geht ihm sehr schlecht.«
Die Brüder hatten auf der Nordseite beschlossen, gemeinsam auf die fünfte Bastion zu gehen; als sie aber aus der Nikolajew-Batterie herauskamen, beschlossen sie, als wären sie stillschweigend übereingekommen, sich nicht sinnlos der Gefahr auszusetzen und jeder für sich allein zu gehen.
»Wirst du sie denn finden, Wolodja?« fragte der Ältere. »Übrigens, Nikolajew kann dich zur Korabelnaja führen. Ich gehe allein und komme dann morgen zu dir.«
Weiter wurde bei diesem letzten Abschied der beiden Brüder nichts gesprochen.

12

Der Kanonendonner dauerte mit unverminderter Stärke fort, aber die Katharinenstraße, die Wolodja, von dem schweigsamen Nikolajew gefolgt, entlangging, war öde und still. In der Finsternis sah er nur die breite Straße mit den weißen, an vielen Stellen zertrümmerten Mauern der großen Häuser und das steinerne Trottoir, auf dem er ging; ab und zu begegneten ihnen Soldaten und Offiziere. Als er auf der linken Seite an der Admiralität vorbeikam, sah er im Schein eines hellen Feuers, das hinter einer Mauer brannte, die am Trottoir entlang gepflanzten Akazien mit ihren grünen Stützpfählen und den spärlichen, verstaubten Blättern. Deutlich hörte er seine und Nikolajews Schritte, der schwer atmend hinter ihm ging.

Er dachte an nichts; die hübsche Barmherzige Schwester, Marzows Fuß mit den Zehen, die sich im Strumpfe bewegten, die Finsternis, die Granaten und die mannigfaltigen Bilder des Todes glitten verschwommen an seinem geistigen Auge vorüber. Sein jugendlich empfindsames Herz zog sich schmerzlich zusammen bei dem Bewußtsein, daß er völlig einsam dastehe und es allen Menschen ganz gleichgültig sei, welches Los ihn in der Gefahr treffe. ›Ich muß sterben, ich quäle mich, ich leide, und niemand weint um mich!‹ Und all das statt eines Heldenlebens voller Einsatzfreude und Bewunderung, das er sich in seinen Träumereien so herrlich ausgemalt hatte. Die Geschosse pfiffen und platzten in immer größerer Nähe, Nikolajew seufzte immer häufiger, sagte aber kein Wort. Als Wolodja über die Brücke ging, die nach der Korabelnaja hinüberführte, sah er, wie irgendein Ding nicht weit von ihm pfeifend in die Bucht flog, die violetten Wellen einen Augenblick lang purpurn beleuchtete, verschwand und dann wieder spritzend in die Höhe flog.

»Schau, sie ist nicht erstickt!« sagte Nikolajew heiser.

»Ja«, antwortete er unwillkürlich und zu seiner eigenen Überraschung mit hoher, weinerlicher Stimme.

Tragbahren mit Verwundeten kamen ihnen entgegen und wieder Regimentsfuhrwerke mit Schanzkörben; ein Regiment begegnete ihnen in der Korabelnaja; Reiter kamen an ihnen vorüber. Einer von ihnen war ein Offizier mit einem Kosaken. Er ritt Trab; als er Wolodja erblickte, hielt er sein Pferd vor ihm an, sah ihm ins Gesicht, wandte sich ab, gab seinem Pferd die Peitsche und ritt weiter. ›Allein, allein; allen Menschen ist es ganz gleichgültig, ob ich da bin oder nicht‹, dachte der arme Junge voller Entsetzen und hätte allen Ernstes am liebsten losgeweint.
Als er an einer hohen weißen Mauer entlang auf die Anhöhe gekommen war, gelangte er in eine Straße mit zerstörten kleinen Häuschen, die fortwährend von Granaten beleuchtet wurden. Ein betrunkenes, zerlumptes Weib, das mit einem Matrosen aus einem Pförtchen herauskam, stieß mit ihm zusammen.
»Denn wenn er ein anständiger Mensch wäre...« brummte sie. »Pardon, Euer Wohlgeboren, Herr Offizier!«
Immer mehr krampfte sich das Herz des armen Jungen zusammen, immer öfter flammten die Blitze an dem schwarzen Horizont auf, immer häufiger pfiffen die Granaten und krepierten in seiner Nähe.
Nikolajew seufzte und begann auf einmal mit ängstlich gedämpfter Stimme, wie es Wolodja schien, zu reden. »Da haben Sie es nun so eilig gehabt, aus dem Gouvernement herzukommen. Sie sind gefahren und gefahren. Nur schnell her! Ist auch gerade der richtige Ort. Manche gescheite Herren, die nur ein bißchen verwundet sind, bleiben schön im Lazarett. Besser als dort können sie's nirgends haben.«
»Na, warum? Wenn mein Bruder jetzt wieder ganz gesund ist...« antwortete Wolodja; er hoffte, durch ein Gespräch wenigstens das schreckliche Gefühl zu verscheuchen, das sich seiner bemächtigt hatte.
»Gesund! Was ist das für eine Gesundheit, wenn er durch und durch krank ist! Auch die, die wirklich gesund sind,

sollten in dieser Zeit lieber im Lazarett bleiben, wenn sie gescheit sind. Ist das hier vielleicht ein Vergnügen? Ein Arm oder ein Bein wird einem abgerissen – das ist alles! Wie leicht kann einem so ein Unglück passieren! Und hier in der Stadt ist es noch nicht einmal so schlimm wie auf der Bastion; da ist es ganz entsetzlich. Wenn man dorthin muß, kann man nur noch beten. So ein Biest! Wie dicht die an einem vorbeisaust!« fügte er hinzu und lauschte gespannt auf das Pfeifen eines vorbeifliegenden Splitters. »Und jetzt«, fuhr Nikolajew fort, »hat er mir befohlen, Euer Wohlgeboren zu führen. Unsereiner muß natürlich tun, was ihm befohlen ist. Aber unseren Wagen hat er dem ersten besten Soldaten überlassen, und das Bündel ist offen. Und da heißt es: ›Geh nur, geh!‹ Wenn aber etwas von den Sachen verlorengeht, muß Nikolajew dafür geradestehen!«
Nach einigen Schritten kamen sie auf einen Platz.
Nikolajew schwieg und seufzte.
»Da steht Ihre Artillerie, Euer Wohlgeboren!« sagte er auf einmal. »Fragen Sie nur den Posten; der wird Ihnen den Weg zeigen.«
Nach ein paar weiteren Schritten hörte Wolodja Nikolajews Seufzen nicht mehr hinter sich.
Er fühlte sich auf einmal vollständig allein, mutterseelenallein. Das Bewußtsein, daß er in der Gefahr – vor dem Tode, wie er meinte – ganz verlassen sei, legte sich ihm wie ein furchtbar schwerer, kalter Stein aufs Herz. Er blieb mitten auf dem Platz stehen, schaute sich um, ob ihn auch niemand sehe, faßte sich an den Kopf und murmelte entsetzt vor sich hin: ›Herrgott, bin ich denn ein Feigling? Ein elender, widerlicher, erbärmlicher Feigling? Bringe ich es wirklich nicht fertig, für das Vaterland und für den Zaren, für den ich noch vor kurzem begeistert mein Leben hingeben wollte, einen ehrenvollen Tod zu sterben? Nein! ich bin ein unglückliches, elendes Geschöpf!‹ Und mit einem Gefühl tiefer Verzweiflung und der Enttäuschung über sich selbst fragte er

den Posten nach dem Haus des Batteriechefs und schlug die ihm angegebene Richtung ein.

13

Das Quartier des Batteriechefs, das ihm der Posten gezeigt hatte, war ein kleines zweistöckiges Häuschen mit Eingang vom Hof aus. In einem mit Papier verklebten Fenster leuchtete der schwache Schein einer Kerze. Der Bursche saß vor der Haustür und rauchte seine Pfeife. Er meldete Wolodja beim Batteriechef und führte ihn hinein. Im Zimmer standen zwischen den Fenstern unter einem zerbrochenen Spiegel ein mit amtlichen Schriftstücken vollgepackter Tisch, ein paar Stühle und ein eisernes Bett mit sauberem Bezug und einem kleinen Teppich davor.
Dicht neben der Tür stand ein stattlicher Mann mit großem Schnurrbart, der Feldwebel, mit Seitengewehr und Mantel; an dem Mantel hing ein Kreuz und die ungarische Medaille. In der Mitte des Zimmers ging ein kleiner, etwa vierzigjähriger Stabsoffizier mit einer geschwollenen, verbundenen Backe in einem dünnen, alten Mantel auf und ab.
»Ich habe die Ehre mich zu melden, kommandiert zur fünften leichten Batterie, Fähnrich Koselzow II«, sagte Wolodja die auswendig gelernte Phrase her, als er ins Zimmer trat. Der Batteriechef erwiderte seine Verbeugung knapp und trocken und forderte ihn auf, Platz zu nehmen, ohne ihm die Hand zu reichen.
Wolodja setzte sich schüchtern auf einen Stuhl am Schreibtisch und drehte verlegen eine Schere hin und her, die ihm in die Finger geraten war, während der Batteriechef, die Hände auf dem Rücken und den Kopf gesenkt, noch immer schweigend auf und ab ging; nur ab und zu warf er einen Blick auf Wolodjas Hände, die mit der Schere spielten. Er machte ein Gesicht wie jemand, der sich an etwas zu erinnern sucht.

Der Batteriechef war ein ziemlich dicker Mann, mit einer großen Glatze, einem dichten Schnurrbart, der gerade herunterhing und den Mund bedeckte, und freundlichen braunen Augen. Er hatte schöne, saubere, weiche Hände und drehte die kleinen Füße beim Gehen stark auswärts; an seinem selbstsicheren, etwas stutzerhaften Gang sah man, daß der Batteriechef nicht zu den Schüchternen gehörte.
»Ja«, sagte er und blieb vor dem Feldwebel stehen, »den Munitionspferden müssen wir ab morgen ein Maß Hafer mehr geben, sonst werden sie zu mager. Was meinst du?«
»Das können wir schon, Euer Hochwohlgeboren! Jetzt ist der Hafer billiger geworden«, antwortete der Feldwebel, und seine Finger zuckten an den Hosennähten; offenbar hätte er seinen Worten gern mit Gesten nachgeholfen. »Und dann, Euer Hochwohlgeboren, hat mir unser Fourageur Frantschuk gestern von der Kolonne einen Zettel geschickt, wir sollten unbedingt dort Achsen kaufen; sie wären jetzt billig. Was befehlen Sie?«
»Kauft sie nur, er hat ja Geld.« Der Batteriechef ging wieder im Zimmer auf und ab. »Wo haben Sie denn ihre Sachen?« fragte er Wolodja und blieb vor ihm stehen. Der arme Wolodja wurde von dem Gedanken, daß er feige sei, derart beherrscht, daß er in jedem Blick, in jedem Wort die Verachtung eines erbärmlichen Feiglings zu lesen meinte. Ihm schien, als habe auch der Batteriechef sein Geheimnis bereits durchschaut und mache sich nun über ihn lustig. Er antwortete verlegen, seine Sachen seien auf der Grafskaja, und sein Bruder habe versprochen, sie ihm morgen zu schicken.
Aber der Oberstleutnant hörte kaum zu, wandte sich wieder an den Feldwebel und fragte:
»Wo sollen wir den Fähnrich unterbringen?«
»Den Fähnrich?« fragte der Feldwebel und warf Wolodja einen flüchtigen Blick zu; dieser Blick setzte Wolodja noch mehr in Verlegenheit, denn er schien die Frage auszudrükken: ›Was ist das schon für ein Fähnrich?‹ – »Hier unten,

Euer Hochwohlgeboren, bei dem Stabskapitän können Seine Wohlgeboren sich einquartieren«, fuhr er nach kurzer Überlegung fort. »Der Stabskapitän ist jetzt auf der Bastion; da ist sein Bett frei.«

»Ist Ihnen das fürs erste recht?« fragte der Batteriechef. »Sie werden sicher müde sein; morgen bringen wir Sie besser unter.«

Wolodja stand auf und verbeugte sich.

»Möchten Sie nicht Tee trinken?« sagte der Batteriechef, als Wolodja schon zur Tür ging. »Ich kann den Samowar aufstellen lassen.«

Wolodja verbeugte sich und ging hinaus. Der Bursche des Batteriechefs begleitete ihn nach unten und führte ihn in ein kahles, schmutziges Zimmer, in dem allerlei Kram herumlag und eine eiserne Bettstelle ohne Wäsche und Decke stand. Auf dem Bett schlief, mit einem dicken Mantel zugedeckt, ein Mann in einem rosa Hemd. Wolodja hielt ihn für einen Gemeinen.

»Peter Nikolajewitsch«, sagte der Bursche und rüttelte den Schlafenden an der Schulter. »Hier soll der Fähnrich schlafen... Das ist unser Junker«, fügte er, zu dem Fähnrich gewandt, hinzu.

»Ach, bitte, lassen Sie sich nicht stören!« sagte Wolodja; aber der Junker, ein hochgewachsener, stämmiger junger Mann mit hübschem, aber sehr dummem Gesicht, sprang auf, warf seinen Mantel um und verließ, offenbar noch nicht recht wach geworden, das Zimmer.

»Macht nichts; ich lege mich draußen hin«, murmelte er.

14

Wolodja war nun mit seinen Gedanken allein geblieben; sein erstes Gefühl war die Angst vor dem verworrenen, trostlosen Zustand, in dem sich seine Seele befand. Er wollte schlafen und seine ganze Umgebung vergessen, vor allem sich selber. Er löschte die Kerze aus, legte sich aufs Bett und zog sich den Mantel über den Kopf, um die Angst vor der Dunkelheit loszuwerden, der er schon von klein auf unterworfen war. Plötzlich durchzuckte ihn der Gedanke, eine Granate könnte geflogen kommen, das Dach durchschlagen und ihn töten. Er lauschte: gerade über seinem Kopf hörte er die Schritte des Batteriechefs.

›Wenn sie kommt‹, dachte er, ›wird sie zuerst die dort oben töten und dann erst mich; also wenigstens nicht mich allein.‹ Dieser Gedanke beruhigte ihn ein wenig, und er war schon am Einschlafen. ›Wenn aber Sewastopol plötzlich bei Nacht genommen wird und die Franzosen hier eindringen? Womit werde ich mich dann verteidigen?‹ Er stand wieder auf und ging im Zimmer auf und ab. Die Furcht vor einer wirklichen Gefahr erstickte die geheime Angst vor der Dunkelheit. Außer einem Sattel und einem Samowar war im Zimmer nichts Hartes vorhanden. ›Ich bin ein Schuft, ein Feigling, ein elender Feigling!‹ dachte er plötzlich und empfand von neuem jenes drückende Gefühl der Verachtung und des Abscheus vor sich selbst. Er legte sich wieder hin und versuchte an nichts zu denken. Doch bei dem ununterbrochenen Getöse, das die Scheiben in dem einzigen Fenster seines Zimmers erzittern ließ, tauchten die Eindrücke des Tages unwillkürlich von neuem in seinem Geiste auf und erinnerten ihn wieder an die Gefahr: bald sah er Verwundete und Blut vor sich, bald Granaten und Sprengstücke, die ins Zimmer geflogen kamen, bald die hübsche Krankenschwester, die ihm, dem Sterbenden, einen Verband anlegte, bald seine Mutter, die ihm in der Kreisstadt beim Abschied das Geleit gab und mit Tränen in den Augen inbrünstig vor dem wundertätigen Heiligenbilde betete – und er konnte wieder keinen Schlaf finden. Doch plötzlich kam ihm mit aller Klarheit der Gedanke an den gütigen, allmächtigen Gott, der alles vermag und jedes Gebet erhört. Er fiel auf die Knie, bekreuzigte sich und faltete die Hände so, wie man ihn in seiner Kindheit beten gelehrt hatte. Diese Gebärde versetzte ihn plötzlich in eine längst vergessene, tröstliche Stimmung. ›Wenn es sein muß, daß ich sterbe, wenn es sein muß, daß mein Dasein aufhört, so laß das geschehen, Herr‹, dachte er, ›laß es recht bald geschehen; doch wenn ich Tapferkeit und Festigkeit brauche, die ich nicht habe, so verleihe sie mir, bewahre mich vor Schmach und Schande, die ich nicht ertragen kann; lehre mich, was ich tun soll, um Deinen Willen zu erfüllen.‹

Seine kindliche, ängstliche, beschränkte Seele wurde plötzlich männlicher und hell und erblickte neue, weite, leuchtende Fernen. Noch vieles dachte und empfand er in der kurzen Zeitspanne, die diese Empfindung dauerte.

Bald darauf schlief er bei dem unaufhörlichen Krachen und Getöse des Bombardements und dem Klirren der Fensterscheiben ruhig und sorglos ein. –

Großer Gott! Nur Du allein hörst und kennst diese schlichten, aber heißen und verzweifelten Gebete der Einfalt, der unklaren Reue und des Leids, die von dieser furchtbaren Stätte des Todes zu Dir aufsteigen, angefangen von dem General, der noch vor einem Augenblick an das Georgskreuz am Halse gedacht hat und nun mit Bangen Deine Nähe fühlt, bis zu dem einfachen Soldaten, der sich auf dem nackten Boden der Nikolajew-Batterie wälzt und Dich anfleht, ihm dort oben für alle seine unverdienten Leiden die Belohnung zu geben, die er unbewußt vorausahnt. Ja, Du wirst nicht müde, die Bitten Deiner Kinder zu erhören, Du sendest ihnen stets einen tröstenden Engel, der ihren Herzen Geduld, das Gefühl der Schuld und die Freude der Hoffnung verleiht.

15

Der ältere Koselzow hatte auf der Straße einen Soldaten von seinem Regiment getroffen und ging nun mit ihm zusammen zur fünften Bastion.

»Halten Sie sich dicht an der Mauer, Euer Wohlgeboren!« sagte der Soldat.

»Warum?«

»Es ist gefährlich, Euer Wohlgeboren: da kommt schon eine herübergeflogen«, sagte der Soldat und lauschte auf den Ton einer vorüberpfeifenden Kanonenkugel, die dann in den trockenen Weg auf der anderen Seite der Straße einschlug.

Koselzow ging, ohne auf die Warnung des Soldaten zu hören, kühn mitten auf der Straße weiter.

Es waren immer noch dieselben Straßen, dasselbe, nur noch häufigere Aufleuchten und Krachen der Schüsse, dasselbe Stöhnen, dieselben Verwundetentransporte und dieselben Batterien, Brustwehren und Laufgräben wie im Frühling, als er in Sewastopol gewesen war; aber das alles machte jetzt einen traurigeren und zugleich stärkeren Eindruck; man sah viel mehr zerschossene Häuser und nirgends Licht in den Fenstern, mit Ausnahme des Hauses von Kuschtschin (des Lazaretts); man traf keine einzige Frau mehr, und alles trug nicht mehr den früheren Charakter der Gewohnheit und Sorglosigkeit, sondern das Gepräge einer bedrückenden Erwartung und Müdigkeit.

Doch da ist schon der letzte Laufgraben, da ertönt die Stimme eines Soldaten vom Regiment P., der seinen früheren Kompaniechef erkannt hat, da steht das dritte Bataillon in der Dunkelheit an die Mauer gedrückt, ab und zu vom Abschußfeuer beleuchtet, und man hört gedämpftes Reden und das Klirren der Gewehre.

»Wo ist der Regimentskommandeur?« fragte Koselzow.

»Im Unterstand, bei den Seeleuten, Euer Wohlgeboren!« antwortete ein diensteifriger Soldat. »Wenn Sie gestatten, führe ich Sie hin.« Der Soldat führte Koselzow von Graben zu Graben bis zu einer Grube in einem Laufgraben. Dort saß ein Matrose, der eine kurze Pfeife rauchte; hinter ihm sah man eine Tür, durch deren Ritzen Licht schimmerte.

»Darf man hineingehen?«

»Ich werde Sie sofort melden.« Und der Matrose verschwand hinter der Tür. Zwei Stimmen drangen heraus.

»Wenn die Preußen weiterhin neutral bleiben«, sagte die eine Stimme, »so wird auch Österreich...«

»Ach was, Österreich«, sagte die andere Stimme, »wenn die slawischen Länder... Na ja, ich lasse bitten.«

Koselzow war noch nie in diesem Unterstand gewesen. Die elegante Einrichtung überraschte ihn. Der Fußboden war parkettiert, vor der Tür standen Wandschirme. An den Wänden standen zwei Betten; in einer Ecke hing ein großes Bild der Muttergottes in einem goldenen Rahmen, und davor brannte ein rosa Lämpchen. Auf dem einen Bett schlief völlig angekleidet ein Seemann, auf dem anderen, vor dem ein Tisch mit zwei angebrochenen Flaschen Wein stand, saß der neue Regimentskommandeur im Gespräch mit seinem Adjutanten. Obgleich Koselzow keineswegs feige war und sich weder vor dem Regimentskommandeur noch vor seinen sonstigen Vorgesetzten irgendwie schuldig fühlte, wurde er beim Anblick des Obersten, der noch vor kurzem sein Kamerad gewesen war, doch etwas verlegen, so stolz stand dieser Oberst auf, um seine Meldung entgegenzunehmen. Auch der Adjutant, der neben ihm saß, verwirrte ihn durch seine Pose und durch seinen Blick, der besagte: ›Ich bin nur der Freund Ihres Regimentskommandeurs. Sie kommen nicht zu mir, und ich kann und will von Ihnen keinerlei Aufmerksamkeit erwarten.‹ – ›Merkwürdig‹, dachte Koselzow, während er seinen Kommandeur ansah, ›es ist erst sieben Wochen her, daß er das Regiment bekommen hat, und schon ist an seiner ganzen Umgebung, seiner Kleidung, seiner Haltung und an seinem Blick die Würde des Regimentskommandeurs deutlich zu erkennen, diese Würde, die weniger auf dem Dienstalter und militärischen Fähigkeiten als auf dem Reichtum beruht. Dabei hat dieser Batrischtschew noch vor kurzem mit uns gezecht‹, dachte er, ›wochentags ein dunkles, nicht so leicht schmutzendes

Baumwollhemd getragen und, ohne jemand einzuladen, diese ewigen Klopse und Quarkpasteten gegessen. Und jetzt! Schon lugt ein Hemd aus holländischem Leinen aus dem dicken, weitärmeligen Rock hervor, er hat eine Zehnrubelzigarre in der Hand, auf dem Tisch steht eine Flasche Lafitte zu sechs Rubeln – alles zu unglaublichen Preisen über den Quartiermeister in Simferopol gekauft – und in den Augen der kalte Stolz der Geldaristokratie, der einem sagt: ‚›Ich bin zwar dein Kamerad, weil ich ein Regimentskommandeur neuer Schule bin, aber vergiß nicht, daß du sechzig Rubel Gehalt hast, während durch meine Hände Zehntausende gehen, und glaube mir, ich weiß, daß du dein halbes Leben dafür geben würdest, an meiner Stelle zu sein!‘‹

»Sie haben ziemlich viel Zeit zu Ihrer Genesung gebraucht«, sagte der Oberst zu Koselzow und sah ihn kalt an.

»Ich war krank, Oberst! Die Wunde hat sich auch jetzt noch nicht ganz geschlossen.«

»Dann hätten Sie noch nicht wiederkommen sollen«, erwiderte der Oberst mit einem ungläubigen Blick auf die kräftige Gestalt des Offiziers. »Sie können aber doch Ihren Dienst tun?«

»Gewiß, das kann ich.«

»Nun, ich freue mich sehr. Sie übernehmen also von dem Fähnrich Saizew die neunte Kompanie, Ihre frühere; Sie werden sofort die Order erhalten.«

»Zu Befehl!«

»Haben Sie die Güte, den Regimentsadjutanten zu mir zu schicken, wenn Sie fortgehen«, schloß der Regimentskommandeur und gab durch eine leichte Verbeugung zu verstehen, daß die Audienz beendet sei.

Als Koselzow die Blindage verließ, brummte er ein paarmal etwas vor sich hin und zuckte die Schultern, als täte ihm etwas weh oder als wäre ihm etwas unangenehm und ärgerlich; er ärgerte sich nicht über den Regimentskommandeur, denn dazu hatte er keinen Anlaß, sondern er war mit sich selbst und seiner ganzen Umgebung unzufrieden. Disziplin und ihre Grundlage – Subordination – ist, wie jede andere gesetzlich geregelte Beziehung, nur dann erfreulich, wenn sie, außer der beiderseitigen Einsicht ihrer Unerläßlichkeit, auf der anerkannten Überlegenheit, der militärischen Erfahrung oder einfach auf der moralischen Vollkommenheit des Vorgesetzten beruht; sobald sich die Disziplin aber auf Zufälligkeit oder auf die Geldfrage gründet, wie es bei uns oft vorkommt, verwandelt sie sich auf der einen Seite stets in Dünkel und auf der anderen Seite in verborgenen Haß und Ärger und hat statt eines nützlichen Einflusses, unter dem sich die Massen zu einem Ganzen vereinigen, eine völlig entgegengesetzte Wirkung. Ein Mensch, der nicht die Kraft in sich fühlt, durch seine innere Würde Achtung einzuflößen, fürchtet instinktiv jede Annäherung an seine Untergebenen und bemüht sich, seine Würde äußerlich zu bekunden und dadurch jede Kritik von sich fernzuhalten. Die Untergebenen, die nur diese äußere, für sie beleidigende Seite sehen, vermuten – wenn auch zum großen Teil unberechtigt – nichts Gutes dahinter.

16

Bevor Koselzow sich zu den anderen Offizieren des Regiments begab, ging er zu seiner Kompanie, um sie zu begrüßen und zu sehen, wo sie stehe. Die Brustwehren aus Schanzkörben, die Linien der Laufgräben, die Kanonen, an denen er vorüberkam, sogar die Bombensplitter, über die er auf dem Wege stolperte, alles unaufhörlich von dem Aufblitzen der Schüsse beleuchtet, waren ihm wohlbekannte Dinge; das alles hatte sich vor drei Monaten im Laufe der beiden Wochen, die er ununterbrochen auf dieser Bastion verbracht hatte, lebhaft seinem Gedächtnis eingeprägt. Diese Erinnerungen hatten zwar viel Schreckliches, waren jedoch mit einem gewissen Reiz des Vergangenen gemischt, und deshalb sah er mit Vergnügen die bekannten Plätze und Gegenstände wieder, als wären die beiden hier verlebten Wochen recht angenehm gewesen. Die Kompanie lag an der Verteidigungsmauer zur sechsten Bastion.

Koselzow trat in eine lange, von der Eingangsseite her völlig offene Blindage; man hatte ihm gesagt, daß die neunte Kompanie dort liege. In der ganzen Blindage konnte man buchstäblich kaum einen Fuß auf den Boden setzen, so dicht war sie gleich vom Eingang an mit Soldaten angefüllt. An der einen Seite brannte ein schiefes Talglicht, das ein liegender Soldat hielt; es beleuchtete ein Buch, aus dem ein anderer Silbe für Silbe vorlas. Rings um das Licht sah man in der übelriechenden, halbdunklen Blindage erhobene Köpfe, die dem Vorleser gespannt zuhörten. Das Buch war eine Fibel. Als Koselzow in die Blindage trat, hörte er folgendes:

»Die To-des-angst ist ein dem Men-schen an-ge-bo-re-nes Ge-fühl...«

»Putzt doch mal das Licht!« sagte eine Stimme. »Das ist ein wunderschönes Buch.«

»Mein... Gott...« fuhr der Vorleser fort.

Als Koselzow nach dem Feldwebel fragte, verstummte der Vorleser; die Soldaten gerieten in Bewegung, husteten und schneuzten sich, wie man es immer nach längerem Schweigen tut. Der Feldwebel stand neben der Gruppe der Zuhörer auf, knöpfte den Mantel zu und ging dem Offizier entgegen, wobei er über Beine hinwegstieg oder denen auf die Beine trat, die keinen Platz hatten, sie einzuziehen.

»Guten Abend, Bruder! Ist das unsere ganze Kompanie?«

»Wir wünschen Ihnen Gesundheit und Glück zur Ankunft, Euer Wohlgeboren!« antwortete der Feldwebel und sah Koselzow munter und freundlich an. »Sind Sie wieder ganz gesund, Euer Wohlgeboren? Na, Gott sei Dank. Wir haben uns recht gelangweilt ohne Sie.«

Man merkte sofort, daß Koselzow bei der Kompanie sehr beliebt war.

Im Hintergrunde der Blindage wurden Stimmen laut: »Der alte Kompaniechef ist wiedergekommen; der, der verwundet war, Koselzow, Michail Semjonowitsch« und so weiter; einige kamen sogar auf ihn zu, und der Tambour begrüßte ihn.
»Guten Abend, Obantschuk!« sagte Koselzow. »Bist du heil und gesund? Guten Abend, Kinder!« sagte er dann mit erhobener Stimme.
»Wir wünschen Ihnen Gesundheit!« brauste es durch die Blindage.
»Wie gehts euch, Kinder?«
»Schlecht, Euer Wohlgeboren: der Franzose wird gar zu mächtig. Er schießt ganz scheußlich von den Schanzen aus; aber weiter tut er nichts, er traut sich nicht ins freie Feld.«
»So Gott will, hab ich Glück, und er kommt doch heraus, Kinder!« erwiderte Koselzow. »Es ist ja nicht das erste Mal, daß wir uns mit ihm herumschlagen: wir werden sie schon wieder verhauen.«
»Wir werden uns mit Freuden bemühen, Euer Wohlgeboren!« riefen einige Stimmen.
»Na ja, er ist wirklich tapfer, Seine Wohlgeboren, furchtbar tapfer!« sagte der Tambour, nicht laut, aber so, daß man es hören konnte, zu einem anderen Soldaten, als wollte er ihm gegenüber die Worte des Kompaniechefs rechtfertigen und ihn davon überzeugen, daß in diesen Worten nichts Prahlerisches und Unwahrscheinliches liege.
Von den Soldaten ging Koselzow in die Kaserne zu seinen Kameraden, den Offizieren.

17

Das große Zimmer in der Kaserne wimmelte von Menschen: Marineoffiziere, Artillerieoffiziere und Infanterieoffiziere. Die einen schliefen; andere saßen auf Munitionskisten und Lafetten von Festungskanonen und unterhielten sich miteinander; wieder andere, die hinter einem Schwibbogen die größte und lauteste Gruppe bildeten, saßen auf zwei ausgebreiteten Filzmänteln auf dem Fußboden, tranken Bier und spielten Karten.

»Ah, Koselzow, Koselzow! Schön, daß du wieder da bist, alter Junge...! Was macht deine Wunde?« wurde von verschiedenen Seiten gerufen. Auch hier konnte man sehen, daß ihn alle gern hatten und sich über seine Ankunft freuten.

Nachdem Koselzow seinen Bekannten die Hand gedrückt hatte, gesellte er sich zu der lauten Gruppe von Offizieren, die Karten spielten. Die meisten waren Kameraden von ihm. Ein hübscher, hagerer, brünetter Offizier mit langer, schmaler Nase und einem großen Schnurrbart, der sich über die Backen fortsetzte, hielt mit seinen weißen, mageren Fingern die Bank; er trug einen großen goldenen Siegelring mit einem Wappen. Er spielte schnell und nachlässig; offenbar war er über etwas erregt, wollte aber sorglos scheinen. Rechts von ihm lag, auf den Ellbogen gestützt, ein grauhaariger Major, der schon ziemlich viel getrunken hatte und mit gespielter Kaltblütigkeit jedesmal einen halben Rubel setzte und immer sofort bezahlte. Links kauerte ein junger Offizier mit rotem, schwitzendem Gesicht, der gezwungen lächelte und scherzte, wenn seine Karten geschlagen wurden; er bewegte unaufhörlich die Hand in der leeren Tasche seiner Pluderhose, spielte mit hohen Einsätzen, aber offensichtlich nicht gegen bar, was den hübschen, brünetten Offizier ärgerte. Ein kahlköpfiger, magerer, blasser Offizier mit riesiger Nase und riesigem, verkniffenem Mund ging im Zimmer auf und ab; er hielt ein dickes Paket Banknoten in der Hand, setzte immer bares Geld auf va banque und gewann.

Koselzow trank ein Glas Schnaps und setzte sich zu den Spielern.

»Pointieren Sie doch auch, Michail Semjonowitsch!« sagte der Bankhalter zu ihm. »Sie haben doch sicher eine Masse Geld mitgebracht.«

»Wo sollte ich denn Geld herhaben! Im Gegenteil, ich habe mein letztes Geld in der Stadt ausgegeben.«

»Ach was! Sie haben bestimmt in Simferopol irgend jemand ordentlich gerupft.«

»Ich habe wirklich nicht viel«, sagte Koselzow, wollte aber anscheinend gar nicht, daß man ihm glaubte, knöpfte den Rock auf und nahm die alten, abgegriffenen Karten in die Hand. »Ich kanns ja versuchen; vielleicht macht sich der Teufel einen Spaß und läßt mich gewinnen! Ich muß mir nur erst Mut antrinken.«

Und nachdem Koselzow einen Schnaps und ein paar Glas Porter getrunken hatte, war er in kurzer Zeit in derselben Stimmung wie die ganze Gesellschaft, das heißt im Dusel und ohne jedes Empfinden für die Wirklichkeit, und verlor seine drei letzten Rubel.

Dem kleinen, schwitzenden Offizier waren schon hundertfünfzig Rubel angekreidet worden.

»Nein, ich habe kein Glück«, sagte er lässig und setzte auf eine neue Karte.

»Haben Sie die Güte zu bezahlen«, sagte der Bankhalter, hielt beim Kartengeben inne und sah ihn an.

»Gestatten Sie, daß ich erst morgen bezahle«, antwortete der schwitzende Offizier; er stand auf und wühlte krampfhaft mit der Hand in der leeren Tasche.

»Hm!« brummte der Bankhalter und brachte, ärgerlich die Karten nach rechts und links werfend, die Taille zu Ende. »Aber so geht das nicht«, sagte er und legte die Karten hin, »ich höre auf. So geht das nicht, Sachar Iwanowitsch«, fügte er hinzu; »wir haben auf Bargeld gespielt und nicht auf Pump.«

»Na, trauen Sie mir etwa nicht? Das ist wirklich eigentümlich!«

»Von wem werde ich nun mein Geld bekommen?« brummte der schon stark betrunkene Major, der etwa acht Rubel gewonnen hatte. »Ich habe schon mehr als zwanzig Rubel gesetzt; aber wenn ich gewinne, bekomme ich nichts.«

»Womit soll ich denn bezahlen«, erwiderte der Bankhalter, »wenn kein Geld auf dem Tisch ist?«

»Das geht mich nichts an!« schrie der Major und stand auf. »Ich spiele mit Ihnen, mit ehrlichen Leuten, und nicht mit dem da!«

Der schwitzende Offizier wurde auf einmal hitzig.

»Ich habe gesagt, daß ich morgen bezahlen werde; wie können Sie sich unterstehen, mir Grobheiten zu sagen?«

»Ich sage, was ich will! Ehrliche Leute tun so etwas nicht, damit Sie's wissen!« schrie der Major.

»Mäßigen Sie sich, Fjodor Fjodorowitsch!« riefen alle und suchten den Major zu beruhigen. »Hören Sie doch auf!«

Aber der Major hatte anscheinend nur darauf gewartet, daß man ihn bäte, sich zu beruhigen, um endgültig in Wut zu geraten. Er sprang plötzlich auf und ging schwankend auf den schwitzenden Offizier zu.

Aber lassen wir schnell den Vorhang über diese sehr bedauerliche Szene fallen! Morgen, ja vielleicht schon heute wird jeder von diesen Männern heiter und stolz dem Tode entgegengehen und standhaft und ruhig sterben; aber der einzige Trost für ein Leben unter diesen Umständen, die auch den Kaltblütigsten entsetzen, für das Fehlen alles dessen, was einem Menschen lieb und wert ist, und für die Aussichtslosigkeit einer Rettung aus dieser Lage – der einzige Trost ist: vergessen, das Bewußtsein abtöten. Im tiefsten Herzen jedes Menschen glimmt ein edler Funke, der einen Helden aus ihm macht; doch dieser Funke wird es müde, hell zu brennen – kommt aber der entscheidende Augenblick, dann lodert er zur hellen Flamme auf und beleuchtet große Taten.

18

Am anderen Tage dauerte das Schießen mit gleicher Stärke fort. Gegen elf Uhr vormittags saß Wolodja Koselzow im Kreise der Offiziere der Batterie; er hatte sich schon ein bißchen an sie gewöhnt, betrachtete die neuen Gesichter, stellte seine Beobachtungen an, fragte und erzählte etwas. Das bescheidene, gelehrt klingende Gespräch der Artillerieoffiziere flößte ihm Respekt ein und gefiel ihm. Sein schüchternes, unschuldiges, hübsches Äußeres machte ihm die Offiziere geneigt. Der älteste Offizier in der Batterie, ein kleiner, rothaariger Hauptmann, der das Haar vorne steil aufgebürstet und an den Schläfen glattgekämmt trug, in den alten Überlieferungen der Artillerie aufgewachsen, ein Kavalier und anscheinend ein Gelehrter, fragte Wolodja über seine Kenntnisse im Artilleriewesen und über die neuesten Erfindungen aus, spottete freundlich über seine Jugendlichkeit und über sein hübsches Gesichtchen und verkehrte überhaupt mit ihm wie ein Vater mit seinem Sohn, was Wolodja sehr angenehm war. Der Secondeleutnant Djadenko, ein junger Offizier mit kleinrussischem Akzent, in einem zerrissenen Mantel und mit struppigen Haaren, redete zwar sehr laut, ergriff jede Gelegenheit, um über irgend etwas bissig zu streiten, und hatte hastige, schroffe Bewegungen, gefiel aber Wolodja trotzdem, weil er merkte, daß unter dieser rauhen Außenseite ein sehr braver, außerordentlich gutherziger Mensch steckte. Djadenko bot ihm fortwährend seine Dienste an und bewies ihm, daß alle Geschütze in Sewastopol nicht vorschriftsmäßig aufgestellt seien. Der Leutnant Tschernowizki mit den hochgezogenen Augenbrauen war zwar höflicher als alle anderen, hatte einen ziemlich sauberen, wenn auch nicht neuen, so doch sorgsam geflickten Rock an und trug auf einer seidenen Weste eine goldene Uhrkette zur Schau, aber er gefiel Wolodja trotzdem nicht. Er fragte immer wieder, wie es dem Kaiser und dem Kriegsminister gehe, erzählte Wolodja mit unnatürlicher Begeisterung von den Heldentaten, die in Sewastopol vollbracht würden, klagte darüber, daß es so wenige wahre Patrioten gebe, und legte überhaupt viel Wissen, viel Verstand und viele edle Gefühle an den Tag; aber das alles kam Wolodja irgendwie auswendig gelernt und gezwungen vor. Außerdem merkte er, daß die anderen Offiziere sich fast gar nicht mit Tschernowizki unterhielten. Der Junker Wlang, den er am vorhergehenden Abend aufgeweckt hatte, war ebenfalls da. Er redete nichts, sondern saß bescheiden in einem Eckchen, lachte, wenn es etwas zu lachen gab, half nach, wenn ein Erzähler etwas vergessen hatte, reichte den Branntwein herum und machte für alle Offiziere Zigaretten. Ob es nun das bescheidene, höfliche Wesen Wolodjas war, der mit ihm wie mit einem Offizier verkehrte und ihn nicht von oben herab wie einen dummen Jungen behandelte, oder sein angenehmes Äußeres, was diesen Junker Wlanga fesselte (so nannten ihn die Soldaten, indem sie seinen Namen eigentümlicherweise als Femininum deklinierten): jedenfalls sah er den neuen Offizier unverwandt mit seinen großen, gutmütigen Augen an, erriet alle seine Wünsche, kam ihnen zuvor und befand sich die ganze Zeit über in einer Art verliebter Ekstase, was den Offizieren natürlich nicht entging und sie zum Lachen reizte.

Vor dem Mittagessen kam ein Stabskapitän, der von der Bastion abgelöst worden war, und schloß sich ihrer Gesellschaft an. Stabskapitän Kraut war ein blonder, hübscher, frischer Offizier mit großem, rötlichem Schnurrbart und Backenbart; er sprach vorzüglich russisch, aber zu schön und regelrecht für einen Russen. Im Dienst und im Leben war er ebenso wie in seiner Sprache: er versah seinen Dienst ausgezeichnet, war ein vortrefflicher Kamerad und der zuverlässigste Mensch in Geldsachen; aber gerade deshalb, weil alles an ihm so vorzüglich war, fehlte ihm etwas als Mensch. Wie alle Deutschrussen war er, in einem seltsamen Gegensatz zu den idealistischen Deutschen in Deutschland, im höchsten Grade praktisch.

»Da ist er ja, unser Held!« rief der Hauptmann, als Kraut, die Arme schwenkend und mit den Sporen klirrend, ins Zimmer trat. »Was wünschen Sie, Friedrich Krestjanowitsch, Tee oder Schnaps?«

»Ich habe mir schon eine Kanne Tee bestellt«, antwortete er; »aber in der Zwischenzeit könnte man ein Schnäpschen als

Herzstärkung zu sich nehmen. Sehr angenehm, Ihre Bekanntschaft zu machen; ich bitte Sie, uns Freundschaft und Wohlwollen entgegenzubringen«, sagte er zu Wolodja, der aufgestanden war und ihm eine Verbeugung gemacht hatte. »Stabskapitän Kraut... Auf der Bastion hat mir der Feuerwerker gesagt, Sie wären schon gestern angekommen.«
»Ich bin Ihnen sehr dankbar für Ihr Bett: ich habe gestern darin geschlafen.«
»Haben Sie auch gut darin geschlafen? Das eine Bein ist abgebrochen, aber in dieser belagerten Stadt ist niemand aufzutreiben, der es reparieren könnte; man muß etwas drunterschieben.«
»Nun, ist Ihre Wache glücklich verlaufen?« fragte Djadenko.
»Ja, es geht; nur Skworzow hat etwas abgekriegt, und eine Lafette mußte gestern repariert werden; das eine Seitenteil war kurz und klein geschossen.«
Er stand von seinem Platz auf und begann auf und ab zu gehen; man sah, daß er ganz von der angenehmen Stimmung eines Menschen erfüllt war, der soeben einer Gefahr entronnen ist. »Nun, Dmitri Gawrilowitsch«, sagte er und klopfte dem Hauptmann aufs Knie, »wie geht es Ihnen, mein Lieber? Wie stehts mit Ihrer Beförderung? Immer noch Schweigen?«
»Ja, es ist noch nichts gekommen.«
»Es wird auch nichts kommen«, warf Djadenko ein. »Das habe ich Ihnen ja schon vorher gesagt.«
»Warum wird denn nichts kommen?«
»Weil die Eingabe nicht richtig abgefaßt ist.«
»Ach, Sie! Sie sind ein Kampfhahn, ein Kampfhahn!« sagte Kraut, vergnügt lächelnd. »Ein echter kleinrussischer Dickschädel! Na, Ihnen zum Trotz wird für Sie der Leutnant herauskommen.«
»Nein, er wird nicht herauskommen.«
»Wlang, bringen Sie mir doch meine Pfeife und stopfen Sie sie mir«, sagte er zu dem Junker, der sogleich diensteifrig weglief, um die Pfeife zu holen.

Kraut brachte Leben in die ganze Gesellschaft: er erzählte von dem Bombardement, erkundigte sich, was in seiner Abwesenheit vorgefallen sei, und unterhielt sich mit allen.

19

»Nun, haben Sie sich schon bei uns eingerichtet?« fragte Kraut Wolodja. »Entschuldigen Sie, wie ist Ihr Vorname und Vatersname? Wissen Sie, bei der Artillerie reden wir uns mit Vor- und Vatersnamen an. Haben Sie sich ein Reitpferd angeschafft?«

»Nein«, antwortete Wolodja, »ich weiß nicht, was ich tun soll. Ich habe schon mit dem Hauptmann darüber gesprochen, ich habe kein Pferd und auch kein Geld, ehe ich nicht Verpflegungs- und Reisegeld bekomme. Ich will inzwischen den Batteriechef um ein Pferd bitten; aber ich fürchte, daß er es mir abschlagen wird.«

»Apollon Sergejewitsch?« Kraut brachte einen Laut hervor, der einen starken Zweifel ausdrückte, und sah den Hauptmann an. »Er wird Ihnen schwerlich eins geben!«

»Na, wenn er es abschlägt, ist es auch kein Unglück«, sagte der Hauptmann. »Eigentlich braucht man hier gar kein Pferd; aber versuchen kann mans ja; ich werde ihn gleich heute fragen.«

»Da kennen Sie ihn schlecht«, mischte sich Djadenko in das Gespräch. »Alles andere schlägt er ab, aber das wird er dem Fähnrich bestimmt bewilligen... wollen wir wetten?«

»Na, das kennt man schon; Sie widersprechen immer.«

»Ich widerspreche deswegen, weil ich es genau weiß. In anderen Dingen ist er geizig; aber ein Pferd gibt er her, weil er von einer Absage keinen Vorteil hat.«

»Wie soll er keinen Vorteil davon haben, da ihn doch hier das Maß Hafer acht Rubel kostet!« sagte Kraut. »Es ist sein Vorteil, keine überflüssigen Pferde zu halten.«

»Bitten Sie ihn um den Skworez, Wladimir Semjonowitsch!«

sagte Wlang, der mit Krauts Pfeife zurückkam. »Das ist ein ausgezeichnetes Pferd.«

»Mit dem Sie in Soroki in einen Graben gefallen sind? Wie, Wlanga?« bemerkte der Stabskapitän lachend.

»Nein, was reden Sie da, acht Rubel das Maß Hafer«, fuhr Djadenko streitsüchtig fort. »Er setzt doch zehn und einen halben Rubel auf die Rechnung. Da hat er natürlich keinen Vorteil, wenn er ihm das Pferd abschlägt.«

»Das wäre ja auch noch schöner, wenn nichts für ihn übrigbliebe! Wenn Sie selbst einmal Batteriechef sind, dann werden Sie wohl kein Pferd bewilligen, um nach der Stadt zu reiten!«

»Wenn ich einmal Batteriechef bin, mein Lieber, dann kriegen die Pferde vier Maß Hafer zu fressen. Ich werde mir kein Geld zusammenkratzen, da brauchen Sie keine Angst zu haben.«

»Das bleibt noch abzuwarten«, antwortete der Stabskapitän. »Sie werden es genauso machen wie die anderen, und Sie werden auch den Rest einstecken, wenn Sie einmal eine Batterie führen«, fügte er, auf Wolodja zeigend, hinzu.

»Warum glauben Sie denn, Friedrich Krestjanowitsch, daß auch er sich bereichern will?« mischte sich Tschernowizki ein. »Vielleicht hat er Vermögen; wozu sollte er dann Profit machen wollen?«

»Nein, ich... verzeihen Sie, Hauptmann«, sagte Wolodja, der bis über die Ohren errötete, »ich halte das für unehrenhaft.«

»Ei, ei, so ein Teufelskerl sind Sie?« sagte Kraut. »Wenn Sie sich zum Hauptmann hinaufgedient haben, werden Sie anders reden.«

»Das ist doch kein Unterschied; ich denke nur: wenn es nicht mein Geld ist, so darf ich es nicht nehmen.«

»Ich will Ihnen mal was sagen, junger Mann«, begann der Stabskapitän in ernsterem Ton. »Wissen Sie, wenn Sie als Batteriechef die Geschäfte gut führen, bleiben Ihnen allein von den Pferden in Friedenszeiten fünfhundert und in Kriegszeiten sieben- bis achttausend übrig. Schön und gut. In die Verpflegung der Soldaten mischt sich der Batteriechef nicht ein, das ist bei der Artillerie von jeher so üblich. Wenn Sie aber ein schlechter Wirt sind, so behalten Sie nichts übrig. Als Batteriechef müssen Sie gegen die Bestimmung größere Ausgaben machen: erstens für Hufbeschlag (er bog einen Finger ein), zweitens für die Apotheke (er bog den zweiten Finger ein), drittens für die Kanzlei, dann müssen Sie vielleicht Handpferde kaufen, von denen jedes fünfhundert Rubel kostet, mein Lieber, das wäre Nummer vier; dann müssen die Soldaten gegen die Bestimmung neue Kragen bekommen, für Kohlen geht auch eine Menge drauf, und Sie müssen die Offiziere zum Essen einladen. Wenn Sie Batteriechef sind, müssen Sie anständig leben: Sie brauchen einen Wagen und einen Pelz und noch dies und jenes, eine ganze Menge Dinge... das ist alles nicht in Abrede zu stellen.«

»Und nun will ich Ihnen noch die Hauptsache sagen, Wladimir Semjonowitsch«, fiel der Hauptmann ein, der die ganze Zeit über geschwiegen hatte. »Stellen Sie sich das vor: ein Mann, wie ich zum Beispiel, dient zwanzig Jahre für zweihundert Rubel Gehalt und lebt in ständiger Not. Sollte man ihm da nicht zum Lohn für seine Dienste wenigstens ein Stück Brot im Alter gönnen, wenn so ein Kommissionär in einer Woche Zehntausende verdient?«

»Aber natürlich!« sagte der Stabskapitän. »Urteilen Sie nicht so vorschnell, leben Sie sich erst einmal ein und tun Sie Ihren Dienst!«

Wolodja schämte sich sehr, daß er eine so unbedachte Äußerung getan hatte; er murmelte etwas vor sich hin und hörte dann schweigend zu, wie Djadenko mit großem Eifer zu streiten anfing und das Gegenteil behauptete.

Der Streit wurde durch den Burschen des Oberstleutnants unterbrochen, der zum Essen rief.

»Sagen Sie doch Apollon Sergejewitsch, er möchte Wein servieren lassen«, sagte Tschernowizki, sich den Rock zuknöpfend, zu dem Hauptmann. »Warum knausert er? Vielleicht fällt er, und er hat ja keine Erben.«
»Sagen Sie es ihm doch selbst!«
»Nein; Sie sind der älteste Offizier; Ordnung muß sein.«

20

In demselben Zimmer, in dem sich Wolodja gestern bei dem Oberstleutnant gemeldet hatte, war der Tisch von der Wand abgerückt und mit einem schmutzigen Tischtuch bedeckt. Der Batteriechef reichte ihm jetzt die Hand und fragte ihn über Petersburg und über seine Reise aus.
»Nun, meine Herren, wer Schnaps trinkt, den bitte ich zuzulangen. – Die Fähnriche trinken keinen«, fügte er lächelnd hinzu.
Überhaupt erschien der Batteriechef heute keineswegs so mürrisch wie gestern, im Gegenteil: er machte den Eindruck eines guten, gastfreien Wirtes und eines älteren Kameraden. Aber trotzdem erwiesen ihm alle Offiziere, von dem alten Hauptmann bis zu dem Fähnrich Djadenko, den größten Respekt, was schon daran zu merken war, daß sie ihm beim Sprechen höflich in die Augen sahen und schüchtern einer nach dem andern herantraten, um einen Schnaps zu trinken.
Das Mittagessen bestand aus einer großen Schüssel Kohlsuppe, in der fette Rindfleischstücke und eine gewaltige Menge von Pfefferkörnern und Lorbeerblättern schwammen, aus polnischem Sraszy mit Senf und aus kleinen Fleischpasteten mit nicht ganz frischer Butter. Servietten gab es nicht; die Löffel waren aus Blech und aus Holz, Gläser waren zwei da, und auf dem Tisch stand nur eine Karaffe mit Wasser, deren Hals abgeschlagen war: aber das Mittagessen war trotzdem nicht langweilig, und das Gespräch verstumm-

te keinen Augenblick. Zuerst war von dem Gefecht bei Inkerman die Rede, an dem die Batterie teilgenommen hatte; jeder schilderte nun seine Eindrücke und äußerte seine Meinung über die Gründe des Mißerfolges, verstummte aber sofort, wenn der Batteriechef selber zu sprechen anfing. Dann sprach man natürlich von dem zu schwachen Kaliber der leichten Geschütze und von den neuen, vereinfachten Kanonen, wobei Wolodja Gelegenheit hatte, seine Kenntnisse im Artilleriewesen zu zeigen. Aber auf die wahrhaft schreckliche Lage Sewastopols ging man nicht näher ein, als hätte jeder schon zuviel darüber nachgedacht, um noch davon zu reden. Auch von den dienstlichen Pflichten, die Wolodja nun übernehmen sollte, war zu seiner Verwunderung und Betrübnis überhaupt nicht die Rede, gerade als wäre er nur nach Sewastopol gekommen, um sich über neue Kanonen zu unterhalten und bei dem Batteriechef zu Mittag zu essen. Während des Mittagessens schlug nicht weit von dem Haus, in dem sie saßen, eine Granate ein. Der Fußboden und die Wände erzitterten wie bei einem Erdbeben, und die Fenster wurden vom Pulverrauch verdunkelt.

»So etwas haben Sie in Petersburg sicher nicht erlebt; hier aber sind derartige Überraschungen nicht selten«, sagte der Batteriechef. »Schauen Sie mal nach, Wlang, wo sie krepiert ist.«

Wlang sah nach und meldete, die Granate sei auf dem Platz krepiert, und weiter war nicht mehr die Rede davon.

Kurz vor dem Ende des Mittagessens kam ein alter Mann, der Batterieschreiber, mit drei versiegelten Schreiben ins Zimmer und übergab sie dem Batteriechef. »Das hier ist sehr eilig«, sagte er; »soeben hat es ein Kosak von dem Oberbefehlshaber der Artillerie gebracht.« Alle Offiziere blickten mit ungeduldiger Erwartung auf die in solchen Sachen geübten Finger des Batteriechefs, die das Siegel erbrachen und das ›sehr eilige‹ Schriftstück herauszogen. Was mag das wohl sein? fragte sich jeder. Es konnte ein Befehl sein, zur

Erholung ganz von Sewastopol abzuziehen; es konnte auch die Beorderung der ganzen Batterie auf die Bastionen sein.
»Schon wieder!« rief der Batteriechef und warf das Schreiben ärgerlich auf den Tisch.
»Worum handelt es sich denn, Apollon Sergejewitsch?« fragte der älteste Offizier.
»Für irgendeine Mörserbatterie wird ein Offizier mit Bedienungsmannschaft angefordert. Ich habe auch so schon nur vier Offiziere, und die Bedienungsmannschaft ist auch nicht vollzählig«, brummte der Batteriechef, »und da soll ich noch Leute abgeben. – Aber es muß jemand hin, meine Herren«, sagte er nach einer kurzen Pause. »Laut Befehl soll das Kommando um sieben Uhr an der Barrikade sein... Rufen Sie bitte den Feldwebel her! Wer soll hingehen, meine Herren? Entscheiden Sie selbst!« fügte er hinzu.
»Er ist noch nirgends gewesen«, sagte Tschernowizki und zeigte auf Wolodja.
Der Batteriechef gab keine Antwort.
»Ich würde gern hingehen«, sagte Wolodja und fühlte, wie ihm an Hals und Rücken kalter Schweiß ausbrach.
»Nein, warum?« unterbrach ihn der Hauptmann. »Selbstverständlich wird sich niemand weigern; aber sich anzubieten ist auch nicht nötig. Wenn Apollon Sergejewitsch uns die Entscheidung überläßt, so wollen wir das Los ziehen, wie wir es neulich getan haben.«
Alle waren damit einverstanden. Kraut schnitt Papierzettel, rollte sie zusammen und schüttete sie in eine Mütze. Der Hauptmann scherzte und wagte sogar bei diesem Anlaß den Oberstleutnant um Wein zu bitten, »damit sich alle Mut antrinken könnten«, wie er sagte. Djadenko saß mit finsterer Miene da; Wolodja lächelte; Tschernowizki behauptete, das Los werde unfehlbar ihn selbst treffen; Kraut war vollkommen ruhig.
Man ließ Wolodja zuerst ziehen. Er nahm einen Zettel, der etwas länger war als die anderen; aber dann besann er sich

anders; er nahm einen kleineren, dünneren, rollte ihn auf und las: ›Hingehen.‹

»Ich«, sagte er seufzend.

»Na, dann gehen Sie mit Gott! Da bekommen Sie gleich Ihre Feuertaufe«, sagte der Batteriechef und sah dem Fähnrich mit gutmütigem Lächeln in das betroffene Gesicht. »Machen Sie sich schnell fertig. Und damit Sie dort ein bißchen mehr Unterhaltung haben, mag Wlang als Feuerwerker mit Ihnen gehen.«

21

Wlang war mit seiner Kommandierung höchst zufrieden, lief schnell weg, um sich fertig zu machen, und kam dann wieder, um Wolodja zu helfen. Er redete ihm eifrig zu, ein Bett, einen Pelz, einen alten Band der ›Vaterländischen Memoiren‹, einen Spirituskocher und noch andere überflüssige Dinge mitzunehmen. Der Hauptmann riet Wolodja, vorher im ›Leitfaden‹[1] den Abschnitt über das Schießen mit Mörsern durchzulesen und sich die Schießtabellen abzuschreiben. Wolodja machte sich sogleich an die Arbeit und merkte zu seiner Verwunderung und Freude, daß die Furcht vor der Gefahr und die Angst, er könnte sich als Feigling zeigen, ihn zwar noch immer etwas beunruhigten, aber doch nicht mehr in dem Maße wie am Abend vorher. Der Grund dafür war zum Teil die Einwirkung des Tages und der Arbeit, vor allem aber kam es daher, daß die Furcht, wie jedes andere starke Gefühl, nicht lange mit der gleichen Intensität andauern kann. Mit einem Wort: er war schon über die erste Angst hinaus. Gegen sieben Uhr, gerade als die Sonne hinter der Nikolaj-Kaserne zu verschwinden begann, kam der Feldwebel zu ihm und meldete, daß die Leute bereit seien und warteten.

»Ich habe Wlanga das Verzeichnis gebracht. Lassen Sie es sich von ihm geben, Euer Wohlgeboren!« sagte er.

1. ›Leitfaden für Artillerieoffiziere‹ von Besak.

Etwa zwanzig Artilleristen mit Seitengewehren und ohne Gepäck standen an der Hausecke. Wolodja und der Junker gingen auf sie zu. ›Soll ich ihnen eine kleine Rede halten oder einfach sagen: Grüß euch, Kinder, oder soll ich gar nichts sagen?‹ dachte Wolodja. ›Warum soll ich denn nicht sagen: Grüß euch, Kinder? Das muß ich doch sagen.‹ Und er rief mit forscher, klangvoller Stimme: »Grüß euch, Kinder!« Die Soldaten antworteten fröhlich: die junge, frische Stimme klang jedem angenehm ins Ohr. Wolodja ging kühn vor den Soldaten her; sein Herz klopfte zwar so stark, als wäre er einige Werst aus Leibeskräften gelaufen, aber sein Schritt war leicht und sein Gesicht heiter. Als sie zum Malachowhügel kamen und bergauf marschierten, merkte er, daß Wlang, der bisher keinen Schritt hinter ihm zurückgeblieben war und zu Hause so tapfer gewirkt hatte, immer wieder zur Seite trat und den Kopf einzog, als kämen alle Granaten und Kanonenkugeln, die hier sehr häufig vorüberpfiffen, geradewegs auf ihn zugeflogen. Manche Soldaten machten es genauso, und überhaupt drückten die meisten Gesichter zwar keine Furcht, aber doch Unruhe aus. Das beruhigte und ermutigte Wolodja endgültig.

›Jetzt bin ich also auf dem Malachowhügel, den ich mir ganz umsonst tausendmal schrecklicher vorgestellt habe! Und ich kann hier gehen, ohne mich vor den Kugeln zu ducken, und habe sogar viel weniger Angst als die anderen! Also bin ich doch kein Feigling?‹ dachte er beglückt und sogar mit einer gewissen entzückten Selbstzufriedenheit.

Doch dieses Gefühl der Furchtlosigkeit und Selbstzufriedenheit wurde bald durch ein Schauspiel ins Wanken gebracht, das er in der Dämmerung auf der Kornilow-Batterie mit ansah, als er den Kommandeur der Bastion suchte. Vier Matrosen, die an der Brustwehr standen, hielten einen blutigen Leichnam ohne Stiefel und Mantel an Händen und Füßen und schwenkten ihn hin und her, um ihn über die Brustwehr zu werfen. (Am zweiten Tag des Bombardements hatte man

keine Zeit, die Leichen von den Bastionen fortzuschaffen, und warf sie in den Graben, damit sie in den Batterien nicht im Wege waren.)
Wolodja war einen Augenblick ganz starr, als er sah, wie der Leichnam oben an der Böschung der Brustwehr aufschlug und dann in den Graben hinabkollerte; aber zu seinem Glück begegnete ihm gerade hier der Befehlshaber der Bastion, erteilte ihm Befehle und gab ihm einen Führer mit, der ihn zu der Batterie und zu der für die Bedienungsmannschaft bestimmten Blindage bringen sollte. Wir wollen nicht erzählen, wieviel Schrecken, Gefahren und Enttäuschungen unser Held noch an diesem Abend erlebte: wie er hier nicht die Genauigkeit und Ordnung antraf, die er von den Schießübungen auf dem Wolkowofelde her gewöhnt war und auch hier zu finden gehofft hatte, sondern nur zwei zerschossene kleine Mörser vorfand – den einen hatte eine Kanonenkugel an der Mündung breitgeschlagen, der andere stand auf den Trümmern einer zerschossenen Plattform; wie er bis zum nächsten Morgen keine Arbeiter auftreiben konnte, um die Plattform auszubessern; wie kein einziges Geschoß das im ›Leitfaden‹ angegebene Gewicht hatte; wie zwei Soldaten seiner Abteilung verwundet wurden und wie er selbst zwanzigmal nur um Haaresbreite dem Tod entging. Zum Glück hatte man ihm einen Konstabelmaat als Helfer mitgegeben, einen baumlangen Matrosen, der seit Beginn der Belagerung bei den Mörsern war und ihn davon überzeugte, daß man mit solchen Geschützen noch feuern könne. Er führte ihn während der Nacht mit einer Laterne auf der ganzen Bastion herum, als wolle er ihm seinen Gemüsegarten zeigen, und versprach, bis zum nächsten Tag alles in Ordnung zu bringen. Die Blindage, zu der ihn sein Führer brachte, war eine in den steinigen Boden gegrabene, etwa zwanzig Kubikmeter große längliche Grube und mit dicken Eichenbalken gedeckt. Hier ließ er sich mit allen seinen Soldaten nieder. Kaum hatte Wlang die niedrige, nur etwa eine Elle hohe Tür

der Blindage erblickt, als er allen voran Hals über Kopf hineinrannte, beinahe auf den Steinfußboden fiel und sich in einen Winkel verkroch, aus dem er dann nicht mehr herauskam. Wolodja hingegen wartete, bis sich alle Soldaten an den Wänden gelagert und ihre Pfeifen angezündet hatten; dann schlug er in einer Ecke sein Lager auf, zündete eine Kerze an, rauchte eine Zigarette und legte sich hin. Draußen wurde unaufhörlich geschossen, aber es klang gedämpft, bis auf eine Kanone, die ganz in der Nähe stand und mit ihrem Donner die Blindage so stark erschütterte, daß die Erde von der Decke herunterrieselte.

In der Blindage selbst war es still; die Soldaten, die in Gegenwart des neuen Offiziers noch etwas befangen waren, wechselten nur ab und zu ein paar Worte miteinander, wenn einer den anderen bat, ein bißchen beiseite zu rücken oder ihm Feuer für seine Pfeife zu geben. Irgendwo raschelte eine Ratte zwischen den Steinen, und Wlang, der noch immer nicht recht zu sich gekommen war und sich noch ängstlich umsah, stieß einen tiefen Seufzer aus. Wolodja lag auf seinem Bett und hatte in dem stillen, mit Menschen überfüllten und nur von einer Kerze beleuchteten Winkel jenes Gefühl der Geborgenheit, das er als kleines Kind empfunden hatte, wenn er einmal beim Versteckspielen in einen Schrank oder unter den Rock seiner Mutter gekrochen war, mit angehaltenem Atem gehorcht, sich vor der Dunkelheit gefürchtet und sich zugleich über etwas gefreut hatte. Es war ihm ein bißchen bange und doch froh zumute.

22

Nach ungefähr zehn Minuten tauten die Soldaten auf und begannen sich zu unterhalten. In der Nähe des Lichtes und des Offiziersbettes hatten sich die bedeutenderen Leute niedergelassen – zwei Feuerwerker, der eine ein grauhaariger alter Mann mit allen möglichen Medaillen und Kreuzen außer dem

Georgskreuz, der andere ein jüngerer Soldatensohn, der selbstgedrehte Zigaretten rauchte. Der Tambour hatte wie immer die Pflicht auf sich genommen, den Offizier zu bedienen.
Auch die Bombardiere und die Berittenen saßen in der Nähe, und an dem dunklen Eingang hatten sich die ›Ergebenen‹[1] gelagert. Sie waren es, die mit der Unterhaltung begannen. Der Anlaß dazu war der Lärm, den ein in die Blindage hereinstürzender Soldat verursachte.
»Na, Bruder, willst du nicht mehr auf der Straße bleiben? Singen die Mädchen nicht lustig?« sagte eine Stimme.
»Da werden so wunderbare Lieder gesungen, wie ich sie im Dorf noch nie gehört habe«, rief der andere lachend.
»Wasin kann die Granaten nicht leiden, ach, er kann sie einfach nicht ausstehen!« sagte einer aus der Aristokratenecke.
»Ach was! Wenns nötig ist, dann ist es etwas ganz anderes«, antwortete Wasin langsam, und alle anderen verstummten wie immer, wenn Wasin redete. »Am Vierundzwanzigsten haben wir im Kugelregen ausgehalten, weils nun mal sein mußte. Aber warum soll man sich unnütz zu Dreck schießen lassen, die Vorgesetzten dankens einem ja doch nicht.«
Bei diesen Worten Wasins brachen alle in lautes Gelächter aus.
»Aber der Melnikow, der sitzt immer noch draußen«, sagte jemand.
»Ruft ihn doch herein«, sagte der alte Feuerwerker, »sonst wird er für nichts und wieder nichts totgeschossen.«
»Was ist das denn für ein Melnikow?« fragte Wolodja.
»Das ist so ein dummer Soldat bei uns, Euer Wohlgeboren. Der hat vor nichts Angst und läuft jetzt draußen 'rum. Sehen Sie sich ihn mal an, er sieht aus wie ein Bär.«
»Er kennt einen Zauberspruch«, sagte Wasins langsame Stimme von einer anderen Ecke her.
Melnikow kam herein. Er war ein dicker – was bei den Soldaten eine außerordentliche Seltenheit ist – rothaariger, hüb-

1. Von diesem Soldatentypus spricht Tolstoj in der Novelle ›Der Holzschlag‹.

scher Mensch mit einer gewaltigen, gewölbten Stirn und vorstehenden, hellblauen Augen.

»Na, hast du denn keine Angst vor den Granaten?« fragte ihn Wolodja.

»Nein, warum soll ich mich denn davor fürchten!« antwortete Melnikow, krümmte den Rücken und kratzte sich. »Mich schlagen die Granaten nicht tot, das weiß ich.«

»Da möchtest du also immer hierbleiben?«

»Natürlich! Hier ist es doch so lustig!« sagte er und lachte plötzlich laut auf.

»Oh, da müßte man dich zu einem Ausfall mitnehmen! Soll ich es dem General sagen?« fragte Wolodja, obwohl er hier keinen einzigen General kannte.

»Ja, sehr gern!«

Und Melnikow versteckte sich hinter den anderen.

»Kommt, wir wollen ›Nase‹[1] spielen, Kinder! Wer hat die Karten?« hörte man eine ungeduldige Stimme.

Und wirklich begann gleich darauf in der hinteren Ecke das Spiel – man hörte Nasenstüber, Gelächter und Trumpfen. Wolodja trank Tee aus dem Samowar, den der Tambour für ihn aufgestellt hatte, lud die Feuerwerker dazu ein, scherzte und unterhielt sich mit ihnen, um sich populär zu machen, und war mit dem Respekt, den man ihm erwies, sehr zufrieden. Auch die anderen Soldaten wurden gesprächig, als sie merkten, daß der Fähnrich ein *schlichter* Herr war.

Einer sagte, die Belagerung von Sewastopol werde bald ein Ende haben, denn ein zuverlässiger Mann von der Marine habe ihm erzählt, Konstantin, der Bruder des Zaren, komme mit der amerikanischen Flotte, um uns zu entsetzen; auch werde bald ein Vertrag geschlossen werden, zwei Wochen lang nicht zu schießen und den Leuten Ruhe zu gönnen, und wer trotzdem schieße, müsse für jeden Schuß fünfundsiebzig Kopeken Strafe bezahlen.

1. Ein Kartenspiel, bei welchem dem Verlierenden mit den Karten auf die Nase geschlagen wird.

Wasin, ein kleiner Mann mit großen, gutmütigen Augen und mit einem Backenbart, erzählte anfangs unter allgemeinem Schweigen, dann unter allgemeinem Gelächter: als er auf Urlaub nach Hause gekommen sei, hätten sich zuerst alle über seine Ankunft gefreut, aber dann habe ihn sein Vater auf die Arbeit geschickt und seine Frau habe der Förster mit einer Kutsche holen lassen. Das alles belustigte Wolodja sehr. Er empfand keine Spur von Angst oder Unbehagen wegen der Enge und des dumpfigen Geruchs in der Blindage, sondern fühlte sich außerordentlich wohl.

Viele Soldaten schnarchten bereits. Auch Wlang hatte sich auf dem Fußboden ausgestreckt, und der alte Feuerwerker, der auf seinem ausgebreiteten Mantel lag, bekreuzigte sich und murmelte vor dem Einschlafen seine Gebete. Plötzlich bekam Wolodja Lust, die Blindage zu verlassen, um zu sehen, was draußen vor sich ging.

»Beine weg!« riefen die Soldaten einander zu, als er aufstand; und die Beine wurden zurückgezogen und gaben ihm den Weg frei.

Der anscheinend schlafende Wlang hob plötzlich den Kopf und faßte Wolodja am Schoß seines Mantels.

»Tun Sie das nicht! Gehen Sie nicht hinaus! Wie kann man nur!« sagte er in weinerlichem, flehendem Ton. »Sie kennen das noch nicht; da schlagen fortwährend Kanonenkugeln ein; bleiben Sie lieber hier!«

Aber trotz der Bitten Wlangs arbeitete sich Wolodja aus der Blindage heraus und setzte sich auf die Schwelle, auf der schon Melnikow saß und die Stiefel wechselte.

Die Luft war rein und frisch, besonders wenn man aus der Blindage kam; die Nacht war klar und windstill. Durch das Getöse der Schüsse hindurch hörte man das Räderknarren der Fuhrwerke, die Schanzkörbe brachten, und die Gespräche der Leute, die an einem Pulverkeller arbeiteten.

Über ihren Köpfen wölbte sich der Sternenhimmel, über den unaufhörlich die feurigen Streifen der Granaten glitten.

Links führte eine ellenhohe Öffnung in eine andere Blindage, in der man die Beine und Rücken der dort sitzenden Matrosen sah und ihre trunkenen Stimmen hörte. Vorne war die Erhöhung des Pulverkellers zu sehen, an dem gebückte Gestalten vorbeihuschten; auf dem höchsten Punkt, wo unaufhörlich Gewehrkugeln und Granaten vorbeipfiffen, stand eine hohe Gestalt im schwarzen Überrock, die Hände in den Taschen, und stampfte mit den Füßen die Erde fest, die andere Soldaten in Säcken herbeitrugen. Die Soldaten, die die Erde herbeischleppten, duckten sich und traten zur Seite, aber die schwarze Gestalt rührte sich nicht von der Stelle, stampfte ruhig die Erde fest und blieb immer in derselben Haltung auf ihrem Platz.
»Wer ist denn dieser Schwarze?« fragte Wolodja Melnikow.
»Ich weiß es nicht; ich werde mal nachsehen.«
»Geh nicht hin, es ist nicht nötig.«
Aber Melnikow hörte nicht auf ihn, stand auf, ging zu dem Schwarzen und blieb sehr lange ebenso gleichmütig und regungslos neben ihm stehen.
»Es ist der Posten vom Pulverkeller, Euer Wohlgeboren«, sagte er, als er zurückkam. »Ein Geschoß hat den Keller durchschlagen, deswegen tragen die Infanteristen jetzt Erde hin.«
Manchmal sah es aus, als flögen die Granaten geradewegs auf den Eingang der Blindage zu. Dann schmiegte sich Wolodja in eine Ecke, streckte aber gleich wieder den Kopf heraus und sah nach oben, ob nicht noch eine herübergeflogen käme. Obgleich ihn Wlang mehrmals von der Blindage aus anflehte, doch hereinzukommen, blieb er etwa drei Stunden lang auf der Schwelle sitzen, denn es machte ihm irgendwie Vergnügen, das Schicksal auf die Probe zu stellen und den Flug der Granaten zu beobachten. Gegen Ende des Abends wußte er schon, wie viele Geschütze von jeder Stelle feuerten und wo ihre Geschosse einschlugen.

23

Am nächsten Tag, dem Fünfundzwanzigsten, trat Wolodja nach zehnstündigem Schlaf frühmorgens frisch und munter auf die Schwelle der Blindage. Wlang kroch zusammen mit ihm hinaus, aber als er die erste Kugel pfeifen hörte, stürzte er schleunigst durch die Öffnung der Blindage zurück, wobei er sich mit dem Kopf den Weg bahnte, was bei den Soldaten, die größtenteils herausgekommen waren, lautes Gelächter erregte. Wasin, der alte Feuerwerker und einige andere waren die einzigen, die nur selten in den Laufgraben herauskamen; die übrigen waren nicht zu halten: sie strömten alle aus der übelriechenden Blindage an die frische Luft und lagerten sich teils an der Schwelle, teils unter der Brustwehr, obwohl das Bombardement noch ebenso stark war wie am vergangenen Tag. Melnikow ging schon seit dem ersten Tagesgrauen auf der Batterie spazieren und sah gleichgültig nach oben. Nahe bei der Schwelle saßen zwei alte Soldaten und ein junger krausköpfiger Soldat, seinem Äußeren nach ein Jude. Dieser Soldat hatte eine der umherliegenden Flintenkugeln aufgehoben, sie mit einem Sprengstück an einem Stein plattgeschlagen und schnitt nun aus ihr mit einem Messer ein Kreuz in der Form des Georgskreuzes; die anderen plauderten und sahen ihm bei seiner Arbeit zu. Er brachte wirklich ein sehr schönes Kreuz zustande.

»Wenn wir hier noch eine Weile gelegen haben«, sagte einer von ihnen, »dann werden wir beim Friedensschluß wohl alle entlassen.«

»Natürlich! Ich habe sowieso nur noch fünf Jahre bis zur Entlassung zu dienen und stehe jetzt schon fünf Monate in Sewastopol.«

»Hör mal, zur Entlassung reicht das nicht«, sagte ein anderer. In diesem Augenblick pfiff eine Kanonenkugel über ihre Köpfe hinweg und schlug eine Elle weit von Melnikow ein, der im Laufgraben auf sie zukam.

»Beinahe hätte sie Melnikow getroffen«, sagte einer.
»Mich trifft keine«, antwortete Melnikow.
»Hier hast du ein Kreuz für deine Tapferkeit«, sagte der junge Soldat, der das Kreuz gemacht hatte, und reichte es Melnikow.
»Nein, Bruder, hier wird dir ein Monat als ein ganzes Jahr angerechnet; darüber ist ein Befehl gekommen«, ging das Gespräch weiter.
»Mag sein, wie es will, jedenfalls wird nach dem Friedensschluß in Warschau eine Parade vor dem Zaren abgehalten, und wenn wir nicht ganz entlassen werden, bekommen wir sicher Urlaub auf unbestimmte Zeit.«
In diesem Augenblick flog ein Querschläger mit kreischendem Ton über ihre Köpfe und schlug gegen einen Stein.
»Sieh mal, vielleicht wirst du noch bis zum Abend endgültig entlassen«, sagte einer der Soldaten.
Alle lachten.
Und nicht erst gegen Abend, sondern schon nach zwei Stunden hatten zwei von ihnen ihren endgültigen Abschied erhalten, und fünf waren verwundet worden; die übrigen aber scherzten in derselben Weise weiter.
Gegen Morgen waren die beiden Mörser tatsächlich so weit hergerichtet, daß man wieder damit feuern konnte. Um zehn Uhr hatte Wolodja vom Kommandeur der Bastion seinen Befehl erhalten, rief seine Abteilung zusammen und ging mit ihr auf die Batterie.
Sobald sich die Leute an die Arbeit machten, war ihnen nicht mehr die geringste Spur jenes Angstgefühls anzumerken, das sie gestern gezeigt hatten. Nur Wlang konnte sich nicht überwinden: er versteckte und duckte sich noch immer, und auch Wasin hatte seine Ruhe verloren, lief geschäftig hin und her und kauerte sich nieder. Wolodja aber war hell begeistert: der Gedanke an die Gefahr kam ihm überhaupt nicht in den Sinn. Die Freude, daß er seine Pflicht ordentlich erfüllte und kein Feigling, sondern tapfer war, das Ge-

fühl, daß er hier kommandierte, und die Gegenwart von zwanzig Mann, die ihn neugierig beobachteten, wie er genau wußte, machten ihn zu einem wahren Helden. Er stellte sogar seine Tapferkeit zur Schau, tat vor den Soldaten groß, stieg auf das Bankett und knöpfte absichtlich den Mantel auf, um besser bemerkt zu werden. Der Kommandeur der Bastion, der gerade um diese Zeit einen Rundgang durch seine ›Wirtschaft‹ machte, wie er sich ausdrückte, und während der acht Monate in Sewastopol alle möglichen Arten von Tapferkeit erlebt hatte, konnte nicht umhin, mit Vergnügen diesen hübschen jungen Menschen zu betrachten, wie er im aufgeknöpften Mantel, unter dem das rote, den weißen, zarten Hals umschließende Hemd zu sehen war, mit glühendem Gesicht und leuchtenden Augen in die Hände klatschte und mit sonorer Stimme kommandierte: »Erstes Geschütz, zweites Geschütz!« und dann fröhlich auf die Brustwehr lief, um zu sehen, wohin seine Geschosse trafen. Um halb zwölf verstummte das Schießen auf beiden Seiten, und um Punkt zwölf Uhr begann der Sturm auf den Malachowhügel, auf die zweite, dritte und fünfte Bastion.

24

Auf der Nordseite der Bucht, zwischen Inkerman und dem Nordfort, standen um die Mittagszeit zwei Offiziere auf dem Telegraphenhügel; der eine, ein Seemann, schaute durch ein Fernrohr nach Sewastopol hinüber, der andere, ein Husar, war soeben mit einem Kosaken zu Pferde zu dem großen Signalmast gekommen.

Die Sonne stand hell und hoch über der Bucht, die mit ihren vor Anker liegenden Schiffen, Booten und geblähten Segeln in heiterem, warmem Glanze schimmerte. Ein leichter Wind bewegte kaum merklich die Blätter des vertrockneten Eichengestrüpps beim Telegraphen, blähte die Segel der Boote und ließ die Wellen leise schaukeln. Sewastopol, noch immer das gleiche, mit seiner unvollendeten Kirche, seiner Säule, seinem Kai, seinem grünen Boulevard auf der Höhe und seinem eleganten Bibliotheksgebäude, mit seinen kleinen azurblauen Buchten voller Schiffsmasten, mit seinen malerischen Wasserleitungsbögen und mit den Wolken aus blauem Pulverrauch, die ab und zu von der roten Flamme eines Schusses beleuchtet wurden – dieses immer noch schöne, festtägliche, stolze Sewastopol, auf der einen Seite von gelben, rauchenden Anhöhen, auf der anderen von dem grellblauen, in der Sonne schimmernden Meere umgeben, war jenseits der Bucht zu sehen. Über dem Horizont des Meeres, an dem ein Dampfer einen schwarzen Rauchstreifen hinter sich ließ, krochen lange, weiße Wolken, die Wind anzeigten. Auf der ganzen Linie der Befestigung, besonders auf den Höhen zur Linken, stiegen ununterbrochen dichte, weiße, zusammengeballte Rauchwolken auf, von Blitzen gefolgt, die sogar in der Mittagssonne hell leuchteten. Diese Wolken breiteten sich aus, nahmen verschiedene Gestalten an, schwebten in die Höhe und färbten sich am Himmel dunkler; sie bildeten sich bald hier, bald dort: auf den Anhöhen in den feindlichen Batterien, in der Stadt und hoch oben am Himmel. Der Donner der Explosionen verstummte keine Minute, floß ineinander und erschütterte die Luft...

Gegen zwölf Uhr wurden die Rauchwolken seltener, und das Getöse, das die Luft erschüttert hatte, nahm ab.

»Die zweite Bastion antwortet gar nicht mehr«, sagte der zu Pferde sitzende Husarenoffizier. »Sie ist ganz zerschossen! Schrecklich!«

»Auch der Malachow schickt ihnen auf drei Schüsse nur einen zurück«, antwortete der Seemann, durch das Fernrohr blickend.

»Es macht mich rasend, daß die Unsrigen schweigen. Eben hat schon wieder eine Granate auf der Kornilow-Batterie eingeschlagen, und sie antwortet nicht.«

»Siehst du, ich habe es dir ja gesagt – gegen zwölf Uhr hören sie immer mit dem Bombardement auf. So ist es auch heute. Wir wollen lieber frühstücken gehen... sie warten schon auf uns... es ist ja doch nichts zu sehen.«

»Warte, stör mich nicht!« antwortete der Offizier mit dem Fernrohr und blickte mit besonderer Spannung nach Sewastopol hinüber.

»Was ist denn das dort?«

»Eine Bewegung in den Laufgräben; dichte Kolonnen rücken vor.«

»Man sieht es auch so«, sagte der Seemann, »sie gehen in Kolonnen vor. Ich muß das Signal geben.«

»Sieh doch mal! Sie sind aus den Laufgräben herausgekommen.«

In der Tat konnte man mit bloßem Auge sehen, wie sich dunkle Flecke von den französischen Batterien bergab durch das Tal auf die Bastionen zu bewegten. Vor diesen Flecken waren schon dicht bei unseren Stellungen schwarze Streifen zu sehen. Auf den Bastionen pufften an verschiedenen Stellen, wie eine Linie entlanglaufend, weiße Rauchwolken von Schüssen auf. Der Wind trug den Schall des beiderseitigen Gewehrfeuers herüber, das so heftig war, wie wenn Regen gegen die Fenster prasselt. Die schwarzen Streifen bewegten sich mitten im Rauch und kamen immer näher. Das Knattern der Gewehre wurde immer stärker und floß zu einem ununterbrochenen, rollenden Krachen zusammen. Der immer häufiger aufsteigende Rauch dehnte sich schnell über die ganze Linie aus und vereinigte sich zuletzt zu einer einzigen violetten, bald zusammengeballten, bald zerfließenden Wolke, in der hier und da aufblitzende Feuer und schwarze Pünktchen zu sehen waren: alle Geräusche verschmolzen zu einem einzigen, rollenden Prasseln.

»Sturm!« sagte der Offizier mit blassem Gesicht und gab dem Seemann das Fernrohr.

Kosaken und Offiziere zu Pferde jagten auf der Landstraße vorbei; der Höchstkommandierende mit seiner Suite fuhr im

Wagen vorüber. Auf jedem Gesicht spiegelte sich höchste Erregung und die Erwartung von etwas Entsetzlichem wider.

»Es ist unmöglich, daß sie ihn genommen haben!« sagte der Offizier zu Pferde.

»Bei Gott, die Fahne! Sieh nur, sieh nur!« rief der andere atemlos und setzte das Fernrohr ab. »Die französische Fahne auf dem Malachow!«

»Das kann nicht sein!«

25

Der ältere Koselzow hatte in der Nacht noch das vorher verlorene Geld wiedergewonnen und dann von neuem alles verloren, sogar die in den Aufschlag eingenähten Goldstücke; am Morgen lag er in der Verteidigungskaserne der fünften Bastion in einem ungesunden, schweren, aber festen Schlaf, als der von vielen Stimmen wiederholte verhängnisvolle Schrei erklang:

»Alarm!«

»Was schlafen Sie, Michail Semjonowitsch! Sturm!« schrie ihm eine Stimme zu.

»Gewiß will mich ein dummer Junge foppen«, sagte er, indem er ungläubig die Augen öffnete.

Aber auf einmal sah er einen Offizier, der ohne jeden ersichtlichen Zweck von einer Ecke in die andere lief und so weiß im Gesicht war, daß er alles begriff. Der Gedanke, man könnte ihn für einen Feigling halten, der in diesem kritischen Augenblick nicht zur Kompanie hinausgehen wolle, jagte ihm einen furchtbaren Schrecken ein. Hals über Kopf lief er zur Kompanie. Das Geschützfeuer hatte aufgehört; aber das Geknatter der Gewehrschüsse hatte seinen Höhepunkt erreicht. Die Kugeln pfiffen nicht vereinzelt wie sonst, sondern flogen wie Schwärme von Herbstvögeln über die Köpfe hinweg. Der ganze Platz, auf dem gestern sein Bataillon gestanden hatte, war in Rauch gehüllt, und man hörte wirres Schreien und Rufen. Verwundete und nicht verwundete Soldaten stürzten ihm scharenweise entgegen. Als er noch etwa dreißig Schritte weitergelaufen war, sah er seine Kompanie, die sich an eine Mauer drückte, und das kreidebleiche, entsetzte Gesicht eines seiner Soldaten.

»Sie haben die Redoute Schwarz genommen!« rief zähneklappernd ein junger Offizier. »Alles ist verloren!«

»Unsinn!« sagte Koselzow zornig, zog seinen kleinen, eisernen, stumpfen Säbel und schrie: »Vorwärts, Kinder! Hurra-a!« Seine Stimme klang voll und laut; sie machte ihm selber Mut. Er rannte durch den Quergraben vorwärts, ungefähr fünfzig Soldaten liefen schreiend hinter ihm her. Als sie aus dem Quergraben auf den freien Platz kamen, flogen die Kugeln buchstäblich so dicht wie Hagel. Zwei trafen ihn, aber wohin und was sie angerichtet hatten – das festzustellen fand er keine Zeit. Vor ihm im Rauch tauchten schon blaue Uniformen und rote Hosen auf, und er hörte Schreie, die nicht russisch waren; ein Franzose stand auf der Brustwehr, schwang die Mütze und schrie etwas. Koselzow war fest davon überzeugt, daß er fallen werde, und gerade diese Überzeugung verlieh ihm Tapferkeit. Er lief immer vorwärts und vorwärts. Einige Soldaten überholten ihn; andere tauchten neben ihm auf und liefen ebenfalls mit. Die blauen Uniformen blieben immer gleich weit von ihm entfernt, da die Franzosen vor ihm wegliefen und in ihre Gräben zurückrannten; er stieß mit den Füßen an Verwundete und Tote. Als er schon bis zum äußeren Graben gelaufen war, verwirrte sich alles vor seinen Augen, er fühlte einen Schmerz in der Brust, setzte sich auf das Bankett und sah mit großer Genugtuung durch die Schießscharte, wie ganze Scharen blauer Uniformen Hals über Kopf zu ihren Gräben rannten und auf dem ganzen Feld Gefallene in roten Hosen und blauen Uniformen lagen und Verwundete sich mühsam fortschleppten.

Eine halbe Stunde darauf lag er auf einer Tragbahre bei der

Nikolaj-Kaserne und wußte, daß er verwundet war, fühlte aber beinah keinen Schmerz; es verlangte ihn nur, etwas Kaltes zu trinken und recht still zu liegen.
Ein kleiner, dicker Arzt mit einem großen, schwarzen Bakkenbart trat zu ihm und knöpfte ihm den Mantel auf. Koselzow sah über das Kinn hinweg zu, was der Arzt mit seiner Wunde machte, und schaute dem Arzt ins Gesicht, fühlte aber keine Schmerzen. Der Arzt bedeckte die Wunde mit dem Hemd, wischte sich die Finger an seinen Rockschößen ab und ging schweigend, ohne den Verwundeten anzusehen, zu einem anderen. Koselzow verfolgte unbewußt, was rings um ihn vor sich ging. Als ihm einfiel, was auf der fünften Bastion geschehen war, sagte er sich mit einem höchst beglückenden Gefühl von Selbstzufriedenheit, daß er tapfer seine Pflicht erfüllt und sich zum ersten Mal während seiner ganzen Dienstzeit so gut wie nur möglich gehalten habe und sich in keiner Hinsicht etwas vorzuwerfen brauche. Der Arzt, der gerade einen verwundeten Offizier verband, zeigte auf Koselzow und sagte etwas zu einem Geistlichen mit großem rotem Bart, der mit dem Kreuz in der Hand in der Nähe stand.
»Muß ich sterben?« fragte Koselzow, als der Geistliche zu ihm trat.
Der Geistliche gab keine Antwort, sprach ein Gebet und reichte dem Verwundeten das Kreuz.
Der Tod hatte für Koselzow nichts Schreckliches. Mit schwachen Händen nahm er das Kreuz, drückte es an die Lippen und brach in Tränen aus.
»Sind die Franzosen zurückgeschlagen?« fragte er den Geistlichen mit fester Stimme.
»Überall ist uns der Sieg verblieben«, antwortete der Geistliche, um den Verwundeten zu trösten; er verhehlte ihm, daß auf dem Malachowhügel schon die französische Fahne wehte.
»Gott sei Dank! Gott sei Dank!« sagte der Verwundete und fühlte nicht, wie ihm die Tränen über die Wangen liefen,

sondern empfand nur den unaussprechlichen Triumph des Bewußtseins, daß er eine Heldentat vollbracht hatte.
Für einen Augenblick huschte ihm der Gedanke an seinen Bruder durch den Kopf. ›Gott gebe ihm ein ebensolches Glück‹, dachte er.

26

Aber seinen Bruder Wolodja erwartete ein anderes Geschick. Er hörte gerade ein Märchen an, das ihm Wasin erzählte, als geschrien wurde: »Die Franzosen kommen!« Alles Blut strömte ihm zum Herzen, und er fühlte, wie seine Wangen kalt und blaß wurden. Einen Augenblick stand er unbeweglich da; aber als er sich umschaute, sah er, wie die Soldaten gemächlich ihre Mäntel zuknöpften und einer nach dem anderen herauskroch. Einer, wohl Melnikow, sagte scherzend: »Geht ihnen mit Brot und Salz entgegen, Kinder!«
Wolodja kroch zusammen mit Wlanga, der keinen Schritt von ihm wich, aus der Blindage heraus und lief auf die Batterie. Das Artilleriefeuer schwieg sowohl auf der einen als auch auf der anderen Seite. Wolodja fühlte sich weniger durch die Ruhe der Soldaten als durch die klägliche, unverhohlene Feigheit des Junkers ermutigt. ›Sollte ich dem etwa ähnlich sein?‹ dachte er und lief munter zur Brustwehr, bei der seine Mörser standen. Er konnte deutlich sehen, wie die Franzosen über das freie Feld gerade auf ihn zuliefen und wie ihre Scharen mit den in der Sonne blitzenden Bajonetten sich in den nächsten Laufgräben bewegten. Einer, ein kleiner, breitschultriger Mann in Zuavenuniform und mit einem Degen, lief voran und sprang über die Wolfsgruben weg. »Mit Kartätschen schießen!« schrie Wolodja und lief von dem Bankett herunter, aber die Soldaten hatten schon ohne ihn alles Nötige getan, und der metallische Klang einer abgeschossenen Kartätsche pfiff über seinen Kopf hinweg, zuerst aus dem einen, dann aus dem anderen Mörser. »Erstes Geschütz! Zweites Geschütz!« kommandierte Wolodja, lief

im Rauch von dem einen Geschütz zum andern und vergaß vollkommen die Gefahr. Von der Seite drang das nahe Gewehrgeknatter unserer Bedeckung und aufgeregtes Geschrei herüber.
Plötzlich erscholl links ein durchdringender, verzweifelter Schrei, der von mehreren Stimmen wiederholt wurde: »Wir sind umgangen! Wir sind umgangen!« Wolodja sah sich um. Hinten tauchten etwa zwanzig Franzosen auf. Einer von ihnen, ein hübscher Mann mit schwarzem Bart, war allen voran; aber als er bis auf ungefähr zehn Schritte an die Batterie herangekommen war, blieb er stehen, schoß auf Wolodja und lief dann auf ihn zu. Eine Sekunde lang stand Wolodja wie versteinert da und traute seinen Augen nicht. Als er wieder zur Besinnung kam und sich umsah, waren vor ihm auf der Brustwehr blaue Uniformen; ein Franzose versuchte sogar, eine Kanone zuzustopfen. Um ihn herum war keiner von unseren Leuten, außer Melnikow, der, von einer Kugel getötet, neben ihm lag, und Wlang, der ein Handstück ergriffen hatte und mit wütendem Gesicht und gesenktem Blick vorwärts stürmte. »Mir nach, Wladimir Semjonytsch! Mir nach! Wir sind verloren!« schrie Wlang mit verzweifelter Stimme und holte mit dem Handstück nach den Franzosen aus, die von hinten kamen. Die wütende Gestalt des Junkers machte sie stutzig. Einen, den vordersten, schlug er auf den Kopf; die anderen blieben unwillkürlich stehen, und Wlang, der immer noch zurückschaute und verzweifelt schrie: »Mir nach, Wladimir Semjonytsch! Was stehen Sie da? Laufen Sie!« rannte zu dem Laufgraben, um zu sehen, was sein vergötterter Fähnrich mache. An der Stelle, wo Wolodja gestanden hatte, lag etwas in einem Mantel mit dem Gesicht nach unten, und der ganze Platz war voll von Franzosen, die auf die Unsrigen schossen.

27

Wlang fand seine Batterie in der zweiten Verteidigungslinie. Von den zwanzig Soldaten, die bei der Mörserbatterie gewesen waren, hatten sich nur acht gerettet.

Zwischen acht und neun Uhr abends setzte Wlang mit der Batterie auf einem mit Soldaten, Kanonen, Pferden und Verwundeten angefüllten Dampfer nach der Nordseite über. Geschossen wurde nirgends mehr.

Die Sterne glänzten ebenso hell am Himmel wie in der vergangenen Nacht, aber ein starker Wind wiegte das Meer. Auf der ersten und zweiten Bastion zuckten dicht über der Erde Blitze auf; Explosionen erschütterten die Luft und beleuchteten in ihrem Umkreis schwarze, seltsame Gegenstände und in die Luft fliegende Steine. An den Docks brannte etwas, und die roten Flammen spiegelten sich im Wasser. Ein Feuer an der Nikolajew-Batterie erhellte die mit Menschen überfüllte Brücke. Auf dem fernen Kap der Alexander-Batterie stand eine Flamme über dem Wasser und beleuchtete den Saum einer Rauchwolke, die über ihr stand, und die ruhigen, herausfordernden Lichter der feindlichen Flotte schimmerten wie gestern draußen auf dem Meer. Ein frischer Wind bewegte die Wellen in der Bucht. Im roten Feuerschein der Brände sah man die Maste unserer versenkten Schiffe, die langsam immer tiefer ins Wasser sanken. Unterhaltungen hörte man auf dem Schiffsdeck nicht; durch das gleichmäßige Geräusch der zerschnittenen Wellen und des Dampfes drangen nur das Schnauben und Stampfen der Pferde im Zwischendeck, die Kommandoworte des Kapitäns und das Stöhnen der Verwundeten.

Wlang, der den ganzen Tag nichts gegessen hatte, holte ein Stück Brot aus der Tasche und begann zu kauen; aber auf einmal erinnerte er sich an Wolodja und fing so laut zu weinen an, daß die Soldaten in seiner Nähe es hörten. »Seht mal, unser Wlanga ißt Brot und weint dabei«, sagte Wasin.

»Sonderbar!« sagte ein anderer. »Sieh mal, sie haben auch unsere Kasernen angesteckt«, fuhr er seufzend fort. »Und wie viele von unseren Brüdern sind dort umgekommen – und ganz umsonst! Die Franzosen haben doch gesiegt.«

»Wenigstens sind wir selbst mit dem Leben davongekommen, Gott sei Dank!« sagte Wasin.

»Aber traurig ist es doch.«

»Wieso traurig? Glaubst du vielleicht, daß ›er‹ dort lange herumspazieren wird? Kein Gedanke! Paß auf, wir werdens ihm schon wieder abnehmen. Freilich sind viele von uns dort gefallen, aber so wahr ein Gott im Himmel ist, wenns der Kaiser befiehlt, nehmen wirs ihnen wieder ab. Glaubst du vielleicht, unsere Leute würdens ihm lassen? Keine Spur! Da hat er nun die nackten Mauern; aber die Schanzen sind alle in die Luft gesprengt. Na ja, auf dem Hügel hat er sein Fähnchen aufgesteckt; aber in die Stadt traut er sich nicht. Warte nur: wir werden schon noch gründlich mit dir abrechnen; laß uns nur Zeit!« schloß er, sich an die Franzosen wendend.

»Natürlich wird das kommen!« sagte ein anderer in überzeugtem Ton.

Auf der ganzen Linie der Bastionen von Sewastopol, die so viele Monate lang von einem ungewöhnlich tatkräftigen Leben beherrscht worden waren, so viele Monate lang mit angesehen hatten, wie sterbende Helden einer nach dem anderen durch den Tod von ihrem Posten abberufen wurden, und so viele Monate lang die Furcht, den Haß und zuletzt den Jubel der Feinde erregt hatten, auf den Bastionen von Sewastopol war nirgends mehr ein Mensch zu sehen. Alles war tot, öde, schrecklich, aber nicht still: noch immer nahm das Zerstörungswerk seinen Fortgang. Auf der durch frische Explosionen aufgerissenen und umhergeworfenen Erde lagen überall verbogene Lafetten, die auf russischen und feindlichen Leichen lasteten, schwere, für immer verstummte eiserne Kanonen, mit furchtbarer Gewalt in Gruben geschleudert und zur Hälfte mit Erde verschüttet, Granaten,

Kanonenkugeln, wieder Leichen, Gruben, Bruchstücke von Balken aus den Blindagen und wieder stumme Leichen in grauen und blauen Mänteln. Das alles erzitterte noch oft und wurde von der roten Flamme der Explosionen beleuchtet, die immer noch die Luft erschütterten.
Die Feinde sahen, daß etwas Unbegreifliches in diesem furchtbaren Sewastopol vor sich ging. Diese Explosionen und die Totenstille auf den Bastionen ließen sie erbeben; aber wegen des am Tage geleisteten starken, ruhigen Widerstandes wagten sie noch nicht zu glauben, daß ihr unerschütterlicher Feind verschwunden sei, und warteten schweigend und ängstlich, ohne sich zu rühren, auf das Ende der finsteren Nacht.
Die Armee von Sewastopol glich einem Meer in stürmischer, dunkler Nacht. Hin und her wogend und in ihrer ganzen Masse erbebend, flutete sie zur Bucht und über die Brücke auf die Nordseite und bewegte sich in der undurchdringlichen Finsternis langsam weiter, weg von dem Ort, an dem sie so viele tapfere Brüder zurückließ, weg von dem Ort, der ganz mit ihrem Blut getränkt war, weg von dem Ort, den sie elf Monate lang gegen einen doppelt so starken Feind verteidigt hatte und jetzt auf höheren Befehl kampflos verlassen mußte.
Für jeden Russen war der erste Eindruck dieses Befehls unbeschreiblich niederdrückend. Das zweite Gefühl war die Furcht vor der Verfolgung. Die Leute fühlten sich wehrlos, sobald sie die Stätten verlassen hatten, wo sie zu kämpfen gewohnt waren, und drängten sich aufgeregt in der Dunkelheit am Eingang der Brücke, die ein starker Wind hin und her schaukelte. Mit den Bajonetten zusammenstoßend, drängten sich die Linienregimenter, Marinemannschaften und Landwehrabteilungen eng zusammen; berittene Offiziere mit Befehlen brachen sich Bahn; Einwohner und Offiziersburschen mit Fuhren, die nicht durchgelassen wurden, weinten und flehten; die Artillerie, die sich beeilte wegzukom-

men, arbeitete sich mit rasselnden Rädern zur Bucht durch. Trotz der Ablenkung durch verschiedenartige, eifrige Tätigkeit regte sich in jeder Seele der Selbsterhaltungstrieb und der Wunsch, so schnell wie möglich von dieser schrecklichen Stätte des Todes wegzukommen. Dieses Gefühl empfand der tödlich verwundete Soldat, der zwischen fünfhundert anderen Verwundeten auf dem Steinpflaster des Paul-Kais lag und Gott um seinen Tod bat, und der Landwehrmann, der sich mit letzter Kraft in die dichte Menge hineinquetschte, um einem vorbeireitenden General Platz zu machen, und der General, der mit Festigkeit den Übergang leitete und die Hast der Soldaten hemmte, und der Matrose, der in ein marschierendes Bataillon hineingeraten war und von der wogenden Menge zum Ersticken zusammengepreßt wurde, und der verwundete Offizier, den vier Soldaten auf einer Bahre trugen und, durch die sich stauende Menge aufgehalten, an der Nikolajew-Batterie auf die Erde stellten, und der Artillerist, der sechzehn Jahre lang bei seinem Geschütz gedient und es nun auf einen ihm unverständlichen Befehl der Oberleitung mit Hilfe der Kameraden von dem steilen Ufer in die Bucht hinabgestoßen hatte, und die Seeleute, die soeben Löcher in den Boden der Schiffe gehauen hatten und mit kräftigen Ruderschlägen in Barkassen wegfuhren. Auf der anderen Seite der Brücke angekommen, nahm fast jeder Soldat die Mütze ab und bekreuzigte sich. Aber hinter diesem Gefühl war noch ein anderes, bedrückendes, nagendes und tieferes Gefühl verborgen: ein Gefühl, das mit Reue, Scham und Wut Ähnlichkeit hatte. Fast jeder Soldat, der von der Nordseite nach dem verlassenen Sewastopol zurückblickte, seufzte mit unsagbarer Bitterkeit im Herzen und drohte den Feinden.

Petersburg, 27. Dezember 1855

DER DEGRADIERTE

Aus den kaukasischen Aufzeichnungen des Fürsten Nechljudow

Wir gehörten zu einer abkommandierten Abteilung. Unsere Aufgabe war bereits erfüllt; wir hatten durch Abholzen eine Lichtung hergestellt und erwarteten täglich vom Stab den Befehl, in die Festung zurückzukehren. Unsere Geschützbatterien standen auf dem Abhang eines steilen Bergrückens, an dessen Fuß das schnelle Bergflüßchen Metschik floß, und sollten die vor uns sich ausbreitende Ebene bestreichen. Auf dieser malerischen Ebene zeigten sich außer Schußweite, besonders abends, hier und da Gruppen von berittenen friedlichen Bergbewohnern, die aus Neugierde kamen, um das russische Lager zu betrachten. Es war ein klarer, windstiller, frischer Abend, wie die Dezemberabende im Kaukasus gewöhnlich sind; die Sonne versank hinter den steilen Vorbergen zur Linken und warf ihre rosigen Strahlen auf die Zelte, die über den Berg hin verstreut lagen, auf die sich bewegenden Gruppen von Soldaten und auf unsere beiden Kanonen, die schwerfällig und regungslos mit ausgestreckten Hälsen zwei Schritte von uns entfernt auf einer Erdschanze standen. Ein Infanteriepikett, das auf dem Hügel zur Linken lagerte, hob sich in dem durchsichtigen Licht des Abendhimmels deutlich ab – mit seinen Gewehrpyramiden, der Gestalt des Postens, einer Gruppe von Soldaten und dem Rauch des Lagerfeuers. Rechts und links auf halber Höhe leuchteten die weißen Zelte auf der schwarzen, zerstampften Erde, und hinter den Zelten sah man die schwarzen, kahlen Stämme des

Platanenwaldes, in dem ununterbrochen Axtschläge erschallten, Feuer knisterten und gefällte Bäume krachend niederstürzten. Überall stiegen bläuliche Rauchsäulen zu dem blaßblauen, frostklaren Himmel auf. An den Zelten und unten am Bach zogen Kosaken, Dragoner und Artilleristen vorbei, die mit ihren trappelnden, schnaubenden Pferden von der Tränke kamen. Es fing an zu frieren, alle Laute waren besonders deutlich zu hören, und in der klaren, dünnen Luft konnte man weit in die Ebene hinausschauen. Die feindlichen Gruppen, die nicht mehr das Interesse der Soldaten erregten, ritten langsam über die hellgelben Stoppeln der Maisfelder; hier und da waren hinter den Bäumen die hohen Säulen der Friedhöfe und rauchende Auls[1] zu sehen.
Unser Zelt stand nicht weit von den Geschützen an einer trockenen, hochgelegenen Stelle, von der man eine besonders weite Aussicht hatte. Neben dem Zelt, dicht bei der Batterie, hatten wir auf einem sauberen, ebenen Platz ein Gorodkispiel[2] eingerichtet. Diensteifrige Soldaten hatten für uns geflochtene Bänke und ein Tischchen verfertigt und dort aufgestellt. Wegen all dieses Komforts versammelten sich unsere Kameraden, die Artillerieoffiziere, und auch einige Infanteristen abends bei unserer Batterie und nannten diesen Ort den Klub.
Es war ein herrlicher Abend, die besten Spieler hatten sich versammelt, und wir spielten Gorodki. Ich, der Fähnrich D. und der Leutnant O. hatten zwei Partien hintereinander verloren und mußten zu allgemeinem Gaudium und Gelächter der Zuschauer – der Offiziere, Soldaten und Burschen, die von den Zelten aus zusahen – die siegreiche Partei zweimal auf dem Rücken von einem Ende des Platzes zum andern tragen. Besonders komisch war die Haltung des riesengroßen dicken Stabskapitäns Sch., der keuchend und gutmütig lä-

1. Ein Aul (Ton auf der zweiten Silbe) ist ein Dorf der Kaukasusbewohner.
2. Ein Wurfspiel mit Knütteln und Klötzchen.

chelnd auf dem kleinen, schmächtigen Leutnant O. ritt, wobei seine Beine auf der Erde schleiften. Aber es wurde spät, die Burschen brachten uns allen sechs drei Gläser Tee ohne Untersätze, wir brachen das Spiel ab und gingen zu den geflochtenen Bänken. Dort stand ein uns unbekannter kleiner Mann mit krummen Beinen, in einem unbezogenen Schafpelz und mit einer Fellmütze, deren langes weißes Haar weit herunterhing. Als wir näher kamen, zog er ein paarmal unentschlossen die Mütze und setzte sie wieder auf, dann machte er Anstalten, uns entgegenzugehen, blieb aber stehen. Dann sagte er sich wohl, daß er nicht länger unbemerkt bleiben könne, nahm die Mütze ab, ging im Bogen um uns herum und schritt auf den Stabskapitän Sch. zu.

»Ah, Guscantini! Na, wie gehts, Väterchen?« sagte Sch., der immer noch über seinen Ritt gutmütig lächelte.

Guscantini, wie ihn Sch. genannt hatte, setzte seine Mütze wieder auf und machte eine Bewegung, als ob er die Hände in die Taschen seines Halbpelzes stecken wolle; aber auf der mir zugewandten Seite hatte der Halbpelz keine Tasche, und seine kleine rote Hand verharrte in einer unbequemen Haltung. Ich wollte gern herausfinden, wer dieser Mensch war – ein Junker oder ein degradierter Offizier? –, und musterte unverwandt seine Kleidung und sein Äußeres, obwohl mein Blick, der Blick eines unbekannten Offiziers, ihn verlegen machte. Er mochte etwa dreißig Jahre alt sein. Seine kleinen, grauen, runden Augen schauten verschlafen und zugleich unruhig unter der schmutzigen weißen Pelzmütze mit den langen Zotteln hervor, die ihm tief ins Gesicht hingen. Die dicke, unregelmäßige Nase zwischen den eingefallenen Wangen zeugte von krankhafter, unnatürlicher Magerkeit. Die kaum von dem dünnen, weichen, hellblonden Schnurrbart bedeckten Lippen waren in unaufhörlicher, unruhiger Bewegung, als versuchten sie, bald diesen, bald jenen Ausdruck anzunehmen. Aber sein Mienenspiel war irgendwie unvollkommen, in seinem Gesicht blieb immer ein Ausdruck von

Angst und Unruhe vorherrschend. Um seinen mageren, sehnigen Hals war ein grüner Wollschal geschlungen, dessen Enden unter dem Halbpelz steckten. Der Halbpelz war abgescheuert und kurz, am Kragen und an den falschen Taschen mit Hundefell besetzt. Die Hosen waren kariert, von aschgrauer Farbe, und die Stiefel hatten kurze, ungeschwärzte Soldatenschäfte.

»Bitte, lassen Sie sich nicht stören!« sagte ich zu ihm, als er mit einem schüchternen Blick auf mich wieder die Mütze abnehmen wollte.

Er machte mir mit dankbarer Miene eine Verbeugung, setzte seine Mütze wieder auf, holte aus der Tasche einen schmutzigen Tabaksbeutel aus Kattun mit Schnüren heraus und fing an, sich eine Zigarette zu drehen.

Ich war selbst vor kurzem Junker gewesen, ein alter Junker, der nicht mehr imstande war, ein gutmütiger, gefälliger, jüngerer Kamerad zu sein, und dazu ein Junker ohne Vermögen; daher wußte ich ganz genau, wie sehr eine solche Lage einen nicht mehr jungen, ehrgeizigen Menschen bedrückt, hatte Mitleid mit allen, die sich in dieser Lage befanden, und versuchte mir über ihren Charakter, den Grad und die Richtung ihrer geistigen Fähigkeiten klarzuwerden und mir danach ein Bild von ihren seelischen Leiden zu machen. Dieser Junker oder Degradierte schien mir, nach dem unruhigen Blick und dem fortwährenden bewußten Wechsel seines Gesichtsausdrucks zu urteilen, den ich vorher beobachtet hatte, ein recht kluger, äußerst ehrgeiziger und daher sehr bedauernswerter Mensch zu sein.

Der Stabskapitän Sch. schlug uns vor, noch eine Partie Gorodki zu spielen, und zwar unter der Bedingung, daß die verlierende Partei die Sieger nicht nur auf dem Rücken tragen, sondern auch einige Flaschen Rotwein, Rum, Zucker, Zimt und Nelken zu dem Glühwein stiften müsse, der in diesem kalten Winter in unserer Abteilung große Mode war. Guscantini, wie Sch. ihn wieder nannte, wurde auch zu der Partie aufgefordert. Er schien darüber erfreut, aber auch beunruhigt zu sein, und bevor das Spiel begann, nahm er den Stabskapitän beiseite und flüsterte mit ihm. Der gutmütige Stabskapitän klopfte ihm mit seiner großen, fleischigen Hand auf den Bauch und antwortete laut: »Das macht nichts, Väterchen; ich gebe Ihnen Kredit.«

Das Spiel war vorbei, die Partei des Degradierten hatte gewonnen, und er hätte nun auf einem unserer Offiziere, dem Fähnrich D., reiten müssen. Der Fähnrich errötete, führte ihn zu den geflochtenen Bänken und bot ihm ein paar Zigaretten an, um sich loszukaufen. Der Glühwein wurde bestellt, und in dem Burschenzelt hörte man Nikita eifrig wirtschaften, der eine Ordonnanz wegschickte, um Zimt und Nelken zu holen, und dessen Rücken die schmutzigen Zeltbahnen bald hierhin, bald dorthin zog. Wir setzten uns alle sieben auf die Bänkchen, tranken abwechselnd Tee aus den drei Gläsern, blickten in die Ebene hinaus, die sich allmählich in Dämmerung hüllte, und unterhielten uns lachend über das Gorodkispiel. Der Unbekannte im Halbpelz beteiligte sich nicht an der Unterhaltung, lehnte hartnäckig den Tee ab, den ich ihm mehrmals anbot, saß nach Tatarenart auf der Erde, drehte aus feingeschnittenem Tabak eine Zigarette nach der anderen und rauchte sie offenbar nicht nur zu seinem Vergnügen: er wollte sich den Anschein geben, als wäre er sehr beschäftigt. Als davon gesprochen wurde, daß wir für morgen den Rückmarsch und vielleicht ein Gefecht erwarteten, richtete er sich auf und sagte zu dem Stabskapitän, daß er soeben im Zelt des Adjutanten gewesen sei und den Befehl zum Rückmarsch für morgen geschrieben habe. Wir alle schwiegen, während er das sagte, und zwangen ihn, diese für uns höchst interessante Nachricht zu wiederholen, obgleich ihn das sichtlich verlegen machte. Er wiederholte das Gesagte, fügte jedoch hinzu, er habe bei dem Adjutanten, mit dem er zusammen wohne, gerade in dem Augenblick gesessen, als der Befehl überbracht worden sei.

»Ja, wenn Sie uns nichts vorschwindeln, mein Lieber, dann muß ich jetzt zu meiner Kompanie und einiges für morgen anordnen«, sagte der Stabskapitän Sch.
»Nein... wie sollte ich denn? Wie kann man nur, ich weiß es bestimmt...« begann der Unbekannte, verstummte dann aber plötzlich und entschloß sich, den Beleidigten zu spielen, zog unnatürlich die Augenbrauen zusammen, flüsterte etwas vor sich hin und drehte sich wieder eine Zigarette. Aber der feingeschnittene Tabak, den er aus seinem Kattunbeutel schüttete, reichte nicht mehr, und er bat Sch., ihm eine Zigarette zu leihen. Wir setzten unsere einförmigen Kriegsgespräche fort, die jeder kennt, der im Felde war, klagten immer in denselben Ausdrücken über die Langeweile und die Endlosigkeit des Feldzugs, kritisierten die Vorgesetzten in derselben Weise wie immer, lobten den einen Kameraden, bedauerten einen anderen, wunderten uns darüber, wieviel dieser gewonnen und jener verloren habe, und so weiter und so weiter.
»Sehen Sie, mein Lieber, unser Adjutant hat Pech gehabt, furchtbar viel Pech«, sagte der Stabskapitän Sch. »In der Garnison hat er immer gewonnen, er hat jeden gerupft, mit dem er spielte, aber seit zwei Monaten verliert er immerzu. Auf diesem Feldzug hat er kein Glück. Ich glaube, er ist tausend Silberrubel losgeworden und dazu noch Sachen für fünfhundert: der Teppich, den er Muchin abgewonnen hatte, Nikitas Pistolen, die goldene Uhr von Sada, die ihm Woronzow geschenkt hat, alles ist hin.«
»Das geschieht ihm ganz recht!« sagte Leutnant O. »Früher hat er allen das Fell über die Ohren gezogen, man konnte gar nicht mit ihm spielen.«
»Ja, er hat alle reingelegt, und jetzt ist er selber völlig pleite«, sagte der Stabskapitän mit gutmütigem Lachen. »Hier dieser Guskow wohnt bei ihm, den hätte er beinahe auch noch verspielt. Stimmts, mein Lieber?«
Guskow lachte. Es war ein klägliches, schmerzliches Lachen,

das seinen Gesichtsausdruck vollkommen veränderte. Bei dieser Veränderung war mir, als hätte ich diesen Menschen schon früher gekannt und gesehen, auch sein wirklicher Familienname Guskow kam mir bekannt vor, aber wo und wann ich ihn gesehen hatte, daran konnte ich mich einfach nicht erinnern.

»Ja«, sagte Guskow, hob immer wieder die Hände zu seinem Schnurrbart, ohne ihn zu berühren, und ließ sie wieder sinken, »Pawel Dmitrijewitsch hat in diesem Feldzug wirklich Pech, eine solche veine de malheur«, fügte er in mühsamem, aber reinem Französisch hinzu, und dabei war mir wieder, als hätte ich ihn schon irgendwo und sogar recht oft gesehen. »Ich kenne Pawel Dmitrijewitsch sehr gut, er vertraut mir alles an«, fuhr er fort. »Er und ich sind alte Bekannte, das heißt, er hat mich gern«, fügte er hinzu, offenbar erschrocken über die allzu kühne Behauptung, daß er ein alter Bekannter des Adjutanten sei. »Pawel Dmitrijewitsch spielt vorzüglich; aber jetzt ist es ganz merkwürdig mit ihm, er hat vollkommen den Kopf verloren – la chance a tourné«, fügte er an mich gewandt hinzu.

Wir hatten Guskow anfangs mit herablassender Aufmerksamkeit zugehört, aber nach dieser zweiten französischen Phrase wandten wir uns alle unwillkürlich von ihm ab.

»Ich habe tausendmal mit ihm gespielt, und Sie werden mir zugeben, daß es sonderbar ist«, sagte Leutnant O. mit besonderer Betonung auf diesem Wort, »wirklich sonderbar: ich habe dabei nie einen Heller gewonnen. Warum gewinne ich denn, wenn ich mit anderen spiele?«

»Pawel Dmitrijewitsch spielt vorzüglich, ich kenne ihn schon lange«, sagte ich. In der Tat kannte ich den Adjutanten seit mehreren Jahren, hatte ihn schon oft mit Einsätzen spielen sehen, die für einen Offizier sehr hoch waren, und sein schönes, etwas düsteres, aber immer unerschütterlich ruhiges Gesicht bewundert, seine gedehnte, kleinrussische Sprechweise, seine schönen Sachen und Pferde, seine ruhige ukrainische Gewandtheit und vor allem seine Kunst, ein Spiel gemessen, klar und angenehm zu führen. Ich muß gestehen: wenn ich seine vollen weißen Hände mit dem Brillantring am Zeigefinger betrachtete, die mir eine Karte nach der anderen schlugen, war ich manchmal wütend auf diesen Ring, die weißen Hände, die ganze Person des Adjutanten, und dann kamen mir schlimme Gedanken über ihn; aber wenn ich mir später alles kaltblütig überlegte, kam ich zu der Überzeugung, daß er einfach ein klügerer Spieler war als alle die, mit denen er gewöhnlich spielte. Und wenn man seine allgemeinen Betrachtungen über das Spiel hörte: daß man von kleineren Einsätzen zu größeren übergehen müsse, daß man in bestimmten Fällen passen müsse, daß die erste Regel sei, nur mit Bargeld zu spielen und so weiter – dann wurde einem klar, daß er nur deshalb immer gewann, weil er klüger und charakterfester war als wir alle. Jetzt aber stellte sich heraus, daß dieser zurückhaltende, charakterfeste Spieler alles restlos verspielt hatte, nicht nur sein Geld, sondern auch seine Sachen, was für einen Offizier den Gipfel eines Spielverlustes bedeutet.

»Wenn er mit mir spielt, hat er immer ein verteufeltes Glück«, fuhr der Leutnant O. fort. »Ich habe mir selber mein Ehrenwort gegeben, nicht mehr mit ihm zu spielen.«

»Sie sind wirklich ein komischer Heiliger«, sagte Sch. zu O. und zwinkerte mir zu, »Sie haben doch schon dreihundert Rubel an ihn verloren, was?«

»Mehr«, sagte der Leutnant wütend.

»Und jetzt sind Ihnen die Augen aufgegangen, aber zu spät, mein Lieber. Es ist ja längst bekannt, daß er der Falschspieler des Regiments ist«, sagte Sch., der das Lachen kaum unterdrücken konnte und mit seinem Einfall höchst zufrieden war. »Und dieser Guskow da präpariert ihm die Karten. Daher auch die Freundschaft, mein Lieber...« Und der Stabskapitän Sch. brach in ein so gutmütiges, dröhnendes Lachen aus, daß er am ganzen Körper zitterte und das Glas Glühwein, das er in der Hand hielt, verschüttete. Guskows gelbes, abgemagertes Gesicht wurde rot, er öffnete ein paarmal den Mund, hob die Hände zum Schnurrbart und ließ sie wieder zu der Stelle sinken, wo die Taschen hätten sein müssen, erhob sich, setzte sich wieder und sagte schließlich mit fremdklingender Stimme zu Sch.:

»Das ist kein guter Scherz, Nikolaj Iwanowitsch. Sie reden hier solche Dinge vor Leuten, die mich nicht kennen und mich in diesem unbezogenen Halbpelz sehen... weil...« Die Stimme versagte ihm, und seine kleinen roten Hände mit den schmutzigen Nägeln wanderten wieder von dem Pelz zum Gesicht, strichen über Schnurrbart, Haar und Nase, wischten die Augen aus oder kratzten ohne jeden Grund die Wangen.

»Was ist da viel zu reden, das wissen doch alle, mein Lieber«, fuhr Sch. fort, der mit seinem Scherz sehr zufrieden war und Guskows Aufregung gar nicht bemerkte. Guskow flüsterte noch etwas vor sich hin, stützte den rechten Ellbogen aufs linke Knie, blickte in dieser höchst unnatürlichen Haltung Sch. an und machte ein Gesicht, als ob er geringschätzig lächelte.

›Nein‹, dachte ich, als ich dieses Lächeln beobachtete, ›ich habe ihn nicht nur gesehen, sondern auch irgendwo mit ihm gesprochen.‹

»Wir sind uns schon irgendwo begegnet«, sagte ich zu ihm, als unter dem Einfluß des allgemeinen Schweigens Sch.s Lachen etwas nachließ. Guskows veränderliches Gesicht begann plötzlich zu strahlen, und seine Augen richteten sich zum ersten Mal mit aufrichtig freudigem Ausdruck auf mich.

»Gewiß, ich habe Sie sofort erkannt«, sagte er auf französisch. »Im Jahr achtundvierzig habe ich ziemlich oft das Vergnügen gehabt, Sie in Moskau bei meiner Schwester, Frau Iwaschina, zu sehen.«

Ich entschuldigte mich, daß ich ihn in diesem Anzug nicht sofort erkannt hätte. Er stand auf, kam auf mich zu, drückte

mir mit seiner feuchten Rechten unentschlossen und schwach die Hand und setzte sich neben mich. Obwohl er sich angeblich so freute, mich wiederzusehen, sah er mich nicht an, sondern blickte sich mit einem unangenehm prahlerischen Ausdruck nach den Offizieren um. War es nun, weil ich in ihm einen Menschen wiedererkannte, den ich vor einigen Jahren im Frack im Salon gesehen hatte, oder war es, weil er bei dieser Erinnerung plötzlich in seiner eigenen Achtung gestiegen war – jedenfalls schienen sich sein Gesicht und sogar seine Bewegungen vollkommen zu verändern: sie drückten jetzt einen regen Verstand, kindliche Selbstgefälligkeit und eine gewisse geringschätzige Lässigkeit aus, so daß, wie ich gestehen muß, mir mein alter Bekannter trotz seiner kläglichen Lage statt Mitleid ein feindseliges Gefühl einflößte.
Ich erinnerte mich lebhaft an unsere erste Begegnung. Im Jahr achtundvierzig verkehrte ich während meines Aufenthalts in Moskau viel bei Iwaschin, einem alten Freund, mit dem ich aufgewachsen war. Seine Gattin war eine angenehme Wirtin und das, was man eine liebenswürdige Frau nennt, aber sie gefiel mir trotzdem nicht recht... In dem Winter, in dem ich ihre Bekanntschaft machte, sprach sie oft mit schlecht verhehltem Stolz von ihrem Bruder, der vor kurzem sein Studium beendet hatte und ihren Worten nach einer der gebildetsten und beliebtesten jungen Leute der besten Petersburger Gesellschaft war. Da ich Guskows Vater kannte, der sehr reich war und ein hohes Amt bekleidete, und da ich die Ansichten seiner Schwester kannte, hatte ich von vornherein ein Vorurteil gegen den jungen Guskow. Als ich eines Abends zu Iwaschin kam, traf ich dort einen kleinen, gut aussehenden jungen Mann in schwarzem Frack, weißer Weste und weißer Krawatte; der Herr des Hauses vergaß jedoch, mich mit ihm bekannt zu machen. Der junge Mann, der anscheinend im Begriff war, auf einen Ball zu fahren, stand mit dem Hut in der Hand vor Iwaschin und stritt mit ihm heftig, aber höflich über einen gemeinsamen Bekannten

von uns, der sich damals im ungarischen Feldzug ausgezeichnet hatte. Er sagte, dieser Bekannte sei durchaus kein Held und nicht für den Krieg geschaffen, wie von ihm behauptet werde, sondern einfach ein kluger, gebildeter Mann. Ich entsinne mich, daß ich in diesem Streit gegen Guskow Partei ergriff und mich sogar zu der Behauptung hinreißen ließ, Klugheit und Bildung ständen immer im umgekehrten Verhältnis zur Tapferkeit, und ich erinnere mich noch, wie liebenswürdig und klug mir Guskow zu beweisen suchte, daß Tapferkeit die notwendige Folge von Klugheit und einer gewissen Bildungsstufe sei, worin ich ihm im stillen recht geben mußte, da ich mich selbst für einen klugen, gebildeten Menschen hielt. Ich entsinne mich, daß Frau Iwaschina mich am Schluß der Unterhaltung mit ihrem Bruder bekannt machte, daß er mir mit herablassendem Lächeln seine kleine Hand reichte, deren weißen Glacéhandschuh er noch nicht ganz heraufgezogen hatte, und meine Hand genauso unentschlossen und schwach drückte wie jetzt. Obwohl ich gegen Guskow voreingenommen war, mußte ich ihm Gerechtigkeit widerfahren lassen und seiner Schwester darin beistimmen, daß er wirklich ein kluger und angenehmer junger Mann war, der in der Gesellschaft Erfolg haben mußte. Er war außerordentlich adrett und elegant gekleidet, hatte ein frisches Wesen, sichere, bescheidene Manieren und ein sehr jugendliches, beinahe kindliches Äußeres, um dessentwillen man ihm unwillkürlich seine Selbstgefälligkeit und das Bestreben verzieh, die anderen seine Überlegenheit nicht so deutlich fühlen zu lassen, die sich auf seinem klugen Gesicht und besonders in seinem Lächeln widerspiegelte. Es hieß, er habe in diesem Winter bei den Moskauer Damen großen Erfolg gehabt. Da ich ihn bei seiner Schwester sah, konnte ich nur aus dem Ausdruck von Glück und Zufriedenheit in seinem jungen Gesicht und aus seinen manchmal recht unbescheidenen Erzählungen schließen, inwieweit das zutraf. Wir sahen uns ungefähr sechsmal und sprachen ziemlich viel miteinander, oder richtiger gesagt: er sprach viel, und ich hörte zu. Er sprach meistens Französisch, sehr korrekt, gewählt und bilderreich, und verstand es, den anderen auf eine sanfte, liebenswürdige Weise ins Wort zu fallen. Überhaupt behandelte er alle und auch mich ziemlich von oben herab, und ich – wie es mir immer mit Menschen geht, die fest davon überzeugt sind, daß man mich von oben herab behandeln muß, und die ich wenig kenne – ich fühlte, daß er in dieser Hinsicht durchaus recht hatte.

Als er sich jetzt zu mir setzte und mir die Hand reichte, erkannte ich sofort den hochmütigen Ausdruck von früher, und ich fand, daß er den Vorteil, den er als Gemeiner einem Offizier gegenüber hatte, auf nicht ganz ehrenhafte Weise ausnutzte, indem er mich nachlässig ausfragte, was ich diese ganze Zeit über getrieben hätte und wie ich hierher geraten sei. Obwohl ich ihm jedesmal russisch antwortete, fuhr er immer wieder in französischer Sprache fort, die er nun nicht mehr so gut beherrschte wie früher. Von sich selbst erzählte er nur ganz nebenbei, daß er nach dieser unglücklichen, dummen Geschichte (worin die Geschichte bestand, wußte ich nicht, und er sagte es mir auch nicht) drei Monate in Haft gesessen, dann in den Kaukasus zum Regiment N. versetzt worden sei, wo er jetzt schon drei Jahre als gemeiner Soldat diene.

»Sie glauben gar nicht«, sagte er auf französisch zu mir, »was ich von den Offizieren in diesem Regiment ausstehen mußte. Es ist ein Glück, daß ich den Adjutanten, von dem gerade die Rede war, noch von früher her kenne; er ist wirklich ein guter Mensch«, bemerkte er herablassend, »ich wohne bei ihm, und das ist doch eine kleine Erleichterung für mich. Oui, mon cher, les jours se suivent, mais ne se ressemblent pas«, fügte er hinzu, stockte plötzlich, wurde rot und erhob sich von seinem Platz, da der Adjutant, von dem wir sprachen, auf uns zukam.

»Welche Freude ist es für mich, einen Menschen wie Sie zu

treffen!« flüsterte Guskow mir zu, während er sich entfernte. »Ich hätte mich gern noch mit Ihnen unterhalten.«
Ich antwortete, daß ich mich sehr freuen würde, aber ich muß gestehen, daß Guskow in Wirklichkeit bei mir nur ein peinliches Mitgefühl ohne Sympathie hervorrief.
Ich spürte im voraus, daß ich mich unter vier Augen mit ihm nicht wohl fühlen würde, aber ich hätte gern noch manches von ihm erfahren, vor allem, woher es kam, daß er trotz des Reichtums seines Vaters so arm war, was man an seiner Kleidung und an seinem Benehmen deutlich merkte.
Der Adjutant begrüßte uns alle mit Ausnahme Guskows und setzte sich neben mich auf den Platz, den der Degradierte eingenommen hatte. Pawel Dmitrijewitsch, den ich in der Glanzzeit seiner Spielerfolge als einen stets ruhigen, bedächtigen, charakterfesten Spieler und vermögenden Mann gekannt hatte, war jetzt ganz anders; er schien in Eile zu sein, ließ seine Blicke vom einen zum andern wandern, und es waren noch nicht fünf Minuten vergangen, als er, der früher nie spielen wollte, dem Leutnant O. eine Partie vorschlug. Leutnant O. lehnte das unter dem Vorwand dienstlicher Verpflichtungen ab, vor allem aber deshalb, weil er wußte, wie wenig Geld und Sachen Pawel Dmitrijewitsch geblieben waren; darum fand er es unvernünftig, seine dreihundert Rubel gegen die hundert oder auch weniger, die er gewinnen konnte, aufs Spiel zu setzen.
»Hören Sie, Pawel Dmitrijewitsch«, sagte Leutnant O., offenbar in der Absicht, einer Wiederholung der Bitte vorzubeugen, »stimmt es, daß wir morgen ausrücken?«
»Ich weiß es nicht«, antwortete Pawel Dmitrijewitsch, »es ist nur ein Befehl gekommen, alles bereit zu halten. Wollen wir nicht doch spielen? Ich würde meinen Kabardiner verpfänden...«
»Nein, heute ist es schon...«
»Meinetwegen auch den Grauschimmel, wenn es sein muß, oder wollen Sie lieber um Geld spielen?«

»Nun, ich möchte schon. Glauben Sie bitte nicht, daß ich...«, sagte Leutnant O. und antwortete auf seine eigenen Bedenken, »aber morgen ist vielleicht ein Überfall, oder wir rücken aus, da muß man ausschlafen.«
Der Adjutant stand auf, steckte die Hände in die Taschen und begann auf dem Platz hin und her zu gehen. Sein Gesicht hatte wieder den Ausdruck von Stolz und Kälte angenommen, den ich so sehr an ihm liebte.
»Möchten Sie nicht ein Gläschen Glühwein?« fragte ich ihn.
»Gern«, und er wandte sich zu mir, aber Guskow nahm mir eilig das Glas aus der Hand und brachte es dem Adjutanten, ohne ihn dabei anzusehen. Er übersah den Strick, der das Zelt festhielt, stolperte darüber, ließ das Glas fallen und fiel auf die Hände.
»So ein Tölpel!« sagte der Adjutant, der schon die Hand nach dem Glas ausgestreckt hatte. Alle lachten; Guskow lachte mit und rieb sich mit der Hand sein mageres Knie, das er sich bei dem Fall gar nicht verletzt haben konnte.
»So wie der Bär dem Einsiedler diente«, fuhr der Adjutant fort, »so dient er mir jeden Tag. Er hat schon alle Zeltpflöcke umgerissen, er stolpert in einem fort.
Guskow entschuldigte sich, ohne auf den Adjutanten zu hören, und sah mich mit einem kaum wahrnehmbaren traurigen Lächeln an, mit dem er wohl sagen wollte, daß ich der einzige sei, der ihn verstehen könne. Er war bemitleidenswert, aber der Adjutant, sein Gönner, schien aus irgendeinem Grund auf seinen Zeltgenossen wütend zu sein und wollte ihn nicht in Ruhe lassen.
»Ja, ein gewandter Bursche! Man kann ihn drehen und wenden, wie man will!«
»Wer stolpert denn nicht über diese Pflöcke, Pawel Dmitrijewitsch«, sagte Guskow, »vorgestern sind Sie ja selber gestolpert.«
»Ich bin auch kein Gemeiner, Väterchen; von mir verlangt niemand Geschicklichkeit.«

»Er braucht die Füße nicht zu heben«, fiel der Stabskapitän Sch. ein, »aber ein Gemeiner muß springen.«
»Sonderbare Scherze«, sagte Guskow fast flüsternd mit niedergeschlagenen Augen. Der Adjutant war offenbar erbost auf seinen Zeltgenossen und horchte begierig auf jedes seiner Worte.
»Wir werden ihn wieder auf Vorposten schicken müssen«, sagte er zu Sch. und wies augenzwinkernd auf den Degradierten.
»Na, dann wird es wieder Tränen geben«, erwiderte Sch. lachend. Guskow sah mich nicht mehr an, sondern tat, als wollte er Tabak aus dem Beutel nehmen, in dem schon längst keiner mehr war.
»Machen Sie sich fertig, auf Vorposten zu gehen, Väterchen«, sagte Sch. lachend, »die Patrouillen haben gemeldet, daß das Lager heute nacht überfallen werden soll. Da müssen wir zuverlässige Leute auf Posten schicken.« Guskow lächelte unentschlossen, als wollte er etwas sagen, und sah Sch. wiederholt mit flehendem Blick an.
»Ich bin ja schon auf Vorposten gewesen und werde auch wieder gehen, wenn ich hingeschickt werde«, stammelte er.
»Und Sie werden auch hingeschickt.«
»Nun, dann gehe ich eben. Was ist dabei?«
»Jawohl, wie am Argun, wo Sie vom Vorposten davongelaufen sind und Ihr Gewehr weggeworfen haben«, sagte der Adjutant, wandte sich von ihm ab und begann uns die Befehle für den folgenden Tag auseinanderzusetzen.
In der Tat erwartete man, daß der Feind in der Nacht das Lager beschießen werde, und am folgenden Tag stand wohl ein Marsch bevor. Der Adjutant sprach noch über dies und jenes und schlug dann wieder ganz nebenbei dem Leutnant O. ein Spielchen vor. Der Leutnant O. willigte zu unserer großen Überraschung ein, und sie gingen mit Sch. und dem Fähnrich in das Zelt des Adjutanten, der einen grünen Klapptisch und Karten hatte. Der Hauptmann, der unsere

Abteilung kommandierte, ging in sein Zelt, um sich schlafen zu legen; die anderen Herren gingen ebenfalls auseinander, und ich blieb mit Guskow allein zurück. Ich hatte mich nicht geirrt: ich fühlte mich unter vier Augen mit ihm wirklich unbehaglich. Ich stand unwillkürlich auf und begann neben der Batterie auf und ab zu gehen. Guskow ging schweigend neben mir und fuhr bei jeder Wendung hastig und unruhig hin und her, um nicht zurückzubleiben.
»Ich störe Sie doch nicht?« sagte er mit sanfter, trauriger Stimme. Soweit ich sein Gesicht im Dunkeln unterscheiden konnte, schien es mir tief nachdenklich und traurig zu sein.
»Durchaus nicht«, antwortete ich; aber da er nicht zu reden anfing und ich nicht wußte, was ich sagen sollte, gingen wir ziemlich lange schweigend auf und ab.
Die Dämmerung war dem Dunkel der Nacht gewichen, über der schwarzen Linie der Berge glühte noch das Abendrot, über unseren Köpfen blinkten winzige Sterne am blaßblauen, frostklaren Himmel, auf allen Seiten leuchteten die roten, rauchenden Lagerfeuer in der Dunkelheit, in der Nähe sahen wir die grauen Zelte und den düsteren, schwarzen Wall unserer Batterie. Im Schein des nächsten Lagerfeuers, an dem sich unsere Burschen wärmten und leise miteinander sprachen, blitzte von Zeit zu Zeit das Erz unserer schweren Geschütze auf, und man sah die Gestalt des Wachtpostens, der mit übergeworfenem Mantel gemessenen Schrittes auf dem Wall hin und her ging.
»Sie können sich gar nicht vorstellen, was für ein Trost es für mich ist, mit einem Menschen wie Ihnen zu reden«, sagte Guskow zu mir, obgleich er noch nichts mit mir gesprochen hatte. »Das kann nur jemand verstehen, der in meiner Lage gewesen ist.«
Ich wußte nicht, was ich ihm antworten sollte, und wir schwiegen von neuem, obwohl er offenbar Lust hatte, sich auszusprechen und ich, ihn anzuhören.
»Wofür sind Sie denn... wofür haben Sie denn gelitten?«

fragte ich ihn endlich, da mir nichts Besseres einfiel, um das Gespräch zu beginnen.

»Haben Sie denn nicht von dieser unglückseligen Geschichte mit Metenin gehört?«

»Ja, es war wohl ein Duell, ich habe nur flüchtig davon gehört«, antwortete ich, »ich bin ja schon lange im Kaukasus.«

»Nein, ein Duell war es nicht, aber eine dumme, schreckliche Geschichte! Ich werde Ihnen alles erzählen, wenn Sie die Geschichte nicht kennen. Es war in demselben Jahr, als ich mit Ihnen bei meiner Schwester zusammentraf; ich wohnte damals in Petersburg. Wissen Sie, ich hatte damals das, was man une position dans le monde nennt, und zwar eine recht günstige, wenn nicht glänzende. Mon père me donnait dix mille par an. Im Jahre 49 versprach man mir eine Stelle bei der Gesandtschaft in Turin; mein Onkel mütterlicherseits konnte sehr viel für mich tun und war auch immer gern dazu bereit. Das ist jetzt alles vorbei. J'étais reçu dans la meilleure société de Pétersbourg, je pouvais prétendre auf eine sehr gute Partie. In der Schule hatte ich gelernt, wie wir alle lernen, hatte also keine besondere Bildung; allerdings habe ich nachher viel gelesen, mais j'avais surtout, wissen Sie, ce jargon du monde, und, wie dem auch sein mochte, man fand aus irgendeinem Grund, daß ich einer der ersten jungen Männer in Petersburg sei. Was mich in der allgemeinen Meinung besonders hob, c'est cette liaison avec Mme D., von der in Petersburg viel geredet wurde; aber ich war damals furchtbar jung und wußte alle diese Vorteile wenig zu schätzen. Ich war eben einfach jung und dumm. Was brauchte ich noch mehr? Damals stand dieser Metenin in Petersburg in dem Ruf…« Und Guskow erzählte mir die Geschichte seines Unglücks, die ich hier weglasse, weil sie völlig uninteressant ist. »Zwei Monate habe ich in Haft gesessen«, fuhr er fort, »ganz allein, und was habe ich in dieser Zeit nicht alles überdacht! Aber wissen Sie, als das alles zu Ende war, als das Band, das mich an die Vergangen-

heit knüpfte, endgültig zerrissen war, da wurde mir leichter ums Herz. Mon père – gewiß vous en avez entendu parler – ist ein Mann von eisernem Charakter und festen Grundsätzen; il m'a déshérité und alle Beziehungen zu mir abgebrochen. Nach seinen Grundsätzen mußte er so handeln, und ich klage ihn in keiner Weise an: il a été conséquent. So habe denn auch ich keinen Schritt getan, um ihn von seiner Absicht abzubringen. Meine Schwester war im Ausland. Mme D. war die einzige, die an mich schrieb, als es erlaubt wurde, und mir Hilfe anbot; aber Sie werden verstehen, daß ich das ablehnte. Deshalb fehlte es mir an den Kleinigkeiten, die einem eine solche Lage etwas erleichtern können; wissen Sie, ich hatte weder Bücher noch ordentliche Wäsche, noch anständige Kost, nichts. Ich habe in dieser Zeit vieles, vieles überdacht und begann alles mit anderen Augen anzusehen; dieser Lärm zum Beispiel und das Gerede der Petersburger Gesellschaft über mich interessierte mich nicht und schmeichelte mir nicht im geringsten; all das erschien mir lächerlich. Ich fühlte, daß ich selbst durch meine jugendliche Unvorsichtigkeit an allem schuld war und mir meine Karriere verdorben hatte, und überlegte nur, wie ich alles wieder in Ordnung bringen könnte. Und ich fühlte noch Kraft und Energie dazu. Aus der Haft wurde ich, wie ich Ihnen schon sagte, hierher in den Kaukasus zum Regiment N. geschickt.

»Ich dachte«, fuhr er in lebhaftem Ton fort, »da im Kaukasus ist la vie de camp, da sind einfache, ehrenhafte Menschen, mit denen ich werde verkehren können, da gibt es Krieg und Gefahren, das alles wird ausgezeichnet zu meiner Gemütsverfassung passen, und ich werde ein neues Leben beginnen. On me verra au feu; man wird mich liebgewinnen und achten, nicht nur meines Namens wegen – Auszeichnungen, Unteroffiziersgrad, die Strafe wird erlassen, ich kehre zurück et, vous savez, avec ce prestige de malheur! Aber quel désenchantement! Sie können sich gar nicht vorstellen, wie ich mich getäuscht habe!... Kennen Sie das Offizierkorps unseres Regi-

ments?« Er schwieg ziemlich lange und erwartete anscheinend, daß ich ihm sagen würde, ich wisse, wie schlecht das hiesige Offizierkorps sei; aber ich gab ihm keine Antwort. Es war mir widerwärtig, daß er (wohl weil ich Französisch konnte) voraussetzte, ich müßte über das Offizierkorps entrüstet sein, das ich im Gegenteil durch meinen langen Aufenthalt im Kaukasus schätzen gelernt hatte und tausendmal mehr achtete als die Gesellschaft, aus der Herr Guskow stammte. Ich wollte ihm das sagen, aber seine Lage band mir die Zunge.
»Im Regiment N. ist das Offizierkorps tausendmal schlimmer als hier«, fuhr er fort. »J'espère que c'est beaucoup dire, das heißt, Sie können sich gar keine Vorstellung davon machen, wie es ist! Von den Junkern und den Gemeinen will ich noch gar nicht reden; das ist eine ganz schreckliche Sorte! Die Offiziere nahmen mich anfangs gut auf, das ist die volle Wahrheit; dann aber, als sie sahen, daß ich nicht umhin konnte, sie geringzuschätzen, wissen Sie, als sie in all diesen unmerklichen kleinen Dingen sahen, daß ich ein ganz anderer, weit über ihnen stehender Mensch war, da wurden sie böse auf mich und fingen an, es mir durch allerlei kleine Demütigungen zu vergelten. Ce que j'ai eu à souffrir vous ne vous faites pas une idée. Dann dieser unerläßliche Verkehr mit den Junkern, und namentlich avec les petits moyens que j'avais; je manquais de tout; ich hatte nur das, was mir meine Schwester schickte. Als Beweis dafür, wieviel ich litt, mag Ihnen die Tatsache dienen, daß ich, ich bei meinem Charakter, avec ma fierté, j'ai écrit à mon père und ihn angefleht habe, mir wenigstens etwas zu schicken. Wenn man fünf Jahre ein solches Leben führt, kann man leicht wie unser Degradierter Dromow werden, der mit den Gemeinen trinkt und an alle Offiziere Bettelbriefe schreibt, in denen er sie bittet, ihm drei Rubel zu ›leihen‹ und mit ›tout à vous Dromow‹ unterzeichnet. Man muß einen Charakter haben wie ich, um in dieser schrecklichen Lage nicht vollständig

zugrunde zu gehen.« Er ging lange schweigend neben mir. »Avez-vous un papiros?« fragte er mich. »Ja, wo bin ich stehengeblieben? Ja. Ich konnte das nicht ertragen. Ich meine das nicht in physischer Hinsicht; ich habe zwar gehungert und gefroren und so elend wie ein gemeiner Soldat gelebt, aber die Offiziere hatten noch eine gewisse Achtung vor mir, ich hatte immer noch ein gewisses Prestige. Sie schickten mich nicht auf Wache und zum Exerzieren. Ich hätte das auch nicht ausgehalten. Aber moralisch habe ich furchtbar gelitten. Und was das Schlimmste war: ich sah keinen Ausweg aus dieser Lage. Ich schrieb an meinen Onkel und bat ihn flehentlich, für meine Versetzung in dieses Regiment zu sorgen, das wenigstens im Felde steht; auch dachte ich, daß hier Pawel Dmitrijewitsch ist, qui est le fils de l'intendant de mon père, der konnte mir doch nützlich sein. Der Onkel tat das für mich, ich wurde versetzt. Nach meinem alten Regiment kam mir dieses wie eine Versammlung von Kammerherren vor. Außerdem war auch Pawel Dmitrijewitsch hier, der wußte, wer ich war, und ich wurde vortrefflich aufgenommen. Auf Bitten meines Onkels... Guskow, vous savez. Aber ich merkte, daß diese ungebildeten Leute einen Menschen, der keinen Glorienschein von Reichtum und Vornehmheit hat, gar nicht achten und respektieren können, ich merkte, wie ihr Benehmen, als sie sahen, daß ich arm war, immer nachlässiger und zuletzt beinahe geringschätzig wurde.

Das ist schrecklich; aber es ist die volle Wahrheit. – Hier bin ich in Gefechten gewesen, habe gekämpft, on m'a vu au feu«, fuhr er fort; »aber wann wird das alles ein Ende nehmen? Ich glaube, niemals! Aber meine Kraft und Energie beginnt schon zu erlahmen. Und außerdem hatte ich mir la guerre, la vie de camp vorgestellt, aber in Wirklichkeit ist das alles ganz anders. Im Halbpelz, ungewaschen, in Kommißstiefeln muß man auf Vorposten gehen und die ganze Nacht mit irgendeinem Antonow, der wegen Trunksucht unter die Soldaten gesteckt wurde, in einer Schlucht liegen und kann jeden Augenblick hinterrücks erschossen werden. Ob es unsereinen trifft oder Antonow, ist ganz gleich. Das hat nichts mehr mit Tapferkeit zu tun – das ist entsetzlich. C'est affreux, ça tue.«

»Aber Sie können jetzt für diesen Feldzug zum Unteroffizier und im nächsten Jahr zum Fähnrich befördert werden«, sagte ich.

»Ja, das kann ich, es ist mir versprochen worden; aber das dauert noch zwei Jahre und ist auch dann nicht sicher. Aber wenn jemand wüßte, was zwei solche Jahre bedeuten! Stellen Sie sich nur das Zusammenleben mit diesem Pawel Dmitrijewitsch vor: nichts als Kartenspiel, grobe Späße und Saufen! Sie möchten manchmal etwas sagen, was Ihnen am Herzen liegt, aber diese Leute verstehen Sie nicht oder lachen Sie nur aus. Sie reden nicht mit Ihnen, um Ihnen einen Gedanken mitzuteilen, sondern um einen Hanswurst aus Ihnen zu machen. Und alles ist so gemein, so grob, so garstig, und man fühlt immer, daß man Gemeiner ist; das lassen diese Leute einen fortwährend fühlen. Darum können Sie auch gar nicht verstehen, was für ein Genuß es ist, à cœur ouvert mit einem Menschen wie Ihnen zu reden.«

Ich verstand durchaus nicht, was für ein Mensch ich sein sollte, und wußte daher nicht, was ich ihm hätte antworten sollen.

»Wollen Sie noch etwas essen?« fragte mich in diesem Augenblick Nikita, der sich mir in der Dunkelheit unbemerkt genähert hatte und, wie ich merkte, über die Anwesenheit des Fremden nicht erfreut war. »Es sind nur Quarkpasteten und ein paar Klopse übrig.«

»Hat der Hauptmann schon gegessen?«

»Der schläft schon lange«, antwortete Nikita mürrisch. Auf meinen Befehl, uns etwas zu essen und Schnaps hierher zu bringen, brummte er unzufrieden vor sich hin und ging langsam in sein Zelt. Dort brummte er noch eine Weile, brachte aber dann einen kleinen Koffer heraus; auf den Koffer stellte er eine Kerze, um die er zum Schutz gegen den Wind ein Stück Papier gebunden hatte, eine Kasserolle, ein Töpfchen mit Senf, einen Blechbecher mit einem Henkel und eine Flasche Wermutschnaps. Als Nikita dies alles aufgebaut hatte, blieb er noch ein Weilchen bei uns stehen und sah zu, wie ich und Guskow Schnaps tranken, was ihm offenbar sehr mißfiel. Bei dem matten Schein, den die Kerze durch das Papier warf, sah man in der Dunkelheit nur das Seehundsfell des Koffers, das Abendessen, das darauf stand, Guskows Gesicht, seinen Halbpelz und seine kleinen roten Hände, mit denen er die Quarkpasteten aus der Kasserolle herausholte. Ringsumher war alles schwarz, und nur wenn man genau hinsah, konnte man die schwarze Batterie, die ebenso schwarze Gestalt des Wachtpostens über der Brustwehr, die Lagerfeuer zu beiden Seiten und oben die rötlichen Sterne erkennen. Guskow lächelte traurig und verschämt, als wäre es ihm peinlich, mir nach seinem Geständnis in die Augen zu sehen. Er trank noch einen Becher Schnaps, aß gierig und kratzte zuletzt die Kasserolle aus.

»Ja, Ihre Bekanntschaft mit dem Adjutanten ist doch für Sie eine Erleichterung«, sagte ich zu ihm, um überhaupt etwas zu sagen. »Wie ich gehört habe, ist er ein sehr guter Mensch.«

»Ja«, antwortete der Degradierte, »er ist ein guter Mensch; aber er kann nicht anders sein, als er ist; er kann nicht ein Mensch im vollen Sinne des Wortes sein; bei seiner mangelhaften Bildung kann man das auch gar nicht von ihm verlangen.« Er schien plötzlich zu erröten. »Sie haben vorhin seine groben Späße über den Vorposten gehört...« Und obwohl ich mich mehrmals bemühte, das Gespräch auf etwas anderes zu lenken, begann Guskow sich vor mir zu rechtfertigen und zu beweisen, daß er nicht von dem Vorposten weggelaufen und kein Feigling sei, wie der Adjutant und Sch. hätten andeuten wollen.

»Wie ich Ihnen schon gesagt habe«, fuhr er fort, während er

sich die Hände an seinem Halbpelz abwischte, »solche Leute sind nicht imstande, einen Menschen, der nur Gemeiner ist und wenig Geld hat, zartfühlend zu behandeln; das geht über ihre Kräfte. Und gerade in der letzten Zeit, wo ich schon seit fünf Monaten – ich weiß nicht warum – nichts von meiner Schwester bekommen habe, habe ich bemerkt, wie sie sich in ihrem Benehmen gegen mich verändert haben. Dieser Halbpelz, den ich von einem Soldaten gekauft habe und der nicht wärmt, weil er ganz abgescheuert ist« (bei diesen Worten zeigte er mir die kahlen Schöße), »flößt ihm nicht Mitleid oder Achtung vor dem Unglück ein, sondern eine Geringschätzung, die er nicht verbergen kann. Mag meine Not auch noch so groß sein wie jetzt, wo ich nichts als Soldatengrütze zu essen und nichts anzuziehen habe«, fuhr er mit niedergeschlagenen Augen fort und goß sich noch einen Becher Schnaps ein, »es fällt ihm gar nicht ein, mir leihweise Geld anzubieten, obwohl er doch bestimmt weiß, daß ich es ihm zurückgebe, sondern er wartet darauf, daß ich in meiner Lage mich an ihn wende. Aber Sie werden begreifen, wie peinlich mir das ist, und noch dazu ihm gegenüber. Ihnen zum Beispiel – voutes êtes au dessus de cela, mon cher – würde ich geradezu sagen: je n'ai pas le sou. Und wissen Sie«, sagte er, mir plötzlich verzweifelt in die Augen blickend, »ich sage es Ihnen ganz offen, ich bin in einer entsetzlichen Lage, pouvez-vous me prêter dix roubles d'argent? Meine Schwester wird mir mit der nächsten Post Geld schicken, et mon père ...«

»Oh, mit Vergnügen«, erwiderte ich, obwohl es mir im Gegenteil unangenehm und ärgerlich war, vor allem deshalb, weil ich am Tag vorher im Kartenspiel verloren hatte und nur noch etwa fünf Rubel besaß, die Nikita hatte. »Sofort«, sagte ich, indem ich aufstand, »ich will ins Zelt gehen und das Geld holen.«

»Nicht doch, nachher; ne vous dérangez pas.«

Aber ohne auf ihn zu hören, kroch ich in das zugeknöpfte

Zelt hinein, wo mein Bett stand und der Hauptmann schlief.
»Alexej Iwanowitsch, bitte, geben Sie mir zehn Rubel bis zur nächsten Gehaltszahlung«, sagte ich zu dem Hauptmann, während ich ihn wachrüttelte.
»Was, haben Sie schon wieder alles verspielt? Und Sie haben doch gestern erst gesagt, Sie wollten nie wieder spielen«, sagte der Hauptmann schlaftrunken.
»Nein, ich habe nicht gespielt! Ich brauche anderweitig Geld; bitte, geben Sie mir welches!«
»Makatjuk!« rief der Hauptmann seinem Burschen zu. »Bring die Geldschatulle her!«
»Leiser, leiser!« sagte ich, da ich vor dem Zelt die gleichmäßigen Schritte Guskows hörte.
»Was? Warum leiser?«
»Der Degradierte hat mich um ein Darlehen gebeten. Er ist draußen.«
»Wenn ich das gewußt hätte, so hätte ich Ihnen nichts gegeben«, bemerkte der Hauptmann. »Ich habe allerlei über ihn gehört; er ist ein Taugenichts erster Güte!« Aber der Hauptmann gab mir doch das Geld, befahl, die Schatulle wieder zu verwahren und das Zelt ordentlich zu schließen, sagte noch einmal: »Wenn ich gewußt hätte, wozu, dann hätte ich Ihnen nichts gegeben« und zog die Decke über den Kopf. »Jetzt schulden Sie mir zweiunddreißig, vergessen Sie's nicht!« rief er mir nach.
Als ich aus dem Zelt kam, ging Guskow bei den Bänken auf und ab, und seine kleine Gestalt mit den krummen Beinen und der häßlichen Pelzmütze mit ihren langen Zotteln tauchte auf und verschwand wieder in der Dunkelheit, wenn er an der Kerze vorüberging. Er tat, als bemerke er mich nicht. Ich übergab ihm das Geld. Er sagte: »Merci!«, knitterte die Banknote zusammen und steckte sie in die Hosentasche.
»Jetzt wird bei Pawel Dmitrijewitsch das Spiel in vollem Gange sein, denke ich«, begann er darauf.
»Ja, das glaube ich auch.«

»Er spielt eigentümlich, immer à rebours, und läßt sich durch nichts irremachen. Wenn man Glück hat, ist das recht schön, aber wenn es schief geht, kann man dabei sehr viel verlieren. Das hat er ja selber bewiesen. Bei dieser Expedition muß er, wenn man die Sachen mit berechnet, mehr als fünfzehnhundert Rubel verloren haben. Und früher hat er so zurückhaltend gespielt, daß dieser Offizier vorhin anscheinend an seiner Ehrlichkeit gezweifelt hat.«

»Nun, das hat er nicht ernst gemeint... Nikita, haben wir noch Rotwein?« fragte ich; ich fühlte mich durch Guskows Redseligkeit sehr erleichtert. Nikita brummte wieder, brachte uns aber Rotwein und sah ärgerlich zu, wie Guskow sein Glas austrank. In Guskows Benehmen machte sich die frühere Ungeniertheit bemerkbar. Ich wünschte, daß er recht bald weggehen möchte, aber er schämte sich wahrscheinlich, gleich nach Empfang des Geldes wegzugehen.

»Wie kommt es denn, daß Sie bei Ihren Mitteln sich ohne zwingenden Grund de gaîté de cœur entschlossen haben, im Kaukasus zu dienen? Das verstehe ich absolut nicht«, sagte er zu mir.

Ich versuchte diese für ihn so merkwürdige Handlungsweise zu rechtfertigen.

»Ich kann mir denken, wie schwer auch für Sie das Zusammenleben mit diesen Offizieren ist, die keine Ahnung von Bildung haben. Sie können einander nicht verstehen. Außer Karten und Wein und Gesprächen über Auszeichnungen und Feldzüge bekommen Sie ja hier nichts zu sehen und zu hören, und wenn Sie zehn Jahre lang hier leben.«

Es war mir unangenehm, daß er wünschte, ich sollte durchaus seine Ansichten teilen, und ich versicherte ihm, daß ich Karten und Wein und Gespräche über Feldzüge sehr gern hätte und mir gar keine besseren Kameraden wünschen könnte. Aber er wollte mir nicht glauben.

»Na, Sie sagen das nur so«, fuhr er fort, »aber das Fehlen von Frauen, ich meine femmes comme il faut – ist das nicht eine

schreckliche Entbehrung? Ich weiß nicht, was ich jetzt darum geben würde, wenn ich auch nur einen Augenblick in einem Salon sein und wenigstens durch die Türritze eine schöne Frau sehen könnte.«
Er schwieg eine Weile und trank noch ein Glas Rotwein.
»Ach, mein Gott, mein Gott! Vielleicht trifft es sich noch einmal, daß wir einander in Petersburg bei Menschen begegnen und mit Menschen, mit Frauen zusammen leben.« Er trank den letzten Wein aus, der noch in der Flasche war, und sagte dann: »Ach, pardon, vielleicht wollten Sie selbst noch etwas, ich bin furchtbar zerstreut. Aber ich glaube, ich habe zuviel getrunken, et je n'ai pas la tête forte. Es gab eine Zeit, als ich in der Morskaja[1] au rez de chaussée wohnte; ich hatte eine wundervolle Wohnung, elegante Möbel; wissen Sie, ich verstand mich darauf, so etwas geschmackvoll einzurichten und nicht allzu teuer; allerdings hatte mir mon père Porzellan, Blumen und wundervolles Silber gegeben. Le matin je sortais und machte Besuche; à cinq heures régulièrement fuhr ich zu ihr, um bei ihr zu dinieren; oft war sie allein. Il faut avouer que c'était une femme ravissante! Sie haben sie nicht gekannt? Gar nicht?«
»Nein.«
»Wissen Sie, sie besaß im höchsten Grade dieses wahrhaft Weibliche, diese Zärtlichkeit; und erst ihre Liebe! O Gott, damals wußte ich dieses Glück gar nicht zu schätzen. Manchmal kamen wir nach dem Theater zu zweien nach Hause zurück und soupierten zusammen. Ich habe mich nie in ihrer Gesellschaft gelangweilt, sie war toujours gaie, toujours aimante. Ich ahnte gar nicht, was für ein Glück ich hatte. Et j'ai beaucoup à me reprocher ihr gegenüber. Je l'ai fait souffrir, et souvent; ich war grausam. Ach, war das eine herrliche Zeit! Langweile ich Sie auch nicht?«
»Nein, durchaus nicht.«
»Dann will ich Ihnen von unseren Abenden erzählen. Ich

1. Eine Straße in Petersburg.

kam ins Haus – diese Treppe, auf der ich jeden Blumentopf kannte, die Türklinke, das alles war so lieb, so vertraut; dann das Vorzimmer, ihr Zimmer... Nein, das wird nie, nie mehr wiederkehren! Sie schreibt auch jetzt noch an mich; ich werde Ihnen gern ihre Briefe zeigen. Aber ich bin nicht mehr wie früher, ich bin verloren, ich bin ihrer nicht mehr wert... Ja, ich bin endgültig verloren! Je suis cassé. Ich habe keine Energie mehr, keinen Stolz, nichts. Sogar mein Adel ist dahin... Ja, ich bin verloren! Und nie wird jemand verstehen, was ich leide. Das alles ist allen gleichgültig. Ich bin ein verlorener Mensch! Nie werde ich mich wieder erheben können, weil ich moralisch gesunken bin, in den Schmutz gefallen...«
In diesem Augenblick war aus seinen Worten eine echte, tiefe Verzweiflung herauszuhören: er sah mich nicht an und saß da, ohne sich zu rühren.
»Warum wollen Sie so verzweifeln?« fragte ich.
»Weil ich abscheulich bin; dieses Leben hat mich vernichtet; alles, was in mir war, ist ertötet. Ich leide ohne Stolz und Würde, alle dignité de malheur fehlt. Man demütigt mich jeden Augenblick, ich ertrage das alles, ich suche diese Demütigungen geradezu. Dieser Schmutz a déteint sur moi; ich bin selbst ein ungebildeter Mensch geworden; ich habe vergessen, was ich einst wußte, und kann nicht mehr Französisch sprechen; ich fühle, daß ich ein gemeiner, niedriger Mensch bin. Ich kann in diesem Milieu nicht tapfer kämpfen, ich kann es einfach nicht. Vielleicht könnte ich ein Held sein – gebt mir ein Regiment, goldene Epauletten und Trompeten! Aber neben so einem Anton Bondarenko und so weiter zu gehen und zu denken, daß zwischen mir und ihm kein Unterschied ist, daß es ganz gleich ist, ob ich erschossen werde oder er, dieser Gedanke tötet mich. Sie verstehen gewiß, wie schrecklich der Gedanke ist, daß irgendein zerlumpter Kerl mich töten könnte, mich, einen Menschen, der denkt und fühlt, und daß er ebensogut meinen Nebenmann Antonow töten könnte, ein Geschöpf, das sich in nichts von einem

Tier unterscheidet, und daß es leicht geschehen kann, daß gerade ich getötet werde und nicht Antonow, weil es une fatalité für alles Hohe und Schöne gibt. Ich weiß, daß man mich einen Feigling nennt; meinetwegen: ich bin wirklich ein Feigling und kann nicht anders sein. Und nicht genug, daß ich ein Feigling bin – ich bin nach Ansicht dieser Menschen auch ein Bettler und ein verächtlicher Mensch. Jetzt habe ich Sie um Geld gebeten, und Sie haben also das Recht, mich zu verachten. Nein, nehmen Sie ihr Geld zurück« (er hielt mir die zerknitterte Banknote hin). »Ich will, daß Sie mich achten.« Er bedeckte das Gesicht mit den Händen und brach in Tränen aus; ich wußte absolut nicht, was ich sagen und tun sollte.

»Beruhigen Sie sich«, sagte ich zu ihm, »Sie sind zu empfindsam, nehmen Sie sich nicht alles so zu Herzen, denken Sie nicht zuviel nach, sehen Sie die Dinge einfacher an! Sie sagen selbst, daß Sie Charakter haben. Nehmen Sie es auf sich, Sie haben ja nicht mehr lange zu leiden«, sagte ich ziemlich unbeholfen zu ihm, weil ich selber erregt war; ich hatte Mitleid mit ihm und bereute, daß ich es gewagt hatte, in Gedanken einen wahrhaft und tiefunglücklichen Menschen zu verurteilen.

»Ja«, begann er, »wenn ich auch nur ein einziges Mal, seit ich in dieser Hölle bin, wenigstens ein Wort der Teilnahme, des Rates, der Freundschaft gehört hätte, ein menschliches Wort, wie ich es von Ihnen höre. Dann könnte ich vielleicht alles ruhig ertragen, dann hätte ich es vielleicht auf mich genommen, ein einfacher Soldat zu sein, aber jetzt ist das furchtbar... Wenn ich mir alles vernünftig überlege, dann wünsche ich mir den Tod; wie könnte ich auch dieses schmachvolle Leben und mich selbst lieben, da ich für alles Gute in der Welt verloren bin? Aber bei der geringsten Gefahr fange ich unwillkürlich an, dieses gemeine Leben zu vergöttern und wie eine Kostbarkeit zu hüten, und ich kann mich nicht überwinden, je ne puis pas. Das heißt, ich kann es«, fuhr er nach minutenlangem Schweigen fort, »aber es kostet mich zu große Anstrengung, eine gewaltige Anstrengung, wenn ich allein bin. Mit anderen zusammen, unter gewöhnlichen Verhältnissen, so wie Sie in den Kampf gehen, bin ich tapfer, j'ai fait mes preuves; denn ich bin ehrgeizig und stolz: das ist mein Fehler, und in Gegenwart anderer... Wissen Sie, gestatten Sie mir, bei Ihnen zu übernachten, denn bei uns wird gewiß die ganze Nacht gespielt... irgendwo, meinetwegen auf dem Erdboden.«

Während Nikita das Bett zurechtmachte, standen wir auf und gingen in der Dunkelheit wieder an der Batterie auf und ab. Guskow schien tatsächlich sehr wenig zu vertragen, denn er schwankte von den zwei Gläsern Schnaps und den zwei Gläsern Wein. Als wir aufgestanden waren und uns von der Kerze entfernt hatten, bemerkte ich, daß er den Zehnrubelschein, den er während des ganzen vorhergehenden Gesprächs in der Hand gehalten hatte, wieder in die Tasche steckte, und zwar sehr hastig, damit ich es nicht sähe. Er sprach weiter davon, daß er sich gewiß wieder aufrichten könnte, wenn er einen Menschen wie mich hätte, der Anteil an ihm nähme.

Wir wollten schon ins Zelt gehen und uns schlafen legen, als über unseren Köpfen eine Kanonenkugel vorbeipfiff und ganz in der Nähe einschlug. Es war so seltsam: dieses stille, schlafende Lager, unser Gespräch, und nun plötzlich die feindliche Kanonenkugel, die Gott weiß woher mitten zwischen unsere Zelte flog – das war so seltsam, daß ich mir lange Zeit keine Rechenschaft darüber zu geben vermochte, wie das eigentlich zusammenhing. Der Artillerist Andrejew, der auf der Batterie Posten stand, kam zu mir heran.

»Sieh mal an, ›er‹ hat sich herangeschlichen! Dort war das Feuer zu sehen«, sagte er.

»Wir müssen den Hauptmann wecken«, sagte ich und sah dabei Guskow an.

Er hatte sich zur Erde geduckt und stotterte: »Das... das... ist unange... das ist... komisch.« Weiter sagte er nichts, und ich konnte nicht sehen, wie und wohin er plötzlich verschwand.

Im Zelt des Hauptmanns wurde eine Kerze angezündet; man hörte ihn wie immer beim Aufwachen husten, und bald darauf kam er heraus und verlangte eine Lunte, um seine kleine Pfeife anzuzünden.

»Was ist das denn, Väterchen«, sagte er lächelnd, »heute wollen die Leute mich gar nicht schlafen lassen: erst kommen Sie mit Ihrem Degradierten und nun Schamil[1]. Was sollen wir tun: sollen wir das Feuer erwidern oder nicht? Hat darüber nichts in dem Befehl gestanden?«

»Nein, nichts. Da ist ›er‹ wieder«, sagte ich, »und nun aus zweien.« In der Tat flammten in der Dunkelheit vorn rechts zwei Feuer wie zwei Augen auf, und bald darauf flogen eine Kanonenkugel und mit lautem, durchdringendem Pfeifen eine leere, anscheinend russische Granate über uns hinweg. Aus den benachbarten Zelten kamen die Soldaten herausgekrochen; man hörte, wie sie sich räusperten, sich reckten und miteinander redeten.

»Horch nur, sie singt wie eine Nachtigall«, bemerkte ein Artillerist.

»Ruft mal Nikita«, sagte der Hauptmann mit seinem steten gutmütigen Lächeln. »Nikita, versteck dich nicht, hör dir mal die Bergnachtigallen an.«

»Ei was, Euer Hochwohlgeboren«, erwiderte Nikita, neben dem Hauptmann stehend, »ich habe sie schon oft gesehen, die Nachtigallen, ich habe keine Angst vor ihnen. Aber der Gast, der vorhin da war und Ihren Rotwein getrunken hat, als der sie hörte, hat er sich schnell aus dem Staub gemacht. Wie ein Ball ist er an unserem Zelt vorbeigerollt, wie ein Tier hat er sich geduckt.«

»Irgend jemand muß zum Kommandeur und fragen, ob wir das Feuer erwidern sollen oder nicht«, sagte der Hauptmann in ernstem dienstlichem Ton zu mir. »Viel Sinn hats ja nicht, aber man kanns ja tun. Bemühen Sie sich hin und fragen Sie

1. Iman Schamil, im ›Hadschi Murat‹ oft erwähnt, verteidigte sich bis zum letzten Blutstropfen gegen die Russen.

ihn. Lassen Sie sich ein Pferd satteln, damit es schneller geht. Nehmen Sie meinen Polkan.«

In fünf Minuten wurde mir das Pferd gebracht, und ich machte mich auf den Weg zum Kommandeur. »Vergessen Sie nicht, die Losung ist ›Deichsel‹«, flüsterte mir der gewissenhafte Hauptmann zu, »sonst kommen Sie nicht durch die Postenkette.«

Bis zum Kommandeur war es ungefähr eine halbe Werst; der ganze Weg führte zwischen den Zelten hindurch. Sobald ich von unserem Lagerfeuer weggeritten war, wurde es so dunkel, daß ich nicht einmal die Ohren meines Pferdes sehen konnte, nur die Lagerfeuer flimmerten bald nah, bald fern vor meinen Augen. Ich ließ meinem Pferd die Zügel, und als ich eine Strecke weit geritten war, konnte ich die weißen, viereckigen Zelte und dann auch die schwarzen Wagenspuren auf dem Weg unterscheiden. Nach einer halben Stunde kam ich beim Kommandeur an. Dreimal hatte ich nach dem Weg gefragt, zweimal war ich über Zeltpflöcke gestolpert, wofür ich jedesmal Schimpfworte aus den Zelten zu hören bekam, und zweimal wurde ich von Posten angehalten. Während meines Rittes hörte ich noch zwei Schüsse, die auf unser Lager gezielt waren, aber die Geschosse erreichten den Standort des Stabes nicht. Der Kommandeur befahl, nicht zu schießen, zumal auch der Feind das Feuer eingestellt hatte, und ich machte mich auf den Rückweg. Ich führte das Pferd am Zügel und arbeitete mich zu Fuß zwischen den Zelten der Infanterie durch. Oft verlangsamte ich meinen Schritt, wenn ich an einem Soldatenzelt vorüberkam, in dem Licht schimmerte, und lauschte entweder einem Märchen, das ein Spaßvogel erzählte, oder einer Geschichte aus einem Buch, die ein des Lesens Kundiger vorlas. Die ganze Abteilung drängte sich im Zelt und vor dem Eingang, hörte zu und unterbrach den Vorleser von Zeit zu Zeit mit allerlei Bemerkungen. Manchmal hörte ich auch Gespräche über den Feldzug, über die Heimat und über die Vorgesetzten.

Als ich an einem Zelt des dritten Bataillons vorbeikam, hörte ich die laute Stimme Guskows, der sehr vergnügt und munter redete. Ihm antworteten jugendliche, ebenfalls vergnügte Stimmen, die nicht wie Stimmen von gemeinen Soldaten klangen. Es war offenbar das Zelt der Junker oder der Feldwebel. Ich blieb stehen.

»Ich kenne ihn schon lange«, sagte Guskow. »Als ich in Petersburg wohnte, besuchte er mich oft und ich ihn; er verkehrte in sehr guter Gesellschaft.«

»Von wem redest du?« fragte die Stimme eines Betrunkenen.

»Von dem Fürsten«, antwortete Guskow. »Wir sind ja miteinander verwandt und vor allen Dingen alte Freunde. Wissen Sie, meine Herren, es ist immer gut, so einen Bekannten zu haben. Er ist furchtbar reich. Hundert Rubel sind für ihn eine Kleinigkeit. Darum habe ich mir auch ein bißchen Geld von ihm geben lassen, bis mir meine Schwester etwas schickt.«

»Na, dann laß doch was holen!«

»Sofort. Sawelitsch, mein Täubchen«, sagte die Stimme Guskows, der sich dem Eingang des Zeltes näherte, »da hast du zehn Rubel; geh zum Marketender und hole zwei Flaschen Kachetiner, und was noch, meine Herren? Bitte, sagen Sie!«

Und Guskow trat schwankend, mit wirrem Haar, ohne Mütze, aus dem Zelte. Er schlug die Schöße seines Halbpelzes auseinander, steckte die Hände in die Taschen seiner grauen Hose und blieb am Eingang stehen. Obgleich er im Hellen war und ich im Dunkeln, zitterte ich doch vor Angst, daß er mich erblicken könnte, und ging weiter, wobei ich mir die größte Mühe gab, kein Geräusch zu machen.

»Wer da?« schrie mir Guskow mit völlig trunkener Stimme zu. In der Kälte war sein Rausch offenbar schlimmer geworden. »Wer zum Teufel treibt sich denn hier mit einem Pferd herum?«

Ich antwortete nicht und ging schweigend auf den Weg zurück.

DER GEFANGENE IM KAUKASUS

Im Kaukasus diente ein junger Edelmann als Offizier. Er hieß Shilin.

Eines Tages erhielt er einen Brief aus der Heimat. Seine alte Mutter schrieb ihm: ›Ich bin schon alt und möchte meinen lieben Sohn vor meinem Tode gern noch einmal sehen. Komm zu mir, um Abschied zu nehmen, bestatte mich, und dann kehre in Gottes Namen zu Deinem Regiment zurück. Ich habe auch schon eine Braut für Dich. Sie ist klug und hübsch und vermögend. Wenn sie Dir gefällt, heiratest Du sie vielleicht und bleibst ganz da.‹

Shilin wurde nachdenklich. In der Tat: die Alte war schon sehr schwach; wer weiß, ob er sie noch wiedersah. Er beschloß also heimzureisen. Und sollte die Braut ihm gefallen, war er auch nicht abgeneigt zu heiraten.

Er ging zu seinem Oberst, bat um Urlaub, verabschiedete sich von den Kameraden, stiftete seinen Soldaten zum Abschied vier Eimer Branntwein und machte sich auf den Weg.

Im Kaukasus war damals Krieg. Auf den Landstraßen konnte man weder bei Tag noch bei Nacht fahren. Kaum entfernte sich ein Russe nur ein wenig von der Festung – sofort wurde er von den Tataren getötet oder in die Berge geschleppt. Und darum war die Einrichtung getroffen, daß zweimal in der Woche die Reisenden von Soldaten aus einer Festung in die andere gebracht wurden. Vorne und hinten marschierten die Soldaten, in der Mitte fuhren die Wagen mit den Reisenden.

Es war Sommer. Im Morgengrauen sammelten sich die Wagen vor der Festung, die Begleitsoldaten kamen heraus, und der Zug setzte sich in Bewegung. Shilin ritt auf seinem Pferd, der Wagen mit seinem Gepäck war im Zug.
Sie hatten fünfundzwanzig Werst zurückzulegen. Der Zug kam sehr langsam vorwärts: bald blieben die Soldaten stehen, bald sprang an einem Wagen ein Rad ab, oder ein Pferd wollte nicht mehr laufen. Dann blieben alle stehen und warteten.
Die Sonne war längst über Mittag hinaus, und der Zug hatte erst die halbe Strecke hinter sich. Es war staubig und heiß, die Sonne brannte unbarmherzig, und nirgends konnte man sich vor ihr schützen. Ringsum kahle Steppe: kein Bäumchen, kein Busch auf dem ganzen Wege.
Shilin war vorausgeritten. Nun blieb er stehen und wartete, bis der Zug ihn eingeholt hatte. Da hörte er hinter sich das Horn blasen – schon wieder stand der Zug. Shilin dachte nun: ›Soll ich nicht allein weiterreiten, ohne die Soldaten? Ich habe ein gutes Pferd; wenn ich auch auf Tataren stoße, es trägt mich fort. Oder tu ichs lieber nicht?‹ Er hielt sein Pferd an und überlegte. Da ritt ein anderer Offizier an ihn heran, Kostylin. Er war mit einer Flinte bewaffnet und sagte:
»Wollen wir allein reiten, Shilin? Ich halte es nicht mehr aus. Ich bin furchtbar hungrig, und dann ist es auch so heiß. Mein Hemd könnte man ohne weiteres auswringen.«
Kostylin war ein schwerfälliger, dicker Mann mit rotem Gesicht. Der Schweiß rann ihm in Strömen von der Stirn.
Shilin dachte nach und sagte dann:
»Ist dein Gewehr geladen?«
»Jawohl!«
»Dann reiten wir. Aber nur unter einer Bedingung: wir bleiben beieinander.«
Sie ritten nun auf der Straße weiter. Es ging immer noch durch Steppe, sie unterhielten sich und blickten scharf nach allen Seiten. Man konnte ja sehr weit sehen.

Nun war die Steppe zu Ende, die Straße führte zwischen zwei Bergen durch eine Schlucht. Da sagte Shilin:
»Einer von uns müßte auf den Berg hinaufreiten und Umschau halten. Wenn sie plötzlich hinter dem Berg hervorkommen, kann es uns übel ergehen.«
Kostylin erwiderte:
»Ach was, reiten wir weiter!«
Shilin aber folgte ihm nicht.
»Nein«, sagte er, »warte du unten, ich will mich ein bißchen umsehen.«
Er trieb sein Pferd links auf den Berg hinauf. Shilins Pferd war ein Jagdpferd, das er noch als Füllen für hundert Rubel gekauft und selbst zugeritten hatte. Wie auf Flügeln trug es ihn die steile Höhe hinauf. Kaum war er oben, da sah er auch schon dicht vor sich eine Schar berittener Tataren, wohl dreißig Mann. Kaum hatte er sie erblickt, so kehrte er um. Aber die Tataren hatten ihn auch schon gesehen, sprengten ihm nach und rissen im Reiten schon die Gewehre aus den Überzügen. Shilin jagte in rasendem Galopp den steilen Berg hinab und rief Kostylin zu:
»Halt das Gewehr bereit!« Zugleich sagte er leise zu seinem Pferde: »Bring mich lebendig heraus, bleib nicht mit dem Fuß hängen! Wenn du stolperst, bin ich verloren. Hätt ich nur erst das Gewehr, dann sollten sie mich nicht kriegen!«
Aber Kostylin dachte nicht daran zu warten; als er die Tataren sah, galoppierte er Hals über Kopf auf die Festung zu. Er schlug von rechts und links mit der Peitsche auf seinen Gaul ein. Shilin sah nur noch durch den Staub, wie das Pferd mit dem Schweif fegte.
Nun mußte er wohl einsehen, daß es schlimm um ihn stand. Das Gewehr war weg, und mit dem Säbel allein war nicht viel anzufangen. Er versuchte nun zurückzureiten, zu den Soldaten, aber da suchten schon sechs Tataren ihm den Weg abzuschneiden. Er hatte ein gutes Pferd, die Tataren aber hatten noch bessere Pferde; außerdem konnten sie ihm

ja den Weg abschneiden. Er zog die Zügel an und wollte umkehren, aber das Pferd war nicht mehr zu halten, es rannte geradewegs auf die Feinde los. Und schon sah er einen rotbärtigen Tataren auf einem grauen Pferde sich ihm nähern. Er heulte, fletschte die Zähne und hielt das Gewehr schußbereit.

›Na‹, dachte Shilin, ›euch Teufel kenne ich. Kriegt ihr mich lebendig, dann werde ich in eine Grube gesteckt und mit Peitschen geschlagen. Nein, lebendig gebe ich mich nicht gefangen.‹

Shilin war nicht groß, aber kräftig und gewandt. Er zog seinen Säbel, trieb das Pferd dem roten Tataren gerade entgegen und dachte: ›Entweder renne ich ihn um, oder ich spalte ihm den Schädel!‹

Aber ehe er den Roten erreicht hatte, schossen die Tataren hinter ihm und trafen das Pferd. Es stürzte mitten im Rennen zu Boden und fiel auf Shilins Bein.

Er versuchte sich aufzurichten – da saßen schon zwei stinkende Tataren auf ihm und rissen seine Arme nach rückwärts. Er stieß sie zurück und machte sich frei, aber schon waren drei andere von ihren Pferden gesprungen und schlugen ihn mit den Gewehrkolben auf den Kopf. Da schwamm es ihm vor den Augen, und er wankte. Die Tataren packten ihn, schnallten die Reserveriemen von ihren Sätteln ab, banden ihm die Hände auf dem Rücken zusammen und schleppten ihn zum Sattel. Die Mütze war ihm schon vom Kopf gefallen, nun zogen sie ihm auch die Stiefel aus, durchsuchten ihn gründlich, nahmen ihm sein Geld und seine Uhr und rissen seine Kleider entzwei. Shilin sah sich nach seinem Pferd um. Wie es auf die Seite gefallen war, so lag es noch da und schlug mit den Beinen aus, ohne den Boden erreichen zu können. Im Kopf hatte es ein Loch, und aus dem Loch strömte schwarzes Blut; wohl um eine Elle rundherum war der Staub naß von Blut.

Ein Tatar trat auf das Pferd zu und wollte ihm den Sattel

abnehmen. Es zappelte immer noch. Da zog er einen Dolch und durchschnitt ihm die Kehle. Ein Pfeifen kam aus der Gurgel, es zuckte noch einmal – und dann war es tot. Die Tataren nahmen ihm Sattel und Zaumzeug ab. Der Tatar mit dem roten Bart bestieg sein Pferd, die anderen hoben Shilin hinter ihm auf den Sattel, und damit er nicht herunterfalle, banden sie ihn mit einem Riemen an den Gürtel des Tataren; und nun ging es in die Berge.

Shilin saß hinter dem Tataren, wankte hin und her und stieß mit dem Gesicht gegen den stinkenden Rücken des Tataren. Nichts sah er vor sich als diesen breiten Rücken, den sehnigen Hals und den rasierten, bläulich schimmernden Nacken unter der Mütze. Shilins Kopf tat weh, das herabgeronnene Blut verklebte ihm die Augen. Und er konnte sich weder im Sattel zurechtrücken noch das Blut abwischen. Die Arme waren so fest zusammengeschnürt, daß ihm das Schlüsselbein schmerzte.

Lange ritten sie bergauf und bergab, durchwateten einen Fluß, kamen auf eine Straße und ritten endlich durch eine Schlucht.

Shilin wollte sich den Weg merken, aber seine Augen waren mit geronnenem Blut verklebt, und den Körper zur Seite wenden konnte er auch nicht.

Es dämmerte; sie überschritten noch einen Fluß, dann ging es wieder steil bergauf. Bald roch es nach Rauch, und Hunde bellten. Der Aul[1] war erreicht. Die Tataren stiegen ab, Kinder kamen gelaufen, umringten Shilin, schrien, freuten sich und warfen mit Steinen nach ihm.

Der Tatar jagte die Kinder weg, nahm Shilin vom Pferd und rief einen Knecht. Es kam ein Nogajer[2] mit breiten Backenknochen, nur mit einem Hemd bekleidet. Das Hemd war zerrissen, die ganze Brust nackt. Der Tatar befahl ihm etwas.

1. Tatarisches Dorf. Das Wort ist zweisilbig mit dem Ton auf der letzten Silbe zu sprechen.

2. Tatarischer Volksstamm.

Der Knecht brachte einen Block; zwei Eichenklötze an eisernen Ringen und an dem einen Ring eine Klammer und ein Hängeschloß.

Nun band man Shilins Hände los, steckte seine Füße in den Block, führte ihn zu einer Scheune, stieß ihn da hinein und schloß die Tür hinter ihm zu. Shilin fiel auf einen Misthaufen, lag eine Zeitlang da, tastete dann in der Dunkelheit herum, wo er ein weicheres Plätzchen finden könnte, und streckte sich lang aus.

2

Fast die ganze Nacht schlief Shilin nicht. Die Nächte waren aber kurz in dieser Jahreszeit. Er sah einen Lichtstreif durch eine Ritze blinken. Er stand auf, erweiterte die Ritze und guckte durch.

Vor sich sah er die Straße; sie führte bergab; rechts stand eine tatarische Saklia[1] mit zwei Häusern davor. Auf der Schwelle lag ein schwarzer Hund, eine Ziege mit ihren Zicklein lief hin und her, und alle wackelten mit den Schwänzchen. Dann sah er eine junge Tatarin den Berg heraufkommen, in einem bunten Hemd mit losem Gürtel, in Hosen und Stiefeln, das Gesicht mit dem Kaftan verhüllt und auf dem Kopf einen großen Blechkrug mit Wasser. Sie ging, und ihr Rücken bog sich und zuckte; an der Hand führte sie ein Tatarenbüblein mit rasiertem Kopf, in bloßem Hemd. Die Frau ging mit dem Wasserkrug in die Saklia, aus dem Hause aber kam der Tatar mit dem roten Bart, hinter dem er gestern auf dem Pferd gesessen hatte, in seidenem Beschmet[2], einen silbernen Dolch im Gürtel, Schuhe an den nackten Füßen. Auf dem Kopf hatte er eine hohe Mütze aus schwarzem Lammfell, tief in den Nacken gerückt. Er trat vor das Haus, reckte sich und strich den roten Bart. Eine Zeitlang stand er da, dann sagte er dem Knecht ein paar Worte und ging fort.

1. Lehmhütte.
2. Ärmelloser Überrock.

Dann ritten zwei Jungen ihre Pferde zur Tränke. Die Pferde hatten ganz nasse Schnauzen. Ein paar kleine Buben mit rasierten Köpfen, in bloßen Hemden, ohne Hosen, näherten sich der Scheune, nahmen einen trockenen Zweig und bohrten ihn in die Ritze. Shilin schrie sie an, da heulten sie auf vor Schreck und liefen davon, so daß er nur noch die nackten Knie blinken sah.

Shilin war durstig geworden, seine Kehle war ganz trocken. Er dachte: ›Wenn doch bloß jemand käme, um nach mir zu sehen!‹ Da hörte er auch schon, wie die Scheune aufgeschlossen wurde. Der rothaarige Tatar erschien und mit ihm ein zweiter, kleinerer, schwarzhaariger. Seine schwarzen Augen blitzten; er hatte rote Backen, ein kurzgeschnittenes Bärtchen und ein lustiges, immer lachendes Gesicht. Gekleidet war der Schwarze noch besser. Er hatte ein Beschmet aus blauer Seide, mit Borten besetzt, am Gürtel einen langen silbernen Dolch und rote Saffianschuhe mit silbernen Borten. Über die dünnen Schuhe waren andere, derbe gezogen. Auf dem Kopf hatte er eine hohe Mütze aus weißem Lammfell.

Der Rotkopf trat ein, sagte etwas – es klang wie Schimpfen – und blieb stehen. Er stützte sich mit dem Ellbogen an den Türpfosten, spielte mit seinem Dolch und schielte wie ein Wolf nach Shilin. Der Schwarze aber, ein lebhafter, beweglicher Kerl, der auf Sprungfedern zu laufen schien, ging geradewegs auf Shilin los, hockte sich vor ihm hin, fletschte die Zähne, klopfte ihm auf die Schulter und plapperte furchtbar schnell allerlei unverständliches Zeug in seiner Sprache. Dabei schnalzte er mit der Zunge und sagte immer wieder: »Ruß kut, Ruß kut!«

Shilin verstand kein Wort und sagte: »Ich bin durstig, gebt mir Wasser!«

Der Schwarze lachte: »Ruß kut, Ruß kut!« und plapperte weiter.

Shilin suchte ihm durch Bewegungen der Lippen und der Hände klarzumachen, daß er trinken wolle.

Nun verstand der Schwarze ihn endlich, lachte, blickte zur Tür hinaus und rief: »Dina!«
Da kam ein kleines, mageres Mädchen gelaufen, es mochte dreizehn Jahre alt sein und sah dem Schwarzen ähnlich. Man mußte sie sofort als seine Tochter erkennen. Sie hatte dieselben schwarzen, leuchtenden Augen und ein hübsches Gesicht. Sie trug ein langes blaues Hemd mit weiten Ärmeln und ohne Gürtel. Am unteren Saum, an der Brust und an den Ärmeln war das Hemd rot umkantet. An den Füßen hatte sie Hosen und kleine Schuhe, über diesen ein zweites Paar mit hohen Absätzen; um den Hals trug sie eine Kette aus lauter russischen Fünfzigkopekenstücken. Der Kopf war unbedeckt, durch den schwarzen Zopf war ein Band gezogen, und an dem Band hingen kleine Metallplatten und ein Silberrubel.
Der Vater sagte etwas zu ihr. Sie lief fort und kam mit einem Blechkrug wieder. Sie reichte Shilin das Wasser, indem sie sich vor ihm niederkauerte, sich so zusammenkrümmend, daß ihre Knie über die Schultern emporragten. So saß sie da und sah den trinkenden Shilin mit weit aufgerissenen Augen an, als wäre er ein wildes Tier.
Shilin gab ihr den Krug zurück. Da sprang sie zur Seite wie ein junges Reh. Sogar der Vater mußte lachen. Er gab ihr noch einen Auftrag. Sie nahm den Krug, lief fort, brachte süßes Brot auf einem runden Brettchen, kauerte sich wieder vor ihm hin und sah ihn an, ohne die Augen von ihm abzuwenden.
Die Tataren gingen hinaus und schlossen die Tür hinter sich zu.
Nach einiger Zeit kam ein Nogajer zu Shilin und sagte: »Adja, Wirt, adja!«
Auch er konnte kein Russisch. Shilin verstand aber, daß er ihn irgendwohin führen wollte.
Das Gehen im Block fiel Shilin sehr schwer. Er lahmte, konnte nicht fest auftreten, und der eine Fuß bog sich immer nach der Seite. Hinter dem Nogajer her humpelte er aus der

Scheune. Da sah er, daß er sich in einem Tatarendorf befand; es bestand aus etwa zehn Höfen, auch eine tatarische Kirche war da mit einem Türmchen. Vor einem Haus standen drei gesattelte Pferde. Knaben hielten sie am Zügel. Aus diesem Haus kam der schwarze Tatar und winkte Shilin zu sich heran. Dabei lachte er immer und redete allerlei in seiner Sprache. Endlich ging er ins Haus, und Shilin mußte ihm folgen. Innen sah es sehr sauber aus, die Wände waren glatt mit Lehm bestrichen. An der vorderen Wand lagen bunte Kissen übereinander, darüber hingen kostbare Teppiche, an den Teppichen waren Flinten, Säbel, Pistolen befestigt, alle mit Silber beschlagen. An einer Wand stand ein kleiner Ofen, der sich kaum über den Boden erhob. Der Fußboden war Erde, aber rein und glatt wie eine Dreschtenne; in der vorderen Ecke waren Filzmatten auf den Boden gebreitet; auf den Matten lagen Teppiche und auf den Teppichen Daunenkissen. Auf den Teppichen saßen Tataren: der Schwarze, der Rote und drei Gäste; alle hatten nur die dünnen unteren Schuhe an den Füßen. Unter den Rücken hatten sie Kissen geschoben, und vor ihnen standen auf runden Brettchen Hirsefladen und geschmolzene Butter in einer Schale. Dazu tatarisches Bier – Busa genannt – in einem Krug. Sie aßen mit den Fingern, und von den Fingern troff die Butter.

Der Schwarze sprang auf und befahl Shilin, sich etwas abseits niederzusetzen, nicht auf den Teppich, sondern auf die nackte Erde; er selbst setzte sich wieder auf den Teppich und bot seinen Gästen Fladen und Busa an. Der Knecht wies Shilin seinen Platz an, zog dann seine oberen Schuhe ab, stellte sie nebeneinander vor der Tür hin, wo auch die anderen standen, und setzte sich auf den Filz nicht weit von den Herrschaften. Er sah zu, wie sie speisten, und wischte sich bloß den Mund.

Als die Tataren ihre Fladen gegessen hatten, trat eine Tatarenfrau ein; sie hatte Hemd und Hosen an wie das kleine Mädchen, der Kopf war mit einem Tuch bedeckt. Sie trug

die Butter und die Fladen hinaus; dann reichte sie den Männern eine hübsche Schüssel und einen Krug, der nach oben hin ganz eng wurde. Die Tataren wuschen ihre Hände, falteten sie dann, knieten nieder, bliesen nach allen Seiten und sagten ihr Gebet her. Dann sprachen sie eine Zeitlang miteinander. Danach wandte der eine von den Gästen sich an Shilin und redete ihn russisch an.
»Dich hat Kasi-Muhammed gefangengenommen«, sagte er und zeigte auf den roten Tataren, »und dich dem Abdul-Murat überlassen« – er zeigte auf den Schwarzen. »Abdul-Murat ist jetzt dein Herr.«
Shilin schwieg. Abdul-Murat fing nun an zu reden, zeigte auf Shilin, lachte und sagte immer wieder: »Ruß Soldat, Ruß kut.« Der Dolmetscher erklärte: »Er sagt, du sollst in deine Heimat schreiben, daß sie ein Lösegeld schicken. Wenn das Geld kommt, läßt er dich frei.«
Shilin dachte nach und sagte:
»Was verlangt er denn als Lösegeld?«
Die Tataren redeten wieder untereinander, dann sagte der Dolmetscher:
»Dreitausend Münzen[1].«
»Nein«, sagte Shilin, »das kann ich nicht bezahlen.«
Abdul sprang auf, fuchtelte mit den Armen, redete auf Shilin ein, immer in der Meinung, er würde es verstehen. Der Dolmetscher kam ihm zu Hilfe und sagte zu Shilin: »Wieviel willst du denn geben?« Shilin überlegte und sagte dann: »Fünfhundert Rubel.«
Nun fingen die Tataren an, alle durcheinander zu reden und zu schreien. Abdul schrie den Roten an, er war so erregt, daß ihm der Speichel aus dem Mund spritzte. Der Rote aber kniff nur die Augen zusammen und schnalzte mit der Zunge.
Endlich schwiegen sie, und der Dolmetscher sagte:
»Fünfhundert Rubel sind dem Wirt zu wenig. Er hat selber zweihundert Rubel für dich gezahlt. Kasi-Muhammed war

1. Rubel.

ihm Geld schuldig. Er hat dich als Bezahlung für die Schuld bekommen. Dreitausend Rubel, weniger können wir nicht verlangen. Schreibst du aber nicht, so wirst du in eine Grube geworfen und mit der Peitsche geschlagen.«

›Ach was‹, dachte Shilin, ›läßt man sich von ihnen einschüchtern, wirds noch schlimmer.‹

Er sprang auf und sagte:

»Sag dem Hund, wenn er mir Angst machen will, bekommt er keine einzige Kopeke von mir! Dann schreibe ich nicht nach Rußland. Ich habe euch Hunde nie gefürchtet und fürchte euch auch jetzt nicht!«

Der Übersetzer sagte es den Tataren; wieder redeten alle durcheinander.

Lange schwatzten sie so; endlich sprang der Schwarze auf und ging auf Shilin zu:

»Ruß Dschigit, Ruß Dschigit!« sagte er.

›Dschigit‹ heißt in ihrer Sprache soviel wie ›Held‹. Dabei lachte der Tatar. Dann sagte er noch etwas zum Dolmetscher, und dieser sagte zu Shilin:

»Tausend Rubel!«

Shilin aber blieb dabei: »Mehr als fünfhundert Rubel gebe ich nicht. Und wenn ihr mich umbringt, bekommt ihr gar nichts.«

Wieder redeten die Tataren untereinander, schickten den Knecht hinaus und guckten bald auf Shilin, bald auf die Tür. Dann kam der Knecht wieder, und hinter ihm her ging ein dicker Mann barfuß und in Lumpen, die Füße ebenfalls im Block.

Shilin schrie fast auf vor Schreck, denn er erkannte Kostylin. Also den hatten sie auch gefangen. Man setzte sie nebeneinander, sie erzählten sich ihre Erlebnisse, die Tataren aber schwiegen und sahen sie an. Shilin erzählte, wie es ihm ergangen war, und Kostylin berichtete, daß sein Pferd plötzlich störrisch geworden sei und sein Gewehr versagt habe; da habe dieser Abdul ihn eingeholt und gefangengenommen.

Abdul sprang auf, zeigte auf Kostylin und sagte etwas. Der

Dolmetscher erklärte, sie gehörten jetzt beide demselben Herrn, und wer zuerst das Geld herbeischaffen werde, der werde zuerst freigelassen.

»Siehst du wohl«, sagte er zu Shilin, »du wirst gleich so hitzig, dein Genosse aber ist sanft: er hat in die Heimat geschrieben und läßt sich fünftausend Rubel schicken. Dafür wird er auch gut verpflegt werden, und keiner wird ihm etwas zuleide tun.«

Darauf sagte Shilin:

»Mein Kamerad kann machen, was er will. Er ist vielleicht ein reicher Mann, ich bin es aber nicht. Wie ich es gesagt habe, so bleibt es. Wenn ihr wollt, könnt ihr mich töten, aber Nutzen hättet ihr keinen davon. Ich lasse mir nicht mehr als fünfhundert Rubel schicken.«

Die Tataren schwiegen. Plötzlich sprang Abdul auf, holte eine Kassette herbei, entnahm ihr eine Feder, ein Blatt Papier und Tinte, schob das alles Shilin hin, klopfte ihm auf die Schulter und gab ihm durch Zeichen zu verstehen, daß er schreiben solle. Er war einverstanden, sich mit fünfhundert Rubeln zu begnügen.

»Warte noch«, sagte Shilin zum Dolmetscher, »sage ihm, er soll uns ordentlich zu essen geben und uns anständige Kleidung und Schuhe verschaffen. Außerdem wollen wir zusammen bleiben, damit wir es lustiger haben, und den Block soll er uns abnehmen.«

Dabei sah er den Wirt an und lachte. Der Wirt lachte auch. Als er alles gehört hatte, sagte er:

»Kleidung sollt ihr die allerbeste haben, Leibrock und Stiefel, daß ihr meinetwegen gleich Hochzeit machen könnt. Essen sollt ihr wie die Fürsten. Wollt ihr aber beisammen sein, dann müßt ihr in der Scheune wohnen. Den Block aber kann man nicht abnehmen, sonst lauft ihr mir davon. Nur für die Nacht lasse ich ihn abnehmen.«

Er trat zu ihm, klopfte ihm auf die Schulter und sagte: »Du kut, ich kut!«

Shilin schrieb den Brief, faßte die Aufschrift aber so ab, daß er gar nicht ankommen konnte. Im stillen dachte er: ›Ich mache mich eines Tages auf und davon.‹

Man schaffte Shilin und Kostylin in die Scheune, brachte ihnen Maisstroh, Wasser in einem Krug, Brot, zwei alte tscherkessische Leibröcke und zerrissene Soldatenstiefel, die augenscheinlich getöteten Soldaten abgezogen waren. Zur Nacht befreite man ihre Füße aus dem Block und schloß sie in der Scheune ein.

3

So lebte Shilin mit seinem Gefährten einen ganzen Monat. Der Wirt lachte immer: »Du, Iwan, kut, ich, Abdul, kut.« Das Essen war aber schlecht: es gab nichts als süßes Brot aus Hirsemehl, in Form von Fladen gebacken, oder gar nur rohen Teig.

Kostylin schrieb noch einmal nach Hause; er wartete immer auf das Geld und quälte sich. Tagelang saß er in der Scheune und zählte die Tage, bis der Brief kommen mußte, oder er schlief. Shilin aber wußte, daß sein Brief nie ankommen würde, und schrieb daher keinen zweiten.

›Wo soll denn die Mutter so viel Geld hernehmen, um mich loszukaufen‹, dachte er. ›Sie lebte doch meist von dem, was ich ihr schickte. Wenn sie fünfhundert Rubel beschaffen soll, muß sie ihr Letztes hergeben. Gott wird mir schon helfen, daß ich selber loskomme.‹

Und immer hielt er Umschau und forschte, wie er wohl entfliehen könnte.

Er ging im Aul umher, pfiff sich ein Liedchen oder saß da und bastelte irgendwas: formte kleine Puppen aus Lehm oder flocht Matten aus Zweigen. Shilin war ein Meister in aller Art Handwerk.

Einmal formte er eine Puppe mit langer Nase, Armen und Beinen, in einem tatarischen Hemd. Die stellte er auf das Dach. Die Tatarenweiber gingen nach dem Wasser. Dina, die Tochter des Wirtes, entdeckte die Puppe und rief die Weiber herbei. Die stellten ihre Krüge hin, sahen hinauf und lachten. Shilin nahm die Puppe herunter und reichte sie ihnen. Sie lachten, wagten sie aber nicht zu nehmen. Da ließ er die Puppe stehen, ging in die Scheune und wartete, was nun weiter kommen werde.

Dina kam herausgelaufen, sah sich nach allen Seiten um, ergriff die Puppe und lief davon.

Am anderen Morgen in aller Frühe sah er Dina mit ihrer Puppe aus dem Hause kommen. Sie hatte sie mit roten Lappen geschmückt und wiegte sie wie ein kleines Kind. Dazu sang sie ein Liedchen in ihrer Sprache. Die Alte kam heraus, schimpfte, riß ihr die Puppe aus der Hand, schlug sie entzwei und schickte Dina fort zur Arbeit.

Shilin machte eine zweite, noch schönere Puppe und gab sie Dina. Da kam Dina eines Tages mit einem Krug, stellte ihn auf die Erde, setzte sich daneben, sah Shilin an, lachte und zeigte auf ihren Krug.

›Worüber freut sie sich so?‹ dachte Shilin. Er nahm den Krug und trank. Er hatte geglaubt, es sei Wasser darin, aber siehe da, es war Milch! Er trank die Milch aus.

»Das war schön!« sagte er. Da freute sich Dina.

»Gut, Iwan, gut!« rief sie, sprang auf, klatschte in die Hände, ergriff den Krug und lief davon.

Von da an brachte sie ihm täglich insgeheim Milch.

Die Tataren machen aus Ziegenmilch Käsefladen und dörren sie auf dem Dach; von diesen Fladen brachte sie ihm auch welche. Einmal schlachtete der Wirt einen Hammel, da brachte sie Shilin auch ein Stück Fleisch im Ärmel. Sie warf es ihm hin und lief davon.

Eines Tages war ein starkes Gewitter, wohl eine Stunde lang goß es wie aus Kannen. Alle Bäche schwollen an. Wo eine Furt gewesen war, da stand das Wasser vier Ellen hoch und riß schwere Steine mit sich fort. Überall brausten Wasserstürze, in den Bergen krachte und dröhnte es. Als das Ge-

witter vorüber war, strömten überall Bäche durch das Dorf. Shilin bat sich beim Wirt ein Messer aus, schnitzte eine Walze, ein paar Brettchen, setzte ein Mühlrad zusammen und befestigte an beiden Seiten des Rades je ein Püppchen.
Die Kinder brachten ihm Lappen, er zog die Puppen an, die eine als Mann, die andere als Frau; dann setzte er das Rad mit den Puppen ins Wasser. Das Rad drehte sich, und die Puppen hüpften.
Das ganze Dorf lief zusammen: Jungen, Mädchen, Weiber, Männer. Alle betrachteten das Räderwerk und schnalzten mit den Zungen.
»Ruß kut! Iwan kut!«
Abdul hatte eine alte zerbrochene Uhr. Er rief Shilin, zeigte sie ihm, schnalzte mit der Zunge. Shilin sagte: »Gib her, ich bringe sie dir in Ordnung.«
Er nahm die Uhr auseinander, setzte sie wieder zusammen und gab sie Abdul zurück. Die Uhr ging.
Da freute sich der Wirt. Er brachte ihm seinen alten, ganz zerfetzten Beschmet und schenkte ihn ihm. Es war nichts zu machen, er mußte ihn annehmen; nachts konnte er sich immerhin noch damit zudecken.
Seitdem galt Shilin als ein großer Meister. Aus entfernten Dörfern kamen die Leute zu ihm; einer brachte ihm ein Gewehr oder eine Pistole zum Ausbessern, ein anderer eine Uhr. Der Wirt verschaffte ihm die nötigen Werkzeuge: Zangen, Bohrer, Feilen.
Einmal erkrankte ein Tatar. Die Leute kamen zu Shilin und verlangten, er solle dem Kranken helfen. Shilin wußte nicht, was er tun sollte. Aber es blieb ihm nichts weiter übrig; er mußte zu dem Kranken gehen; er sah ihn an und dachte: ›Na, vielleicht wird er von selber gesund.‹ Er ging in die Scheune, nahm Wasser und etwas Sand und mischte das zusammen. In Gegenwart der Tataren beugte er sich über das Wasser, sagte einen Spruch und gab es dem Kranken zu trinken. Shilin hatte Glück: der Tatar wurde gesund. Nach und

nach lernte Shilin auch ihre Sprache verstehen. Viele von den Tataren gewöhnten sich an ihn und riefen ihn, wenn sie etwas von ihm wollten: »Iwan, Iwan!« Einige aber schielten immer noch ängstlich zu ihm hinüber, als wäre er ein wildes Tier.
Der rote Tatar mochte Shilin nicht. Wenn er ihn sah, zog er ein finsteres Gesicht und wandte sich ab oder schimpfte. Dann war da noch ein Alter, der wohnte nicht im Aul, sondern unten am Bergabhang, kam aber ins Dorf. Shilin sah ihn nur, wenn er in die Moschee beten ging. Er war klein, und um seine Mütze war ein weißes Handtuch gewickelt. Bart und Schnurrbart waren schneeweiß und kurz geschnitten, das Gesicht voller Runzeln und rot wie ein Ziegelstein. Die Nase war krumm wie ein Geierschnabel, die grauen Augen blickten böse, und Zähne hatte er keine mehr; nur noch zwei Hauer guckten rechts und links aus dem Mund. So ging er manchmal in seinem Turban durch das Dorf, auf einen Krückstock gestützt, und blickte um sich wie ein Wolf. Wenn er Shilin sah, fing er an zu schnaufen und wandte sich ab.
Einmal ging Shilin zum Bergabhang, um zu sehen, wo der Alte wohnte. Er ging die Straße hinab und sah bald ein Gärtchen mit einer steinernen Mauer; über die Mauer ragten Kirsch- und Pfirsichbäume; da stand auch ein Häuschen mit flachem Dach. Er ging näher heran und sah Bienenkörbe aus Strohgeflecht; die Bienen flogen summend hin und her. Dicht dabei aber kniete der Alte und machte sich an einem Korb etwas zu schaffen. Shilin reckte sich höher empor, um besser sehen zu können, da klirrte sein Block. Der Alte sah sich um und kreischte laut auf. Er riß eine Pistole aus dem Gürtel und schoß auf Shilin. Dieser hatte kaum Zeit, sich hinter einem Stein zu verstecken.
Der Alte kam zu Shilins Herrn und beklagte sich. Der Herr rief Shilin zu sich und fragte:
»Warum bist du zu dem Alten gegangen?«
»Ich hab ihm nichts Böses getan«, erklärte Shilin. »Ich wollte nur sehen, wie er lebt.«

Der Wirt sagte das dem Alten. Der wurde böse, zischte, brummte, zeigte seine Hauer und fuchtelte mit den Händen. Shilin hatte nicht alles verstanden, aber er begriff, daß der Alte dem Wirt riet, die Russen lieber zu töten, als sie im Dorf zu behalten. Endlich ging der Alte. Nun fragte Shilin den Wirt, wer dieser Alte sei. Der Wirt antwortete:
»Das ist ein großer Mann! Er war unser erster Recke, er hat viele Russen erschlagen und war ein reicher Mann. Er hatte drei Frauen und acht Söhne. Alle lebten sie in demselben Dorf. Da kamen die Russen, zerstörten das Dorf und töteten sieben Söhne des Alten. Der achte Sohn aber blieb am Leben und ging zu den Russen über. Da ging der Alte auch zu den Russen und unterwarf sich ihnen. Drei Monate blieb er bei ihnen, bis er seinen Sohn gefunden hatte. Dann tötete er ihn mit eigener Hand und entfloh. Seit der Zeit kämpfte er nicht mehr, sondern pilgerte nach Mekka, um dort zu beten, und darum trägt er den Turban. Wer in Mekka gewesen ist, heißt Hadschi und trägt den Turban. Er liebt euer Volk nicht. Er sagt, ich solle dich töten. Aber ich kann dich nicht töten, denn ich habe Geld für dich bezahlt. Ich habe dich auch liebgewonnen, Iwan. Ich würde dich nicht nur nicht töten, ich würde dich auch nicht freilassen, wenn ich nicht mein Wort gegeben hätte.«
Und dabei lachte er und sagte auf russisch: »Du, Iwan, kut – ich, Abdul, kut!«

4

So lebte Shilin einen Monat. Tagsüber streifte er im Aul umher oder arbeitete; wenn aber die Nacht kam und alles im Aul still geworden war, fing er in seiner Scheune an zu graben. Das war wegen der vielen Steine nicht leicht, aber er bearbeitete sie mit der Feile, und so hatte er schließlich unter der Mauer ein Loch durchgegraben, gerade groß genug zum Durchkriechen.
›Ich muß mir nur die Gegend genau ansehen‹, dachte er,

›damit ich weiß, nach welcher Seite ich zu laufen habe. Aber von den Tataren wird mirs keiner sagen.‹

Er wartete eine Zeit ab, wo der Wirt weggeritten war. Da ging er eines Nachmittags aus dem Dorf hinaus, auf den Berg, um sich von da die Gegend anzuschauen. Als der Wirt fortritt, hatte er dem Jungen befohlen, immer hinter Shilin herzugehen, ihn nie aus den Augen zu lassen. Der Junge lief hinter Shilin her und schrie: »Geh nicht dahin! Der Vater hats verboten! Ich rufe gleich die Leute.«

Da fing Shilin an ihm zuzureden.

»Ich gehe nicht weit«, sagte er, »ich will nur auf den Berg da hinauf. Ich möchte dort Kräuter suchen, um eure Leute damit zu heilen. Komm mit! Mit dem Block an den Beinen kann ich ja doch nicht davonlaufen. Und morgen mach ich dir einen Bogen und Pfeile.«

Der Junge ließ sich überreden, und sie gingen. Wenn man den Berg vor sich sah, glaubte man, man käme schnell hinauf, aber mit den Beinen im Block ist das Klettern nicht leicht; mit Mühe und Not kam Shilin hinauf. Er setzte sich nieder und schaute sich in der Gegend um. Hinter der Scheune erstreckte sich nach Süden hin eine Talsenkung, Pferde liefen da herum, ganz unten war noch ein Aul zu sehen. Hinter diesem Aul lag wieder ein Berg, der noch steiler war; hinter diesem Berg kam ein zweiter. Zwischen den Bergen schimmerte blauer Wald, und dann kamen wieder Berge, immer höher und höher. Die allerhöchsten Berge aber waren weiß wie Zuckerhüte, oben ganz mit Schnee bedeckt. Und eine Schneespitze war immer höher als die andere. Im Osten und im Westen waren ebensolche Berge zu sehen; hier und da rauchten Dörfer in den Tälern. ›Nun‹, dachte er, ›das ist alles tatarisches Land.‹ Er sah nach der russischen Seite hinüber: ganz unten zu seinen Füßen lief ein Flüßchen, daran lag ein russisches Dorf, von Gärten umgeben. Am Fluß saßen Weiber – wie Püppchen sahen sie aus – und spülten Wäsche. Hinter dem Dorf kam wieder ein etwas niedrigerer Berg und dann noch zwei Berge, mit Wald bedeckt. Zwischen den beiden Bergen aber lag eine weite blaue Fläche, und auf dieser Fläche schien ganz weit hinten Rauch aufzusteigen. Shilin überlegte, wo er die Sonne aufgehen und untergehen sah, als er noch in der Festung lebte. Und er erkannte, daß in der Tat hier in dieser Ebene eine russische Festung liegen mußte. Dorthin, zwischen diesen beiden Bergen hindurch, mußte er fliehen.

Die Sonne ging langsam unter. Die weißen Schneeberge wurden rot, die schwarzen wurden noch finsterer, aus den Schluchten stieg Nebel auf, und das Tal, in dem die Festung liegen mußte, glühte im Abendlicht wie in Flammen. Shilin sah schärfer hin: im Tal wogte etwas wie Rauch aus Schornsteinen. Und er dachte, das müßte die russische Festung sein.

Es war schon spät geworden. Sie hörten den Mullah zum Gebet rufen. Die Herden wurden heimgetrieben, die Kühe brüllten. Der Junge mahnte immer: »Komm doch!« Shilin aber wollte nicht gehen.

Endlich gingen sie nach Hause. ›Nun‹, dachte Shilin, ›jetzt kenne ich die Gegend, jetzt müssen wir fliehen.‹ Er wollte noch in derselben Nacht fliehen. Die Nächte waren jetzt dunkel, es war Neumond. Unglücklicherweise kamen am Abend die Tataren zurück. Aber während sie sonst meist heiter zurückkamen und Vieh vor sich her trieben, brachten sie diesmal kein Vieh mit, sondern nur die Leiche eines im Kampf erschlagenen Kameraden. Das war ein Bruder des Rotbärtigen. Alle blickten finster drein und bereiteten das Begräbnis vor. Auch Shilin kam heraus, um es sich anzusehen. Der Tote wurde in ein Leintuch gewickelt, unter die Platanen vor dem Dorf hinausgetragen und auf den Rasen gelegt. Dann kam der Mullah, auch die alten Männer versammelten sich, banden Leintücher um ihre Mützen, zogen die Schuhe aus und kauerten sich vor dem Toten nieder – ganz vorn der Mullah, hinter ihm drei alte Männer im Turban nebeneinander und hinter diesen noch viele Tataren.

Sie hockten mit niedergeschlagenen Augen da und schwiegen. Nun hob der Mullah den Kopf und sprach:
»Allah!« (Das heißt: Gott.) Nachdem er dieses eine Wort gesprochen hatte, senkten sie wieder die Köpfe und schwiegen lange Zeit.
Regungslos saßen sie da.
Wieder hob der Mullah den Kopf: »Allah!«
Und alle wiederholten: »Allah!« und verstummten wieder. Der Tote lag auf dem Rasen und rührte sich nicht, und auch sie saßen da wie tot. Nicht einer rührte sich. Man hörte nur die Blätter der Platanen im Winde rascheln. Darauf sprach der Mullah ein Gebet, alle erhoben sich, nahmen den Toten auf ihre Hände und trugen ihn fort. Sie trugen ihn bis zum Grab. Dieses war keine einfache Grube, sondern wie ein Keller in die Erde hineingegraben. Sie faßten den Toten unter die Arme und unter die Knie, bogen ihm den Leib zusammen, senkten ihn langsam hinab, schoben ihn in sitzender Stellung unter die Erde und falteten ihm die Hände über dem Bauch.
Der Nogajer schleppte grünes Schilf herbei, man legte es über die Grube, schüttete sie mit Erde zu, ebnete den Boden und stellte zu Häupten des Toten einen Stein senkrecht hin. Dann stampften sie die Erde fest und hockten sich wieder hin. Lange schwiegen sie.
»Allah, Allah, Allah!« Sie seufzten und standen auf.
Der Rote verteilte Geld unter die Alten, erhob sich dann, nahm eine Peitsche, schlug sich dreimal vor die Stirn und ging nach Hause.
Am anderen Tage sah Shilin, wie der Rote eine Stute aus dem Dorf hinausführte, drei Tataren folgten ihm. Als sie aus dem Dorf heraus waren, nahm der Rote seinen Beschmet ab, krempelte die Ärmel auf – er hatte mächtige Arme –, zog den Dolch, wetzte ihn an einem Stein, die Tataren bogen der Stute den Kopf zurück, der Rote trat vor sie hin, durchschnitt dem Tier die Kehle, warf es zu Boden und machte

sich sofort daran, es auszuweiden; mit seinen Riesenfäusten riß er ihm das Fell vom Leibe. Dann kamen Weiber und Mädchen und wuschen die Eingeweide und Därme. Endlich wurde die Stute in Stücke zerhackt und in das Haus des Roten getragen. Dann kam das ganze Dorf bei ihm zusammen, um das Gedächtnis des Toten zu feiern.
Drei Tage lang aßen sie das Stutenfleisch, tranken Busa und gedachten des Toten. Alle Tataren waren daheim. Am vierten Tage sah Shilin, daß sie sich um die Mittagszeit auf den Weg machten. Es wurden Pferde herbeigeführt und ausgerüstet, und dann ritten zehn Männer davon; der Rote war dabei, nur Abdul blieb zu Hause. Es war Neumond, und die Nächte waren noch dunkel.
›Nun‹, dachte Shilin, ›heute muß man sich davonmachen.‹
Er sagte es Kostylin. Der bekam es mit der Angst.
»Wie sollen wir denn fliehen? Wir kennen ja den Weg nicht.«
»Den Weg kenne ich.«
»In einer Nacht kommen wir gar nicht hin.«
»Kommen wir nicht hin, so übernachten wir im Wald. Ich habe mir Hirsefladen aufgespart. Wie lange willst du denn noch hier sitzen? Gut, wenn das Geld geschickt wird. Wenn deine Leute aber nicht so viel zusammenkriegen? Die Tataren sind jetzt sehr erbittert, weil die Russen einen von ihren Leuten getötet haben. Man redet davon, daß wir getötet werden sollen.«
Kostylin überlegte lange.
»Gut«, sagte er endlich, »versuchen wirs.«

5

Shilin kroch in das Loch, grub es noch weiter aus, damit auch Kostylin hindurch könnte; und nun saßen sie und warteten, bis alles still wurde im Dorf. Kaum war es aber still geworden, da kroch Shilin unter der Mauer durch. Sowie er draußen war, flüsterte er Kostylin zu: »Komm nach!« Da kroch auch Kostylin durch, blieb aber mit dem Fuß an einem Stein hängen; das gab großen Lärm. Der Wirt hatte als Wächter einen bunten Hund, ein sehr böses, bissiges Tier, der hieß Uliaschin. Shilin hatte ihm schon vorher zu fressen gegeben, um ihn an sich zu gewöhnen. Als Uliaschin den Lärm hörte, fing er an zu bellen und stürzte auf die Flüchtlinge los; auch die anderen Hunde schlugen an. Da pfiff Shilin leise, warf ein Stück Brot hin, Uliaschin erkannte ihn, wedelte mit dem Schwanz und bellte nicht mehr.

Der Wirt hörte den Hund bellen und rief aus seiner Saklia: »Heda, heda, Uliaschin!«

Shilin aber kraulte den Hund hinter den Ohren. Da schwieg der Hund, rieb sich an seinen Knien und wedelte mit dem Schwanz.

Eine Zeitlang saßen sie noch an der Mauer. Alles war wieder still; nur ein Schaf hörte man im Stall blöken, und unten plätscherte das Wasser über den Steinen. Es war dunkel, die Sterne standen hoch am Himmel; über dem Berg ging der junge Mond feuerrot unter, die Hörner nach oben gerichtet. In den Schluchten lag der Nebel weiß wie Milch.

Shilin erhob sich und sagte zu Kostylin: »Nun vorwärts, Kamerad.«

Sie machten sich auf den Weg. Kaum hatten sie ein paar Schritte gemacht, da sang der Mullah auf dem Dach: »Alleh bismillah il rachman!« Nun mußten die Leute in die Moschee gehen. Die beiden setzten sich nieder und drückten sich fest an die Wand. Lange saßen sie so und warteten, bis die Leute vorüber waren. – Wieder war es still geworden.

»Nun, mit Gott!« Sie bekreuzigten sich und gingen. Sie gingen durch den Hof, den steilen Anstieg hinab zum Flüßchen, über das Flüßchen hinüber und weiter durch die Schlucht. Unten lag tiefer Nebel, über ihren Köpfen waren die Sterne deutlich sichtbar. Shilin sah an den Sternen, wohin sie zu gehen hatten. Im Nebel war es kühl, es ging sich leicht, nur die Stiefel waren unbequem: sie waren schon sehr abgetreten.

Shilin zog seine Stiefel aus, ließ sie liegen und ging barfuß weiter. Er sprang von einem Stein auf den andern und sah nach den Sternen. Kostylin konnte bald nicht mehr nachkommen.

»Geh etwas langsamer«, sagte er. »Die verdammten Stiefel haben mir die Füße ganz wund gerieben.«

»Zieh sie doch aus, dann gehts leichter.«

Kostylin ging nun auch barfuß. Aber das war noch schlimmer: er zerschnitt sich die Füße an spitzen Steinen und blieb noch weiter zurück. Shilin sagte:

»Wenn du dir die Füße wundläufst, heilen sie wieder, aber wenn die Tataren uns einholen, dann töten sie uns, das ist schlimmer.«

Kostylin sagte kein Wort, sondern ging ächzend weiter. Lange gingen sie so unten im Tal. Da hörten sie rechter Hand Hunde bellen. Shilin blieb stehen, sah sich um, kletterte den Abhang hinauf, tastete mit den Händen.

»Ach!« sagte er, »nun haben wir uns doch verlaufen! Wir sind zu weit nach rechts abgekommen. Hier ist ein fremder Aul; ich habe ihn vom Berg aus gesehen. Wir müssen zurück und links den Berg hinauf. Hier muß ein Wald kommen.«

Kostylin sagte:

»Warte doch ein bißchen, laß mich verschnaufen! Meine Füße sind ganz blutig.«

»Ach was, das heilt wieder! Du mußt leichter springen. Siehst du: so!«

Und Shilin lief zurück und nach links, den Berg hinauf in den Wald.

Kostylin blieb immer weiter zurück und stöhnte laut. Shilin gebot ihm Stillschweigen und ging tapfer vorwärts.

Sie erreichten die Höhe. Richtig: hier war überall Wald. Sie gingen durch den Wald und zerrissen ihre Kleider an Dornen. Endlich stießen sie auf einen Weg. Den verfolgten sie nun.

»Halt!« Hufe stampften den Weg entlang. Sie blieben stehen und horchten. Es klang wie das Trappeln eines Pferdes.

Dann wurde es plötzlich still. Sie gingen weiter, da trappelte es wieder. Sie blieben stehen – da wurde es wieder still. Shilin schlich sachte vorwärts, er blickte scharf in die Ferne, da sah er es stehen: es sah fast aus wie ein Pferd und schien doch kein Pferd zu sein, auf diesem Pferd aber erhob sich etwas ganz Wunderliches, das bestimmt kein Mensch sein konnte. Nun hörte er es schnaufen. »Was kann das sein?«
Shilin pfiff leise, da sauste es vom Weg fort in den Wald hinein, und nun krachte und knackte es im Wald, wie wenn der Sturmwind durch die Bäume fährt und die Äste knickt.
Kostylin wäre fast umgefallen vor Schreck. Shilin aber lachte und sagte:
»Es ist ein Hirsch! Hörst du, wie er mit dem Geweih die Zweige im Walde bricht? Wir fürchten uns vor ihm, und er läuft vor uns davon.«
Sie gingen weiter. Die Nebel begannen sich zu senken, bis zum Morgen wars nicht mehr weit. Ob sie richtig gingen oder nicht, das wußten sie freilich nicht, Shilin glaubte, sie wären auf diesem selben Wege fortgeschleppt worden, und bis zu den russischen Siedlungen müßten es noch etwa zehn Werst sein, aber sichere Zeichen dafür hatte er auch nicht, und in der Nacht war es nicht leicht, sich zurechtzufinden.
Sie kamen auf eine Lichtung. Kostylin setzte sich und sagte:
»Mach, was du willst, aber ich komme nicht weiter. Meine Füße versagen mir den Dienst.«
Shilin versuchte ihm zuzureden.
»Nein«, erwiderte Kostylin, »ich komme nicht mehr hin. Ich kann nicht mehr.«
Da wurde Shilin böse, spuckte aus und fluchte.
»Dann muß ich allein gehen. Leb wohl!«
Kostylin sprang auf und ging weiter. So legten sie noch etwa vier Werst zurück. Der Nebel im Walde wurde noch dichter. Sie konnten fast nichts mehr vor sich sehen, auch die Sterne schimmerten kaum noch.
Plötzlich hörten sie vor sich Pferdegetrappel. Deutlich hör-

ten sie, wie die Hufeisen gegen die Steine schlugen. Shilin warf sich platt auf den Boden und horchte.

»Richtig«, sagte er, »ein Reiter kommt hierher.«

Sie verließen schnell die Landstraße, versteckten sich im Gebüsch und warteten. Shilin schlich sich zur Straße hin – da sah er einen berittenen Tataren, der eine Kuh vor sich hertrieb und ein Liedchen summte. Nun war er vorüber. Shilin kehrte zu Kostylin zurück.

»Gott sei Dank, er ist vorüber. Steh auf, wir gehn weiter.«

Kostylin stand auf und fiel gleich wieder hin.

»Ich kann nicht, bei Gott, ich kann nicht. Ich bin ganz von Kräften.«

Er war ein großer, fetter, schwerfälliger Mann; der Schweiß troff ihm von der Stirn. Als er nun im Walde plötzlich in den kalten Nebel geraten war und seinen wundgelaufenen Füßen einen Augenblick Ruhe gegönnt hatte, da war er ganz zusammengeklappt. Shilin versuchte ihn mit Gewalt emporzureißen. Da schrie Kostylin:

»Au! Das tut weh!«

Shilin war starr vor Schreck.

»Was schreist du so? Der Tatar ist noch ganz in der Nähe, er kann es hören!« Im stillen aber dachte er: ›Er kann wirklich nicht weiter. Was soll ich mit ihm anfangen? Einen Kameraden läßt man doch nicht im Stich!‹

»Steh auf«, sagte er, »setz dich auf meinen Rücken, ich will dich tragen, wenn du wirklich nicht mehr laufen kannst.«

Er hob ihn auf seinen Rücken, faßte ihn mit den Armen unter die Schenkel, ging auf die Straße hinaus und schleppte ihn weiter.

»Drück mir nur um Gottes willen die Kehle nicht so zusammen«, sagte er. »Halte dich an meinen Schultern fest.« Die Last war nicht leicht, und auch Shilin war müde, und seine Füße bluteten. Immer wieder bückte er sich, schob und stieß Kostylin, damit er höher zu sitzen käme, und so ging es denn langsam, mit großer Mühe weiter.

Der Tatar mußte Kostylins Schrei gehört haben. Denn plötzlich hörte Shilin, daß jemand hinter ihnen geritten kam und irgend etwas in tatarischer Sprache rief. Shilin floh ins Gebüsch. Der Tatar griff nach seiner Flinte, schoß, traf nicht, heulte auf und sprengte die Straße entlang weiter.

»Nun sind wir verloren«, sagte Shilin. »Der Hund hetzt uns alle Tataren auf die Fersen. Wenn wir nicht noch drei Werst weiterkommen, sind wir verloren«, und im stillen dachte er: ›Der Teufel hat mich geritten, als ich diesen Klotz mitschleppte. Allein wäre ich längst in Sicherheit.‹

Kostylin sagte:

»Geh allein weiter, warum sollst du meinetwegen zugrunde gehn?«

»Nein, das tu ich nicht. Einen Kameraden läßt man nicht im Stich.«

Er nahm ihn wieder auf den Rücken und ging weiter. So legten sie noch eine Werst zurück. Immer noch waren sie im Wald, der gar kein Ende nehmen wollte. Der Nebel begann sich schon zu lichten, und auch Wolken schienen aufzusteigen, denn die Sterne waren nicht mehr zu sehen. Shilin konnte kaum noch vorwärts.

Da entdeckte er an der Straße eine in Stein gefaßte Quelle. Er machte halt und setzte Kostylin ab.

»Ich will etwas ausruhen und trinken«, sagte er, »wir können auch von den Fladen essen. Jetzt ist es wohl nicht mehr weit.«

Kaum hatte er sich niedergelegt, um zu trinken, da hörte er es hinter ihnen trappeln. Wieder stürzten sie rechts ins Gebüsch unter dem steilen Abhang und legten sich platt auf den Boden.

Nun hörten sie Stimmen – es waren Tataren. Sie blieben gerade dort stehen, wo die Flüchtlinge die Straße verlassen hatten. Erst redeten sie miteinander, dann pfiffen sie, wie man einen Hund ruft. Und nun hörte Shilin es im Gebüsch knacken: gerade auf sie zu kam ein fremder Hund. Er blieb stehen und bellte.

Nun waren auch die Tataren da – lauter fremde. Sie ergriffen die Flüchtlinge, banden sie, setzten sie auf ihre Pferde und schleppten sie fort.
Sie mochten etwa drei Werst zurückgelegt haben, da kam ihnen Abdul mit zwei Tataren entgegen. Er sprach mit den Leuten, die Flüchtlinge wurden auf Abduls Pferde gesetzt, und dann ging es zurück ins Dorf. Abdul lachte nicht mehr und sprach kein Wort mit ihnen.
Am frühen Morgen kamen sie im Dorf an. Die Flüchtlinge wurden auf der Straße abgesetzt. Kinder liefen zusammen. Sie warfen mit Steinen nach ihnen, schlugen sie mit Peitschen und schrien.
Die Tataren versammelten sich im Kreise, auch der Alte aus dem Tal war gekommen. Nun redeten sie wieder. Shilin verstand, daß man von ihm und seinem Kameraden sprach und über ihr Schicksal entschied. Einige sagten, man müßte die beiden tiefer hinein in die Berge schicken, der Alte aber sagte: »Man muß sie töten!« Abdul widersprach; er sagte: »Ich habe Geld für sie bezahlt; ich will das Lösegeld haben.« Der Alte aber erwiderte: »Nichts werden sie dir zahlen, sie stiften hier nur Unheil an. Es ist eine Sünde, den Russen Speise und Trank zu geben. Schlagt sie tot – und damit gut.«
Sie gingen auseinander. Der Wirt trat vor Shilin hin und sagte zu ihm:
»Wenn ich das Lösegeld für euch nicht bekomme, lasse ich euch in vierzehn Tagen totpeitschen. Wenn du aber wieder versuchst davonzulaufen, schlage ich dich tot wie einen Hund. Schreib sofort noch mal einen Brief, einen richtigen Brief!«
Man brachte ihnen Papier, und sie schrieben Briefe. Dann wurden ihre Füße in den Block gesteckt, und dann schleppte man sie zu einer wohl sieben Ellen tiefen Grube hinter der Moschee. In diese Grube senkte man sie hinab.

6

Nun ging es ihnen ganz schlecht. Die Füße im Block, mußten sie in der Grube sitzen und wurden nicht ans Tageslicht gelassen. Zum Essen warf man ihnen wie Hunden rohen Teig hinunter und ließ ihnen an einem Strick einen Krug mit Wasser herab. In der Grube stank es, die Luft war dumpf und feucht. Kostylin wurde ganz krank. Er schwoll auf und hatte Reißen in allen Gliedern; er stöhnte unausgesetzt oder schlief. Auch Shilin war ganz niedergeschlagen; er sah wohl, daß es schlimm stand, und fand keinen Ausweg.

Er versuchte wieder sich durchzugraben, aber er konnte die Erde nirgends hinschütten. Der Wirt sah es und drohte, ihn zu töten.

Einmal hockte er in der Grube, dachte an das freie Leben und wurde ganz traurig. Da fiel ihm gerade auf die Knie ein runder Kuchen, und hinterher kamen Kirschen. Er blickte hinauf: da oben war Dina. Sie sah ihn an, lachte und lief davon. Shilin aber dachte: ›Vielleicht kann Dina mir helfen.‹

Er säuberte ein Plätzchen in der Grube, kratzte Lehm zusammen und fing an, daraus kleine Puppen zu formen: Menschen, Pferde, Hunde. Er dachte: ›Wenn Dina wieder kommt, werf ichs ihr hinauf.‹

Am nächsten Tag aber war Dina nicht da.

Shilin hörte nur Pferde stampfen, Reiter vorbeisprengen, hörte, wie die Tataren sich vor der Moschee versammelten, stritten, schrien und von den Russen redeten. Er erkannte auch die Stimme des Alten. Richtig verstehen konnte er dessen Rede nicht, aber er erriet, daß die Russen nahe sein mußten und daß die Tataren fürchteten, sie könnten in den Aul eindringen, und nicht wußten, was sie mit den Gefangenen anfangen sollten.

Nachdem sie eine Zeitlang geredet hatten, gingen sie wieder auseinander. Plötzlich hörte er es oben rascheln. Da sah er: oben hockte Dina, ganz zusammengekauert, so daß die

Knie über den Kopf ragten; sie hatte sich vornüber gebeugt, die Münzen an ihrem Hals hingen tief herunter und schaukelten über der Grube, die Augen funkelten wie Sterne. Sie zog zwei Käsefladen aus dem Ärmel und warf sie ihm zu. Shilin fing sie auf und sagte:

»Warum bist du so lange nicht dagewesen? Ich habe Spielzeug für dich gemacht. Da, nimm!« Und er warf ihr ein Stück nach dem andern hinauf.

Sie aber schüttelte den Kopf und sah die Puppen gar nicht an. »Ich brauche das nicht«, sagte sie. Dann saß sie eine Zeitlang schweigend da. Endlich sagte sie: »Iwan! Sie wollen dich umbringen.« Dabei zeigte sie mit der Hand auf ihren Hals.

»Wer will mich umbringen?«

»Der Vater. Die Alten haben es ihm befohlen. Du dauerst mich aber.«

Da sagte Shilin:

»Wenns dich dauert, so bringe mir eine lange Stange.« Sie schüttelte nur den Kopf zum Zeichen, daß es unmöglich sei. Er faltete die Hände und flehte sie an.

»Dina, ich bitte dich! Liebe kleine Dina, bringe mir die Stange.«

»Es geht nicht«, sagte sie. »Alle sind zu Hause, sie würden es sehen.« Und sie ging fort.

Nun saß Shilin am Abend da und dachte: ›Was wird nun geschehen?‹

Er schaute immer nach oben. Die Sterne standen am Himmel, aber der Mond war noch nicht aufgegangen. Der Mullah rief zum Gebet; dann wurde alles still. Shilin fing schon an einzuschlummern; denn er dachte: ›Das Mädel tuts nicht. Sie fürchtet sich.‹

Plötzlich fiel ihm Lehm auf den Kopf. Er sah hinauf und erblickte eine lange Stange, mit der jemand den Rand der Grube abtastete. Nun wurde die Stange gesenkt, und ihr Ende kam dem Boden immer näher. Shilin griff danach und

riß die Stange an sich. Sie war lang und stark. Er hatte sie früher auf dem Dach des Wirtes gesehen.
Er sah hinauf, die Sterne standen hoch am Himmel, und gerade über der Grube blitzten im Dunkeln die Augen Dinas wie Katzenaugen. Sie bückte sich tief über den Rand der Grube hinab und flüsterte:
»Iwan, Iwan!« Dabei machte sie ihm Zeichen, er sollte möglichst leise sein.
»Was gibts?« fragte Shilin.
»Alle sind fort, nur zwei sind zu Hause.«
Da sagte Shilin:
»Komm, Kostylin! Versuchen wirs zum letzten Mal. Ich hebe dich hinauf.«
Kostylin aber wollte nichts davon hören.
»Nein«, sagte er, »ich komme hier wohl nicht fort. Wo soll ich denn hin, wenn ich mich kaum rühren kann.«
»Dann lebe wohl und gedenke meiner im Guten.« Er küßte Kostylin.
Nun klammerte er sich an die Stange, befahl Dina, sie festzuhalten, und kletterte hinauf. Zweimal stürzte er ab, der Block hinderte ihn am Klettern. Kostylin stützte ihn, und so kam er schließlich mit Mühe und Not hinauf. Dina zog ihn mit ihren kleinen Händen mit aller Kraft am Hemd und lachte.
Shilin nahm die Stange und sagte:
»Bring die Stange wieder auf ihren alten Platz, sonst merkt man was, und du bekommst Schläge.« Sie trug die Stange fort, Shilin aber ging den Berg hinab. Als er unten war, nahm er einen spitzen Stein und versuchte das Schloß vom Block abzudrehen. Das Schloß war aber sehr kräftig, er kriegte es nicht los, auch konnte er schlecht darankommen. Da hörte er jemand bergab laufen, mit leichten, hüpfenden Schritten. ›Das ist gewiß wieder Dina‹, dachte er. Dina kam gelaufen, nahm ihm den Stein aus der Hand und sagte: »Laß mich mal versuchen!«

Sie kniete vor ihm nieder und machte sich an die Arbeit. Aber ihre Ärmchen waren so dünn wie Haselgerten, da war gar keine Kraft drin. Sie warf den Stein fort und fing an zu weinen. Nun machte Shilin sich wieder ans Schloß. Dina aber kauerte neben ihm und hielt ihn an der Schulter. Shilin sah sich um und erblickte links hinter dem Berg einen roten Schein: der Mond ging auf. ›Nein‹, dachte er, ›da hilft nichts. Ehe der Mond oben ist, muß ich das Tal hinter mir und den Wald erreicht haben.‹ Er stand auf und warf den Stein weg. Wenn auch im Block – gehen mußte er nun.
»Leb wohl, Dina«, sagte er. »Mein Leben lang werde ich an dich denken.«
Dina tastete an ihm herum und suchte, wo sie ihm die Fladen zustecken könnte. Da nahm er ihr die Fladen aus der Hand.
»Danke, du kluges Mädchen«, sagte er. »Wer wird dir nun Puppen machen, wenn ich nicht mehr da bin?«
Und er streichelte ihr das Haar.
Da fing Dina an zu weinen, legte die Hände vors Gesicht und lief den Berg hinauf, hüpfend wie ein junges Zicklein. Im Dunkel hörte man nur die Münzen an ihrem Zopf klirren.
Shilin bekreuzigte sich, hob mit der Hand das Schloß am Block in die Höhe, damit es nicht klirre, und ging die Straße entlang; mühsam setzte er einen Fuß vor den andern und sah immer nach dem Schein des aufgehenden Mondes. Den Weg erkannte er wieder. Geradeaus waren es etwa acht Werst. Wenn er nur den Wald erreichte, ehe der Mond am Himmel stand! Er überschritt den Fluß; der Schein hinter dem Berg war schon weiß geworden. Er ging durch die Talsenkung und sah sich immer um, ob nicht der Mond schon da sei. Der Schein war noch matter geworden, und an der einen Seite der Schlucht wurde es immer heller und heller. Ein Schatten lief den Berg hinab und kam immer näher.
Shilin ging weiter und suchte sich im Schatten zu halten. Er eilte, aber der Mond hatte es noch eiliger; schon wurden

auch rechts die Höhen hell. Als er sich dem Wald näherte, kam der Mond hinter dem Berge hervor. Nun war es hell und klar wie am Tag. An den Bäumen waren alle Blätter zu sehen. Still und hell war es in den Bergen; alles wie ausgestorben. Nur den Fluß hörte er unten plätschern.
Er erreichte den Wald, ohne daß ihm jemand begegnet wäre. Shilin suchte sich im Wald ein recht dunkles Plätzchen aus und setzte sich nieder, um auszuruhen.
Er aß einen Fladen, fand einen Stein und versuchte von neuem das Schloß abzubrechen. Er klopfte sich die Hände wund, erreichte aber nichts. Dann stand er auf und ging weiter. Eine Werst mochte er gegangen sein, da war es mit seiner Kraft zu Ende; die Füße taten ihm so weh, daß er alle zehn Schritt haltmachen mußte. ›Es hilft alles nichts‹, dachte er, ›ich muß mich weiterschleppen, solange es geht. Setze ich mich erst einmal, dann kann ich nicht wieder aufstehen. Bis zur Festung komme ich nicht mehr. Wenn der Morgen da ist, lege ich mich im Wald hin, warte die Nacht ab und gehe im Dunkeln weiter.‹
So ging er die ganze Nacht. Unterwegs begegneten ihm nur zwei Tataren zu Pferde. Shilin hatte sie aber schon von weitem gehört und sich hinter einem Baum versteckt.
Schon wurde der Mond bleicher, es fiel Tau, der Morgen dämmerte, und noch hatte Shilin den Waldrand nicht erreicht. ›Jetzt gehe ich noch dreißig Schritte‹, dachte er, ›dann biege ich in den Wald ein und lege mich hin.‹ Als er dreißig Schritte gegangen war, da war der Wald zu Ende. Er trat ins Freie hinaus – es war ganz hell. Wie auf der flachen Hand sah er die Steppe und die Festung vor sich, links aber, ganz nah, unten am Bergabhang, brannten Feuer; sie waren schon im Erlöschen, der Rauch kroch am Boden dahin, Leute machten sich am Feuer zu schaffen.
Er sah schärfer hin: Gewehre blitzten; es waren Soldaten, Kosaken!
Da freute sich Shilin. Er nahm seine letzte Kraft zusammen

und stieg den Berg hinab. Dabei dachte er: ›Gott schütze mich davor, daß mich hier im freien Felde ein berittener Tatar sieht. So nah meine Leute auch sind, dann erreiche ich sie nicht mehr.‹

Kaum hatte er das gedacht – da standen links auf einer Anhöhe drei Tataren. Als sie ihn sahen, sprengten sie auf ihn zu. Da stockte ihm der Herzschlag in der Brust. Er winkte mit den Armen und schrie, so laut er konnte, den Russen unten zu:

»Zu Hilfe, Brüder!... Brüder!...«

Die Soldaten hörten es. Einige Kosaken saßen auf, sprengten zu ihm hin und versuchten den Tataren den Weg abzuschneiden.

Die Kosaken hatten es viel weiter als die Tataren. Aber Shilin nahm seine letzte Kraft zusammen, packte den Block mit der Hand, lief den Kosaken entgegen, bekreuzigte sich und rief unausgesetzt, seiner selbst nicht mehr mächtig:

»Brüder! Brüder! Brüder!«

Es waren gegen fünfzehn Kosaken.

Da erschraken die Tataren. Sie hielten an und ritten nicht weiter. Und Shilin erreichte die Kosaken. Die Kosaken umringten ihn und fragten ihn, wer er sei, woher er komme. Shilin aber war ganz außer sich, weinte nur und sagte immer wieder:

»Brüder, Brüder!«

Nun kamen auch die anderen Soldaten und drängten sich um Shilin; der eine gab ihm Brot, der andere Branntwein, der dritte Grütze; einer legte ihm seinen Mantel um, ein anderer befreite ihn vom Block.

Die Offiziere erkannten ihn und brachten ihn zur Festung. Die Soldaten freuten sich, die Kameraden umringten Shilin.

Shilin erzählte, wie es ihm ergangen war, und sagte zum Schluß:

»So bin ich in die Heimat gereist, um eine Frau zu finden! Nein, das Schicksal will es wohl nicht.« Und er blieb im Kaukasus. Kostylin wurde erst nach einem Monat für fünftausend Rubel freigekauft. Halbtot kam er in der Festung an.

Insel taschenbücher
Alphabetisches Verzeichnis